CAMERON LUND

La toute première fois

Michel LAFON POCHE

Titre original : *The Best Laid Plans*
Première édition publiée aux États-Unis par Razorbill,
une filiale de Penguin Random House LLC, 2020

Publié avec l'accord de l'autrice, représentée par
Baror International, INC., Armonk, New York, U.S.S.

118, avenue Achille-Peretti – CS70024
92521 Neuilly-sur-Seine Cedex

www.lire-en-serie.com

*Loi n° 49-956 du 16 juillet 1949
sur les publications destinées à la jeunesse.*

À toutes celles et ceux qui ne sont pas prêts
ou ont l'impression d'être en retard.
N'oubliez pas, ce n'est pas une course.

1

La première chose que je vois en ouvrant la porte, ce sont les fesses nues de Chase Brosner qui m'éblouissent depuis le lit comme un néon sur une avenue de Las Vegas. Puis je remarque la fille allongée sous lui, les mains agrippées à son dos, et quand mes yeux se posent sur ses ongles, je reconnais Danielle. Nous étions ensemble quand elle les a vernis. « En noir, assortis à mon cœur », a-t-elle expliqué.

Ils sont imbriqués l'un dans l'autre sur le lit – le lit des *parents* d'Andrew – et je suis incapable de bouger, c'est comme si ma main avait été collée à la Super Glue sur la poignée de la porte. Ce n'est pas exactement ce que je pensais trouver quand j'ai décidé de monter à l'étage pour m'éloigner un peu de tous ces gens qui ne se souviennent même pas que c'est mon anniversaire, qui sont venus à cette stupide fête uniquement parce qu'ils savaient que les parents d'Andrew étaient en week-end au ski et qu'il y aurait de la bière gratuite. Mais maintenant que je tente de digérer l'image du cul de Chase, des ongles de Danielle plantés dans sa peau et de ses cheveux noirs étalés sur l'oreiller, je me dis que j'aurais mieux fait de rester en bas.

J'ai beau avoir l'impression que le temps s'est arrêté,

il ne faut en réalité pas plus de trois secondes à Danielle pour remarquer ma présence et crier. Je hurle à mon tour en lâchant ma bière qui éclabousse mes pieds. Danielle me lance un regard noir tout en cherchant le drap à tâtons pour recouvrir son corps nu. Chase bondit hors du lit en trébuchant avant de s'envelopper dans la couette comme un burrito humain.

– Je suis vraiment désolée, dis-je en me penchant pour ramasser mon gobelet et essuyer le parquet avec la manche de mon pull. Je ne savais pas que cette chambre était occupée.

– Dehors ! hurle-t-elle, et je sors en claquant la porte derrière moi.

Je sais que ça semble fou, mais alors que je suis encore debout derrière la porte à cligner des yeux, mon cerveau ne pense qu'à une seule chose : et si c'était officiellement le premier et le dernier cul que je voyais de toute ma vie ? Je ferme les yeux et le revois, blanc et étincelant, et j'ai peur que ma rétine ne soit marquée à jamais, un peu comme quand on regarde trop longtemps le soleil. Je ne pense pas que ce soit un cul *moche*, même si je n'ai aucun moyen de comparaison. C'est juste qu'il est rattaché à un garçon que je n'apprécie pas particulièrement – un type qui fait des blagues débiles sur ses pets, qui aime le basket de façon légèrement exagérée et qui a une passion limite malsaine pour le mot « mec ». Mais vu ma vie au lycée jusqu'ici, il y a peu de chances pour que je revoie d'autres fesses nues de sitôt.

Je n'ai pas bougé d'un centimètre quand la porte de la chambre s'ouvre de nouveau. Chase et Danielle sortent en finissant de se rhabiller et je grimace en le voyant remonter sa braguette.

– Keely, murmure Danielle à mon attention, tout en s'agrippant au biceps de Chase.

Je sens l'odeur de bonbon de son parfum. Son rouge à lèvres a bavé et ses cheveux sont aussi emmêlés que des draps froissés. Il faut que j'arrête de penser à des draps froissés. Beurk.

– Eh mec, dit Chase en me tendant son poing pour checker, avant de laisser retomber son bras.

Probablement parce qu'il vient de se souvenir que je ne suis pas un mec. L'erreur est humaine.

– Je suis vraiment désolée, dis-je encore une fois en m'éloignant d'eux.

– Pas de souci, répond Chase en haussant les épaules comme si tout ça n'avait aucune importance.

– Est-ce qu'on peut parler ? me demande Danielle en désignant de la tête la salle de bains qui se trouve au fond du couloir. Seules.

Aux yeux du reste du monde, Danielle et moi avons probablement l'air d'être copines – ce qui est le cas, je suppose, si on se fie aux règles du lycée. Nous faisons partie du même groupe de filles et mangeons à la même table à la cantine. Mais nous ne nous sommes jamais retrouvées seules toutes les deux. Apparemment, surprendre quelqu'un tout nu change un peu la donne.

– On se retrouve en bas, dit Chase en l'embrassant d'une façon qui me met mal à l'aise.

Il effleure son sein avec la main, comme s'il s'apprêtait à l'empoigner. Danielle glousse, puis il recule en m'adressant un petit mouvement de tête.

– À toute, Keely, dit-il avant de rejoindre les escaliers.

Je peux sentir l'odeur de bière quand il passe à côté de moi.

Danielle me traîne jusqu'à la salle de bains. Elle claque la porte derrière nous et la verrouille, puis se tourne vers le miroir et me parle tout en se regardant. Je ne lui jette pas la pierre ; si j'avais le physique de Danielle Oliver, je passerais probablement mon temps à me regarder moi aussi. Elle a un teint diaphane et lumineux, des pommettes aussi saillantes que celles d'un mannequin et de grands yeux de biche couleur noisette.

– Tu dois me promettre de ne rien dire.

– Promis.

– Parfait, dit-elle en se détendant un peu. Je ne veux pas qu'on pense que je couche facilement.

Je me mords l'intérieur de la joue pour ne pas rire. Danielle et Chase ne sortent pas encore officiellement ensemble, mais ils sont parfaitement assortis : ils sont beaux comme des stars de cinéma. Si le lycée était Hollywood, ils seraient tous les deux en couverture de tous les magazines toutes les semaines. Ce n'était qu'une question de temps avant qu'ils ne se mettent ensemble. Je ne comprends donc pas pourquoi Danielle veut absolument que ça reste secret. On ne peut pas dire qu'elle se soit montrée très discrète tout à l'heure, quand elle riait aux éclats en lui courant après dans la cuisine, son rouge à lèvres à la main.

– Mais ce n'est pas précisément ce que tu viens de faire… coucher ?

J'espère qu'elle ne va pas me tuer d'avoir posé la question. Seulement voilà : tout le monde sait au lycée Prescott que Danielle Oliver est – enfin, *était* – vierge. Et ce n'est pas parce qu'elle en a parlé ouvertement. C'est comme ça que ça fonctionne ici. Dans notre trou paumé du fin fond du Vermont, les secrets ont tendance à passer d'élève en élève plus vite que la musique. Et le fait que Danielle soit restée vierge aussi longtemps est probablement l'info la plus relayée et commentée de tout Prescott.

Moi aussi, je suis vierge, mais ce n'est pas suffisamment surprenant pour faire la une du lycée.

Je devine le moment exact où elle décide de tout me raconter. Elle sourit et son visage s'illumine telle la lumière au bout d'un tunnel. Elle est si radieuse que j'en ai la poitrine qui se serre. Elle se tourne vers moi, une étincelle dans les yeux, et je vois bien qu'elle pétille intérieurement comme si elle était remplie de bulles de champagne.

– OK. J'ai peut-être couché, dit-elle. Je suppose que ça y est, je suis enfin une femme.

– Waouh ! dis-je, soudainement incapable de trouver les mots justes. C'est… Félicitations. Bien joué !

Je ne sais pas pourquoi je me suis transformée en carte de vœux mielleuse au lieu de rester un être humain fonctionnel. « Plein de bonnes choses pour ce nouveau départ. Vise les étoiles ! » Mais ma réaction n'a pas dû lui sembler si étrange que ça, puisqu'elle continue à parler comme si je n'avais pas ouvert la bouche.

– Ça ne fait pas si mal que ça. Ava m'a raconté qu'elle s'était évanouie la première fois, donc je m'attendais que ça soit un peu plus extrême, explique-t-elle en se léchant l'index avant de le passer sous ses yeux pour effacer les traces de mascara. Ava est tellement une *drama queen.*

Si Ava Adams était ici à ma place à cette seconde précise, elle saurait exactement quoi dire. C'est elle la meilleure amie de Danielle, moi, je suis juste la fille qu'elle tolère.

– Et tu l'aimes bien ?

Elle se tait pendant plusieurs secondes, elle doit probablement se demander si je vaux la peine qu'elle me dise la vérité.

– Il était temps, finit-elle par dire en haussant les épaules. Je n'arrive pas à croire que je sois restée vierge aussi longtemps. C'est tellement embarrassant.

La pique qu'elle vient de me lancer l'air de rien me fait rougir comme une tomate. Être vierge ne devrait pas avoir d'importance – *je le sais* – mais le fait que Danielle et moi ayons eu ça en commun m'a toujours aidée à me sentir un peu mieux. Si vous êtes comme Danielle Oliver, alors vous n'avez aucune raison d'avoir honte.

Ava a été la première fille de la bande à perdre sa virginité. Elle et Jason Ryder l'ont fait le soir du bal de fin d'année de quatrième dans la cour de récréation. En apprenant la nouvelle à l'époque, j'ai été horrifiée. Le sexe était quelque chose de totalement étranger pour moi, quelque chose que les gens faisaient dans les films – et encore, pas dans les films que je regardais moi. Puis d'autres filles se sont mises à le faire elles aussi – Molly Moye a perdu sa virginité avec le meilleur copain de son grand frère, Jessica Rogers, avec une fille qu'elle avait rencontrée pendant les vacances d'hiver à Vancouver. Ma copine Hannah a perdu sa virginité l'année dernière, en première, avec Charlie, son petit copain. Ils ont passé la nuit dans sa maison près du lac, au milieu de tout un tas de bougies, en écoutant son album préféré.

Quand la nouvelle a commencé à se répandre, ceux d'entre nous qui ne l'avaient pas fait ont posé tout un tas de questions. Qu'est-ce qu'on ressent concrètement ? Est-ce que ça fait mal ? Comment sait-on ce qu'on est censé faire ? Et maintenant, Danielle aussi est passée de l'autre côté. Nous sommes en terminale et de moins en moins de gens se posent de moins en moins de questions.

Il ne reste plus que moi.

J'entends les basses assourdissantes de la musique monter depuis le salon, un cri aigu de fille et un brouhaha de rires, quelque chose qui tombe par terre et se brise – probablement un verre ou une lampe. Je grimace en espérant que la mère d'Andrew ne me tue pas. Même si c'est son fils qui a organisé cette fête, elle saura que j'y étais moi aussi. J'y suis toujours.

Danielle s'empare d'une petite serviette et essuie le rouge à lèvres qui a bavé. J'ai envie de tendre la main pour l'en empêcher – la mère d'Andrew va faire une syncope si elle trouve une serviette tachée de rouge, surtout après le truc qu'on vient de casser en bas – mais je me retiens. Danielle se penche un peu plus vers le miroir pour s'observer. Je vous jure qu'elle n'a pas la même expression que d'habitude, comme si elle était devenue une fille plus mature – une fille qui ne se demandera plus jamais si un garçon l'aime bien lui aussi, qui n'aura plus jamais de gros bouton d'acné en plein milieu de la figure. Danielle a toujours eu confiance en elle, mais là, elle semble invincible.

À côté d'elle, j'ai l'air d'avoir douze ans, même si aujourd'hui j'en ai officiellement dix-huit. J'ai toujours été ridiculement petite mais c'est pire à côté de Danielle. Elle porte d'immenses talons compensés noirs alors que moi, je suis en chaussettes, vu que j'ai enlevé mes bottes pleines de neige en entrant. Je passe la main dans mes cheveux en me maudissant d'avoir cru que du shampooing sec et une queue-de-cheval feraient l'affaire pour une fête. On dirait que je fais exprès d'être un échec.

– Tu crois que j'ai l'air plus âgée maintenant ? me demande Danielle en pinçant les lèvres et en agitant la tête pour observer son reflet sous tous les angles possibles. Maintenant que je suis une femme, j'ai vraiment l'impression d'être plus âgée.

Je n'ai pas envie de lui dire à quoi je pensais. Je me contente donc de lui retourner la question.

– Et moi, est-ce que j'ai l'air plus âgée ?

Je sais bien que les anniversaires ne nous transforment pas du jour au lendemain, comme d'un coup de baguette magique, mais une partie de moi aimerait vraiment ressentir ce que Danielle ressent à cet instant précis – moi aussi, j'ai envie d'être invincible.

Elle me regarde, impassible.

– Pourquoi aurais-tu l'air plus âgée ?

Évidemment, elle ne s'en souvient pas. Même si Hannah m'a apporté des cupcakes à l'école aujourd'hui et que Danielle a dit qu'ils avaient un goût d'œuf trop prononcé. Même si cette fête est censée être en mon honneur.

– C'est mon anniversaire.

Elle décolle son regard du miroir et se tourne vers moi.

– Oups, j'avais complètement oublié ! dit-elle avant de démêler une mèche de ses cheveux. Chase était vraiment trop mignon ce soir. Il savait que c'était ma première fois et il a pris son temps.

OK, on est donc revenues sur Chase. Je suppose

que je ne peux pas lui en vouloir. Si j'avais perdu ma virginité, peut-être que moi aussi, je n'aurais envie de parler que de ça.

– Je suis contente que ça se soit passé comme tu l'espérais, dis-je. Il y a beaucoup de boulets dans cette école. C'est cool pour toi que tu en aies trouvé un sympa.

– Je sais, dit-elle. Chase Brosner.

Elle m'attrape la main et me tire vers la porte, la déverrouille et l'ouvre en grand.

– Souviens-toi, ajoute-t-elle, tout ça n'est jamais arrivé.

Nous quittons la salle de bains et descendons les escaliers. Malgré la neige qui tombe dehors, il fait chaud et la maison sent le fauve. Nous sommes presque en bas des marches quand ils commencent.

Les applaudissements.

Doucement d'abord, couvrant à peine le tapage de la fête et le flow de la chanson de Kendrick qui hurle à travers les enceintes branchées au téléphone de je ne sais qui. Mais au fur et à mesure qu'on nous remarque, les applaudissements s'intensifient. Les gens cessent de parler, de danser, de jouer à leurs jeux d'alcool, et se mettent à taper dans leurs mains, à siffler et à crier. Quelqu'un attrape le téléphone et lance « Like a Virgin » de Madonna à plein volume.

Danielle se raidit à côté de moi.

De l'autre côté de la pièce, Chase est affalé sur le canapé entre Jason Ryder et Simon Terst, un sourire décontracté aux lèvres.

Simon se penche en avant, surexcité.

– Pas mal, Brosner !

Jason Ryder prend une longue gorgée de bière puis

tape dans le dos de Chase, si fort que ce dernier a forcément dû avoir un peu mal.

– Pas si *imbaisable* que ça, après tout, dit Ryder, hilare.

Danielle est toujours figée sur place, un talon dans le vide au-dessus de la marche suivante.

– Danielle, murmuré-je en lui serrant le bras pour l'aider à tenir debout. Est-ce que ça va ?

Comment tout le monde peut déjà être au courant ? On n'a pas passé plus de dix minutes dans la salle de bains. Est-ce que Chase l'a annoncé à la seconde où il est arrivé en bas ? Peut-être qu'il l'a dit à Jason Ryder et que cet imbécile a aussitôt ouvert sa grande bouche.

– Ça va, siffle-t-elle entre ses dents.

Mais sa main s'accroche à la mienne et la serre fort avant de faire un pas en arrière. Elle prend une grande inspiration et se recoiffe, les doigts tremblants. Puis elle se penche et fait une révérence.

La foule explose.

2

Danielle se redresse et sourit à la foule exactement comme le fait Chase sur un terrain de foot quand il salue tous les supporters qui brandissent des pancartes avec son nom écrit dessus. C'est un peu comme si la chanson de Madonna était la BO de son entrée en scène. Je descends les dernières marches derrière elle, en espérant que personne n'ait fait le lien entre la chanson et *moi* (ça pourrait tout à fait être la BO de mon entrée en scène à moi aussi).

Lorsque nous arrivons en bas des escaliers, Ava fonce sur nous et agrippe jalousement le bras de Danielle. Ava est minuscule – ses seins sont plus gros que son corps tout entier –, elle a la peau claire, criblée de taches de rousseur et toujours parfaitement bronzée, même en hiver, grâce à cette crème de corps teintée à la noix de coco dont elle raffole. Il fut un temps où elle avait les cheveux roux, mais l'année dernière elle s'est mise à les teindre d'une couleur différente selon la saison ou l'époque de l'année. Ces temps-ci, ils sont rose pâle, un vestige de la Saint-Valentin ; elle ressemble à une barbe à papa. Elle porte le même rouge à lèvres et les mêmes boucles d'oreilles argentées que Danielle, et elles se sont acheté la même coque de téléphone violette. Ce qui annonce clairement la couleur : même si nous sommes en théorie toutes amies, je ne serai jamais acceptée dans leur duo. Parfois, je me dis qu'Ava est tellement la copie conforme de Danielle que se teindre les cheveux, c'est la seule façon qu'elle ait trouvée de se distinguer un peu : une minuscule rébellion.

– Tu viens vraiment de te taper Chase ? demande Ava. Tout le monde dit que tu as couché avec lui.

– Si tout le monde le dit, répète Danielle en tordant la bouche, c'est que ça doit être vrai.

– Je vais prendre le relais, me dit Ava en tirant Danielle par le bras.

Je les regarde s'éloigner en se murmurant des trucs à l'oreille. J'ai de nouveau une furieuse envie de me cacher. J'avale une gorgée de ce qu'il reste de ma bière, juste histoire d'avoir un truc à faire. Elle a un goût dégueu.

Les fêtes, ça a toujours été le truc d'Andrew, jamais le mien. Je ne sais pas comment il se débrouille pour arriver à me convaincre de venir chaque fois – alors que je préférerais de loin me faire un marathon Netflix. Je le cherche du regard à travers la pièce, lui ou Hannah, *n'importe qui*, mais je suis bien trop petite pour apercevoir qui que ce soit à travers la foule.

Je vais tuer Andrew de m'avoir organisé une fête d'anniversaire pour m'abandonner ensuite.

« Allez, Collins, a-t-il gémi un peu plus tôt quand j'insistais pour dire que c'était une mauvaise idée. On a passé tous tes anniversaires ensemble. On va pas s'arrêter maintenant. » C'est vrai – je connais Andrew depuis le jour de ma naissance. Avant, même. Nos mères se sont rencontrées à leur cours d'accouchement sans douleur et ne se sont plus jamais séparées. Andrew a fêté son anniversaire la semaine dernière, ses parents nous ont emmenés dîner chez Giovanni's pour l'occasion. Pas vraiment la soirée de folie qu'il avait en tête. Il se rattrape maintenant qu'ils sont partis en week-end, et me voilà coincée.

Je rejoins la cuisine en évitant de justesse Jarrod Price qui vomit dans une poubelle. Il y a des gobelets et des assiettes sales éparpillés partout sur le comptoir en Formica. Andrew avait promis de m'acheter des pizzas si je disais oui pour la fête, et la maison est désormais remplie de cartons graisseux pleins de croûtes et de fromage séché.

Je rassemble quelques assiettes et les pose dans l'évier avant de faire mousser l'éponge.

– Pitié, ne me dis pas que tu es en train de faire la vaisselle, dit Andrew en glissant son bras autour de mon épaule pour me serrer contre lui.

Il me fait souvent penser à un golden retriever : une boule de poils blonds toujours contente. Je jure qu'il m'arrive parfois de voir sa truffe frétiller.

– Je voulais juste prendre un peu d'avance, dis-je en attrapant un gobelet en plastique pour le rincer.

Andrew me l'arrache des mains en nous éclaboussant tous les deux. Sa chemise en flanelle est si froissée qu'on dirait qu'il s'est roulé par terre. Ce qui est sûrement le cas, probablement avec une fille. Beurk.

– Pas de vaisselle le jour de ton anniversaire, dit-il. Ce sont les règles de la maison. En plus c'est un gobelet en plastique, il se jette à la poubelle.

– Tu crois qu'elle va s'en remettre ? dis-je en désignant Danielle qui se trouve de l'autre côté de la pièce, au milieu d'un groupe de filles de première.

Andrew suit mon regard.

– On parle de Danielle Oliver. Elle ne vit que quand tous les yeux sont braqués sur elle. Les choses n'auraient pas pu mieux se passer.

Je repense à ma conversation avec elle dans la salle de bains, à comment elle m'a fait promettre de ne rien dire.

– Je me sens juste mal pour elle. Si ça avait été moi…

– Ce n'est pas toi, m'interrompt Andrew en passant son bras autour de ma taille. Heureusement. Tu crois sincèrement que j'aurais tenu dix-huit ans avec elle ? rigole-t-il avant de me tirer vers le frigo. Je t'ai acheté ces horribles boissons à la pastèque que tu adores. Tu les as vues ?

Il sort une bouteille en verre rose pleine de givre que je lui prends aussitôt des mains avec un grand sourire.

– Et c'est maintenant que tu me le dis ? Alors que j'ai passé la soirée à essayer de boire ce jus de chaussette ? dis-je en agitant la main vers le fût de bière qui trône dans un coin sur une pile de serviettes de plage.

On l'a acheté grâce au cousin d'Andrew, notre fournisseur officiel d'alcool depuis qu'il a eu vingt et un ans[1].

– J'essaie juste de t'endurcir un peu, dit-il. Un jour, tu vas te retrouver quelque part dans la nature, peut-être à une fête organisée par un type moins charmant et attentionné que moi, et il n'y aura pas d'horribles boissons à la pastèque, et tu te diras en ton for intérieur :

---

1. Aux États-Unis, l'âge légal pour consommer et donc acheter de l'alcool est vingt et un ans. *(Toutes les notes sont de la traductrice.)*

Heureusement qu'Andrew m'a appris à boire de la bière. Mais tu as raison, c'est du jus de chaussette.

Ce qui ne l'empêche pas de s'en resservir un verre. Une des élèves de première qui parlaient à Danielle vient alors nous rejoindre et effleure délicatement l'épaule d'Andrew. Cecilia Brooks passe sa vie à effleurer délicatement l'épaule des gens. C'est un peu sa botte secrète et elle la maîtrise mieux que personne. Je sais de source sûre que Tim Schneider lui fait tous ses devoirs dès qu'elle le lui demande – le genre de pouvoir que j'adorerais posséder.

– Salut Drew, dit-elle en replaçant une de ses boucles blondes derrière son oreille avant de lui sourire de ses dents parfaitement blanches (ses parents sont dentistes).

– Salut Cecilia, répond-il. Je te cherchais !

Sa phrase de drague habituelle. Andrew le fêtard n'a pas du tout la même personnalité que l'Andrew normal. Il est toujours un peu plus mielleux quand il est entouré de filles et le pire, c'est que ça marche. Pour Andrew, les petites amies, c'est comme les iPhone, il veut toujours le dernier modèle.

– N'importe quoi ! dit-elle en lui tapant la poitrine. Tu es vraiment un menteur.

– Il a passé la soirée à parler de toi, dis-je en improvisant pour essayer de lui filer un coup de main. Impossible de le faire taire à ton sujet.

Andrew m'écrase le pied. J'en ai trop fait apparemment.

Cecilia se tourne vers moi à contrecœur.

– Oh, salut Keely, dit-elle avant d'écarquiller les yeux. Oh mon Dieu, c'est un Breezer à la pastèque ? demande-t-elle en posant une fois de plus sa main sur l'épaule d'Andrew. J'adore ça !

J'aimerais qu'Andrew soit au-dessus de tout ça. Mais aucun mec hétéro ne peut résister au toucher magique de Cecilia Brooks – surtout pas Andrew le fêtard.

– Ouais, t'en veux un ? J'en ai acheté plein.

– Vraiment ? T'es trop mignon (toucher d'épaule).

Je lui lance un regard noir en agrippant fermement ma bouteille comme si j'avais peur qu'elle me la vole. Mais Andrew ouvre le frigo, s'empare d'un autre Breezer qu'il décapsule avant de le tendre à Cecilia. Elle en prend une gorgée, en posant ses lèvres satinées exactement comme il faut autour du goulot.

– Drew, tu te souviens que je suis venue avec Suzie ? dit-elle. Mais je pense qu'elle a trop bu pour conduire. Elle s'est enfilé bien trop de shots de vodka-framboise. Est-ce que tu crois que… Est-ce que les gens vont passer la nuit ici ? Tu crois qu'on pourrait rester nous aussi (toucher d'épaule) ?

– Bien sûr que tu peux dormir ici ! répond Andrew tandis que le sourire de Cecilia s'agrandit – on peut presque voir des cœurs dans ses yeux.

Je sais que je les ai perdus pour la soirée, lui et le reste de mes Breezer à la pastèque. Il n'y a donc plus qu'une seule chose à faire. Je connais mes répliques par cœur. Je finis ma bouteille, la pose sur le comptoir et annonce :

– Je vais rejoindre Hannah. On se capte plus tard.

Je les salue de la main et quitte la cuisine. Andrew me court après en laissant Cecilia seule un instant.

– Eh, tu peux prendre mon lit ce soir, d'accord ?

– Mais Cecilia et toi n'allez pas en avoir besoin ?

– C'est ton anniversaire, hors de question que tu dormes sur le canapé, dit-il en souriant. Et puis, il nous reste la chambre d'amis. Ou la douche.

– Par pitié, ne me mets pas des images horribles dans la tête, dis-je en lui tapant l'épaule d'une façon qui n'a rien à voir avec celle de Cecilia.

– Oh, mais une douche, ça n'a rien d'horrible. On n'est pas dans *Psychose*.

Andrew et moi avons découvert Hitchcock à l'âge de douze ans en tombant sur un DVD de *L'Inconnu du Nord-Express* au vidéoclub du coin. Nous l'avons regardé sur le vieux téléviseur de son sous-sol où nous avions descendu nos sacs de couchage et avons passé la nuit emmitouflés dedans en faisant semblant de ne pas être terrorisés. Ce fut le début de tout un tas de marathons de films dans le sous-sol d'Andrew, comme la fois tristement célèbre où j'ai eu tellement peur que je me suis fait pipi dessus en regardant *Les Oiseaux*. Maintenant, dès que nous apercevons des mouettes sur la plage ou des oies qui volent en formation, Andrew fait remarquer que ça sent l'urine…

Il me lance un sourire coquin en agitant la main en direction de Cecilia.

– Ce soir, je vais lui donner des *sueurs froides*.

– Pitié, arrête.

– J'ai hâte de lui mettre *la main au collet*, si tu vois ce que je veux dire…

– T'as le bonjour d'*Alfred* et d'*Hitchcock*, dis-je en riant tout en brandissant mes deux majeurs dans sa direction.

Andrew hausse les sourcils en souriant.

– Ce soir, je vais lui montrer ma *cinquième colonne*…

– Ah, enfin, mes deux personnes préférées ! s'exclame Hannah en nous fonçant dessus pour nous prendre dans ses bras. Vous n'êtes pas sérieusement en train de faire des jeux de mots avec des titres de films d'Hitchcock ? Si je ne vous aimais pas autant tous les deux, je vous détesterais.

Hannah nous serre étonnamment fort. En même temps, elle a les muscles pour, vu qu'elle joue au hockey sur gazon. La spécialité d'Hannah Choi, ce sont les câlins qui font un peu mal.

– Oh non ! dit Andrew en se redressant. Si même toi, tu ne nous trouves pas drôles, alors on est foutus.

– C'est pour ça que vous êtes mes meilleurs amis, dit-elle en riant et en dégageant sa longue frange de devant ses yeux.

Hannah a des cheveux de pub pour shampooing – noirs, épais et soyeux. C'est objectivement une fille magnifique, ce qui ne joue pas en ma faveur vu que je passe le plus clair de mon temps à côté d'elle.

– À vrai dire, il était sur le point de m'abandonner, dis-je à voix basse en faisant un signe de tête vers la cuisine où se trouvent toujours Cecilia et Suzie Palmer en train de se raconter des potins.

Hannah lance un grand sourire malicieux à Andrew.

– Oh, tu vas te faire Cecilia Brooks ?

– Ouais, probablement dans la douche, dis-je en grimaçant. J'en sais déjà beaucoup trop sur le sujet.

Hannah éclate de rire.

– Si quelqu'un peut supporter tous les détails dégueu, c'est bien toi.

– Je ne vais pas me *la faire*, comme tu le formules si élégamment, dit Andrew en faisant mine d'être offusqué. Et puis c'est ton anniversaire, Collins, donc si tu préfères qu'on traîne ensemble…

Il s'interrompt et je vois bien qu'il attend ma permission pour me laisser en plan. Ça devrait m'agacer, mais soyons honnêtes, je savais que ça arriverait avant même que la fête ne commence.

– Je ne veux pas t'empêcher de vivre ton grand amour.

– T'es sûre ? demande-t-il en se frottant le nez. Hannah et moi, on t'a écrit un rap d'anniversaire et on n'a même pas eu l'occasion de…

– Mais quelle horreur ! dis-je en le poussant vers la cuisine pour le forcer à nous laisser. Vas-y. Si tu continues à l'ignorer et à nous parler, tu vas passer à côté de ta chance. (Je peux sentir le regard noir de Cecilia d'ici.) J'ai Hannah et des restes de pizza.

– OK. Cool, dit Andrew. Et je ne l'ignore pas, tu sais. Je me laisse simplement le temps de lui manquer.

Puis il se tourne vers Cecilia en lui lançant son sourire stupide d'Andrew le fêtard et, comme d'habitude, ça fonctionne. Elle nous rejoint dans la salle à manger et vient glisser son bras sous le sien.

– Andrew, j'ai besoin d'un partenaire pour jouer au bière-pong. Ça te tente ?

Elle l'entraîne comme s'il avait déjà répondu oui.

– Je vous retrouve plus tard, d'accord ?

– Amusez-vous bien, les enfants ! dis-je en agitant la main.

– À propos, Collins, il y a des oiseaux sur mes draps, dit-il. Alors essaye de ne pas faire pipi au lit !

Je lui envoie un autre doigt d'honneur et il quitte la pièce en riant.

– C'est écœurant à quel point il est doué pour ces trucs-là, dit Hannah. Je ne sais même pas pourquoi il est ami avec nous.

– On lui sert de faire-valoir.

Je sais qu'Andrew apprécie notre aide avec les filles et que si je lui demandais de me rendre la pareille avec les garçons, il le ferait sans la moindre hésitation. Mais la situation ne s'est jamais présentée. Les garçons ne viennent pas m'aborder aux fêtes pour m'effleurer délicatement l'épaule. Des flashes de Danielle et Chase nus et en pleine action sur le lit me reviennent malgré moi et j'ai un peu envie de vomir. Je regarde autour de moi, en me demandant qui m'attirerait suffisamment pour que j'accepte de le suivre dans la chambre des parents d'Andrew. Je prends soudainement conscience que je *pourrais* le faire... je pourrais perdre ma virginité ici et maintenant, le soir de mes dix-huit ans, et on passerait enfin à autre chose.

Mais personne ne m'attire à ce point. Ni Chase, le beau mec qui joue de ses charmes arrogants. Ni Jason Ryder, qui est dix fois pire que lui. Ni Edwin Chang, qui est amoureux de Molly Moye depuis la maternelle. Ni Jarrod Price qui est défoncé quasi vingt-quatre heures sur vingt-quatre. Et encore moins Andrew qui est comme mon frère et présentement enroulé autour du corps de Cecilia comme une écharpe et lui murmure des trucs à l'oreille tandis qu'elle glousse, blottie contre lui.

Je les connais tous depuis bien trop longtemps – depuis l'âge où ils se mettaient encore les doigts dans le nez, faisaient des concours de pets, mangeaient leurs crayons de couleur et suçaient leurs tubes de colle. Difficile d'oublier. Je me dis pour la millionième fois que tout changera une fois que je serai à la fac, une fois que j'aurai quitté mon Vermont perdu pour une grande ville où, pour la première fois de ma vie, je serai entourée d'inconnus – de gens qui ne se ressemblent pas et ne se comportent pas exactement de la même façon, qui ne connaissent pas mes parents, qui ne savent pas à quoi je ressemblais à l'âge de dix ans, qui ne me voient pas juste comme la meilleure amie d'Andrew ou la fille que Danielle tolère – la moins cool parmi celles qui ont le droit de s'asseoir à sa table à la cantine.

Je secoue la tête en passant mon bras sous celui d'Hannah.

– Andrew m'a dit que j'avais la priorité sur son lit. Tu veux partager sa chambre avec moi ?

– Carrément ! Merci ! J'essaie de me trouver un coin pour dormir depuis un bon moment mais tout le monde squatte partout. J'ai tenté ma chance dans le bureau mais Sophie a failli m'assassiner.

C'est le problème avec les fêtes au milieu de nulle part. Il n'y a pas de Uber et il faudrait être idiot pour conduire alors qu'on a bu – surtout avec cette neige. Donc en général, tout le monde reste dormir sur place. Ça devient une immense soirée pyjama mais avec de l'alcool.

En montant à l'étage, Hannah et moi passons devant le mur où sont encadrées les photos de la famille d'Andrew. Je les connais par cœur vu que je suis sur la moitié d'entre elles : Andrew et moi déguisés en SOS Fantômes pour Halloween, nos petites mains pleines de bonbons ; Andrew et moi au collège, avec nos cheveux blonds, nos appareils dentaires et nos boutons d'acné (notre période la plus ingrate). Hannah tapote du doigt l'une des photos – celle du dixième anniversaire d'Andrew, juste après notre bagarre dans la boue ; nous sommes noirs de la tête aux pieds et tout sourire devant l'objectif.

– Tu crois que tout le monde les a déjà vues ou on a encore le temps de les cacher ? demande-t-elle, amusée.

– Il est trop tard.

– Je suis incapable de vous différencier toi et Andrew sur cette photo.

Je sais que c'est une blague mais elle n'a pas totalement tort. J'ai vraiment l'air d'un garçon dessus. Autant être honnête, si je me souviens des autres en train de se curer le nez, il est fort probable qu'eux se souviennent de moi quand je ressemblais à *ça.*

J'ai passé toutes mes années de primaire avec Andrew. Je ne voyais pas l'intérêt de me faire d'autres amis vu que lui et moi pédalions à la même vitesse et qu'il pouvait lui aussi réciter par cœur tous les dialogues des *Star Wars* – même les préquelles. Ma mère m'a dit de me méfier de la terrible période de « mue » – à savoir le jour où Andrew commencerait à changer et déciderait qu'on ne pourrait plus être copains. Mais ce jour-là n'est jamais arrivé. La puberté a débarqué et nous sommes restés amis.

Il y a eu quelques années un peu étranges, évidemment. Je me souviens que pour ses treize ans il a organisé une fête à la piscine et que j'étais la seule fille invitée. J'étais terrifiée à l'idée de devoir me mettre en maillot devant tout le monde. D'un côté, je voulais absolument participer au concours de bombes, mais de l'autre, j'avais peur que mon maillot s'envole ou que mes règles débarquent sans prévenir. Je me souviens également de ces réunions de famille où nous posions ensemble pour les photos en tentant d'ignorer, l'estomac serré, les sous-entendus de nos parents qui nous disaient de nous « rapprocher un peu plus » l'un de l'autre. Je me souviens de cette fois en cinquième où il m'avait dit de venir dormir chez lui et où je m'étais pointée en pyjama sans savoir qu'il y aurait toute sa bande de copains – des copains mignons, en plus. J'étais tellement en colère contre lui que je ne lui ai pas adressé la parole pendant trois jours.

Et puis il y a la fois où il a embrassé Sophie Piznarski au bal de promo de quatrième. Sa première fois. Il m'a traînée dans la cour pour tout me raconter. Je voyais bien à son expression qu'il était tiraillé, partagé entre excitation et embarras. *Est-ce que ce genre de conversation était autorisé ? Est-ce qu'on pouvait parler de ces choses-là, lui et moi ? Est-ce que c'était trop bizarre ?*

C'est durant ces années de cheveux gras et de voix qui muent, où Andrew et moi étions encore en train de tester la température de l'eau, où nous tentions de comprendre quel sens donner à notre relation, où il passait tout son temps avec ses nouveaux copains et où je bégayais chaque fois que j'essayais d'adresser la parole à un autre garçon que lui, que j'ai eu la chance de faire la connaissance d'Hannah.

Hannah était bien plus cool que moi, elle était copine avec Danielle et Ava – des filles qui, du haut de leurs treize ans, ressemblaient déjà à des mannequins Instagram. Elle m'a proposé de m'asseoir avec elles au déjeuner et m'a sauvée d'une vie obscure de garçon manqué et de conversations inintéressantes avec des collégiens sous hormones.

J'ai d'abord eu peur que cette nouvelle amitié change les choses avec Andrew, qu'il se sente laissé pour compte si je passais du temps avec quelqu'un d'autre que lui, mais j'aurais dû me douter que ce n'était pas son genre. La première fois que je les ai présentés, Andrew et Hannah se sont tout de suite bien entendus, notamment grâce à leur passion commune pour *Harry Potter*. Nous sommes vite devenus inséparables tous les trois. Bien évidemment, ce sont tous les deux des Gryffondor, mais ils disent qu'ils m'aiment quand même, bien que je sois une Poufsouffle.

À l'étage, nous tombons sur Molly Moye en plein échange de salive avec Edwin Chang – il la plaque contre la porte du placard du couloir comme s'ils essayaient désespérément de rentrer dedans. Edwin a toujours sa bouteille de bière à la main mais elle est à deux doigts de se renverser parce qu'il essaie d'agripper les fesses de Molly en même temps. Je connais bien Molly – Hannah et elle jouent ensemble au hockey. J'ai traîné suffisamment avec elle pour savoir que sortir avec Edwin, c'est un peu une consécration pour elle. Mais je n'ai pas le cœur à fêter ça.

– Mais tout le monde est en chaleur dans cette maison ! je marmonne en avançant vers eux pour prendre la bouteille des mains d'Edwin et la poser sur le guéridon du couloir (sur un magazine pour que ça ne laisse pas de marque sur le bois).

Edwin remarque à peine mon intrusion, il se contente de m'adresser brièvement un pouce levé que je m'empresse de lui rendre, parce que j'essaye d'avoir l'air cool malgré tout. Nous les contournons pour rejoindre la chambre d'Andrew. Une fois à l'intérieur, la porte refermée derrière nous, je me détends enfin un peu. La pièce est un chaos sans nom mais un chaos que je peux ranger. Le sol est jonché de vêtements, et les draps – verts avec des canards qui volent – sont roulés en boule sur le matelas. Le long du mur se trouve le canapé sur lequel je dors d'habitude. Hannah s'y laisse tomber. Je m'assois sur le lit et lui lance une couverture.

– Alors, qu'est-ce qui s'est passé ? demande-t-elle. J'étais au sous-sol et j'ai entendu tout le monde applaudir.

Je lui raconte l'histoire de Danielle, la foule en délire, la chanson de Madonna et le mot « imbaisable » qui fend la pièce comme une lame de rasoir.

– Ça ne m'étonne tellement pas, dis-je en enlevant mes chaussettes avant de me laisser tomber en arrière sur le matelas. Cette ville est vraiment trop nulle.

Heureusement que je vais étudier en Californie. Tout le monde me croit folle, mais j'ai juste besoin de vivre dans un endroit complètement différent. J'en ai marre de Prescott – marre de la neige, de la glace et du vent si froid que j'ai parfois l'impression que mes joues vont tomber. Tout ce que je sais, c'est que je veux faire des films et que le Vermont n'est pas vraiment l'endroit idéal pour ça. Tout ce qu'on a ici, ce sont des écrivains, des snowboarders et des tueurs en série.

Hannah a été acceptée à la New York University et Andrew, à John Hopkins (parce que, même s'il le cache bien, il est super intelligent). John Hopkins, c'est à Baltimore, soit à 4258 kilomètres de Los Angeles, qui est elle-même à 4469 kilomètres de New York. J'ai vérifié. L'année prochaine, nous ne serons plus que trois points éloignés sur une carte. Ça, ça me fait peur. Je suis plus que prête à quitter Prescott, mais je ne serai jamais vraiment prête à me séparer de ces deux-là.

Il faut donc qu'on s'assure que les mois qui viennent soient mémorables. C'est tout ce qu'il nous reste, ces *moments* – ces grands souvenirs auxquels nous repenserons, ceux qui compteront quand nous évoquerons nos années de lycée dans vingt ans. Pour notre dernier jour d'école en juin, Hannah, Andrew et moi avons prévu de quitter le parking du lycée dans la camionnette d'Andrew, « Free Bird » à fond dans les baffles, en faisant des doigts d'honneur vers le ciel – un dernier « Va te faire foutre » à tout et à tout le monde... J'ai déjà tout planifié, j'ai imaginé chaque scène jusqu'à la fin de l'année scolaire, je me les repasse dans la tête comme un story-board.

– L'année prochaine, tout sera différent, dit Hannah. J'ai tellement hâte de déguerpir d'ici !

Hannah est coréenne ; il n'y a que trois élèves asiatiques dans toute l'école et je sais que c'est aussi pour ça qu'elle a hâte d'être à New York. Ses parents se sont rencontrés à NYU. Ils ont emménagé ici quand elle avait cinq ans et elle rêve d'y retourner depuis. Elle veut vivre dans un loft d'artistes en mode bohème. Franchement, je la comprends. New York est une ville palpitante, dynamique et multicolore. Le Vermont, c'est plus un gros bol de corn-flakes sans sucre.

– Prescott est l'endroit le plus déprimant de la planète, dis-je. Mais je suis contente que tu sois coincée ici avec moi.

– Je suis heureuse que tu sois née, Miss Anniversaire, répond Hannah. Et je suis heureuse qu'Andrew existe lui aussi. C'est un type bien. Il nous a filé sa chambre.

– Je me sers de lui pour son lit depuis le début, dis-je en riant.

– Tu sais, je ne pense pas qu'Andrew se mettrait en colère si tu l'utilisais pour son lit, rétorque-t-elle en agitant les sourcils.

– T'es dégueu, dis-je en faisant semblant de vomir.

Hannah fait ce genre de blague depuis le collège.

– Tu sais, poursuit-elle, perplexe, je pensais sincèrement que Chase était un type bien. Je suis sûre qu'il n'avait pas l'intention de dire à tout le monde ce qui s'était passé avec Danielle. Tu connais Ryder. Il l'a probablement physiquement forcé à cracher le morceau.

Je ne sais pas si elle croit vraiment ce qu'elle est en train de dire ou si elle essaie seulement de se convaincre. Hannah veut toujours voir le bon côté des gens, même quand il n'y en a pas.

Je rabats les draps d'Andrew et me glisse dessous sans prendre la peine de me changer. Hannah s'installe sous sa couverture. Nous restons allongées là, en silence, pendant quelques secondes à scruter les étoiles phosphorescentes collées au plafond.

– Ça me rappelle un peu Charlie, finit par dire Hannah d'une petite voix étranglée.

Je me tourne vers elle et pose mon menton sur ma main. Cette « merde infidèle de Charlie », comme on l'appelle entre nous, a largué Hannah quelques jours à peine après qu'ils ont couché ensemble pour la première fois. Il s'est révélé qu'il couchait également avec Julie Spencer. Je sais qu'être dans la chambre d'Andrew pousse parfois Hannah à repenser à Charlie parce que c'est ici que nous avons passé la soirée le jour où ils ont rompu. Andrew avait téléchargé les partitions des plus belles chansons tristes pour les jouer à la guitare et nous avions chanté-hurlé faux pendant des heures.

« Tu es une Gryffondor et lui, c'est un Cracmol, lui avait-il dit. Ne l'oublie jamais.

– Ce n'est pas un Cracmol, avait répondu Hannah, c'est un putain de Mangemort. »

– Chase est un connard et il a fait de la merde, mais ce n'est pas pareil, dis-je comme si j'avais besoin d'y croire pour Danielle. Elle s'en remettra. Ça ira parce qu'elle ne…

Je m'interromps mais Hannah finit ma phrase pour moi :

– … l'aime pas ?

– Ouais.

– Le sexe et l'amour sont censés aller de pair, dit-elle. Mais dès qu'on tombe amoureux, on est foutu. (Elle tend la main pour éteindre la lumière.) Tomber amoureuse d'un lycéen, c'est vraiment le truc le plus stupide qu'une fille puisse faire.

Je suis réveillée un peu plus tard par un poids qui enfonce le matelas à côté de moi. J'entrouvre un œil et aperçois Andrew assis au bord du lit, les cheveux ébouriffés dans tous les sens. Il a mon sac dans les mains et le lâche en me voyant – tout le contenu vient s'éparpiller à ses pieds.

– Désolé, dit-il, j'ai trébuché dessus.

Il se penche pour tout remettre à l'intérieur puis s'allonge à côté de moi.

– Il est quelle heure ? je demande d'une petite voix encore ensommeillée.

Il jette un œil à son téléphone, éclairant son visage dans la pièce obscure.

– 4 h 30.

– Où est Cecilia ?

– Au sous-sol. On a essayé de dormir sur le canapé mais il n'y avait pas assez de place. Je n'arrêtais pas de tomber par terre. Je me suis même fait un bleu sur le coude, explique-t-il en me montrant sa blessure.

– Donc tu l'as laissée toute seule ?

– C'est ton anniversaire, dit-il comme si c'était une raison valable.

– T'es vraiment un trou du cul.

– Pas du tout, dit-il en laissant tomber son bras lourd autour de moi. Je suis le meilleur.

– Non. Bouge.

Je m'écarte de lui en roulant et manque de tomber de l'autre côté du lit. On entend un bruit en provenance du canapé puis Hannah nous tourne le dos en s'enfonçant un peu plus dans les coussins.

– Chut, dit bruyamment Andrew en reposant son bras sur moi.

– Non, tu sens le parfum de Cecilia des pieds à la tête !

– On a pris une douche, je te rappelle. Je suis propre comme un sou neuf, affirme-t-il en me montrant ses dents blanches comme pour prouver ce qu'il dit.

Je soupire mais ne repousse pas son bras. Je suis bien trop fatiguée pour protester. Son téléphone se met à vibrer et il le reprend de sous l'oreiller. La lumière nous aveugle tous les deux quand il allume l'écran.

– Un poème d'amour de la part de Cecilia ? dis-je en chuchotant. « Mon bien-aimé Andrew. Ô Capitaine ! mon Capitaine ! Pourquoi m'as-tu laissée toute seule sur le canapé du sous-sol ? »

Je ne peux pas vraiment voir son visage mais je le sens qui fronce les sourcils.

– Elle s'en remettra.

Il fouille dans sa poche et en sort une paire de

lunettes à monture épaisse en écaille de tortue qui lui donne un air de grand-père. Il les garde toujours au fond de sa poche et ne les met qu'en cas d'absolue nécessité parce que ça le complexe. Je me glisse contre lui pour lire le texto. Il ne vient pas de Cecilia mais de Suzie Palmer, la copine de Cecilia – celle qui avait bu « bien trop de shots » pour pouvoir conduire.

> Tu dors ? Si tu me cherches,
> je suis seule dans la chambre d'amis. 😉

– Elle est au courant que tu viens de te taper sa meilleure amie ?

– Je n'ai pas l'intention de lui répondre.

Il éteint l'écran de son téléphone et mes yeux ont besoin d'un instant pour s'ajuster à la pénombre.

– Sérieux ?

– T'as l'air surprise, dit-il d'une voix douce. Je ne suis pas un si gros trou du cul que ça.

– Ou alors Cecilia te fait vraiment craquer et t'as pas envie de tout gâcher, dis-je en souriant. Je comprends.

– C'est parce que sa *conversation* est vraiment stimulante intellectuellement, répond-il avec un grand sourire.

Je lui donne un petit coup de coude avant de me retourner et de fermer les yeux. Je connais bien cet Andrew-là désormais, le fêtard qui se tape des filles comme si ça n'avait aucune importance et qui fait des blagues sur les douches à deux comme si c'était un truc qu'on faisait tous.

Dans les comics, les super-héros ont toujours ce grand moment fondateur – une morsure d'araignée ou une flaque de liquide radioactif – qui les fait passer d'une personne normale à une personne extraordinaire. Mais la transformation d'Andrew de Peter Parker à Spider-Man a été un processus extrêmement lent – si lent que je ne l'ai même pas remarqué. Il a fallu des années pour qu'il passe de gamin dégingandé avec des mains et des pieds trop grands, le visage criblé de taches de rousseur, à mec que les filles trouvent *mignon*, qui fait de l'effet à des Cecilia Brooks et Suzie Palmer. Mais un grand pouvoir implique de grandes responsabilités, donc je fais de mon mieux pour m'assurer qu'il garde les pieds sur terre – traduction : pour éviter qu'il ne se transforme en Super-Connard.

Mais bon, je ne peux pas m'empêcher de penser à toute l'avance qu'il a sur moi. C'est comme si tout le monde dans cette école en était au dernier boss d'un jeu vidéo alors que moi, j'essayais encore de comprendre comment on mettait des piles dans la manette.

– Bonne nuit, Drew du cul, dis-je dans l'obscurité.

Mais il s'est déjà endormi et je n'ai droit qu'à un ronflement alcoolisé en guise de réponse.

3

– Maintenant que je suis une femme, je vais commander un espresso, dit Danielle alors qu'elle nous conduit chez Dunkin' Donuts le lendemain matin. C'est le petit qu'on boit sans lait et sans sucre, c'est ça ?

– Ouais, et ça a un goût d'essence, répond Ava depuis le siège passager. Et puis vu que tu mets cinq sucrettes dans chacun de tes cafés depuis la cinquième, je ne suis pas sûre que la nuit dernière soit suffisante pour y changer quoi que ce soit.

Nous avons passé la matinée à nettoyer la maison d'Andrew – à frotter les comptoirs, à remplir et à vider le lave-vaisselle, à dégager la neige dans l'allée pour effacer les multiples empreintes de pas et de pneus. La mère d'Andrew est un peu dingue quand il s'agit de sa maison – elle appelle sa chambre « le sanctuaire » et passe tellement de temps chez Roche Bobois qu'elle a probablement droit à la remise réservée aux employés. Les lendemains de fête, c'est toujours une galère de plusieurs heures pour ceux qui ont la gentillesse de rester et d'aider à tout ranger. Ce qui n'est jamais le cas des types comme Jason Ryder.

Je me dis que les choses seront probablement différentes en Californie, que là-bas les jeunes ont la classe, qu'ils boivent du vin le petit doigt levé, que les garçons ne se saoulent pas à la Kro en essayant d'écrire leur nom dans la neige quand ils sortent faire pipi. Mais peut-être que les gens sont les mêmes partout.

C'est nous qui sommes de corvée poubelles. La voiture est remplie de sacs en plastique noir que nous sommes censées aller jeter à la décharge – les bouteilles et les canettes vides d'hier soir, preuves dont nous devons absolument nous débarrasser. Je suis assise à l'arrière avec Hannah, qui a le teint un peu vert, probablement à cause de l'odeur qui émane des sacs. Mais le plus dur, c'est qu'Ava – qui a une passion pour les comédies musicales – nous force à écouter une chanson de *Wicked,* qui est à peu près trois octaves trop hautes pour un lendemain de fête.

– Pitié, est-ce qu'on peut éteindre ça ? demande Danielle en tendant la main vers l'autoradio.

– Non ! crie Ava en l'empêchant d'atteindre l'appareil. « Defying Gravity » est la meilleure chanson de tous les temps ! Tu éprouves forcément quelque chose en l'écoutant.

– Oui, répond Danielle, l'envie de mourir.

– Attention, dit Ava, je pourrais mettre *Cats. Cats* est carrément terrifiant.

Ava est la vedette de toutes les comédies musicales du lycée depuis la seconde. Elle part étudier à NYU elle aussi. Bien qu'elle et Hannah n'aient pas choisi les mêmes matières, les imaginer toutes les deux en train d'explorer New York bras dessus, bras dessous me fait un petit pincement au cœur.

– Tu n'as pas un album de bruits d'océan relaxants ? demande Hannah en posant son front contre la vitre.

Nous sommes au milieu de nulle part, sur une petite route sinueuse bordée de pins comme il y en a mille à Prescott. Le centre-ville se limite à quatre pâtés de maisons où s'égrènent quelques magasins et restaurants. En été, le lac d'à côté attire tout un tas de touristes : des familles avec leurs énormes bouées et leurs tubes de crème solaire, mais aussi des randonneurs avec leurs sacs à dos et leurs dreadlocks qui remontent le sentier des Appalaches. À l'automne, nous avons droit aux amateurs de feuilles mortes et aux citadins de tous poils qui conduisent si lentement que ce sont des dangers publics. Mais début mars, Prescott est vraiment une ville fantôme.

Nous tournons dans une rue un peu plus animée et la devanture rose et orange du Dunkin' Donuts apparaît glorieusement face à nous. Danielle passe devant sans s'arrêter.

– Mais qu'est-ce que tu fais ? hurle Ava. J'ai besoin de caféine ! J'ai un mal de crâne pas possible !

Ce qui est un peu difficile à croire quand on entend le niveau de décibels de sa voix. Ava s'exprime toujours comme si elle essayait d'être entendue à l'autre bout d'un auditorium. Parfois les gens se moquent d'elle en disant qu'elle est trop théâtrale mais j'avoue que c'est un côté que j'aime bien chez elle. Elle ressent toujours les choses à fond. Une fois, en troisième, elle a pleuré en lisant un poème à haute voix devant toute la classe en cours de littérature. Et elle n'avait pas l'air embarrassée du tout.

– On va aller à celui de Base Hill, dit Danielle en haussant les sourcils comme si la question ne se posait pas. (Les Dunkin' Donuts fleurissent partout dans la région.

Il y en a trois rien que dans ce comté alors que nous n'avons aucune salle de cinéma et qu'il faut faire une heure de route pour trouver un centre commercial.) Ils viennent d'en ouvrir un juste à côté de la salle de sport où s'entraînent tous les mecs d'EVmU.

EVmU, c'est le diminutif de la East Vermont University, notre fac locale. Elle est très connue pour son département d'herbologie, si vous voyez ce que je veux dire. La majorité des élèves du lycée de Prescott y va le week-end pour s'incruster aux soirées, mais je n'ai jamais eu envie de m'infliger ça – les soirées universitaires ont l'air d'être une véritable torture.

– Quoi ? Maintenant que tu es devenue une femme, tu ne veux plus que des étudiants ? je demande à Danielle en souriant.

– Les lycéens ont eu leur chance, répond-elle.

– Je déteste cette expression, « devenir une femme », intervient Hannah. Comme s'il fallait pour ça être pénétrée par un pénis. Pourquoi est-ce qu'on donnerait autant de pouvoir aux mecs ?

– Et *quid* des lesbiennes ? j'ajoute.

– Exactement ! dit Ava. Chase Brosner n'a pas une baguette magique entre les jambes.

– Dieu merci, dit Danielle. Il a déjà un ego suffisamment gros comme ça.

– Aucun mec n'a de baguette magique entre les jambes, dis-je en riant. C'est juste ce qu'ils croient tous.

– Est-ce que tu as parlé à Chase ? demande Hannah. Tu sais… depuis ?

Danielle tourne brusquement à droite en ignorant totalement un cédez le passage.

– Nous avons tous les deux eu ce que nous voulions.

S'il pense qu'on va remettre ça après le spectacle d'hier soir, c'est le dernier des abrutis.

– C'est vraiment un trou du cul, insiste Ava. J'ai l'impression de revivre l'épisode de Charlie. (Elle se retourne pour lancer un regard à Hannah.) Ils prétendent qu'on compte pour eux mais tu parles ! On compte pour eux jusqu'à ce qu'ils aient fini.

– J'ai déjà un sac plein d'ordures à côté de moi, dit Hannah, est-ce qu'on a vraiment besoin de parler de Charlie ?

– Je suis juste honnête, renchérit Ava. Non mais ce n'est pas déprimant qu'aucune d'entre nous ne sorte encore avec le type avec qui elle a perdu sa virginité ? Quand on aime trop, on finit toujours par être blessée. (Elle se tourne et me regarde.) Keely, tu as de la chance d'être encore vierge.

– Peu importe, je ne regrette rien, tranche Danielle.

Elle s'arrête devant la salle de sport et tire sur le frein à main un tout petit peu trop brusquement. Nous observons un type musclé d'environ vingt-cinq ans sortir de la salle, suivi d'une fille qui vient lui enlacer la taille comme si elle était son trophée.

– Et ça ne fera qu'empirer à la fac, continue Danielle. Nous sommes censées en avoir fini avec la période embarrassante, n'est-ce pas ? Nous sommes censées avoir réglé ça au lycée. (Elle me regarde droit dans les yeux.) Être vierge à la fac, c'est un peu comme avoir une maladie incurable.

Ava avait bien évidemment raison au sujet de l'espresso : la pénétration n'a pas modifié les papilles de Danielle et il a suffi d'une gorgée pour qu'elle renonce et commande une autre boisson, composée à quatre-vingt-dix pour cent de crème chantilly cette fois. Elle et Ava attendent sa nouvelle commande au comptoir, tandis qu'Hannah et moi allons nous installer à une table dans un coin de la salle.

– Danielle fait genre, tu sais, me dit Hannah en avalant une gorgée de son *latte*. Elle prétend s'en moquer parce que Chase l'a baisée, dans tous les sens du terme. Ce truc qu'elle a dit à propos d'avoir une maladie incurable, faut vraiment avoir l'esprit tordu. (Elle tripote le couvercle de sa tasse.) Honnêtement, perdre sa virginité ne devrait pas être si important. On en fait tout un plat et on se met toutes cette pression. Ne t'en fais pas si t'es vierge, tout le monde sait que c'est sans importance au fond.

– Mais c'est ça, le problème, dis-je en posant ma tasse sur la table. Tout le monde sait. Or tout le monde ne devrait pas penser que c'est sans importance que je sois encore vierge, parce que tout le monde ne devrait pas être au courant !

Lors de notre dernière soirée Halloween, Hannah et moi sommes allées voir *The Rocky Horror Picture Show* en perruques et en corsets. Quand nous sommes arrivées, le maître de cérémonie s'est emparé d'un bâton de rouge à lèvres et nous a dessiné un énorme V sur le front pour que le reste du public sache que nous étions des *Rocky Virgins* et que c'était la première fois que nous venions voir le film. C'est exactement comme ça que je me sens tous les jours dans les couloirs de Prescott – comme si tout le monde à l'école pouvait voir cet énorme V rouge tatoué sur mon front. Comme si je n'avais jamais réussi à l'effacer.

Mes parents m'ont toujours parlé très ouvertement de sexe. J'ai eu droit en CM1 à la fameuse conversation sur les abeilles qui butinent les fleurs, et ils sont entrés dans bien plus de détails que nécessaire. L'expression « stimulation clitoridienne » est à jamais gravée au fer rouge dans mon cerveau.

Les gens ne sont pas particulièrement croyants ici, la plupart d'entre eux ne vont même pas à l'église. Beaucoup se définissent plus comme spirituels que comme religieux. Certains croient en l'énergie des arbres, d'autres, au pouvoir des étoiles. Ma famille fête Noël, mais surtout parce que c'est l'occasion de se faire des cadeaux. Danielle a toujours affirmé qu'elle était une « juive du dimanche », elle n'a jamais fait sa bar-mitsva et est incapable de célébrer Pessah parce qu'un jour sans bagel, c'est trop dur pour elle.

Je sais que dans d'autres parties du monde, dans des cultures différentes de la nôtre, la religion joue un rôle bien plus important dans le rapport que les gens ont au sexe. Pour certains, le sexe va forcément de pair avec le mariage et il n'y a rien d'embarrassant à prendre son temps. C'est même ce qu'on attend de vous. Le sexe est une preuve d'amour, quelque chose de sacré.

En même temps, Hannah pensait vraiment que sa première fois serait sacrée. Elle aimait sincèrement Charlie et elle croyait qu'il l'aimait lui aussi. Elle a attendu d'être prête. Et quand il lui a proposé de passer la nuit ensemble dans sa maison du lac, elle savait très bien ce que ça signifiait. Ce fut un moment romantique et unique – un moment parfait. Jusqu'à ce qu'il la largue pour Julie Spencer la semaine d'après.

Je n'attends pas d'être mariée. À vrai dire, je n'attends même pas d'être *amoureuse.* Ce que je veux, c'est du respect et de la confiance. Peu importe qui sera le premier, du moment que je me sens en sécurité avec lui, qu'il ne me quitte pas le lendemain pour une élève de son cours d'italien, qu'il continue de m'adresser la parole, et qu'il n'en parle pas à tout le monde la minute d'après au beau milieu d'une fête. Je ne pense pas être capable de supporter une humiliation publique avec autant d'élégance que Danielle. Et à vrai dire, je ne vois pas pourquoi j'aurais à le faire.

« Attends d'être prête », disent toujours les gens. Mais comment sait-on qu'on est prête ? Est-ce qu'on se réveille un matin en se sentant soudain plus adulte, plus mûre ? Je ne me sens pas adulte du tout. Si coucher signifie risquer d'avoir le cœur brisé, d'être tournée en ridicule ou de souffrir, je ne suis pas certaine d'être prête un jour.

– Si c'est déjà la galère maintenant, qu'est-ce que ce sera l'année prochaine ? je demande d'une voix un peu abattue. Nous allons étudier dans les deux plus grandes villes du pays. L.A. n'a probablement pas connu de vierges depuis les années 1980.

– La fac, c'est dans six mois, dit Hannah. Tu as le temps. Et puis l'année prochaine, c'est un nouveau départ, tu te souviens ?

La petite cloche au-dessus de la porte d'entrée retentit et une vague d'air froid envahit le café, en apportant avec elle un garçon d'une vingtaine d'années. Probablement un étudiant d'EVmU qui sort de la salle de sport d'à côté. Je le regarde souffler dans ses mitaines et frotter ses mains l'une contre l'autre. Il a les cheveux bruns, un visage parfait, des yeux couleur chocolat et des pommettes saillantes toutes roses à cause du froid. C'est le plus beau mec que j'aie vu de ma vie. Hannah et moi l'observons bouche bée.

– Il ressemble à James Dean, murmure-t-elle la mâchoire toujours coincée.

Hannah ne connaît James Dean que parce que j'ai un poster de *La Fureur de vivre* accroché au mur de ma chambre depuis le CM2. C'est un de mes films préférés.

Nous le suivons du regard tandis qu'il rejoint la queue, juste derrière Danielle et Ava. Il porte un blouson en cuir qui lui recouvre les fesses et je maudis intérieurement le froid qu'il fait aujourd'hui. Je vois exactement l'instant où Danielle le remarque. Elle fait un léger signe de tête à Ava qui se redresse et passe aussitôt la main dans ses cheveux pour les recoiffer. Elles se tournent toutes les deux vers lui au même moment.

– C'est à ton tour, dit Danielle en plongeant ses yeux dans les siens avant de lécher un peu de chantilly de son gobelet comme s'il s'agissait d'autre chose.

Danielle a un regard super puissant, elle s'en sert comme d'une arme pour conquérir le monde.

– Hum, merci, dit-il d'une voix chaude comme du caramel.

Les filles se ruent jusqu'à notre table.

– Non, mais vous avez vu ce mec ? murmure Ava moins discrètement qu'elle ne le pense.

Danielle prend une longue gorgée de sa boisson glacée, laissant une marque de rouge à lèvres sur la paille. Avant de la connaître, j'associais toujours le rouge à lèvres aux vieilles dames, à cette odeur de parfum poudré et de laque qui enveloppait ma grand-mère. Mais le rouge à lèvres, c'est la signature de Danielle.

– Je devrais retourner lui parler, dit-elle en jetant un œil par-dessus son épaule.

– Mais grave ! confirme Ava en agitant vigoureusement la tête.

Danielle le regarde une fois encore avant de hausser les épaules et de se diriger vers la porte d'entrée.

– Je suis sûre qu'il n'en vaut pas la peine.

Danielle n'est pas du genre à perdre ses moyens devant un garçon, surtout quand il est aussi beau que James Dean. Je me demande si l'épisode Chase ne l'a pas perturbée plus qu'elle ne veut bien le laisser croire.

En partant, je jette moi aussi un dernier coup d'œil à James Dean. Il est en train de prendre une gorgée de sa minuscule tasse d'espresso. Je deviens rouge écarlate d'embarras et d'excitation quand son regard se plante dans le mien.

4

Nous sommes sur le chemin du retour quand mon téléphone se met à sonner. Je le sors de ma poche et lis un message un peu énigmatique d'Andrew :

Au secours !

Je prends une grande inspiration avant de lui répondre.

Ne me fais pas peur pour rien. Ça a intérêt à être sérieux. Est-ce que tu es en train de mourir ?

J'attends une seconde. Mon téléphone vibre de nouveau.

On va grave avoir des ennuis.

Je sens ma poitrine se serrer comme si quelque chose de très lourd était tombé dessus. La sonnerie de mon téléphone retentit dans l'habitacle, une version électro de « Eleanor Rigby ». Je décroche avant que les violons ne se mettent à jouer.

– Qu'est-ce qui se passe ?

– C'est Andrew ? demande Hannah du bout des lèvres.

– Mes parents ont trouvé le préservatif, dit Andrew.

– Quel préservatif ?

La voiture fait un écart et Danielle s'empresse d'éteindre la musique.

– Le préservatif de Chase et Danielle, explique-t-il. Ils ont trouvé l'emballage sur la table de nuit à côté de leur lit.

Je ne peux pas m'empêcher de rire.

– Sérieux ? Ils n'ont pas jeté l'emballage ?

Danielle se met à maugréer des injures derrière son volant et je comprends qu'elle a compris ce qui se passait même si elle n'entend pas ce que dit Andrew.

– Ta mère va te tuer, dis-je.

– Ouaip, et elle va te tuer toi aussi.

– Mais qu'est-ce que j'ai fait, moi ?

– Tes parents sont là.

Je soupire et le poids sur ma poitrine s'alourdit un peu plus.

– Mais ce n'est pas moi qui ai organisé cette fête !

– Ouais, mais c'était ton anniversaire. Tu étais forcément là.

– OK. Je vais demander à ce qu'on me dépose chez toi.

Je raccroche et me tourne vers Danielle.

– Vous avez laissé l'emballage du préservatif sur la table de nuit ?

Je n'arrive pas à savoir si je suis en colère ou si j'ai envie d'exploser de rire.

– Au moins, on s'est protégés, répond-elle en pinçant les lèvres.

Danielle s'arrête devant chez Andrew quelques minutes plus tard. De l'extérieur, la maison semble impeccable et il est difficile d'imaginer qu'il y a eu une fête la veille et que nous avons passé la matinée à traîner d'énormes sacs-poubelle sur le sol tout collant.

– Dis à Andrew que je suis désolée, me lance Danielle tandis que je saute hors de la voiture. Ses parents ne vont quand même pas le tuer pour ça ?

Elle a sincèrement l'air inquiète. J'ai envie de lui dire que tout ira bien, qu'Andrew a l'habitude de se sortir des situations délicates, que c'est plutôt à moi qu'elle devrait demander pardon. Mais elle a déjà tourné la tête et je n'ai droit à aucune empathie de sa part. Et tout ce que je trouve à dire, c'est :

– Ne t'en fais pas.

Je referme la portière et marche en direction de la porte d'entrée. Mes bottes crissent sur la neige. La voiture quitte l'allée et le pot d'échappement crache des petits nuages de fumée. J'entends toujours *Wicked* hurler à travers les baffles de l'autoradio quand elles tournent au bout de la rue.

Ma mère a dû me voir arriver parce qu'elle fait irruption sur le perron. Ses boucles blond platine virevoltent autour de sa tête comme des nuées de fumée. À cause de ses cheveux, de ses longues jupes colorées et de ses bagues à chaque doigt, j'ai longtemps été convaincue que ma mère était une sorcière sublime échappée d'un conte de fées. Mais avec le temps, j'ai compris que c'était juste qu'elle venait du Vermont.

À cet instant précis, elle est emmitouflée dans un pashmina violet qui vole derrière elle comme une cape. Je baisse légèrement la tête en l'apercevant et me prépare au savon auquel je vais avoir droit.

– Mon cœur, où est ton manteau ? Il fait un froid glacial !

La douceur de sa voix me déstabilise un peu.

– Ça va.

Elle m'attrape par les épaules et m'entraîne à l'intérieur. La maison sent l'ail et non plus la bière éventée de ce matin, la chaîne hi-fi joue un air de musique classique – je reconnais Debussy ; les leçons de piano de quand j'étais petite n'auront pas été si inutiles que ça, après tout.

Des valises, des paires de skis et des bottes envahissent l'entrée. La neige fondue forme de petites flaques sur le carrelage autour. Les parents d'Andrew ferment toujours la saison de ski au Canada pour leur anniversaire de mariage. Andrew dort en général chez moi durant leur séjour, mais cette année ils ont déclaré qu'ils lui faisaient suffisamment confiance pour le laisser seul à la maison. Une vague de panique m'envahit : s'ils veulent nous parler avant même d'avoir défait leurs bagages, c'est que c'est sérieux.

Nous rejoignons le salon. Les parents d'Andrew sont assis sur le canapé près de la fenêtre, et mon père, sur le petit sofa à côté d'eux. Andrew n'a posé qu'une fesse sur la table basse, comme s'il se tenait prêt à fuir à tout moment. Tout le monde a une tasse fumante à la main.

– Keely, ma puce, tu veux un maté ? me demande la mère d'Andrew qui se dirige vers la cuisine en faisant rebondir sa longue jupe derrière elle. (Ce n'est pas un hasard si nos mères se sont tout de suite bien entendues – elles appartiennent à la même tribu d'artistes babas cool un peu bizarres.) Robert en a acheté au magasin bio sur le chemin du retour, explique-t-elle en fouillant dans un placard pour en sortir un mug.

Je souris en voyant que c'est un de ceux qu'a fabriqués Hannah – elle en vend parfois au marché artisanal du coin.

– Ta mère nous a apporté de la bruschetta maison, continue-t-elle. Il faut que tu y goûtes.

Nos parents sont tous les quatre végans, ce qui signifie qu'ils s'échangent constamment de nouvelles recettes. La mère d'Andrew dispose un mélange de tomates et d'oignons sur une petite assiette.

J'essaye de comprendre la situation mais j'ai un peu de mal. Dans son texto, Andrew a laissé entendre qu'on allait avoir des ennuis, mais la mine préoccupée de ma mère, l'odeur d'ail chaud et l'air de piano qui envahissent la pièce me donnent plus l'impression d'être à un déjeuner de famille qu'autre chose. Peut-être que c'est ça, notre punition – être forcés de boire du maté avec nos parents pour le restant de nos jours.

Je jette un coup d'œil un peu désespéré à Andrew, dans l'espoir qu'il me rassure, mais il semble aussi perdu que moi.

– Donc, nous avons discuté de ce que nous comptions vous dire, commence ma mère. De la façon dont nous voulions… eh bien, dont nous voulions aborder le sujet, et même si nous voulions l'aborder tout court.

Mon père lui serre l'épaule pour montrer qu'ils forment un front uni dans cette histoire et qu'il la soutient quoi qu'elle dise.

– Nous savons que ce genre de choses peut arriver, dit-il en passant la main dans sa barbe – mon père a la même barbe depuis que je suis née et j'ai parfois l'impression que c'est l'accomplissement dont il est le plus fier.

– Une partie de moi s'y était préparée, ajoute la mère d'Andrew. En toute honnêteté, nous savions que cela avait des chances d'arriver un jour, peut-être même que nous l'espérions. Ce qui est sûr, c'est que nous avons souvent blagué à ce sujet.

– Vous êtes des adultes maintenant, reprend ma mère. C'est difficile à accepter car, pour nous, vous serez toujours nos bébés, mais c'est normal, bien évidemment. Et au moins, vous vous êtes protégés.

– Nous sommes vraiment très contents que vous vous soyez protégés, confirme mon père. Cela prouve que nous vous avons bien élevés.

Je recrache ma gorgée dans ma tasse en comprenant ce qu'il se passe. Ils ne sont pas en colère au sujet de la fête : ils ne savent même pas qu'il y a eu une fête !

– Mais était-ce vraiment nécessaire de faire ça dans notre lit quand il existe tant d'autres endroits disponibles ? demande la mère d'Andrew. Vous savez que notre chambre est une zone interdite. (Elle reste silencieuse pendant quelques secondes.)

– Est-ce que c'est pour ça que vous avez fait ça là-bas, justement ? Parce que ça vous *excitait* ? reprend-elle.

– Pitié, maman, arrête ! hurle Andrew en bondissant

sur ses deux pieds et en se cognant le genou contre le rebord du canapé. Ce n'est pas notre préservatif, OK ?

La température de la pièce semble soudainement avoir augmenté de dix degrés. Entendre Andrew prononcer les mots « notre préservatif » me retourne l'estomac. C'est juste trop bizarre.

– Eh bien, à qui serait-il d'autre ? lui demande sa mère – et je jure qu'elle a l'air un peu déçu.

– Est-ce que vous êtes en train de me dire que vous ne vous protégez pas tous les deux ? intervient ma mère. Parce que si c'est le cas, on a beaucoup plus à s'inquiéter qu'une simple…

– On ne couche pas ensemble ! je hurle.

Et je fais un mouvement si brusque que j'en renverse mon assiette de bruschetta. Les tomates s'éparpillent partout par terre. Je me penche pour les ramasser, en essayant de cacher mon visage et de me concentrer sur n'importe quoi d'autre que la conversation qui a lieu autour de moi. Je suis incapable de regarder mes parents dans les yeux – encore moins Andrew. Ce dernier se penche et m'aide à nettoyer la moquette avec sa serviette. Je continue à fixer le sol. Son épaule est à deux centimètres de la mienne et je sens sa chaleur irradier de son corps, je sens l'intensité du regard de nos parents qui interprètent la situation de la pire façon possible.

– Je m'en charge, dis-je.

– T'inquiète, je vais t'aider.

– Non, laisse.

Je lui prends sa serviette de force. Il se redresse, les mains en l'air, pour montrer qu'il capitule. Je pose l'assiette sur la table basse. Tout le monde a les yeux rivés sur moi. Je n'ai jamais été aussi mal à l'aise de ma vie.

– Donc, si ce n'est pas vous, comment un emballage de préservatif s'est-il retrouvé sur notre table de nuit ? demande le père d'Andrew. Est-ce qu'il s'est télétransporté jusque-là ?

– On a invité quelques amis pour l'anniversaire de Keely, répond Andrew en se rasseyant sur la table basse.

– Quelques amis ? Vous voulez dire que vous avez organisé une fête ? demande sa mère.

– Non, il s'agissait plus d'une petite réunion toute simple entre amis. Franchement, vous vous attendiez à quoi en nous laissant seuls le week-end de son anniversaire ?

– Une petite réunion toute simple entre amis sexuellement actifs apparemment, précise son père.

– Il n'y a pas de quoi en faire un drame, dit Andrew. Vous réagissez de façon excessive.

– Ah oui ? demande sa mère. Eh bien, tu n'es pas au bout de tes peines...

– On aurait probablement dû leur laisser croire que c'était vrai, me dit Andrew alors que nous sommes affalés dans le hamac de son jardin sous une pile de manteaux pour nous tenir chauds. Il fait encore un peu froid pour être dehors, mais l'idée d'être enfermés sous le même toit que nos parents après ce qu'il vient de se passer était juste insurmontable. Ils n'avaient même pas l'air en colère que ça soit le nôtre, poursuit-il en posant la jambe par terre pour nous balancer. Si j'avais su qu'ils allaient flipper à ce point à propos de la fête, je les aurais laissés croire qu'on avait couché ensemble.

Nos parents ont donc décidé de nous obliger à trouver un petit boulot pour le reste de l'année scolaire. Ils sont déçus que nous ne soyons pas, je cite, « dignes de confiance ». Ils pensent qu'avoir un travail nous enseignera la discipline. Ce qui est complètement absurde. Ce n'est pas comme si je n'avais jamais travaillé. J'ai passé les deux derniers étés à emballer les courses des clients de l'épicerie du coin. C'était horrible, je devais parler de la pluie et du beau temps à tous les parents de mes amis plusieurs fois par semaine. Celui qui fait n'importe quoi, c'est Andrew : c'est lui qui agit de façon impulsive, qui saute d'une falaise les yeux fermés. Et c'est toujours moi qui l'attends en bas avec un filet pour le rattraper.

C'est notre dernier semestre de lycée. L'année dernière, quand je stressais au sujet de mes devoirs, des examens de fin d'études et de l'université dans laquelle j'allais être acceptée, je regardais avec envie les élèves de terminale qui en avaient fini avec tout ça, qui plaisantaient avec les professeurs et séchaient les cours comme si ça n'avait aucune importance. Et j'attendais patiemment mon tour. Je savais qu'un jour je déambulerais moi aussi dans les couloirs du lycée l'esprit léger[1]. Mais grâce à nos parents, mon rêve vient de s'envoler.

Et puis ce sont mes derniers mois avec Andrew et Hannah.

– Je n'arrive pas à croire que je sois punie alors que ce n'était même pas ma fête, dis-je en m'enfonçant un peu plus sous un manteau.

---

1. Aux États-Unis, les lycéens passent un examen national en juin de leur année de première afin d'envoyer leurs dossiers de candidature aux universités avant le mois de décembre de leur année de terminale. Ils ont en général une réponse dans les semaines qui suivent, ce qui signifie que le reste de l'année scolaire n'est plus qu'une formalité.

– Ton anniversaire, ta fête, répond-il. Et puis tu es complice. Quand on assiste à un crime et qu'on ne dit rien, on peut être tenu pour responsable.

– Mais je ne suis pas responsable, tu te souviens ? Je ne suis pas « digne de confiance ». Je ne sais pas ce que c'est que la discipline.

– C'est vrai qu'on fait difficilement pire que toi, confirme-t-il.

Le gris du ciel est si lumineux qu'on a l'impression d'être au milieu d'un nuage. Les branches nues des arbres s'étirent au-dessus de nous comme de longs doigts. Les fenêtres de la maison sont éclairées et j'aperçois la mère d'Andrew en train de vider le lave-vaisselle dans la cuisine.

– C'était vraiment bizarre tout à l'heure, dis-je. Je n'arrive pas à croire qu'ils aient pensé que nous étions... que nous... (Je suis incapable de le dire, ma bouche refuse de prononcer les mots. Je me contente de rire en lui donnant un petit coup d'épaule sous la pile de manteaux et lance :) Ta mère ne connaît de toute évidence pas Andrew le fêtard.

– J'espère que ma mère ne connaîtra jamais Andrew le fêtard, dit-il en me rendant mon coup d'épaule.

– Andrew le fêtard mange du bacon. Elle serait horrifiée.

– Ouais. C'est sûrement ça qui la mettrait le plus en colère ! dit-il en riant, se blottissant au creux de mon épaule comme un chat. Non mais sérieusement, Collins, tu ne sortirais pas avec moi ?

– Oh, tu en as déjà fini avec Cecilia ? je lui demande d'un air moqueur. Et avec Suzie Palmer ? Et Sophie Piznarski ? Et...

– C'est bon, dit-il. J'ai compris.

– On sait tous que tu vas faire des petits bébés tout blonds avec Cecilia, dis-je en nous poussant du pied à mon tour pour que le hamac continue à se balancer. Sally et Bobby.

– Tu les as déjà baptisés ?

– C'est *toi* qui les as baptisés, Andrew. Dans le futur. Je me contente de relayer l'information. Sally aime les manucures, le gloss et boire comme un trou. Le portrait craché de sa mère.

– T'es vraiment trop bizarre.

– C'est une enfant adorable.

Il rigole et je ris avec lui. Nos épaules remuent si fort que le hamac se met à tanguer. J'essaie de me calmer en prenant une grande inspiration mais tout ce que je réussis à faire, c'est laisser échapper un retentissant grognement de cochon. Quand Andrew l'entend, il explose littéralement.

– Non mais en vrai, dit-il entre deux éclats de rire étouffés, c'est toi qui es adorable. Les sons qui sortent de ton corps sont si mignons.

– Tu sais ce qui est mignon ? dis-je en laissant échapper un second grognement de cochon, incapable de m'arrêter. T'entendre prononcer le mot « préservatif » devant nos parents. Je crois que ce sera à jamais gravé dans mon cerveau.

– Vraiment ? demande-t-il. J'aurais pu dire « capote », ça aurait été encore pire.

– Un petit capuchon, dis-je.

– Eh !… Un *gros* capuchon, corrige-t-il et nous explosons tous les deux de rire encore une fois.

Quelque part tout au fond de mon cerveau, je réalise pour la première fois qu'Andrew a un pénis – et qu'il est là à moins d'une trentaine de centimètres de moi, caché derrière quelques morceaux de tissu et rien d'autre. C'est une pensée étrange et déroutante qui n'a pas vraiment sa place dans mon esprit. Je m'empresse de la chasser et me remets à rire. La pensée s'est envolée comme si elle n'avait jamais existé.

5

Le lundi matin suivant, nous sommes en cours de mythologie grecque quand Danielle reçoit le mot.

C'est un cours détente, les groupes d'amis se forment naturellement et on se met à papoter et à se raconter notre week-end, parfait pour un second semestre en terminale. D'habitude, Danielle et Ava s'assoient avec Chase et le reste de l'équipe de basket afin de draguer un maximum, mais aujourd'hui elles se sont installées avec moi. Danielle est bizarrement sympa depuis la fête – ce matin, elle m'a apporté un café glacé et un sachet de scones au cheddar qu'elle avait faits elle-même, puis s'est assise à côté de moi comme si c'était normal.

Cuisiner pour les gens, c'est un peu le truc de Danielle. Et elle est vraiment douée, je suis sûre qu'elle aura sa propre émission de télé un jour. Une fois, en seconde, nous étions chez Hannah à regarder *Cauchemar en cuisine*, et quand Gordon Ramsay a fait exploser en sanglots un pauvre gars, Danielle a dit : « Je crois que je suis douée pour ce genre de trucs.

– Cuisiner ? a demandé Hannah.

– Ouais, a répondu Danielle. Et faire pleurer les gens. »

Je suis sûre qu'une partie d'elle se sert des scones

pour ignorer Chase, mais peut-être qu'une autre partie se sent un peu mal de m'avoir mise dans une situation délicate.

Je sursaute quand elle tapote mon pupitre.

– Tu as vu qui a envoyé ça ? demande-t-elle, un morceau de papier blanc serré dans la main.

J'attrape le papier et le déplie. On y a gribouillé cinq mots à l'encre bleue :

DANIELLE OLIVER EST UNE SALOPE

Je chiffonne le papier et le lâche comme s'il était en feu.

– Je n'ai pas fait attention. Désolée.

Je regarde autour de moi à la recherche d'un visage coupable, de quelqu'un qui nous observerait avec un petit peu trop d'insistance. Chase est avachi sur sa table, à l'autre bout de la pièce. Je scrute le crayon de papier qu'il est en train de mâchouiller – ça ne correspond pas à l'encre bleue du message. Peut-être qu'il a discrètement changé de stylo entre-temps, mais honnêtement je ne crois pas que Chase soit capable d'autant de machiavélisme.

– Où l'as-tu trouvé ? je demande en chuchotant.

Ava se penche au-dessus de l'épaule de Danielle pour me murmurer à son tour :

– On vient juste de tomber dessus. C'est comme s'il était sorti de nulle part.

Nous nous tournons toutes les trois vers Chase et il doit le sentir parce qu'il relève la tête et regarde Danielle droit dans les yeux. Il cesse de mâchouiller son crayon et penche la tête sur le côté, l'air impassible.

– Je ne comprends pas comment celui qui a fait ça pense qu'il va s'en sortir, dit Danielle en balançant une tomate cerise dans sa bouche. C'est de la haute trahison.

Nous sommes en train de déjeuner à la cafétéria, dans le coin des terminales près des fenêtres, là où il y a le plus de lumière du jour. Le lycée de Prescott est suffisamment petit pour que tout le monde puisse manger à la même heure, mais cela signifie qu'on est toujours en train de se disputer les meilleures tables, comme s'il s'agissait d'une place sur un canot de sauvetage. À une époque, c'était fondamental de savoir où on allait s'asseoir, mais maintenant que nous sommes en terminale, ça n'a plus vraiment d'importance – il y a plein de trucs comme ça qui comptaient à une époque et plus du tout aujourd'hui.

Nous ne sommes que toutes les quatre : Ava, Hannah, Danielle et moi. Danielle ne veut pas que les gens sachent qu'elle a reçu un mot d'insulte. Avant ce week-end, je ne suis pas certaine qu'elle aurait accepté de me le montrer. C'est probablement à cause de ce qui s'est passé à la fête. Je suis dedans jusqu'au cou désormais.

Elle pose le papier sur la table en lissant les rebords avec son ongle verni de noir.

– Quel qu'en soit l'auteur, il est convaincu de ne pas se faire choper, dit Ava en balançant ses cheveux – d'un vert éclatant pour la Saint-Patrick – derrière son épaule.

– Est-ce que vous reconnaissez l'écriture ? demande Hannah en se penchant au-dessus du papier pour l'étudier.

Les lettres sont un mélange de majuscules et de minuscules, certaines sont grosses, d'autres, petites. Le coupable a voulu s'assurer qu'on ne le reconnaîtrait pas.

Ava regarde toujours ses documentaires criminels sur Netflix et nous envoie, parfois, des liens vers certains articles. Ce mot, on dirait une demande de rançon.

– Ne vous inquiétez pas, dit Danielle, je trouverai qui a fait ça.

Elle sourit et enfourne une autre tomate cerise dans sa bouche. Je peux l'entendre exploser sous ses dents.

– Salut, dit Andrew en s'asseyant sur une chaise à côté de moi.

Danielle s'empare aussitôt du papier pour le ranger avant qu'il ne le voie. Puis elle se penche vers lui et replace une mèche de ses cheveux noirs derrière son oreille, révélant ainsi une rangée de clous argentés.

– Drew, je suis vraiment désolée pour ce week-end. Pour, tu sais… l'emballage. Elle devient toute rouge. J'aurais dû venir te voir plus tôt. Je n'arrive pas à croire qu'il ne s'en soit pas débarrassé.

Elle tend la main pour lui caresser le bras.

– C'est pas grave, répond-il en mordant dans son sandwich comme si de rien n'était, mais les pointes de ses oreilles sont aussi rouges que les joues de Danielle.

– Si tu pouvais juste… dit-elle en se raclant la gorge. Si tu pouvais juste n'en parler à personne ?

– Tout le monde est déjà au courant, dit Ava en croquant bruyamment dans une minicarotte.

– Ouais, mais ils ne connaissent pas tous les détails, répond Danielle en se penchant pour en attraper une et la lancer sur Ava.

– Aïe ! crie cette dernière alors que la carotte l'a à peine effleurée.

– Salut Danielle, dit une voix derrière moi – en l'occurrence celle de Chase qui approche, son sac à dos posé avec désinvolture sur une épaule. Salut tout le monde. Dani, est-ce qu'on peut parler ? demande-t-il en lui posant la main sur l'épaule – qu'il retire aussitôt quand elle se retourne pour lui jeter un regard glacial.

– Elle ne veut pas te parler, dit Ava d'un ton sec.

– Ava, intervient Danielle. Sérieusement, on n'est plus en cinquième. Je suis assez grande pour répondre moi-même.

– Très bien, dit Ava en se levant. J'essayais juste de t'aider.

Elle attrape son plateau puis va le balancer sur le comptoir. Chaque fois qu'elle et Danielle se disputent, elle fonce rejoindre ses copains du cours de théâtre qui, selon elle, font « beaucoup moins de cinéma », ce qui est plutôt ironique. Elle passe en général quelques heures avec eux, mais je sais qu'elle et Danielle se seront réconciliées avant la fin de la journée.

– Je vais lui parler, dit Hannah en se levant pour rattraper Ava.

– Désolée, dit Danielle en se tournant vers Chase. Que se passe-t-il ? Tu veux t'asseoir ?

Il réajuste légèrement sa casquette sale des Red Sox.

– Tu veux pas plutôt venir te balader ou un truc comme ça ? J'aimerais bien qu'on parle.

– On peut parler ici, dit Danielle en agitant la main vers Andrew et moi. Ne t'en fais pas pour eux.

– Non mais on peut s'en aller, dit Andrew en se levant. Comme ça, vous pourrez…

– Ne sois pas bête, dit Danielle en posant la main sur son épaule pour le retenir.

Sa voix est douce mais son dos est droit et ses mouvements, rigides. Je réalise qu'elle a compris ce qui était sur le point de se passer et qu'elle vient d'enfiler son armure. Est-ce qu'elle veut qu'on reste pour lui servir de soutien moral ? Tout ça est vraiment bizarre – Danielle n'a jamais eu besoin de l'aide de qui que ce soit pour quoi que ce soit.

Chase se laisse tomber sur la chaise à côté d'elle.

– OK, dit-il un peu décontenancé par le fait d'avoir un public. Eh bien, je me suis beaucoup amusé ce week-end. Il jette un coup d'œil à Andrew. Super fête, mec, et Andrew lui fait ce signe de tête typique que les garçons se font entre eux. C'est juste que…

– Le truc, l'interrompt Danielle avant qu'il n'ait une chance de continuer, c'est que je ne suis pas sûre que tu comprennes vraiment ce que ce week-end signifiait pour moi. Je n'éprouve tout simplement pas ce genre de sentiments *pour toi*, Chase. J'espère que tu ne m'en veux pas.

– Ce n'est pas ce que je veux…

– J'ai juste envie d'explorer mes options et je ne veux vraiment pas me retrouver coincée avec un seul mec, l'interrompt-elle. Ce n'est pas le bon moment. Mais on peut rester amis, hein ? dit-elle en lui caressant la main et en le regardant avec ses grands yeux.

Chase jette un rapide coup d'œil à Andrew comme s'il avait besoin qu'on l'aide à trouver ses mots, à savoir quoi dire.

– Putain, tu me fais quoi là, Danielle ?

C'est probablement la première fois qu'une fille lui parle comme ça – Chase Brosner, la star de l'équipe de basket, de l'équipe de hockey *et* de l'équipe de lacrosse. Il rend toutes les filles dingues depuis la sixième.

– Quoi ? demande Danielle en scrutant ses cuticules.

– Tu es en plein délire.

– Je ne suis pas en plein délire, répond-elle. Je suis juste en train de dire quelque chose qui ne te plaît pas.

– Très bien, répond-il d'un ton sévère. Nous n'avons qu'à être amis. J'ai vraiment hâte.

– Parfait, je suis ravie que tu comprennes.

– Cool.

Il secoue la tête et réajuste son sac sur son épaule puis marche d'un pas énervé vers la sortie du réfectoire. Une fois qu'il a disparu, le regard de Danielle se durcit. Andrew se tourne vers elle et l'observe comme si elle était une énigme qu'il essayait de résoudre.

– Mais je croyais qu'il te plaisait.

– Il était clairement sur le point de me la faire à l'envers et je n'allais pas le laisser s'en sortir une deuxième fois. Alors j'ai frappé la première.

– Et tu ne pouvais pas le faire en privé ? je demande.

– J'avais besoin de témoins, dit-elle. Maintenant, il ne pourra plus inventer d'histoires. C'est moi qui l'ai largué et vous pouvez tous les deux le confirmer. (Elle avale une autre bouchée de sa salade et soupire.) C'est moi qui gagne.

6

Je retrouve Hannah sur le parking des terminales à la fin des cours. Elle a accepté de m'accompagner pour chercher un petit boulot – celui qui, selon mes parents, m'apprendra à être responsable et me dissuadera d'aller aux fêtes d'Andrew (alors qu'on sait tous qu'il n'accepterait jamais que je ne vienne pas).

– Prête à affronter ta sentence ? demande-t-elle. Peloton d'exécution ou chaise électrique ?

– Poison. Sans la moindre hésitation, dis-je.

– Le choix des lâches.

Nous traversons le parking pour rejoindre sa Jeep. Ses parents la lui ont achetée d'occasion pour ses seize ans. La neige a cessé de tomber mais une légère couche recouvre encore le sol. Le soleil brille et le parking semble scintiller. Pour la première fois depuis des mois, j'ai presque l'impression que mon manteau est de trop.

Je retire mes mitaines en laine – un cadeau d'Hannah – et les fourre dans mes poches. Elle nous en a tricoté à chacune une paire pour Noël. Les miennes sont rêches et pleines d'accrocs mais je les adore.

– Alors, où est-ce que je t'emmène ? demande-t-elle. Est-ce que tu connais un endroit qui embauche ? Tu crois qu'il te reprendrait à l'épicerie ?

– Je ne travaillerai plus jamais chez Green Mountain, dis-je en plissant les yeux. C'était une période sombre de ma vie.

– Et Andrew, où va-t-il travailler ? Il est puni lui aussi, non ?

Elle ouvre la portière du conducteur et moi, celle du passager. Je grimpe à bord après avoir cogné mes bottes l'une contre l'autre pour en faire tomber la neige. Comme d'habitude, le sol de la voiture est une vraie poubelle – des gobelets en plastique remplis de serviettes, des vieux classeurs et dossiers avec des feuilles qui dépassent de partout. Connaissant Hannah, il s'agit probablement de dissertations rédigées en seconde qu'elle a oubliées et qui tombent en lambeaux. J'ai appris à ignorer son incapacité à jeter quoi que ce soit, même si ça en dit long sur elle, selon moi.

– Ouais, dis-je en haussant les épaules. Tu te souviens de son oncle qui travaille à la caserne des pompiers ? Je crois qu'il lui a trouvé un poste là-bas.

Elle démarre le moteur et enclenche le chauffage.

– Attends, tu veux dire comme pompier ? Tu es sûre qu'on a envie qu'il fasse ça ?

– Tu plaisantes ? Je le tue s'il s'approche du moindre feu ! Non, c'est pour travailler dans les bureaux.

– Est-ce qu'il aura le droit de porter l'uniforme ? demande-t-elle en me regardant du coin de l'œil avec un sourire entendu.

– Hannah, on n'est pas dans un film porno.

Sa remarque est vraiment nulle, même pour elle.

– Oh, ça vaaaa, dit-elle dans un soupir. Et ils ne peuvent pas t'embaucher toi aussi ? Son oncle, c'est un peu comme si c'était le tien, non ?

– Apparemment, ils n'ont pas besoin de plus d'une personne pour faire du café et trier le courrier.

Enfants, Andrew et moi adorions Oncle Leroy parce qu'il nous laissait grimper dans son camion de pompier. Mais un jour où j'avais mangé trop de gâteau, j'ai vomi sur le siège avant et je ne suis pas sûre qu'il m'ait jamais vraiment pardonné.

– Ça craint, dit Hannah. Andrew organise une fête, et résultat, il obtient un super job, alors que toi, tu es coincée sur la chaise électrique.

– Le poison, s'il te plaît.

Elle démarre la Jeep. Les pneus éclaboussent de la boue le long du trottoir puis nous prenons la direction de l'université. En approchant du campus, tout en haut de la colline, le néon du Dunkin' Donuts d'hier apparaît dans notre champ de vision.

– Tous ces magasins embauchent régulièrement, dit Hannah d'une voix morne. Avec un peu de chance, ils ont peut-être besoin de quelqu'un.

Elle entre dans le parking de la petite place commerciale et gare la Jeep sur le premier emplacement libre. Je regarde les boutiques qui s'étendent autour de nous, complètement déprimée à l'idée de devoir travailler dans n'importe laquelle d'entre elles. Tout au bout, il y a un vieux restaurant chinois sordide, le bien nommé *Restaurant chinois,* auquel son enseigne jaune délavée donne un air encore plus triste. C'est La Mecque des défoncés de Prescott parce que le buffet à volonté ne coûte que 5,99 dollars. Nous y sommes allés une fois avec Andrew et Hannah en seconde et avons tous les trois été malades ; nous avons passé la nuit allongés sur le sol de la chambre d'Andrew, à agoniser en courant chacun à son tour aux toilettes.

Une autre des raisons pour lesquelles j'ai hâte de quitter Prescott : la nourriture. L'année dernière, je suis allée visiter NYU avec Hannah et ses parents. Nous savions déjà que c'était là qu'elle s'inscrirait – ses parents en parlent depuis qu'elle est née – mais nous voulions tout de même voir le campus. Nous n'avons mangé que dans des endroits cool – nous avons petit-déjeuné de burritos dans une bodega du quartier, déjeuné de ramens dans un boui-boui caché que connaissait la mère d'Hannah et dîné dans un incroyable restaurant indien dont les plats étaient si épicés que j'en ai eu des sueurs froides. C'est ça que je veux. L'épicerie Green Mountain ne vend même pas de sauce piquante.

À côté du restaurant chinois, il y a un vieux vidéoclub qu'Andrew et moi adorions quand nous étions enfants. Honnêtement, je suis un peu surprise qu'il soit toujours en activité. Il y a quelque temps, l'endroit a commencé à vendre des livres de cours aux étudiants et une partie de la boutique a été transformée en café. Je suppose que la vente de boissons chaudes et de gâteaux a réussi à les maintenir à flot, mais l'ouverture du nouveau Dunkin' Donuts juste en face ne va probablement pas les aider.

– Je suis en train de sérieusement considérer la prostitution, dis-je.

– Regarde ! Le vidéoclub cherche quelqu'un, dit Hannah en souriant.

Je crois d'abord à une blague mais en effet, quand je plisse les yeux pour regarder la devanture du magasin, je remarque la pancarte rouge annonçant qu'ils embauchent.

– Non.

– Allons au moins jeter un œil, dit-elle en ouvrant sa portière. C'est peut-être le début de ta glorieuse carrière cinématographique.

– Je refuse de descendre de cette voiture.

Et c'est là que nous le voyons – le type d'hier avec ses yeux couleur chocolat fondu et ses cheveux bruns qui volent au vent. *James Dean.* Il sort du vidéoclub avec une grande ardoise qu'il installe sur le trottoir. Il s'accroupit devant, dégaine un morceau de craie de sa poche et se met à écrire. J'ai beau plisser les yeux, impossible de lire quoi que ce soit.

– OK, je vais peut-être descendre de cette voiture.

– Tu crois qu'il travaille là-bas ? demande Hannah en se tournant vers moi, le regard plein d'étincelles.

– À moins qu'il ne soit en train de vandaliser leur ardoise…

James Dean se tourne vers nous et nous reculons toutes les deux instinctivement loin du pare-brise. Il frotte ses mains l'une contre l'autre et souffle sur ses doigts qui dépassent de ses mitaines ; des petites bouffées de vapeur s'élèvent autour de lui. Je ne distingue pas tout en détail à cette distance mais je vois qu'il porte un tee-shirt noir sur lequel est écrit SCORSESE en lettres majuscules. Ce type est vraiment trop cool.

J'abaisse le pare-soleil du côté passager et m'observe dans le petit miroir. Des cheveux s'échappent de ma tresse, on dirait que je viens tout juste de terminer mon footing. Peut-être que James Dean me prendra pour une sportive. Probablement pas.

– De quoi j'ai l'air ?

– Tu es une magnifique princesse licorne, dit Hannah. Maintenant, on y va.

Et avant que j'aie une chance de protester, elle bondit hors de la voiture et sautille dans ses bottes jaunes à travers la neige. Je la suis tant bien que mal. Elle est au milieu du parking, évite gracieusement toutes les parties verglacées, quand je suis sur le point de la rattraper.

– Hannah, attends ! dis-je alors qu'elle traverse la dernière allée du parking.

Le sol est plus glissant que jamais et j'avance aussi vite que possible sans tomber. Une fois sur le trottoir, elle se retourne vers moi. James Dean se retourne lui aussi. J'aperçois ses joues et le bout de son nez rougis par le froid. Il est vraiment trop mignon.

Et c'est à ce moment-là que ma botte décide de déraper sur une plaque de verglas et que je tombe en arrière au beau milieu de l'allée dans une énorme flaque de boue. Mon coude percute le bitume, je peux sentir le bleu en train de se former sur mon coccyx et le froid se glisser dans mon pantalon – et la neige qui se fraye un chemin dans des endroits où elle n'a rien à faire. Mais le pire, c'est de loin mon visage qui devient rouge écarlate. Pas vraiment le genre d'entrée sexy que j'espérais. La honte m'envahit et je reste allongée pour éviter d'avoir à croiser le regard de James Dean. Peut-être qu'il ne m'a pas vue tomber. Peut-être qu'il s'est retourné vers l'ardoise juste au bon moment et que j'ai encore le temps de me relever, de m'éclipser discrètement et de revenir demain comme si de rien n'était.

– Keely ! crie Hannah d'une voix aiguë.

Je réussis à me redresser en position assise. Je me tourne vers Hannah, encore un peu sonnée, et c'est là que je la vois : la voiture rouge pétard qui glisse droit vers moi sur la glace. Le chauffeur appuie en continu sur le Klaxon et je me hisse tant bien que mal sur mes deux pieds. La voiture dérape en faisant gicler de la boue dans tous les sens, je me jette sur le trottoir et atterris violemment sur ma hanche. J'ai mal partout, mais je suis saine et sauve.

La voiture continue sur quelques mètres encore et finit par s'arrêter juste à côté de moi. Le chauffeur baisse sa vitre. Il a le visage gonflé et violet de colère.

– On est au milieu d'un parking, espèce de tarée ! Qu'est-ce que tu fais ? Tu dessines des anges dans la neige ?

– Hé ! dit une voix grave et masculine derrière moi – celle de James Dean qui agite son bout de craie en direction du chauffeur. Elle est tombée. Laisse-la tranquille !

– J'ai failli l'écraser !

– Exactement ! Peut-être que tu devrais ralentir.

– C'est ça, soupire le chauffeur. T'as de la chance que je n'appelle pas les flics.

– Ah ouais ? Eh ben appelons-les, dit James Dean d'une voix ferme et assurée. T'as failli la tuer.

– Va te faire !

Le chauffeur fait déraper ses pneus dans la boue, puis il disparaît. Le calme revient dans le parking et nous restons debout en silence pendant un long moment. J'ai toujours le cœur qui bat à cent à l'heure et la bouche sèche, je ne suis pas tout à fait remise de mes émotions.

– Ça va ? me demande James Dean en posant la main sur mon épaule, ce qui me fait aussitôt sursauter.

– Keely, tu as failli mourir ! dit Hannah en s'emparant de mon autre bras, la larme à l'œil.

– Je vais bien.

J'essaie de parler, mais les mots restent coincés. Je me racle la gorge et réessaie.

– Je vais bien.

– C'était plutôt drôle au début, mais maintenant je m'en veux d'avoir ri, dit James Dean avec un grand sourire qui laisse apparaître deux petites fossettes absolument parfaites. Tu devrais rentrer une seconde. Tu veux un thé ? Un café ? Un whisky ? On a tout ce qu'il faut.

Je le laisse m'entraîner à l'intérieur du vidéoclub. J'ai les idées emmêlées, mais impossible de dire si c'est à cause du choc que je viens de subir ou de la chaleur de sa main sur mon épaule. Une petite cloche retentit au-dessus de la porte quand il l'ouvre. Je jette un œil à l'ardoise restée dehors. On peut y lire : **JE PARLE LE LANGAGE DES SIGNES.**

Le magasin est exactement comme dans mes souvenirs, peut-être un peu plus glauque – la faute au lino qui tombe en ruine et aux vieux néons qui n'éclairent plus très bien. Face à nous, un comptoir-vitrine rempli de pâtisseries et de bagels et, derrière, un mur recouvert de manuels scolaires. Le reste de la pièce est rempli de DVD, empilés sur des étagères ou des dessertes roulantes. Andrew et moi adorions les parcourir quand nous étions enfants. Chaque été, nous mettions notre argent de poche en commun et venions ici à vélo. Nous aurions probablement pu trouver tout ce qu'on voulait en ligne, mais venir ici, c'était une aventure en soi. Puis nous avons fini par grandir et par arrêter de venir. Apparemment, nous ne sommes pas les seuls. Il n'y a aucun autre employé et pas le moindre client.

– Est-ce que c'est toujours aussi vide ? demande Hannah.

– C'est un peu mieux le matin, quand les gens ont besoin de leur café, dit James Dean. Là, c'est la période creuse. Personne n'achète plus de DVD depuis vingt ans.

La plupart du temps, il s'agit de collectionneurs. Des fans de vintage. Un de nos clients réguliers ressemble même à un vampire. Plus *Blade* que *Twilight*, précise-t-il.

Il contourne les tabourets installés le long du comptoir et se glisse en dessous pour prendre place derrière la caisse.

– Je m'appelle Dean, dit-il en passant distraitement la main dans ses cheveux ébouriffés.

C'est une blague. Je regarde Hannah, vois ses yeux s'écarquiller et sa bouche s'ouvrir en grand. Elle se met à rire et lève son poing devant ses lèvres pour faire mine d'avoir une quinte de toux.

– Tu t'appelles Dean ? je répète stupidement.

– Ouais. Pourquoi ?

– Pour rien.

Il me fait signe de m'asseoir sur un des tabourets. Je regarde mes habits trempés. Mon manteau goutte et une flaque s'est formée autour de moi sur le carrelage.

– Je suis un peu mouillée, dis-je. Je ne crois pas que je devrais…

– Ces tabourets ont au moins cent ans, ils ont vu pire.

– Je vais y aller, dit Hannah en se tournant vers moi, maintenant que je sais que tu vas bien. Tu vas bien, pas vrai ?

J'acquiesce.

– Tu viens à peine d'arriver, proteste Dean. Reste boire quelque chose.

Elle se met à rire.

– C'est censé être un entretien d'embauche. Donc je suis de trop. Ce ne serait pas très professionnel, dit-elle en reculant vers la sortie.

– Un entretien d'embauche ? Tu veux travailler ici ? me demande Dean.

– J'ai vu la pancarte dans la vitrine, dis-je en haussant les épaules.

– Amusez-vous bien tous les deux ! lance Hannah. Je serai dans la voiture. Salut Dean !

La petite cloche retentit quand elle rouvre la porte. Et puis elle disparaît. Je me racle la gorge, mal à l'aise, et m'assois sur un tabouret. Mon pantalon est trempé et mes jambes, gelées. Dean fouille dans un placard sous l'évier et en sort deux verres qu'il pose sur le comptoir. Puis il brandit une bouteille de whisky.

– Redis-moi ton nom ? Kelly, c'est ça ?

– Keely, dis-je en tirant nerveusement sur un fil qui dépasse de mon manteau afin de me concentrer sur quelque chose d'autre que mon embarras et mes fesses glacées.

Est-ce qu'il y aura une trace humide quand je vais me relever ?

– Tu veux un whisky, Keely ? demande-t-il en dévissant le bouchon de la bouteille.

Je jette instinctivement un œil derrière moi, pour vérifier que personne ne nous voit.

– Je n'ai pas le droit de boire du whisky.

– Tu n'as pas le droit ? s'étonne-t-il en versant le liquide ambré dans nos deux verres avant de revisser le bouchon. Selon qui ? Si ce n'est pas toi qui contrôles ton corps, qui alors ?

Je me sens rougir.

– Non, mais j'ai déjà bu du whisky.

Je ne sais pas pourquoi je mens. Je n'ai absolument jamais bu de whisky. La seule fois de ma vie où j'ai été un tout petit peu pompette, c'était en buvant des Breezer à la pastèque. Le whisky, ça me fait penser à un pêcheur irlandais ou à un vieux cow-boy – à un visage buriné avec des tempes grisonnantes caché derrière un nuage de fumée de tabac à pipe, rien à voir avec les yeux étincelants et les fossettes adorables de Dean. Les effluves qui émanent du verre devant moi me donnent un peu mal au cœur, mais je me force quand même à me pencher au-dessus.

– C'est juste que… Je n'ai pas le droit. Je n'ai pas vingt et un ans, dis-je en me mordant la lèvre. Je suis encore au lycée.

J'ai chuchoté ma dernière phrase comme si j'étais en train d'admettre quelque chose de honteux.

– Cool. Moi, j'ai vingt ans, dit-il en haussant les épaules. Mais c'est arbitraire, au fond. C'est ton corps. Pourquoi quelqu'un d'autre que toi aurait le droit de dire ce qui peut aller à l'intérieur ou non ? (Il attrape le verre le plus proche de lui et le lève.) Si tu as envie de boire du whisky, bois du whisky. Si tu n'as pas envie de boire de whisky, ne bois pas de whisky. C'est aussi simple que ça. Donc, as-tu envie d'un whisky ?

Il me regarde droit dans les yeux d'un air amusé. J'attrape le verre en face de moi, trinque avec lui et prends une gorgée. Il sourit en m'imitant.

C'est horrible – amer et sucré à la fois, comme un vieux médicament. Ma gorge me brûle et mes yeux commencent à pleurer, mais je me force à avaler. Une sensation de chaleur m'envahit la poitrine.

– Ça va mieux ? demande-t-il d'un air cool et détendu comme si le whisky ne lui faisait aucun effet.

– Je suppose, dis-je en toussant.

– Ça devrait te réchauffer. Je crois que j'ai un sweat, si tu veux. Tu as l'air un peu… mouillée.

Il attrape son sac à dos et en sort un sweat-shirt EVMU noir qu'il me lance. Par miracle, j'arrive à l'attraper sans renverser mon whisky partout sur le comptoir.

– Tu étudies à EVmU ?

J'enlève mon manteau mouillé et enfile le sweat. Il est doux, chaud et sent le garçon – dans le bon sens du terme. J'ai l'espoir stupide qu'il me laissera peut-être le garder, mais je balaie cette idée avant qu'elle ne puisse complètement s'installer dans mon cerveau. Je suis en plein délire.

– Oui, dit-il. Je suis en troisième année. Théorie cinématographique, ajoute-t-il en agitant la main vers les rangées de films derrière lui. C'est pour ça que je travaille dans ce magnifique temple du septième art.

Je ris avant de prendre une autre gorgée de mon whisky, d'un geste un peu hésitant. Ça me brûle toujours autant la gorge, mais une sensation de flottement envahit mon estomac.

– Sérieux, dit-il en attrapant un DVD sur l'étagère la plus proche, ça, là, c'est une relique du passé. Il se penche sur le comptoir juste en face de moi en tapotant l'étui avec son index. Nous sommes dans un musée de l'obsolète. Nous sommes sur le point de sombrer dans les abysses du temps. Rien qu'en étant là, tu fais déjà partie de l'Histoire.

– Est-ce que je ne fais pas partie de l'Histoire quoi qu'il advienne ? je demande. Je veux dire, tout ce que nous faisons appartient au passé à la seconde où nous l'avons fait.

Il sourit.

– Bien vu.

Il trinque de nouveau et engloutit le reste de son whisky. Puis il repose son verre vide sur le comptoir, appuie son menton contre son poing et se penche vers moi d'un air complice, comme s'il était sur le point de me confier un secret.

– Est-ce que tu savais que le tout premier film projeté sur grand écran, c'était une scène d'un train entrant en gare ? Les gens ont paniqué et ils sont sortis en hurlant de la salle parce qu'ils pensaient que le train était vrai et qu'il allait les écraser. C'était il y a à peine un peu plus de cent ans. Et désormais on a tout : IMAX, 3D, réalité virtuelle, et ces trucs sont devenus des vestiges de l'histoire cinématographique. Tout comme ce train.

Une mèche de cheveux bruns lui tombe au milieu du front et je résiste à l'envie de tendre la main pour la remettre en place.

– Tu aimes vraiment cet endroit, dis-je.

– Sarah a démissionné la semaine dernière, elle s'est fait embaucher par le magasin de bagel du campus. Elle dit qu'on donne plus de pourboires là-bas, ce qui est probablement vrai. Il y a pas mal de gens qui viennent pour le café le matin, mais ce n'est pas la folie non plus, dit-il en haussant les épaules. Il faut vraiment aimer cet endroit pour y travailler. Il faut vraiment aimer les films. Sarah n'était pas une passionnée. (Il se penche vers moi.) Elle étudie la *biologie*, dit-il en baissant la voix comme si c'était honteux.

Je lui explique que je pars à Los Angeles l'année prochaine pour étudier le cinéma.

– J'adore Hitchcock, dis-je en retrouvant un peu confiance en moi. Drew et moi, on a vu tous ses films.

On peut réciter toutes les répliques de *Sueurs froides* du début à la fin.

– Tu parles de la fille qui nous observe depuis sa voiture ? demande-t-il en désignant la fenêtre de la tête.

La Jeep d'Hannah est garée au même endroit que tout à l'heure et je distingue vaguement le contour de ses cheveux derrière le volant.

– Non. Enfin, Hannah est bien ma meilleure amie mais ce n'est pas d'elle dont je…

Je m'arrête au milieu de ma phrase parce que je n'ai aucune envie de lui parler d'Andrew. Je ne veux pas qu'il se fasse de fausses idées, comme le reste de Prescott.

– Ça n'a aucune importance, reprends-je en triturant le bout de ma natte. Je ne comprends pas pourquoi elle n'est pas restée avec nous d'ailleurs.

– Parce que c'est un entretien d'embauche, dit-il. Et à propos, tu es en train d'assurer grave. Est-ce que tu as déjà travaillé ailleurs avant ? Je suppose que c'est le genre de question que je devrais te poser.

– À l'épicerie Green Mountain les deux derniers étés. C'était horrible.

– Super ! Il faudra que j'en parle à M. Roth, c'est le propriétaire, mais je pense que ça devrait le faire.

– Tu n'as pas besoin… Je veux dire, je n'ai aucune envie de me mettre des bâtons dans les roues mais tu n'as pas besoin de voir mon CV ? Ou une lettre de recommandation ?

Je prends une autre gorgée tremblante.

– Non, je sais déjà que tu es parfaite.

J'avale, et le whisky se répand comme une flamme à travers ma poitrine.

7

Le vendredi soir suivant, nous sommes affalés sur le canapé du sous-sol d'Andrew à regarder *Il faut sauver le soldat Ryan.* Je lui ai parlé de mon nouveau boulot au vidéoclub mais pas de Dean, parce que je trouve ça trop embarrassant pour l'instant.

Nos restes de McDo sont éparpillés un peu partout sur la table basse (une habitude que nous cachons soigneusement à nos végans de parents) et j'essaie de me concentrer sur la délicieuse graisse qui me bouche présentement les artères plutôt que de penser à la couleur des yeux de Dean. Mais c'est plus difficile que je ne l'aurais cru. Je n'ai jamais ressenti ça pour aucun garçon à l'école. C'est peut-être simplement parce que Dean est nouveau, différent et intéressant – et que je n'ai pas passé mes années de maternelle à le regarder se mettre les doigts dans le nez.

Andrew se penche pour piquer une frite dans le sachet que j'ai sur les genoux.

– Je ne sais pas comment tu fais pour manger dans un moment pareil, dis-je en lui tendant le reste du sachet.

Je n'ai pas touché la moindre frite depuis le débarquement de Normandie et elles sont toutes froides et molles. Il est tard – probablement plus de minuit – et l'obscurité du sous-sol rend le film plus intense encore.

Le téléphone d'Andrew se met à vibrer. Il sursaute avant de l'attraper pour lire le message qu'il vient de recevoir.

– Quelqu'un d'intéressant ? je demande.

– Cecilia, se contente-t-il de répondre en haussant les épaules.

– Cecilia est toujours d'actualité ? Mais ça fait presque une semaine !

Il attrape une poignée de frites et la fourre dans sa bouche. Andrew attrape toujours des poignées de trucs, ce qui a le don de me rendre dingue.

– Je suis sorti avec des filles pendant plus d'une semaine, dit-il en se léchant les doigts. Je ne suis pas un aussi gros connard que tu as l'air de le croire, ajoute-t-il d'une voix décontractée et un sourire aux lèvres.

Au moins il ne m'en veut pas.

– Donc Cecilia et toi, vous sortez ensemble, c'est ça ?

– OK, « sortir » n'est peut-être pas le mot exact.

Je lève les yeux au ciel puis les tourne vers l'écran, distraite par une énorme explosion et des soldats en train de mourir. Je me demande si James Dean aime *Il faut sauver le soldat Ryan*, s'il l'a vu ou s'il ne regarde que des courts-métrages abstraits d'étudiants en cinéma. Est-ce qu'on a le droit d'aimer Vin Diesel quand on étudie le cinéma ? Il faudra que je me renseigne avant l'année prochaine.

– Est-ce que… tu penses beaucoup à elle ? je demande en sentant mes joues rougir parce que c'est une question un peu bizarre. Je veux dire, est-ce qu'il t'arrive de penser à elle à des moments étranges ?

– Pas vraiment… Seulement le soir. Ou sous ma douche, répond-il avec un sourire entendu.

– Ce n'est pas… Oublie, dis-je, mais je suis incapable de lâcher l'affaire. Je veux dire, est-ce qu'elle te retourne l'estomac… comme quand on conduit en montagne ?

Il attrape la télécommande et met le film sur pause.

– Je sais ce que c'est d'avoir l'estomac retourné. Crois-moi.

Il se passe la main dans les cheveux et se met à jouer avec sa mèche de devant. Il enlève les lunettes qu'il a enfilées pour regarder le film et les fait sautiller dans la paume de sa main.

– Est-ce que… Est-ce que tu… est-ce que quelqu'un te plaît ?

– Je ne sais pas. Non – pour une raison ou pour une autre, j'ai l'impression de devoir nier –, je crois que j'essaie simplement de comprendre ce que tu y gagnes. C'est juste une question de sexe ?

Là, il a l'air vraiment mal à l'aise. Son visage est probablement encore plus rouge que le mien et je regrette un peu d'avoir abordé le sujet.

Il se gratte les quelques poils de barbe qu'il a sur le menton.

– Non, dit-il. Ce n'est pas une question de sexe… enfin, pas que.

– Est-ce que c'était différent avec Sophie ?

Andrew est sorti avec Sophie Piznarski pendant six mois quand nous étions en troisième, bien avant l'apparition d'Andrew le fêtard. Il m'arrivait de traîner avec eux, juste tous les trois, moi assise à un bout du canapé en train de jouer sur mon téléphone pour cacher ma gêne tandis qu'ils étaient collés ensemble à l'autre bout.

– Sophie, c'était il y a longtemps, dit-il. Les choses sont différentes maintenant. Je suis différent.

– Sans blague, dis-je.

– C'est juste plus facile comme ça.

– Cecilia est facile ?

– Ce n'est pas ce que je dis. Je veux dire que moi, je suis simple. J'ai envie que les choses soient simples et… je ne sais pas. Les sentiments, ça craint. Pas de sentiments, pas de stress.

– Non mais honnêtement, si tu ne ressens rien, à quoi ça sert ?

– Ah, mais je ressens beaucoup de choses, dit-il en s'énervant. Tu n'as pas la moindre idée de tout ce que je ressens, putain !

Son gros mot me prend par surprise. Il était tout sourire il y a encore quelques secondes à peine, j'ai dû toucher un point sensible. Il continue de se passer nerveusement la main dans les cheveux. Je suis sûre qu'il ne s'en rend même pas compte. Je pose ma main sur la sienne pour essayer de le calmer.

– Je te crois.

Il retire sa main. C'est comme si toutes les parties d'Andrew avaient été mélangées et qu'il essayait de les remettre dans l'ordre, chacune à leur place.

– Désolé, Collins, soupire-t-il avant de prendre une grande inspiration et de me sourire pour me rassurer. Ne fais pas attention à mes délires bizarres.

– Hé, je serai toujours là pour écouter tes délires bizarres, compris ? Je suis là pour tes délires dès que tu en as besoin.

Il remet ses lunettes et les ajuste pour qu'elles soient droites.

– Merci.

– Tu as le droit d'éprouver des sentiments, tu sais.

– Merci pour le conseil, docteur, dit-il.

– Je suis sérieuse. Je suis ta meilleure amie. Tu peux me parler de choses sérieuses.

– Mais c'est qu'on a pris la confiance ! dit-il en souriant. Alors comme ça, tu t'autoproclames meilleure amie ?

– La ferme. Je crois que je suis en droit de m'autoproclamer ce que je veux après dix-huit ans passés avec toi.

– Écoute, je me suis beaucoup rapproché de Jason Ryder ces derniers temps, dit-il avec un sourire espiègle. Il va peut-être prendre ta place. Il m'a raconté une blague hilarante l'autre jour sur les femmes et les sandwichs et je pense que ça fait de lui un vrai challenger niveau meilleur ami. Il est…

Je le pousse avant qu'il ne finisse sa phrase et il tombe du canapé.

Je suis censée commencer mon nouveau boulot mardi après l'école, et quand le jour arrive enfin, je suis une véritable boule de nerfs. Le temps est passé à une vitesse folle, comme si j'étais coincée dans l'hyperespace. Andrew, Hannah et moi sommes en cours de céramique, le dernier de la journée, et d'habitude mon préféré – sauf qu'aujourd'hui je passe mon temps à regarder l'heure. Nous sommes assis autour d'une grande table en bois recouverte de papiers, en train d'émailler les tasses que nous avons fabriquées la semaine dernière. La mienne ressemble plus à un monstre dégoulinant qu'à de la vaisselle.

– Alors, excitée pour aujourd'hui ? demande Hannah en trempant son pinceau dans l'émail bleu, ce qui forme un tourbillon parfait au cœur du liquide.

– Qu'est-ce qui se passe aujourd'hui ? demande

Andrew qui se contente de nous regarder peindre vu que sa tasse a explosé pendant la cuisson.

– C'est le premier jour de Keely, répond-elle. Notre bébé est en train de devenir adulte.

– Au vidéoclub ? demande-t-il.

Il a un petit trait de peinture violette sur la joue gauche et je me demande comment il a atterri là, vu qu'il n'a pas touché le moindre pinceau depuis le début du cours.

J'acquiesce et une boule de nerfs me serre l'estomac. Je jette un œil à l'horloge et réalise que le cours est presque fini. J'ai soudain envie de vomir.

J'ai essayé de faire un effort vestimentaire aujourd'hui. Je porte un pantalon noir – un vrai pantalon, pas un legging – et le pull que ma mère m'a offert pour mon anniversaire – celui qu'elle me reproche de ne pas avoir encore mis, mais c'est parce qu'il est trop petit et qu'il me moule les seins comme pas possible. D'habitude, j'essaie de ne pas trop attirer l'attention sur cette partie de mon corps mais aujourd'hui, je me suis dit que j'allais essayer quelque chose de nouveau en l'honneur de James Dean.

– T'es nerveuse ? demande Hannah en battant des cils pour bien montrer qu'elle ne parle pas du boulot en lui-même mais de James Dean.

– T'es une tigresse, Collins, dit Andrew. Tu vas assurer.

Il se penche et fouille dans son sac à dos avant d'en sortir un sachet de chips. Je ne sais pas comment il arrive à manger ici – la pièce empeste l'argile et la térébenthine – mais je ne suis pas vraiment surprise. Il est en plein masticage quand une fille s'approche de notre table d'un pas hésitant, on dirait un petit faon qui aurait peur qu'on lui tire dessus. Elle a d'ailleurs le physique qui va avec : mince et délicate avec de grands yeux et un petit nez adorable. C'est Madison Jones, une élève de seconde.

– Pardon, dit-elle. Désolée. Pardon. (En cours, Madison passe toujours son temps à dire pardon, on dirait presque qu'elle s'excuse d'être en vie.) Pardon, insiste-t-elle en tapotant l'épaule d'Andrew. Est-ce que tu as fini avec l'émail bleu ?

Ses yeux sont rivés sur Andrew. C'est à lui qu'elle a posé la question même s'il est clairement en train de manger des chips et non de peindre.

– Oh… ouais, dit-il en se tournant vers moi. Collins, t'as fini ?

Madison jette un coup d'œil derrière elle, vers la table où elle était assise. Quelques filles de seconde, agglutinées les unes contre les autres, chuchotent en gloussant.

– Oui, c'est bon, dis-je en faisant glisser le pot d'émail jusqu'à elle. Cette tasse est foutue de toute façon.

– Elle n'est pas foutue, dit Hannah qui cherche toujours à se montrer rassurante. Tu as beaucoup de talent.

– Oh, pardon, dit Madison en me regardant brièvement avant de reposer les yeux sur Andrew. Je ne savais pas que ta petite amie en avait encore besoin.

Je deviens toute rouge, mais plus parce qu'elle refuse de me regarder en face et de m'appeler par mon prénom qu'à cause de son emploi erroné des mots « petite amie ». Ça, j'ai l'habitude. Andrew rougit lui aussi, ce qui fait ressortir ses taches de rousseur.

– Ce n'est pas… Je veux dire… bafouille-t-il en posant son sachet de chips sur la table.

– En fait si, j'en ai encore besoin, dis-je en tirant de nouveau le pot vers moi.

Andrew perd ses moyens et je le fusille du regard. Depuis le temps, il devrait avoir l'habitude de tout ça – ça nous arrive à peu près une fois par jour depuis la troisième. Mais pour une raison que j'ignore, ça le perturbe encore. Il se sent toujours obligé de corriger celui ou celle qui commet l'erreur : « Ce n'est pas ma petite amie. » Parce qu'il ne manquerait plus qu'on me voie comme une fille avec qui on pourrait sortir !

Hannah semble perturbée elle aussi, son regard fait des allers-retours entre Madison et moi. Elle déteste le conflit, et l'idée que je puisse refuser de partager mon pot d'émail doit la stresser.

– Oh, d'accord, pardon, dit Madison en triturant le revers de sa chemise tout en mordillant le bout de sa tresse.

– Nous ne sommes pas ensemble, répète Andrew comme si Madison était bouchée et qu'elle avait besoin d'une clarification supplémentaire.

– Plus maintenant, dis-je en lançant un sourire faussement gentil au petit faon. Je l'ai largué l'année dernière, après l'incident du fromage.

– Le quoi ? demande-t-elle.

– Collins, intervient Andrew d'une voix légèrement menaçante.

– Rien, dis-je en attrapant le pot d'émail pour le lui tendre. Tiens, le bleu est à toi.

– Pardon, t'es sûre ? demande-t-elle en continuant de mâchouiller sa tresse.

– Oui. Si elle s'excuse encore une fois, je vais tuer quelqu'un. Par pitié, prends ce pot.

Je le glisse vers elle d'un geste légèrement trop brusque et avant que je ne puisse le rattraper, le pot valse dans les airs. Il atterrit sur le carrelage dans un bruit retentissant. De l'émail bleu explose partout – sur Madison et sur mon joli pull d'anniversaire.

Elle hurle et lâche enfin sa tresse. Hannah court jusqu'à l'évier pour aller chercher des serviettes. Mlle Blanchard, notre professeure de céramique, accourt en panique. Andrew rit à gorge déployée et je me mets à rire moi aussi, parce que son rire est contagieux. Je baisse les yeux pour regarder mon pull taché de partout et réalise que cela fait au moins dix minutes que je n'ai pas stressé au sujet de James Dean. En fait, je ne pensais même plus à lui.

Mais la mémoire me revient violemment quand Hannah me dépose devant le vidéoclub.

– Tu vas t'en sortir, dit-elle. Allez, hop !

Elle me pousse presque hors de sa voiture. Mon manteau cache mon pull complètement taché, mais je vais bien devoir finir par l'enlever à un moment ou un autre. Évidemment, je ne porte rien en dessous – décision que je regrette amèrement à cette seconde.

Hannah démarre et je reste là, debout sur le trottoir, à essayer de me motiver. Puis je pousse (enfin) la porte. Mes nerfs se calment un peu quand je vois que James Dean n'est pas là. À sa place, il y a un type chauve et bien en chair derrière le comptoir – probablement M. Roth, le propriétaire.

– Bienvenue, dit-il avec un grand sourire. Comment puis-je vous aider ?

Je lui dis bonjour d'un geste de la main un peu maladroit.

– Je suis Keely. Votre nouvelle…

– Ah ! me coupe-t-il. Ma nouvelle recrue. Entre, entre !

Je suis déjà à l'intérieur mais je suppose qu'il veut que je me rapproche un peu plus du comptoir. Il frappe des mains comme si j'avais fait quelque chose qui méritait des applaudissements. Je crois que c'est la personne la plus enthousiaste que j'ai jamais rencontrée de ma vie.

– Viens t'installer. Aujourd'hui devrait être relativement simple. J'ai juste quelques papiers à te faire remplir. Tu veux que j'accroche ton manteau ? me demande-t-il en tendant la main.

– C'est bon, merci, dis-je en l'ajustant un peu plus pour être sûre qu'il cache mon pull.

– Laisse-moi simplement vérifier que Dean a bien préparé tes papiers, dit-il en se tournant vers l'arrière-boutique où se trouve apparemment la salle du personnel.

Entendre son nom me fait frissonner des pieds à la tête.

– Dean ! appelle-t-il.

Et il apparaît.

Il est aussi parfait que dans mon souvenir – peut-être mieux encore – avec son tee-shirt noir, le même que l'autre jour, sauf qu'aujourd'hui l'inscription dit HERZOG. Je suppose que son truc, ce sont les réalisateurs. Il a les cheveux coiffés en arrière, exactement comme le vrai James Dean.

– Salut, dit-il d'un ton nonchalant en s'appuyant contre le cadre de la porte de l'arrière-boutique. Nos chemins se croisent de nouveau.

– Salut, dis-je en essayant d'avoir l'air aussi cool que lui.

– Très bien, très bien, dit M. Roth en frappant de nouveau dans ses mains. Il faut que j'y aille. Dean va s'occuper de toi. Tim devrait arriver vers 5 heures – c'est notre autre vendeur –, je suis certain que vous vous en sortirez très bien tous les trois.

Il fait le tour de la boutique pour redresser quelques objets et en déplacer d'autres.

– On se voit demain ! dit-il avant de sortir.

Dean et moi nous retrouvons seuls.

– Il est très… enthousiaste, dis-je.

– Limite surexcité, confirme Dean, toujours adossé au cadre de la porte comme s'il attendait que quelqu'un le prenne en photo.

– Est-ce que je devrais… dis-je avant de m'interrompre, incertaine de savoir ce que j'allais demander.

Il fait chaud. J'ai envie d'enlever mon manteau mais je le serre un peu plus contre ma poitrine. J'ai les mains moites.

– Ah oui, dit-il en se redressant. Les papiers.

Il marche jusqu'au comptoir et fouille dans plusieurs tiroirs avant de brandir tout un tas de formulaires. Je m'installe de nouveau sur l'un des tabourets. Cette histoire de manteau devient vraiment problématique – je suis en train de suer à grosses gouttes. Je décide d'en finir et l'enlève. Dean hausse les sourcils en voyant mon pull.

– Qu'est-ce qui t'est arrivé ?

– Il y a eu un… un accident de peinture bleue à l'école, dis-je en agitant la main vers la tache.

– Apparemment.

Ses yeux fixent ma poitrine, là où le pull me moule le plus. Son regard reste là un tout petit peu trop longtemps. Mes joues s'enflamment.

– Je ne suis pas très douée en céramique, dis-je.

Cette phrase a beau avoir du sens dans mon cerveau, je me rends compte que Dean, lui, ne voit probablement pas le rapport.

– Eh bien, espérons que tu sois plus douée derrière une caisse.

– Je le suis. Promis.

– Les promesses, c'est dangereux, répond-il. Tu ne devrais jamais rien promettre à moins de le penser vraiment.

– Je le pense vraiment.

– Parfait, dit-il. Moi aussi.

– Très bien, dis-je, même si je ne suis pas vraiment sûre de comprendre ce qu'il veut dire ou ce qu'il me promet, voire s'il me promet quoi que ce soit.

Dean passe l'heure suivante à m'expliquer le fonctionnement du magasin – comment les films sont triés dans l'ordinateur, comment remplir les cafetières, comment ouvrir la caisse enregistreuse, manœuvre qui implique de nombreux coups de coude parce qu'elle se coince tout le temps. Les viennoiseries et les pâtisseries viennent de la boulangerie qui se trouve au bout de la rue – Dean les récupère tous les matins et les dépose à M. Roth en se rendant à son premier cours.

– Mais pourquoi les gens ne vont pas directement les acheter là-bas ? je demande en examinant les viennoiseries savamment alignées dans la vitrine.

Des petites figurines les entourent – un mini-Iron Man, un mini-Black Panther et un Hulk un peu moins mini.

– Mais parce que je travaille ici, dit-il en souriant. Et que je suis charmant.

Je lève les yeux vers lui, rougis aussitôt et détourne le regard. Est-ce que les filles viennent vraiment ici pour parler à Dean ? Est-ce qu'il croit que c'est pour ça que *je* suis là ?

Il devine probablement ma panique parce qu'il hausse les épaules.

– Je déconne.

Et je deviens encore plus rouge, mais il fait semblant de ne rien remarquer.

– Nous sommes plus près du campus, je pense que c'est tout simplement ça, la raison principale. Mais les gens viennent aussi pour l'ambiance. Où d'autre aurais-tu droit à un petit Avengers en plastique avec ton gâteau ?

Dean n'a pas tort. J'aime beaucoup l'atmosphère de cet endroit. Je ne sais pas pourquoi j'ai arrêté d'y venir. Ce vidéoclub est une des raisons pour lesquelles je suis tombée amoureuse du cinéma.

– Je suis un peu triste pour M. Roth, dis-je. Avec ce nouveau Dunkin' Donuts…

– Tu vois cette affiche derrière toi ? m'interrompt Dean. Celle des *Blues Brothers* ? Je me retourne vers l'affiche que je connais par cœur, Dan Aykroyd et John Belushi avec leurs lunettes noires. Elle est collée à ce mur depuis les années 1980. Roth pourrait la vendre sur eBay s'il en avait envie mais il ne le fera jamais. Pareil avec

Les Aventuriers de l'arche perdue, ajoute-t-il en désignant un autre mur de la tête. Et *Les Évadés*. Cet endroit est magique si tu aimes les films.

– Je les adore, dis-je en soupirant.

Je l'adore *lui*. Tout ce que je veux, c'est qu'il pense que je suis aussi cool que lui, parce qu'il est vraiment *trop* cool. Et beau. Et terrifiant. C'est James Dean qui est magique.

– Ça va ? me demande-t-il en agitant la main devant mon visage, ce qui me force à cligner des yeux plusieurs fois de suite.

Oh mon Dieu, *est-ce que j'étais en train de le fixer ?* Parce que si c'est le cas, je pense que je vais mourir pour de vrai.

– Ouaip, dis-je. Super. Tout va bien. Et toi, ça va ?

– Ça va, sourit-il. Tu sais, je pense que c'est le début d'une *belle amitié*.

***

HANNAH

Comment s'est passée ta première journée ??

MOI

J'ai une bonne et une mauvaise nouvelle.
La bonne : je crois que James Dean et moi sommes amis.
La mauvaise : je crois que James Dean et moi sommes amis.

HANNAH

Mais c'est une super avancée, ça ! ♥

MOI

Je suis à peu près sûre qu'il citait *Casablanca*,
donc je ne suis pas certaine que ça compte.

HANNAH

Une réplique de vieux film ! Il est fait pour toi.
Est-ce qu'il t'a dit ça d'un ton professionnel, genre
nous sommes collègues, ou plutôt en mode séduction ?

MOI

Bah, reconnaître le mode séduction,
c'est pas vraiment mon fort.

HANNAH

OK. Est-ce qu'il t'a touchée
ou regardée dans les yeux
en le disant ? *Casablanca*,
c'est un film romantique, non ?

MOI

J'ai besoin d'un expert.

***

MOI

Question.

ANDREW

Vas-y.

MOI

Si un mec te cite un film, est-ce que tu penses qu'il est en mode séduction ?

ANDREW

...

ANDREW

Tu m'as perdu.

ANDREW

Tu fais référence à nos jeux de mots sur Hitchcock ?

MOI

Oublie.

***

Ce soir-là, nous regardons *Casablanca* parce que je suis la fille qui analyse tout dans les moindres détails et que j'ai besoin de trouver des réponses ou au moins des débuts de réponses.

Hannah est incapable de regarder un film sans faire autre chose – elle dit qu'elle finit toujours par s'ennuyer, ce que je préfère ignorer pour le bien de notre amitié. Elle nous force donc Andrew et moi à l'aider en même temps sur un de ses projets artistiques : peindre des motifs sur des feuilles mortes qu'elle a ramassées dans son jardin à l'automne dernier. Elle dit qu'elle les accrochera sur son mur une fois qu'on aura fini, mais si celles que j'ai peintes moi disparaissent mystérieusement, je ne me vexerai pas.

Je n'ai toujours pas parlé de James Dean à Andrew. Non pas qu'il y ait quoi que ce soit à raconter. Mais avouer à Andrew que quelqu'un me plaît me stresse un peu. Si Andrew est au courant, ce sera encore plus la honte quand toute cette histoire ne mènera absolument nulle part.

C'est sans compter sur Hannah qui n'est pas vraiment la fille la plus subtile du monde.

– OK, ce film est clairement romantique, dit-elle. Tous ces baisers et cette musique triste. Si une fille me plaisait, je citerais ce film pour la mettre dans mon lit.

– Ouais, Collins, dit Andrew en levant les yeux de sa feuille morte. Je suis étonné que tu aies choisi ce film.

– *Casablanca* a gagné l'oscar du meilleur film ! dis-je. Et c'est probablement l'un des plus grands chefs-d'œuvre de tous les temps.

– Ouais, *Gladiator* aussi a gagné l'oscar du meilleur film. On aurait pu regarder ça. D'habitude t'es pas vraiment du genre bisous bisous.

– Mais bien sûr que si ! J'adore embrasser. J'embrasse plein de gens !

OK, ce n'est peut-être pas *tout à fait* vrai, mais j'embrasserais bien James Dean si je le pouvais.

– Je ne voulais pas dire dans… balbutie Andrew, rouge écarlate, dans la vraie vie. Je parlais des films que tu regardes.

Hannah est tellement morte de rire qu'elle renverse le pot de peinture jaune sur la moquette.

– Oh mon Dieu ! mais c'est la deuxième fois de la journée !

Nous bondissons sur nos pieds et courons chercher des serviettes. Heureusement, cette interruption dissipe un peu la tension.

– Ça suffit de renverser de la peinture ! dit Hannah. Ça n'arrive que quand vous êtes là, vous êtes vraiment des boulets.

– On te porte malheur, dis-je en repensant à mon pull tout taché.

Sauf que cette tache n'a pas du tout semblé déranger James Dean. Je sens mes joues rougir en me souvenant de ses yeux sur moi.

Dans le film qui continue de tourner sur l'ordinateur portable d'Hannah, Rick met Ilsa et son mari dans un avion afin qu'ils échappent aux nazis. Il accepte de se séparer de la femme qu'il aime pour lui sauver la vie. « Nous aurons toujours Paris », lui dit-il lors de leur scène d'adieu. Ils ne finissent peut-être pas ensemble mais ils auront toujours leurs souvenirs.

Sauf que James Dean m'a cité une autre réplique. Si je lui plaisais, il m'aurait sûrement parlé de Paris et pas d'amitié. Je crois qu'il aime le cinéma, rien de plus. Certainement pas moi.

– Les amies, l'année prochaine quand on partira tous aux quatre coins du pays, dit Andrew, eh ben… nous aurons toujours Paris.

– Nous aurons toujours Prescott, dis-je.

– Restons sur Paris, dit Hannah en épongeant la moquette avec une serviette de bain. Je préfère, et de loin.

8

Mercredi, Chase retente sa chance avec Danielle. Nous nous rendons à notre cours de chimie quand il surgit derrière elle et glisse l'air de rien son bras autour de ses épaules. Elle sourit instinctivement, mais ce sourire se transforme en grognement quand elle se retourne et réalise que c'est lui.

– Salut Dani, dit Chase.

– Ne m'appelle pas comme ça, répond-elle en se dégageant.

– Allez, dit-il avec le sourire confiant de ceux qui ont l'habitude d'obtenir ce qu'ils désirent.

– Qu'est-ce que tu veux ?

– Juste parler, une simple conversation. On est amis maintenant, non ?

– On n'est pas le genre d'amis qui ont des conversations, rétorque-t-elle.

– Collins, gémit-il en me regardant comme si je pouvais l'aider.

Et puis Jason Ryder empire la situation quand il débarque dans le couloir avec son air de roi du monde. Il sourit en remarquant Danielle et Chase l'un à côté de l'autre.

– Hé, regardez ! dit-il en donnant une grande tape

dans le dos de son pote. C'est la salope et la bête, de nouveau réunis.

– Mec, dit Chase.

– Ah, Jason, dit Danielle d'une voix sirupeuse. C'est mignon quand t'essaies de faire des blagues. Un jour, tu y arriveras. (Elle réajuste son sac sur son épaule et se tourne vers moi.) Nous sommes en retard.

Elle descend le couloir et je cours derrière elle.

– Ce qui me rend dingue, peste-t-elle entre ses dents quand ils ne peuvent plus nous entendre, c'est que Chase et moi avons la même part de responsabilité dans toute cette histoire. Nous avons couché ensemble. Lui et moi. Ensemble. Mais c'est moi la salope. Je suis une salope parce que j'ai couché une fois avec une personne.

Elle accélère le pas sans me regarder.

– Tu n'es pas une salope, dis-je parce que j'ai l'impression qu'il faut que je dise quelque chose.

– Bah évidemment ! répond-elle d'un ton sec en se tournant vers moi. Et c'est bien ça le problème !

Vu que les parents d'Andrew vont dîner en amoureux à Burlington, il en profite pour organiser une soirée entre mecs – un truc avec des tacos parce que apparemment les mecs sont obsédés par les tacos. Organiser une fête aurait été trop risqué, donc la soirée tacos est un bon compromis. On a l'âge légal pour manger du fromage et de la viande hachée, même si ça dégoûte nos parents mangeurs de racines.

– Je ne viendrai pas, lui dis-je quand il m'invite, même si nous savons très bien tous les deux que je finirai par céder.

Je lui propose tout de même de l'accompagner faire

les courses et nous nous retrouvons dans un de ces gigantesques supermarchés réservés aux restaurateurs où tout est immense. Les tubes de guacamole et de crème fraîche font la taille d'une batte de base-ball et le pot de sauce piquante suffirait à nous nourrir pendant trois mois en cas d'apocalypse. Quant au sachet de fromage râpé, il est plus grand que moi. Ce n'est pas une façon de parler, Andrew prend même une photo du sachet avec moi à côté pour la comparaison.

– Pourquoi t'as invité Ryder ? je demande en me hissant sur la partie avant du chariot.

Je sais qu'Andrew déteste Ryder autant que moi, pourtant le mec est tout le temps là.

– C'est Chase qui l'a invité, répond-il en nous poussant moi et le sachet de fromage dans l'allée. Et je ne peux pas dire à Ryder de pas venir. Bon, t'es prête à dépasser la vitesse de la lumière ?

Il se met à courir en poussant le chariot. Nous prenons de plus en plus de vitesse, mais comme les allées du supermarché sont vastes comme des avenues, on a largement la place. Une fois lancés à plein régime, Andrew saute sur le chariot à son tour. Je hurle et pose un pied à terre pour nous freiner avant qu'on aille s'écraser contre une tour de paquets d'Oreo d'environ trois mètres.

Le chariot ralentit, je descends et le contourne pour rejoindre Andrew qui met pied à terre lui aussi. Nous avançons côte à côte.

– Tu étais dans le salon ce soir-là, hein ? je demande en arrivant aux produits frais.

Nous nous arrêtons devant les jus de fruits.

– Quel soir ?

– Celui de mon anniversaire.

– Ouais.

– Que s'est-il passé quand Danielle et moi étions encore à l'étage ? – je ne sais pas pourquoi je n'ai pas pensé à lui poser la question plus tôt. Comment tout le monde l'a appris ? Chase a forcément dit quelque chose, non ?

– Quelqu'un a peut-être vu Chase et Danielle entrer dans la chambre, dit-il.

– Mais comment les gens ont-ils pu être au courant aussi vite ?

– Ce n'est pas Chase le méchant dans cette histoire, dit-il. S'il a dit un truc, c'est sûrement parce qu'il était super content, pas parce qu'il essayait de foutre la honte à Danielle.

Je repense au mot qu'elle a reçu l'autre jour – au fait qu'on la traite de salope pour avoir perdu sa virginité avec un gars qui lui plaisait. Est-ce que c'est Chase qui l'a écrit ? Ça ne lui ressemble pas vraiment. Andrew a raison – Chase est peut-être parfois un peu idiot, mais je ne crois pas qu'il soit assez cruel pour harceler une fille avec qui il a couché. Ryder, en revanche, serait tout à fait capable d'écrire un truc pareil. Mais pourquoi aurait-il fait l'effort de modifier son écriture s'il comptait insulter Danielle en personne ensuite ?

– Ryder a traité Danielle de salope aujourd'hui, dis-je à Andrew. Devant tous les autres élèves. Dans quel genre de monde c'est acceptable, un truc comme ça ?

Andrew arrête si brusquement le chariot que je rentre dedans.

– C'est inacceptable. Quel connard !

– N'empêche qu'il s'en sort chaque fois. Comment ça se fait ?

– Vivement l'année prochaine. Si quelqu'un se comporte comme un connard à la fac, on n'aura qu'à arrêter de traîner avec. Il faut juste qu'on en finisse avec le lycée et tout s'arrangera.

C'est ce qu'on se répète depuis la seconde. J'espère que c'est vrai.

– Hé, Collins, ça ressemble à quoi, ça, d'après toi ? me demande Ryder en brandissant son taco vers moi.

– Ça ressemble à un taco, dis-je en parsemant un peu de fromage sur le mien pour essayer de l'ignorer.

Nous sommes assis autour du comptoir de la cuisine sur lequel sont disposés une ribambelle de petits bols contenant tous les ingrédients nécessaires. Andrew est perché sur le tabouret à côté de moi, Chase est en face entre Edwin Chang et Simon Terst, l'acolyte de Ryder (probablement le pire de la bande parce qu'il considère vraiment Ryder comme une sorte de héros).

– Exactement, dit Ryder, un taco. Un abricot. Une moule, ajoute-t-il en agitant les sourcils. Tu piges ?

– Non, dis-je d'une voix monocorde et sarcastique. Explique-moi.

Ryder penche la tête sur le côté avec un sourire figé et je peux voir les rouages de son cerveau tourner à plein régime tandis qu'il essaie de déterminer si je suis sérieuse.

– Elle a pigé, dit Andrew.

– Hé ! Terst, lance Ryder en ignorant Andrew et en collant son taco sous le nez de Simon. Je parie que tu n'as jamais vu un taco d'aussi près. L'odeur te plaît ?

– Va te faire foutre, dit Simon en repoussant la main de Jason. Ma vie, c'est un buffet de tacos à volonté.

Ryder se met à rire mais d'une façon un peu moqueuse. Simon est petit, nerveux et pratiquement aveugle sans ses lunettes à monture en métal. Danielle l'a appelé « la taupe » une fois en sixième et le surnom lui est resté.

– Mais bien sûr, mec, dit Chase. Tu nages dans les tacos.

Simon a le visage rouge et gonflé. Je me dis qu'il est sans doute puceau lui aussi. Nous partageons cette étiquette étrange. Je mords dans mon taco pour essayer de penser à autre chose.

– Moi, je suis plutôt du genre un taco à la fois, dit Edwin. C'est Molly ou rien.

Molly Moye et lui sont inséparables depuis mon anniversaire.

– Sérieux ? demande Ryder en agitant le poignet pour imiter un coup de fouet avec le bruitage correspondant. Il y en a un qui a été bien dompté.

– Ce n'est pas une question d'être dompté ou pas. C'est une question d'intelligence. Je ne ferai jamais mieux que Molly. Elle est super.

– Quand on a une petite amie, on peut le faire quand on veut, intervient Chase. Avec une fille qui s'y connaît…

– Et pourquoi pas dix filles qui s'y connaissent ? demande Ryder avec un sourire jusqu'aux oreilles, avant de se tourner vers Andrew. Pas vrai, Reed ?

– Ouais, répond-il en se frottant la nuque. Je veux dire, pas toutes en même temps, mais un peu de variété, ce n'est pas désagréable.

Andrew parle des filles comme s'il s'agissait d'un plateau d'échantillons auxquels il voulait tous goûter.

Ça me dégoûte tellement que j'attrape une poignée de fromage râpé et le lui balance dessus. Les morceaux retombent sur son pantalon ; il se contente de l'épousseter, comme si ce n'était rien.

– Non mais arrête, Drew du cul, dis-je. Tu n'aimes pas la variété. Tu n'aimes que les blondes.

Il cesse d'épousseter le fromage et lève les yeux vers moi.

– Hein ?

– T'as vraiment besoin que je te fasse un dessin ? Cecilia, Sophie et Suzie Palmer sont interchangeables. Tu as clairement un genre de filles.

– J'avais jamais remarqué, dit-il. Je le fais pas exprès.

Il a le bout des oreilles rouge écarlate.

– Suzie Bas-les-mains, ouais ! dit Ryder. La pire branlette de toute ma vie.

– « Pire branlette », répète Chase. C'est un peu un pléonasme. Je veux dire, ça sert à quoi, la branlette ? Ça fait dix-huit ans que je me tripote. Je sais ce que je fais. Aucune fille ne fera jamais aussi bien que moi.

Parfois, entendre les mecs parler entre eux me donne des crises d'angoisse. Qu'est-ce qu'ils croient, bon sang ? Qu'une fille sait instinctivement quoi faire la première fois qu'elle voit un pénis ? Je me déteste de ne pas être assez courageuse pour leur dire qu'ils sont des gros cons.

– Mais là c'était pire, dit Ryder. On aurait dit qu'elle ponçait un bout de bois. Elle a des râpes à fromage à la place des mains.

– C'est plus une branlette, c'est une râplette, ajoute Edwin.

– Franchement, on n'a pas passé l'âge des branlettes, de toute façon ? demande Chase. Se faire branler, c'était cool au collège. Genre en quatrième, j'étais hyper content quand une fille s'approchait de mon entrejambe de quelque façon que ce soit. Mais maintenant, je préfère encore le faire moi-même.

– C'est la bouche ou rien, dit Simon comme si c'était lui qui décidait.

– Je le ferais tout seul si j'étais assez souple, dit Chase. On n'est jamais mieux servi que par soi-même.

– Tu te calmes, Marilyn Man-suce, dit Andrew. On n'a pas besoin des détails.

– Vous préféreriez quoi ? demande Edwin. Qu'une fille vous fasse une râplette ou vous sucer vous-même ?

– Ça dépend de qui fait la râplette, répond Chase avec un sourire entendu. Je veux bien une râplette si elle vient de Danielle.

– La même, dit Andrew, et je le regarde, surprise.

Je ne savais pas que Danielle lui faisait cet effet-là.

– Je me couperais un bras pour une râplette de Danielle, renchérit Ryder.

– Oublie, intervient Simon. Je me couperais un bras pour voir les seins d'Ava.

– Je les ai vus, dit Ryder. Ça vaut le coup de se couper un bras.

– Non mais vous allez arrêter ! finis-je par les interrompre. Vous parlez de mes copines. Vous croyez vraiment que je ne vais pas tout leur raconter ?

– Et alors ? demande Ryder en haussant les épaules. On ne fait que des compliments.

Je suis sur le point de lui balancer le tube géant de guacamole au visage, mais par chance pour lui on frappe à la porte. Tout le monde se tait.

– On attend quelqu'un d'autre ? je demande en me

levant pour aller ouvrir la porte comme si c'était chez moi – ça l'est un peu, au fond.

– Oh, c'est probablement Cecilia, répond Andrew en se levant lui aussi.

Je m'arrête aussitôt.

– Cecilia ?

– Ouais, dit-il comme si c'était normal qu'elle se pointe ici.

– Pas de filles à la soirée tacos ! crie Ryder derrière nous et je me tourne pour le regarder.

– Putain, mais tu penses que je suis quoi, moi ?

– Nan mais toi, tu ne comptes pas.

Il croque dans son taco avec insolence avant de me lancer un grand sourire, les dents pleines de haricots. Je me dis encore une fois que c'est pour ça – *c'est exactement pour ça* – que je suis encore vierge. Comment pourrais-je être attirée par l'un d'entre eux quand j'entends ce genre de conversation ? Et c'est pour cette raison que James Dean est ma dernière chance avant la fac.

Andrew atteint la porte avant moi, l'ouvre, et elle apparaît sur le palier : Cecilia Brooks. Plus jolie que jamais avec ses boucles blondes qui entourent son visage et ses petites joues rondes et roses. Elle enlève son manteau, sous lequel elle porte un pull en V rose pâle qui lui moule la poitrine. Son décolleté est tellement profond que nos yeux, ceux d'Andrew comme les miens, ne peuvent pas s'empêcher de fixer ses seins.

– Salut Drew, dit-elle en le serrant dans ses bras avant de se tourner vers moi pour me faire un signe de la main qu'elle n'a pas glissée autour du cou d'Andrew – à croire qu'il va flotter loin d'elle si elle ne s'agrippe pas à lui. Salut Keely.

– Salut, dis-je en faisant demi-tour vers la cuisine.

Ils m'emboîtent le pas et quand je me retourne pour leur jeter un coup d'œil discret, elle le tient désormais par la taille.

Les garçons ont un peu rangé la cuisine entre-temps. Ils ont passé l'éponge sur le comptoir et ont jeté les serviettes en papier qui traînaient. Ils se tiennent tous un peu plus droit sur leur siège.

– Salut tout le monde ! dit Cecilia.

– Tu veux un taco ? demande Chase en se levant de son tabouret.

– Je vais t'en faire un, dit Andrew en s'éloignant d'elle pour aller chercher une assiette dans un placard.

– C'est bon, merci, dit-elle. Je n'ai pas faim.

Andrew range l'assiette.

– Tiens, dit Edwin en se levant lui aussi. Tu peux prendre mon siège. J'en avais marre d'être assis de toute façon.

– Oh, merci Edwin, dit-elle en effleurant légèrement son épaule avant de s'asseoir.

Un ange passe tandis que nous nous regardons tous dans le blanc des yeux. Personne ne sait vraiment quoi dire. C'est comme une perturbation sur nos ondes, un clapotis sur la surface de notre lac. La pièce a une odeur différente – une odeur de propre et de fleurs. Le parfum de Cecilia est si prononcé qu'il couvre tous les autres, même celui des haricots.

– Tu es jolie, dit Andrew. J'aime bien ton pull.

Elle baisse les yeux pour le regarder puis relève la tête vers nous avec un grand sourire qui illumine son visage parfaitement symétrique.

– Merci. Il était en solde.

– Cool, dit Andrew. Ça te va bien, le rose.

Du coin de l'œil, j'aperçois Chase qui se couvre la bouche pour bâiller – ce qui me fait bâiller à mon tour. Je réalise qu'une petite partie de moi – une partie dont je ne suis pas particulièrement fière – est soulagée de pouvoir assister à ces soirées-là. Pas seulement parce que je suis aux premières loges de leurs conversations entre mecs, mais parce qu'au moins, quand je suis seule avec eux, ils sont eux-mêmes – alors que Cecilia, elle, n'a droit qu'à une version édulcorée, une version fausse. Je vois le vrai Andrew – celui qui est drôle et plein de vie et qui me fait parfois cracher mon lait par le nez tellement il me fait rire. Celui qui me met aussi parfois en colère au point que j'ai envie de le secouer comme un prunier. La vérité est toujours un peu effrayante. Comment ferai-je un jour confiance à un garçon quand je sais comment les mecs se comportent entre eux ? Mais en regardant Andrew tapoter nerveusement le comptoir, en entendant le bruit retentissant des aiguilles de l'horloge dans la pièce désormais silencieuse, je réalise que je préfère sans doute un peu « ne pas compter ».

9

Il neige pendant tout le reste du mois de mars, et puis soudain nous sommes en avril et tout se met à fondre sous un soleil tiède. Il y a un peu plus de monde au vidéoclub au fur et à mesure que les gens sortent de leur hibernation et j'ai trouvé mon rythme de croisière. M. Roth n'est quasiment jamais là, ce qui signifie que je passe la plupart de mes journées soit avec Dean, soit avec l'autre vendeur un peu plus âgé, Tim, qui peut analyser pendant des heures un seul épisode de *Star Trek*. Bien évidemment, j'ai tenté de lui expliquer cinquante fois que *Star Wars*, c'était mieux, mais il refuse de comprendre.

Nous sommes jeudi, la journée touche à sa fin et nous n'avons pas eu le moindre client depuis une heure. Je suis en train de construire une pyramide de viennoiseries gluantes – que j'ai baptisée « la montagne de sucre » – quand Dean sort la tête de derrière une rangée de DVD à l'autre bout de la pièce.

– Tu as bien dit que tu aimais Hitchcock ?

– Ouais, pourquoi ? dis-je en plaçant délicatement un croissant tout en haut de la montagne de sucre, ce qui provoque une pluie de miettes un peu partout.

Dean me rejoint, un DVD à la main.

– Et tu n'aimes que les films de suspense de la vieille école ou tu aimes aussi les films d'horreur ? T'as un peu creusé ce genre ? (Il a les yeux qui étincellent d'excitation.) Que penses-tu des films de monstres et de zombies ? Et le gore ?

Dean pose le DVD devant moi. Le film s'appelle *Chaos au couvent* et, à en croire l'affiche, c'est l'histoire d'une nonne terrifiée prise au piège d'une main géante ensanglantée. La façon dont elle crie a quelque chose de comique.

– C'est de l'horreur, ça ? je demande un peu sceptique. T'es sûr que c'est pas une comédie ?

Il esquisse un sourire avant de redevenir plus sérieux que jamais.

– Ce film est terrifiant. Viens.

Il attrape le DVD et, sans attendre que je le suive, se dirige droit vers l'arrière-boutique.

– Comment ça, « viens » ? dis-je en jetant un coup d'œil à la porte d'entrée.

À travers la vitrine, je peux voir que le parking est vide, la moto de Dean est le seul véhicule à la ronde. Oui, Dean a une moto, parce que *qu'est-ce que Dean pourrait conduire d'autre* ? L'ardoise posée sur le trottoir demande : PAPA, C'EST QUOI UNE CASSETTE VIDÉO ?

Je soupire, pose la viennoiserie que j'ai dans la main et abandonne la montagne de sucre pour le suivre jusque dans l'arrière-boutique. Un vieux canapé (dans lequel poussent probablement des bêtes invisibles) est collé contre un mur face à un petit téléviseur. Il y a des affiches de vieux films partout et, dans un coin, un Legolas du *Seigneur des anneaux* grandeur nature en carton, qui est probablement là depuis plusieurs années. Quelqu'un lui a enfilé un chapeau de Père Noël pendant les fêtes et a oublié de le lui enlever.

Dean glisse le DVD dans le lecteur.

– On ne peut pas le regarder maintenant, dis-je avant même d'entrer dans la pièce. Et si on avait des clients ?

– On n'a jamais de clients, répond-il d'un ton définitif.

Le menu apparaît sur l'écran et un air de violon lugubre envahit la pièce.

– Bien sûr qu'on a des clients, dis-je en protestant mollement. Il y a cette femme qui est venue tout à l'heure pour un café. Et ce type qui ressemble à un vampire ?

La vérité, c'est que je ne veux pas m'asseoir à côté de Dean sur un minuscule canapé tout autant que je veux m'asseoir à côté de Dean sur un minuscule canapé. M'asseoir à côté de lui, ça veut dire ne pas savoir où poser mes mains et être tendue en permanence parce que si je me détendais, je risquerais de m'étaler un peu sur lui et nos épaules risqueraient de se toucher et ensuite quoi ? Il n'a probablement aucune envie que nos épaules se touchent ; lui a l'habitude que ses épaules touchent celles de filles plus âgées et plus jolies que moi – des étudiantes en cinéma sophistiquées qui fument des cigarettes indonésiennes en parlant des émotions que leur procure l'art.

– Il y a une clochette au-dessus de la porte, dit-il, tu te rappelles ? Si quelqu'un arrive, on n'aura qu'à retourner dans la boutique.

Je sais qu'il a raison. Depuis trois semaines que je travaille ici, on a passé plus de temps seuls qu'avec des clients – c'est juste qu'on ne passe pas ce temps vraiment ensemble d'habitude. C'est la première fois qu'il s'intéresse autant à moi et j'ai peur qu'il remarque la lueur de joie qui irradie mon visage. Il appuie sur la touche « lecture » de la télécommande.

– Ça ira, promis.

Et le revoilà avec ses promesses.

– C'est une vraie promesse ? je demande.

– Je ne fais que des vraies promesses.

Il se laisse tomber sur le canapé et je m'assois à côté de lui, hésitante. L'écran devient noir puis se rallume sur un plan de montagne dont la cime est plongée dans le brouillard. Un cri de femme retentit et le titre apparaît en travers : *Chaos au couvent.*

La jambe de Dean est relâchée. Il réajuste légèrement sa position et la pointe de son genou vient toucher le mien. Impossible de savoir s'il le fait exprès. Notre point de contact est si ténu qu'il ne l'a peut-être même pas remarqué. Ce qui n'est pas mon cas. L'endroit où nos corps se touchent me brûle. La chaleur remonte le long de ma jambe pour envahir le reste de mon corps, jusqu'à ma poitrine et mes joues.

Je suis incapable de me concentrer sur le film, bien trop perturbée par notre proximité physique. Pourquoi m'a-t-il traînée ici ? Pourquoi ce rapprochement soudain ? Tout ça, c'est juste pour regarder un film stupide ? Parce qu'il s'ennuie ? Ou bien est-ce qu'il avait vraiment envie de s'asseoir ici, à côté de moi, et de toucher mon genou avec le sien ? Mon souffle résonne incroyablement fort dans mes oreilles. Je me force à fermer la bouche pour respirer par le nez mais tout ce que je réussis à faire, c'est à avoir le tournis.

– Qu'est-ce que t'en penses ?

Il se tourne vers moi et nos genoux se séparent. Je sens une vague de soulagement m'envahir. Je peux de nouveau respirer.

– Je n'arrive pas à savoir si ce film est à prendre au premier ou au second degré.

– N'empêche que tu as l'air d'avoir peur, dit-il. Tu es ultratendue, on dirait que tu es sur le point de partir en courant.

– Je n'ai pas peur !

– Tu as le droit d'avoir peur ! Ces nonnes sont vraiment flippantes.

C'est là qu'il tend la main pour attraper la mienne et la serrer doucement.

J'ai déjà donné la main à des garçons auparavant, mais jamais comme ça. Les siennes sont légèrement calleuses mais ça ne me dérange pas. Ses doigts dansent entre les miens comme des plumes virevoltantes. Je les laisse s'attarder sur ma paume puis remonter et traîner sur la peau délicate du creux de mon poignet avant de redescendre et de s'emmêler à mes doigts à moi, pour jouer avec chacun d'entre eux, l'un après l'autre.

Tandis que nos mains se découvrent, ma respiration se noue dans ma gorge. J'ai envie de parler mais je ne sais ni quoi dire ni comment le dire. Je ne suis pas sûre d'être capable de reparler un jour. Tout ce que je sens, c'est sa peau sur la mienne et mon sang qui bat dans mes oreilles et efface le monde qui nous entoure… il n'existe plus rien que nos mains.

La petite cloche retentit, je sursaute et la lumière crue de l'arrière-boutique me ramène à la réalité. Je cligne des yeux en regardant l'écran ; une femme en habit de nonne court en hurlant à travers une forêt sombre, une image qui ne reflète vraiment pas ce que je ressens à cette seconde. Dean retire sa main et s'empare de la télécommande pour appuyer sur « pause ».

– Le devoir nous appelle.

– Oui.

Il se lève et se dirige vers la porte.

– Je peux m'en occuper si tu veux continuer à regarder. La suite est vraiment cool.

– C'est peut-être M. Roth.

J'ai la tête qui tourne.

– Non, c'est une vieille dame. Elle est en train de faire de l'œil à ta tour de viennoiseries.

– Ne la laisse pas manger ma montagne !

– Je m'en occupe. Continue de regarder. Juste après, il y a un zombie qui se fait décapiter d'un coup de pelle. Désolé, je viens de te spoiler la meilleure scène du film.

– Ça a l'air charmant.

Il sort mais s'arrête sur le seuil de la porte et se retourne.

– Je suis content que tu aimes ce genre de trucs, dit-il en agitant la main vers la télé. Sarah, celle qui travaillait ici avant toi, ne voulait regarder que des films hyper classiques. Impossible de lui faire voir quelque chose d'un peu bizarre. Toi, t'es plutôt cool.

Il sourit et s'en va. Ses mots me réchauffent le corps comme un rayon de soleil.

10

Danielle Oliver est nulle au pieu ;)

Danielle a trouvé le mot scotché sur son casier vendredi matin, juste après notre première heure de cours. Nous sommes samedi et nous voilà toutes les quatre chez elle à scruter le papier posé entre nous sur la moquette tout en engloutissant les plats qu'on vient de nous livrer (une commande risquée au restaurant chinois).

– Quand on y réfléchit, c'est plutôt pathétique, dit Danielle. Je veux dire, si quelqu'un a un problème avec moi, qu'il vienne me le dire en face. Elle attrape le papier et le déchire en deux avant de le jeter à la poubelle. Celui ou celle qui a fait ça est un putain de lâche.

Elle s'empare d'un morceau de brocoli avec ses baguettes.

– Peut-être que c'est une histoire de jalousie, dit Ava en fouillant dans la boîte pleine de flacons de vernis à ongles qu'elle vient de sortir de sous le lit de Danielle. Peut-être que c'est une fille qui est amoureuse de Chase et qu'elle est en colère que tu l'aies eu la première. Maintenant que tu as couché avec lui, plus personne ne comptera.

C'est exactement le genre de compliment dont Danielle a besoin et je me demande si Ava essaie juste d'être une bonne amie ou si elle pense vraiment ce qu'elle dit.

– Ça ne réduit pas la liste des suspects, dit Danielle. Toutes les filles sont amoureuses de Chase.

On entend clairement la fierté dans sa voix.

– Peut-être que c'est Chase qui l'a écrit, suggère Ava – comme pour contredire son compliment d'il y a deux secondes.

Parfois, je me dis que ça doit être difficile pour Ava d'avoir une meilleure amie qui est toujours plus douée (et plus cruelle) qu'elle quand il s'agit d'avoir le dernier mot. Je comprends qu'on puisse avoir envie de sortir de sa zone de confort de temps en temps mais, personnellement, je n'en aurai jamais le courage. Je crois que mon instinct de survie est plus fort que tout. Ou alors ma peur.

– Le pire, c'est vraiment le clin d'œil, dis-je pour essayer de changer de sujet. Ça a un côté… pervers.

Ava ouvre un flacon de vernis.

– Non mais tu comptes sérieusement te vernir les ongles, là ? demande Danielle en faisant la grimace. On est en train de dîner.

– Bah moi, j'ai fini, dit Ava en haussant les épaules et en se mettant à peindre son pouce en vert pour l'assortir à ses cheveux – de la même couleur depuis la Saint-Patrick.

– Tu as les mains pleines de poulet et l'odeur du vernis me donne la nausée.

Danielle referme sa boîte de brocolis et la met de côté d'un geste brusque – comme si elle avait décidé de déverser sa colère sur sa nourriture plutôt que sur Ava. Nous savons toutes que cette dernière s'en sort bien – Danielle mord bien plus fort que ça d'habitude.

Mon téléphone se met à vibrer et je fouille dans ma poche pour regarder le texto que je viens de recevoir. Il vient d'un numéro inconnu.

Salut copine du boulot !

Je sens mes joues rougir et une vague d'espoir envahir ma poitrine. Je n'ai jamais donné mon numéro à Dean. Peut-être qu'il l'a trouvé sur un des formulaires qu'il m'a fait remplir.

Qui c'est ?

Je tape ma réponse lentement puis pose mon téléphone devant moi sur la moquette afin de garder un œil sur l'écran. Mon cœur bat si fort que je suis surprise que les filles ne l'entendent pas. Je pose mon poulet à l'orange à côté de moi – je n'ai absolument plus faim. Une réponse arrive presque aussitôt.

Qui as-tu envie que ce soit ?

Mes joues rougissent un peu plus et ma respiration s'accélère. J'attrape le téléphone, je ne suis pas sûre de savoir quoi répondre. Il continue à écrire.

Alors, que fait Keely un samedi soir ?

Je fixe les trois points qui sautillent sur l'écran, indiquant qu'il est encore en train d'écrire, en essayant de contrôler mon cœur qui s'emballe. J'enregistre son numéro dans mes contacts sous le nom de James Dean, ce qui me fait sourire comme une idiote. Je reçois un autre texto.

Je parie que tu as un rencard.

– À qui tu envoies des textos ? demande Hannah à côté de moi. Tu es rouge écarlate.

Elle tend le bras pour me prendre mon téléphone des mains – ce qu'elle fait sans difficulté vu que les miennes sont bien trop moites pour retenir quoi que ce soit.

– Oh mon Dieu, c'est James Dean ! Il a fini par t'écrire ? Trop bien !

Elle s'agenouille en replaçant une mèche de ses cheveux noirs derrière son oreille.

Danielle et Ava se penchent en avant.

– De qui on parle ? demande Ava. Du type de ton boulot ?

Hannah leur montre les textos.

– Eh bien, il te veut, aucun doute, dit Danielle en s'emparant du téléphone.

– Mais non, pas du tout, dis-je par réflexe pour anéantir cette idée avant qu'elle ne prenne racine dans mon cerveau.

Il ne faut pas que je m'emballe. C'est plus facile de me convaincre que je m'en moque.

– Non, sérieusement, dit-elle en faisant défiler les messages. Il t'a écrit trois textos de suite.

– Qu'est-ce que je lui dis ? je demande en rougissant

encore un peu plus même si je ne pensais pas que c'était possible.

– Non mais c'est qui ce type ? demande Ava. Il y a des règles. Tu dois attendre au moins dix minutes. Et pas de point d'exclamation. Jamais. L'enthousiasme, ça fait vraiment trop désespéré.

– Vous le connaissez, répond Hannah, on l'a croisé au Dunkin' Donuts le lendemain de… hum (elle se racle la gorge et regarde Danielle avant de poursuivre)… de la fête d'Andrew.

– JE ME SOUVIENS DE LUI ! hurle Ava en manquant de renverser son flacon de vernis. Une mâchoire de ouf.

– C'était un étudiant d'EVmU, c'est ça ? demande Danielle.

– Ouais, il est en troisième année.

– Oh. Intéressant, dit-elle en me rendant mon téléphone, le visage impassible.

– Quoi ? dis-je en l'attrapant, soulagée que tous ses messages soient de nouveau en ma possession. Tu le connais ?

Je repense au fait qu'elle soit presque aller l'aborder ce matin-là avant de changer d'avis à la dernière seconde.

– Non, c'est rien, dit-elle en haussant les épaules et en fouillant dans la boîte de flacons de vernis.

– Quoi ? j'insiste. Balance.

Elle attrape un petit flacon de vernis noir puis lève les yeux vers moi.

– C'est juste que… Eh bien… Il est à la fac donc il a probablement connu pas mal de filles. Sérieusement, on dirait vraiment un mannequin.

– Et donc quoi ? T'es en train de dire que je ne suis pas assez bien pour lui ?

– Keely, tu es super belle… intervient Hannah, mais Danielle lui coupe la parole.

– Tu es vierge. Ce n'est pas un détail, dit-elle en haussant les épaules. Il ne le sait pas bien sûr, donc il est probablement en train d'essayer de coucher avec toi, de faire de toi son plan cul régulier. Mais si tu lui dis que tu es vierge, il y a deux solutions possibles : soit ça le stresse et tu deviens de l'histoire ancienne, soit il te dépucelle et ensuite il ne t'adresse plus jamais la parole. Aucun de ces deux scénarios n'est idéal.

Elle manque de tact mais elle n'a pas forcément tort – ce qui est totalement décourageant.

– Je doute juste qu'il ait envie de faire ton éducation sexuelle, poursuit-elle. Il a bien trop d'options pour se donner cette peine.

– Tu ne le connais pas, dis-je d'un ton sec. Et si je lui plaisais vraiment ? Et s'il avait envie de faire les choses à l'ancienne ?

Trois paires d'yeux me regardent déconcertés. Danielle explose de rire.

– Tu es en train de me dire que cet étudiant super sexy qui peut se faire n'importe quelle fille du campus t'envoie soudainement des textos parce qu'il veut t'emmener dîner aux chandelles ? Tu veux qu'il t'offre une bague, aussi ? Peut-être que vous pouvez marcher main dans la main et que tu écriras tout dans ton journal intime ensuite ? dit-elle en secouant le flacon de vernis noir. (Un clic-clic-clic ponctue chacun de ses mots.) Désolée, Collins, ça n'a rien à voir avec toi. Tu pourrais parfaitement être *la petite amie* de quelqu'un. C'est juste que… un type comme James Dean n'a aucune envie d'avoir une *petite amie.*

Je soupire et baisse les yeux vers mon téléphone.

– Bon, il faut que je lui réponde. Ça commence à faire long.

– Plus tu le fais attendre, mieux c'est, dit Ava en claquant la langue.

– Donne-moi ce téléphone, m'ordonne Danielle en repoussant son vernis.

– Attends, qu'est-ce que tu vas écrire ? je demande en lui tendant mon téléphone d'une main tremblante.

– Il faut juste que tu aies l'air d'avoir un peu plus d'expérience que tu n'en as, dit-elle en tapant quelque chose sur l'écran avant de me montrer.

Je suis à un rencard, mais je m'ennuie un peu.

Elle appuie sur la touche « envoi » et nous prenons toutes une grande respiration, les yeux rivés sur le téléphone. Danielle le pose par terre entre nous et nous ne disons plus un mot. Après trois longues minutes, il finit par vibrer et nous plongeons toutes dessus en même temps, mais c'est Danielle la plus rapide.

– Eh ! Rends-le-moi tout de suite ! je crie.

– Qu'est-ce qu'il dit ? demande Ava, les ongles pas tout à fait secs. Montrez-moi.

On organise une fête ce soir. Tu devrais passer quand t'as fini. Je te promets que tu ne t'ennuieras pas. ;)

Nous laissons échapper un cri général. Je sens une excitation nerveuse bouillir à l'intérieur de moi. Impossible de se méprendre sur le ton de ce texto. Une partie de lui est définitivement intéressée par moi. Peut-être qu'il a senti la même chaleur que moi le parcourir l'autre jour dans l'arrière-boutique. Peut-être que son genou contre le mien, ce n'était pas un hasard après tout.

– Il faut que tu ailles à cette fête, insiste Danielle.

– Je ne peux pas aller à une fête étudiante, dis-je aussitôt. Je n'aime déjà pas les fêtes de lycéens.

J'ai l'impression d'être une boule d'énergie sur le point d'exploser – comme s'il fallait que je me mette à sauter, à hurler ou à courir dans toute la pièce.

– Tes parents pensent que tu dors chez moi, donc tu n'as aucune excuse pour ne pas y aller, dit Danielle avant de renvoyer un texto.

Peut-être. Je ne sais pas
à quelle heure je vais finir. L'adresse ?

Il répond presque aussitôt.

415 Maplewood Avenue. Ne viens pas avec ton rencard.
Je te veux pour moi tout seul.

– Prenez-en de la graine, dit Danielle en jetant le téléphone sur la moquette d'un air satisfait. Maintenant, on se prépare. (Elle se lève et se met à fouiller dans son placard.) J'ai forcément quelque chose de parfait là-dedans pour chacune d'entre nous.

– Attends, chacune d'entre nous ? je demande en sentant mon estomac se nouer.

Danielle se tourne vers moi en haussant les sourcils.

– Tu ne penses quand même pas que je vais te laisser aller à cette fête toute seule ? Tu te ferais manger toute crue en moins de dix minutes.

– Une fête étudiante ! crie Ava en courant vers le placard.

Ses seins rebondissent à chaque foulée. Je sens mon estomac se serrer, mais ça n'a rien à voir avec la nourriture chinoise.

11

Danielle vit juste à l'ouest du campus d'EVmU, à quelques pâtés de maisons de leur piscine et de leur terrain d'athlétisme. En cherchant l'adresse de Dean, nous réalisons que nous ne sommes qu'à quelques minutes à pied et pensons que c'est un signe du destin. Mais cette promenade n'a rien d'agréable parce que Danielle nous a toutes forcées à porter des talons – des monstruosités à paillettes de dix centimètres au bas mot.

Ava ne porte rien de moins que deux soutiens-gorge – une brassière de sport sur son push-up –, ce qui lui remonte les seins jusqu'au menton. On ne voit plus que ça sur son corps minuscule. J'ai refusé de mettre une minijupe comme les autres et Danielle a fini par se rendre et par me laisser garder mon jean mais à une condition : que je lui emprunte un de ses soutiens-gorge et son *crop top* noir en dentelle. J'ai le ventre plus à l'air que je ne l'ai jamais eu et je sens le froid glisser sur ma peau. Mais bon, ce n'est rien comparé à la torture plantaire que je suis en train de subir. Je fais une demi-pointure de moins que Danielle ; mes pieds n'arrêtent donc pas de glisser dans ces chaussures de malheur et ma peau frotte en continu contre les lanières.

– Tout le monde en porte, peste Danielle quand je

me plains. Je vais à des soirées étudiantes depuis que je suis née. Grandis un peu.

– Ouais, tout le monde se calme, dit Ava alors qu'elle vient de passer vingt minutes à se plaindre du froid.

Hannah m'a maquillée pour la fête. Quelque chose de simple comme je lui ai demandé : un trait d'eye-liner, du mascara, une touche de gloss – ça colle et ça a un goût de barbe à papa. J'ai les cheveux lâchés, je les ai légèrement bouclés. Je dois admettre que je me sens… jolie. Jolie, mais pas vraiment moi-même.

Nous tournons sur Maplewood Avenue et passons devant une supérette et plusieurs résidences étudiantes dont les allées sont jonchées de vestiges de fête de la veille – des gobelets, des packs de bière vides… Quelques types traînent sur les perrons et je croise instinctivement les bras pour tenter de cacher mon ventre. L'un d'entre eux nous siffle quand nous passons devant lui et Danielle lui lance un sourire en agitant savamment ses cheveux.

Nous nous arrêtons au bout de la rue et je vérifie l'adresse.

– Je crois que c'est là. 415 Maplewood.

La maison est blanche et un peu délabrée – la peinture s'écaille par endroits et des détritus sont éparpillés un peu partout sur la pelouse. De l'intérieur s'échappent de la musique et le murmure de voix étouffées.

– Est-ce qu'on était censé apporter quelque chose ? je demande, soudain inquiète, sans m'adresser à personne en particulier.

– Genre quoi ? demande Hannah.

– Je ne sais pas, dis-je en tapotant mon téléphone dans ma paume. Genre du jambon ?

– Personne n'apporte de jambon à une fête !

– Alors autre chose à manger. Du pain et du fromage ? Comme un cadeau.

– C'est pour ça que tu nous as, soupire Danielle en me caressant l'épaule.

– Je devrais lui envoyer un texto ?

Je baisse les yeux vers mon téléphone. C'est quoi le protocole quand on vient à une fête où on ne connaît qu'une personne ?

– On n'a qu'à entrer, dit Ava en traversant la pelouse d'un pas décidé jusqu'au perron. Elle s'empare de la poignée de la porte d'entrée mais celle-ci ne bouge pas. C'est fermé à clé.

Je prends une grande inspiration et tape rapidement un texto.

Je suis dehors.

Moins de quelques secondes plus tard, j'entends le clic du verrou et la porte s'ouvre pour laisser apparaître Dean. Le tee-shirt de ce soir rend hommage à Spielberg. Dean a ce sourire décontracté du mec qui a bu. Il semble à la fois surpris et content de me voir.

– Tu es venue ! dit-il en me serrant dans ses bras, et je me retiens de fondre sur place. (Nous restons comme ça un petit peu trop longtemps pour que ça ne veuille rien dire, puis il se redresse et remarque enfin les autres.) Oh, et tu n'es pas venue seule !

– Ouais, désolée. Je suis venue avec des copines, dis-je en sentant mes joues rougir. J'espère que ça ne te dérange pas.

Pourquoi ne lui ai-je pas demandé avant ?

– C'est cool. Entrez.

Nous pénétrons dans le hall moite et lumineux. Près de la porte se trouve une pile de baskets et je m'apprête à enlever mes talons – en remerciant le ciel de pouvoir enfin m'en débarrasser – quand Danielle me lance un regard sévère tout en continuant d'avancer. Je les garde donc aux pieds. Ça sent la bière éventée et le pétard, et mes talons collent au parquet à chaque pas que je fais.

– Je vis ici avec mon pote Cody, explique Dean en se tournant vers moi. On s'est connus en première année, on était dans le même dortoir sur le campus.

Nous rejoignons le salon où sont réunies une vingtaine de personnes et je comprends immédiatement que nous ne sommes pas habillées de façon adéquate. Les gens sont tous en pulls, en joggings ou en chemises de flanelle. Et ils ont tous cet air faussement détaché – avec ce regard sombre et légèrement méprisant et ce pincement de lèvres permanent comme s'ils avaient un goût amer dans la bouche dont ils n'arrivaient pas à se débarrasser. Je croise de nouveau les bras. J'ai l'impression d'être nue et regrette de ne pas avoir apporté mon pull.

– Je croyais que c'était ce que tout le monde portait aux soirées étudiantes, peste Hannah entre ses dents.

Elle porte un *crop top* elle aussi, qui laisse entrevoir son ventre musclé.

– Ouais, en même temps on n'est pas vraiment à une fête étudiante, peste Danielle en faisant allusion aux pseudo-intellectuels qui peuplent la pièce.

Dean avance vers un Black tout mince assis sur le canapé en train de rouler un joint sur un livre intitulé

Histoire du cinéma. Il porte des lunettes et un bonnet en laine.

– Hé, Cody ! C'est la fille du travail dont je t'ai parlé.

Je me sens rougir, ravie d'être décrite de cette façon. *La fille dont je t'ai parlé.*

– Salut meuf, dit Cody en acquiesçant du menton.

Dean agite la main en direction des filles.

– Et elles, ce sont… (Il remarque enfin Hannah et son regard s'illumine.) Je te connais, toi. Tu es déjà venue au vidéoclub.

– Hannah, dit-elle en faisant une petite révérence.

Ava se laisse tomber sur le canapé à côté de Cody puis croise les jambes, ce qui fait un peu plus remonter sa jupe.

– Je m'appelle Ava. T'es mignon, toi.

Cody laisse échapper un soupir de surprise puis se met à sourire jusqu'aux oreilles.

– Oh vraiment ? Tu me plais, toi, dit-il avant de se tourner vers Dean. Elle me plaît.

Danielle attrape Ava par le bras pour la forcer à se relever.

– N'aie pas l'air si affamé. Allons boire un verre. Dean, c'est ça ? demande-t-elle en lui lançant son sourire étincelant. Est-ce que tu as quelque chose à boire ?

La voir lui parler me rend nerveuse. C'est elle que les mecs dévisagent en général. Pourquoi Dean aurait envie de moi s'il peut l'avoir elle ?

– Ouais, bien sûr, dit-il. Suivez-moi.

– Attendez ! crie Cody en levant un doigt en l'air pour nous arrêter avant d'attraper le joint pas terminé et de le rouler entre ses doigts. Je vous accompagne.

Dean se dirige vers la cuisine et nous le suivons tous. Il ouvre le frigo, en sort quatre canettes de Bud *light* et nous en tend une à chacune. Puis il en lance une cinquième à Cody qui la rattrape et l'ouvre dans un même geste fluide.

J'ouvre ma canette à mon tour et en bois timidement une gorgée en essayant de ne pas froncer le nez. Ça a le même goût de pipi que d'habitude. J'aurais dû écouter Andrew quand il a voulu m'apprendre à boire de la bière. Une partie de moi aimerait qu'il soit là ce soir. Je flipperais nettement moins.

Dean se penche vers moi pour murmurer à mon oreille :

– J'ai une surprise pour toi.

Sa voix me donne des frissons.

– Vraiment ?

Il se redresse et sourit.

– Ouais, viens dans ma chambre une seconde.

Et avant que je n'aie le temps de répondre, il sort de la cuisine et remonte le couloir d'un pas décidé. Je le suis – après avoir jeté un dernier coup d'œil à mes copines. Elles ont toutes un sourire stupide collé au visage. Ava brandit ses deux pouces en l'air. Danielle sort son téléphone de son sac à main et se met à écrire un texto. Quelques secondes plus tard, je sens mon téléphone vibrer dans ma poche.

Rappelle-toi : cool, sûre d'elle et qui a de l'expérience.
Ne nique pas tout. Ou alors seulement Dean. ;)

Dean entre dans sa chambre et je le suis en rangeant mon téléphone avant qu'il ne le voie. La pièce est plutôt minimaliste : un placard un peu abîmé, un lit dans un coin dont les draps sont défaits et froissés, une affiche encadrée du *Voleur de bicyclette* sur un mur et une de Pink Floyd sur celui d'en face – celle avec la rangée de femmes nues de dos. La panière à linge sale regorge de vêtements, il y en a même par terre. Dean marche jusqu'à un petit placard et en sort une bouteille de whisky. Le bouchon est scellé à la cire rouge.

– Je sais que tu aimes le whisky, sourit-il.

– Oh, dis-je, surprise, en me raclant la gorge. Ouais, ouais.

Le texto de Danielle me revient en tête : cool, sûre d'elle et qui a de l'expérience.

– C'est du Maker's Mark. Chaque bouteille est scellée à la main, ce qui signifie qu'elles sont toutes uniques, dit-il en caressant la cire rouge du bout du doigt. C'est cool, non ?

– Ouais.

– Tu veux l'ouvrir ?

Il me tend la bouteille et je l'attrape délicatement par peur de la laisser tomber. Je n'ai pas la moindre idée de comment m'y prendre. Je fouille dans mon sac à main à la recherche de mes clés. J'en glisse une entre mes doigts, à l'horizontale, pour m'en servir comme d'un couteau. Dean me prend la bouteille des mains.

– Il y a une languette, explique-t-il. Il suffit de tirer dessus. (Il s'exécute et la cire se décolle doucement pour exposer le bouchon juste en dessous.) Mais bravo pour l'effort.

Je range les clés dans mon sac en rougissant. Il boit une gorgée avant de me tendre de nouveau la bouteille.

– Santé, copine du boulot !

Je retiens mon souffle et avale une petite gorgée. Ma poitrine se met à brûler. Ça a aussi mauvais goût que dans mon souvenir – sucré et chimique à la fois. Je me demande si les gens aiment vraiment le whisky ou si tout le monde se contente de faire semblant.

– Alors, ton rencard ? demande Dean, une fois que j'ai fini ma gorgée.

– Mon rencard ? dis-je étonnée avant de me souvenir du texto que Danielle a envoyé un peu plus tôt. Ah oui, mon rencard. (J'avale une autre gorgée, juste pour gagner du temps avant de compléter :) Eh ben, je te l'ai dit, c'était un peu ennuyeux.

J'essaie de trouver un truc à ajouter mais bien sûr rien ne me vient. L'espace d'une seconde, je pense à Andrew et à cette remarque absurde que je lui ai faite pendant le cours de céramique. Et c'est comme ça que je sors la pire réponse de tous les temps.

– Il n'arrêtait pas de parler de... fromage.

– De fromage, répète Dean avec un sourire en coin. Vraiment ?

– Ouais. Il vit dans une fromagerie... Enfin, une laiterie. Enfin, des vaches. Tu sais comment sont les gens du coin avec leurs vaches.

Oh mon Dieu. Je crois que j'ai une grave déficience cérébrale. Dean a les yeux qui brillent et je vois bien que le spectacle de ma mort lente et douloureuse l'amuse. Je pointe le doigt vers son torse afin de changer de sujet.

– C'est quoi, ces tee-shirts ?

Il baisse les yeux.

– Ce sont des réalisateurs.

– Oui, ça, j'avais compris, dis-je, ravie que nous soyons passés à autre chose. Mais c'est toi qui les fais ?

– Je me dis qu'avec un peu de chance l'habit fera le moine.

Ce n'est pas vraiment une réponse, mais je crois que je comprends ce qu'il veut dire.

– Tu devrais en faire un avec « Hitchcock », dis-je avec une envie irrépressible de le toucher.

– C'est ton réal préféré, n'est-ce pas ?

– Il est un peu barré mais il est vraiment brillant. J'avale une autre gorgée et le goût n'est plus aussi terrible, on dirait que mes sens ont été anesthésiés. Est-ce que tu en as avec des femmes ? Je viens de me rendre compte que tu ne portes jamais de femme.

– Porter des femmes. Ça fait un peu *Silence des agneaux*, non ?

– Je suis sérieuse.

– Je ne porte que mes préférés.

Sa remarque m'agace et j'ai envie de lui dire le fond de ma pensée. Mais il est si près de moi que je peux compter les poils de barbe qui repoussent sur sa mâchoire. Je sens presque la chaleur de son souffle et je ne veux pas le provoquer et risquer de gâcher la magie de l'instant.

– OK. Dans ce cas, que dis-tu de « Collins » ?

– Tu es réalisatrice ? demande-t-il en haussant un sourcil – ce qui, je l'espère, signifie qu'il est impressionné.

– Peut-être. Un jour. Comme ça, tu pourras me mettre sur un tee-shirt.

– Eh bien préviens-moi quand ce sera le cas, murmure-t-il en se penchant vers moi. Parce que tu seras à n'en pas douter une de mes préférées.

– OK.

Je sais que je souris comme une idiote mais je ne

peux pas m'en empêcher. Ses mots me font trembler. Je décide donc de reposer la bouteille sur la commode et remarque alors une pile de photographies en désordre.

– Qu'est-ce que c'est ?

J'attrape la première photo et la regarde avant de me dire que c'est peut-être personnel. On y voit une belle femme mince aux longs cheveux bruns qui affiche un grand sourire. On dirait une de ces femmes à qui on a envie de se confier autour d'une tasse de thé fumante.

– Oh, c'est ma mère, dit-il en se grattant les joues.

– Désolée, dis-je en reposant la photo sur la commode. C'est personnel. Je ne voulais pas fouiller, je voulais juste…

– Ce n'est rien, dit-il en l'attrapant. Je les ai prises quand je suis rentré à la maison pour les vacances de Noël. Je ne la vois pas souvent, donc c'est cool d'avoir quelques photos. (Il en prend une autre, cette fois d'un berger allemand avec la langue qui pendouille sur le côté.) Elles servent un peu de substituts. Parfois quand je suis… seul ou stressé, je leur parle. C'est nul, hein ? Désolé, c'est complètement nul, reprend-il alors que ses joues deviennent adorablement roses. Si j'en suis à te raconter ça, c'est que j'ai vraiment bu trop de whisky.

– Ce n'est pas nul, dis-je. C'est mignon.

J'ai envie de tendre la main et de la passer dans ses cheveux emmêlés mais je garde les bras vissés le long de mon corps.

– Honnêtement, c'est Charlie qui me manque le plus, dit-il en souriant. Mon chien.

– C'est le nom de l'ex de ma copine. Charlie. C'est un Mangemort.

Je regrette aussitôt d'avoir prononcé ce mot parce

que Dean va me prendre pour une demeurée. Je ne pense pas qu'il soit du genre à être fan de *Harry Potter.*

Heureusement, il se met à rire.

– Vraiment ? Eh bien ce Charlie-là, c'est plus un mange-chaussures. Un mange-meubles aussi. Parfois, un mange-son-propre-caca, même.

– Je suis contente que l'ex d'Hannah n'ait jamais fait ça.

Bon sang, il faut que je reprenne le contrôle de cette discussion. Comment je me débrouille pour que mes conversations soient toujours les moins sexy de la planète ? Je jette de nouveau un œil aux photos.

– Elle est comment, ta mère ?

Je veux tout savoir au sujet de Dean. Je veux m'envelopper dans les moindres détails de sa vie comme dans une couverture.

– Elle assure grave, dit-il. Elle nous a élevés seule, mon frère et moi.

– Elle me plaît, dis-je en attrapant sa photo et en la tenant droite sur la commode comme si elle avait des petites jambes. Salut Dean, dis-je d'une voix aiguë en agitant et faisant parler la photo. Tu devrais ranger ta chambre. C'est le foutoir.

Je suis surprise d'être suffisamment à l'aise pour faire l'idiote comme ça. En général, quand je suis avec Dean, je fais attention au moindre de mes mouvements, tellement je suis nerveuse, comme si chaque interaction était un test qu'il fallait que je réussisse. C'est peut-être le whisky qui commence à faire effet, j'ai chaud de la poitrine aux orteils. C'est peut-être le fait qu'on soit dans sa chambre. J'ai tellement conscience de son lit, là à quelques mètres de nous à peine. Nous ne nous sommes jamais vraiment retrouvés seuls tous les deux jusque-là, pas comme ça. L'espace d'une seconde, je me demande s'il a fermé la porte à clé derrière nous. Je n'ai pas fait attention quand nous sommes entrés.

– Je ne devrais pas boire devant ma mère, dit-il en s'emparant de la bouteille de Maker's Mark. Elle n'approuverait pas.

Il avale quand même une gorgée avant de me la tendre.

– Eh bien dans ce cas, je ne devrais probablement pas boire moi non plus. Je tiens à faire bonne impression.

Il pose la main sur la photo pour lui couvrir les yeux.

– La voie est libre.

Je glousse. Je me sens légère, j'ai l'impression de flotter. Et c'est là que l'horreur se produit : en riant, je fais un bruit de cochon avec le nez. Je sens une vague brûlante me submerger. Faire un bruit de cochon avec Andrew passe encore, mais là on parle de James Dean. En général, j'essaie à tout prix d'éviter de faire des bruits corporels bizarres devant les garçons.

– Est-ce que tu viens de grogner comme un cochon ?

– Non, dis-je en reprenant une lampée de whisky. Et donc, qu'est-ce que tu leur dis quand tu leur parles ? Aux photos, je veux dire.

– Si tu n'as pas grogné comme un cochon, moi, je ne parle pas aux photos, répond-il avec un grand sourire.

Il passe la main dans ses cheveux bruns en bataille et je suis presque jalouse de ses doigts.

– OK. J'ai peut-être grogné comme un cochon. Qu'est-ce que tu leur dis quand tu leur parles ?

– Il va me falloir plus de whisky.

Je lui tends la bouteille, il en prend une grande rasade puis fait claquer ses lèvres de façon théâtrale. Il repose la bouteille sur la commode, attrape la photo de sa mère, se racle la gorge et me fait un clin d'œil. En général, les clins d'œil, je trouve ça complètement ringard, un truc qu'on ne voit que dans les vieux films niais. Mais quand c'est James Dean qui en fait un (un mec qui n'a rien de ringard ni de niais), c'est comme si c'est lui qui venait d'inventer ce geste.

Il me lance un sourire espiègle avant de se concentrer sur la photo de sa mère. L'espace d'un instant – une fraction de seconde – je me sens idiote de lui avoir demandé de faire quelque chose d'aussi bête, d'aussi embarrassant et personnel. À quel moment j'ai cru que c'était une bonne idée ? Mais il se met à parler et mon angoisse s'envole, chassée par le ton chaud et décontracté de sa voix. Il n'est pas embarrassé le moins du monde. Bien évidemment.

– Alors maman, comment ça va ? demande-t-il à la photo. Ça te va à ravir, cette teinte sépia. S'il te plaît, ne me juge pas. (Il me regarde dans les yeux.) Non seulement je suis en train de boire de l'alcool, mais j'ai aussi une jolie fille dans ma chambre et il est fort possible que je l'embrasse.

– T'es ivre ? je demande brusquement en m'approchant de lui – si près que je peux voir les étincelles dorées qui dansent dans ses yeux.

– Probablement, dit-il. Un petit peu.

Il me sourit comme si tout était normal et je me sens attirée vers lui comme un aimant.

– Je crois que je le suis, moi, dis-je en lui rendant son sourire.

Et puis il m'embrasse. J'ai déjà embrassé un garçon avant. Une fois, en colonie de vacances quand j'avais quinze ans. Mais ce baiser-là n'avait rien à voir – c'était un baiser pour du beurre, je le sais désormais avec certitude. La langue de Dean caresse mes lèvres comme pour me demander la permission d'aller plus loin et je les entrouvre avec joie. Je m'abandonne à cette sensation nouvelle et merveilleuse. Sa main quitte mon cou pour descendre le long de mon bras, avant d'emmêler ses doigts aux miens. Sans jamais s'arrêter, il me tire vers le lit et je me laisse tomber dessus dans un *pouf* – le matelas est plus bas que je ne pensais. Je me mets à glousser parce que cette tension entre nous et cette chaleur, c'est trop. Dean se redresse et dépose un petit bisou sur le bout de mon nez.

– Tu es adorable.

Il me pousse délicatement en arrière pour que je m'allonge puis se penche au-dessus de moi, son corps collé et connecté au mien. Ses mains parcourent mes cheveux puis glissent jusqu'à ma taille pour caresser ma peau nue entre mon jean et mon haut. Il m'embrasse le cou, de plus en plus bas, et je m'agrippe à son tee-shirt. Son odeur est envoûtante, de l'after-shave mélangé à la fumée de cigarette. Une odeur d'adulte. Une odeur d'*homme*, pas d'un gamin du lycée. C'est à la fois terrifiant et incroyablement excitant.

Je ne sais pas combien de temps nous restons comme ça, enlacés sur son lit. Des heures, des jours, des années, qui sait. Je suis dans le brouillard le plus total, la seule chose qui habite mon esprit, c'est la sensation de son corps contre le mien.

– Tu devrais passer la nuit ici, murmure-t-il à mon oreille.

Sa voix est chaude et rauque et ses lèvres effleurent la peau douce de mon lobe quand il parle.

– Et mes copines ? je demande en me redressant légèrement.

– Elles survivront, dit-il en dégageant une mèche de cheveux derrière mon oreille. Elles peuvent passer la nuit ici elles aussi, sur le canapé, ou elles peuvent rentrer chez elles. Peu importe.

– Je devrais au moins voir avec elles, dis-je en reculant pour attraper mon téléphone.

Je n'ai pas la moindre idée de l'heure qu'il est. Depuis combien de temps sommes-nous dans sa chambre ? J'allume mon écran et vois qu'il est déjà minuit passé. J'ai reçu tout un tas de textos.

HANNAH

Ne fais rien que je ne ferais pas moi !

DANIELLE

T'es toujours vierge ?

AVA

T'as vu la pine de Dean ?

HANNAH

Ava danse sur la table basse. On va sans doute devoir la ramener dans pas longtemps.

AVA

🍆🍆🍆🍆🍆🍆🍆🍆🍆🍆

DANIELLE

Ava chante des chansons de comédie musicale ! On rentre. C'est pour son bien à elle. Reste et envoie-toi en l'air.

HANNAH

Tu veux rentrer avec nous ?

AVA

Keely bon chance je t'ame !

– Je crois qu'elles sont parties, dis-je.

Je sais que je devrais être en colère qu'elles m'aient plantée mais une partie de moi est heureuse d'avoir une excuse pour rester. Je leur envoie un message groupé :

Je vais rester. On se voit demain, les filles.

C'est une fois le message envoyé que je comprends ce qu'il implique et que mon estomac se noue. Je vais passer la nuit ici. Dans le lit d'un garçon.

– Tant mieux, dit-il.

Il allume sa petite lampe de chevet et m'embrasse de nouveau pour que je me rallonge avec lui. Ses lèvres effleurent ma joue, mon menton, puis mon cou, et mon corps entier frissonne. Il se redresse et enlève son tee-shirt pour dévoiler son torse musclé. Je tends la main et caresse du bout des doigts son bras nu, il a la peau tiède et douce.

– À toi, dit-il de sa voix rauque.

Il attrape le bas de mon haut et le fait doucement glisser au-dessus de ma tête. Je ne l'en empêche pas, mais je retiens mon souffle quand il recule pour mieux me regarder – Dieu merci, la pièce est sombre.

Je porte un soutien-gorge de Danielle – un noir en dentelle de chez *Victoria's Secret* légèrement trop grand pour moi. Quand elle a vu ma vieille brassière de sport alors qu'on se changeait tout à l'heure, elle a insisté pour que je lui emprunte un « vrai soutien-gorge », juste au cas où. Heureusement que je l'ai écoutée.

– Tu es incroyablement sexy, dit-il.

– Vraiment ? dis-je, étonnée avant de réaliser que c'est probablement la dernière chose que je devrais dire.

– Tu n'as pas idée, insiste-t-il en m'attirant contre lui.

Il se redresse sur le lit et je m'assois à califourchon sur lui. Nous restons comme ça quelques secondes, peut-être plus, je ne sais pas. J'ai l'impression que nous sommes hors du temps – que le monde continue de tourner autour de nous mais que nous n'en faisons plus partie. Nous sommes dans notre propre galaxie, nous ne sommes plus que des lèvres, un souffle chaud et des mains douces. J'ai l'impression d'être du miel qui coule doucement le long d'une cuillère.

Puis il me regarde et murmure ces mots qui me font revenir à la réalité :

– Tu veux que j'aille chercher un préservatif ?

– Quoi ? je murmure à mon tour même si je l'ai parfaitement entendu.

Je ne sais pas quoi dire d'autre. Il replace une mèche de mes cheveux derrière mon oreille avant de répéter, la voix un peu éraillée de ne pas avoir parlé depuis un moment :

– Tu veux que j'aille chercher un préservatif ?

Oui. Ce n'est pas ça, la réponse évidente ? Ce n'est pas ce que j'espérais qu'il se passerait quand je suis venue ici, quand je l'ai suivi jusque dans sa chambre ? Je me souviens de ce que Danielle m'a dit un peu plus tôt dans la soirée et mon estomac se noue. *« Si tu lui dis que tu es vierge, il y a deux solutions possibles : soit ça le stresse et tu deviens de l'histoire ancienne, soit il te dépucelle et ensuite il ne t'adresse plus jamais la parole. »*

Je suis perdante à tous les coups. J'en ai marre d'être vierge, mais je ne veux pas effrayer Dean en lui demandant de régler ce problème pour moi. Et s'il se mettait à flipper face à mon manque d'expérience ? Ou – pire encore – s'il ne me parlait plus jamais après avoir obtenu ce qu'il voulait ? J'aimerais tellement qu'il existe une façon d'en finir, une façon d'avoir *déjà* couché ! Je n'ai pas envie que Dean soit forcé de me montrer comment ça marche. Je veux y arriver et savoir ce que je fais. Si seulement les gens n'en faisaient pas à ce point TOUTE UNE HISTOIRE.

Il n'a peut-être pas besoin de savoir que je suis vierge au fond. Je connais les bases. Je pourrais probablement m'en sortir en faisant un peu semblant. Mais si jamais j'ai mal ? Hannah m'a raconté que la première fois qu'elle avait couché avec Charlie elle en avait pleuré de douleur. Ils s'étaient allongés sur une serviette de bain, juste au cas où, et elle avait mis du sang partout. Je n'ose pas imaginer la honte si je saignais sur les draps de Dean.

Il serait obligé de les laver et donc de les emporter dans le salon, où Cody les verrait, et ils se mettraient tous les deux à rire en me traitant de fille dégueulasse et ça serait mon nouveau surnom : la lycéenne dégueulasse qui a taché les draps de Dean. La vierge menteuse prise en flagrant délit. Je serais une ombre à son tableau de chasse : une erreur regrettable.

– Keely ? appelle Dean en se penchant vers sa table de nuit et en se mettant à tâtonner dans l'obscurité.

Puis apparaît dans sa main un préservatif, un petit emballage carré qui brille. Ce n'est pas la première fois que j'en vois. On nous en distribue plusieurs fois par an en faisant passer un panier parmi les élèves pendant le cours de SVT. Tout le monde glousse avant d'en attraper quelques-uns, les joues rouge écarlate. C'est un peu la version adulte de la distribution de bonbons de Halloween. Malgré ça, les préservatifs, ça reste assez nouveau pour moi. Je ne suis pas sûre que ce soit le cas de Dean. Est-ce que, pour lui, avoir des préservatifs dans le tiroir de sa table de nuit est aussi normal que d'avoir du gel nettoyant pour les mains ou de l'aspirine ?

– C'est bon, dis-je, même si ça ne veut rien dire.

– Qu'est-ce qui est bon ? demande-t-il en défaisant sa boucle de ceinture d'un geste sûr.

– Non, je veux dire, on n'est pas obligés.

– Tu veux dire qu'on peut ne pas en mettre ? demande-t-il en balançant le préservatif de côté.

Il retire sa ceinture.

– Non, dis-je en secouant la tête. On n'est pas obligés de coucher ensemble.

Il me lance un grand sourire et je vois ses dents blanches fendre l'obscurité.

– Bien sûr qu'on n'est pas *obligés.* (Il m'embrasse en m'attirant de nouveau contre lui, de nouveau dans notre galaxie.) Mais on en a très envie, dit-il en attrapant le bouton de mon pantalon.

Je me souviens avec horreur que je porte une vieille culotte en coton avec des petits ours polaires que j'ai depuis la sixième. Danielle ne m'a pas proposé de me prêter « une vraie culotte » et je ne le lui ai pas demandé, ça aurait été trop bizarre. Je me sens moite, j'ai du mal à respirer comme si j'avais bu trop de whisky alors que nous n'avons pas avalé la moindre gorgée depuis plusieurs heures.

– Attends.

– Ça va ? demande-t-il en retirant sa main.

– Je crois qu'on devrait attendre.

– Oh, dit-il en se rasseyant l'air déçu. OK, OK.

– J'en ai envie. J'en ai vraiment envie. Mais pas tout de suite.

J'ai le sentiment absurde de l'avoir déçu.

– T'es sûre ?

Il se remet à m'embrasser comme s'il avait conscience du pouvoir magique de ses baisers, des sorts qu'il me jette avec ses lèvres et sa langue. Mais je suis coincée. Ma virginité est un mur invisible qui se dresse entre nous deux. Je ne suis pas obligée de prendre une décision tout de suite. On aura d'autres occasions, lui et moi. Il le faut.

– Une autre fois, d'accord ?

– Promis ?

– Promis, dis-je en lui serrant la main et en réalisant que promettre, c'est un peu prendre une décision finalement.

– Tu connais mon avis sur les promesses, dit-il en

m'embrassant le bout du nez avant de se lever. Je vais prendre une douche. Je ne pourrai pas dormir avant que tout ça ne redescende, ajoute-t-il en agitant la main vers son entrejambe avec décontraction, comme si c'était la chose la plus naturelle du monde.

– Oh, bien sûr.

J'essaie d'avoir l'air cool mais j'ai du mal à respirer.

– À tout à l'heure, copine du boulot !

Il attrape une serviette dans la panière à linge sale, la balance sur son épaule et quitte la pièce en sifflotant. Quand il revient un quart d'heure plus tard, je fais semblant de dormir. Ce sera plus simple d'être allongée à côté de lui les yeux fermés que de chercher quoi lui dire. Pour ce qui est d'être cool, sûre d'elle, avec de l'expérience, on attendra demain matin. Il grimpe sur le lit à côté de moi et me serre contre lui en emmêlant ses jambes aux miennes.

Je ne ferme pas l'œil de la nuit.

12

Quand le jour se lève, je suis toujours raide comme un bout de bois allongée dans les bras de Dean et ses petits ronflements me chatouillent l'oreille. Je me redresse tant bien que mal pour attraper mon téléphone sans le réveiller.

Je regarde l'heure : il est 7 h 30. Il faut que je rentre chez Danielle avant que ses parents ne se rendent compte de mon absence. Est-ce qu'il est trop tôt pour réveiller Dean ? J'observe son visage un instant, ravie de pouvoir le fixer à ma guise. Il a l'air plus jeune et moins intimidant quand il dort. Il a une tache de son juste à côté de l'œil gauche et une petite cicatrice sur le front qu'on distingue à peine derrière sa mèche de cheveux emmêlés.

J'ai peur, s'il se réveille, que l'ambiance décontractée d'hier soir disparaisse, que l'on réalise que tout ça n'était dû qu'au whisky. Lui parler ce matin pourrait tout gâcher. Je n'ai aucune envie qu'il voie les crottes d'yeux que j'ai au réveil. Et s'il essaie de m'embrasser avec mon haleine du matin ? Ou pire, s'il n'essaie pas du tout de m'embrasser ?

Il faut que je me dégage de son bras.

Je glisse légèrement sur la droite puis me tortille

jusqu'au bord du lit aussi discrètement que possible. Il se met à bouger et resserre son étreinte autour de moi. Je reste là pendant une minute, à savourer cette sensation. Avec son corps contre le mien, je pourrais rester ici pour l'éternité.

Mais ensuite je pense à mon visage, à ma peau qui doit être toute grasse et au mascara qui a dû couler sous mes yeux. Non, aucun doute, il vaut mieux partir en catimini. Je ferme les paupières pour m'imprégner de cette sensation, celle d'être dans ses bras, au cas où ce serait la dernière fois. Puis je soulève son bras juste ce qu'il faut pour le glisser sur le côté, avant de me lever du lit et de rassembler toutes mes affaires éparpillées un peu partout.

J'enfile mon *crop top* et me sens bien plus exposée dans la lumière du matin que je ne l'étais hier soir. Je jette un œil à ces horribles chaussures à paillettes qui traînent près de la porte. Je n'ai vraiment aucune envie de les remettre.

Pour rentrer chez Danielle, il va falloir faire le chemin inverse d'hier et repasser devant toutes ces résidences étudiantes pour ensuite traverser le centre-ville. Il y aura du monde. Les dimanches de printemps, ils bloquent tout un tas de rues pour le marché artisanal, afin que les gens puissent vendre leurs bougies, leurs moufles ou d'autres trucs dans le genre.

Je ne peux pas.

Je me rassois sur le lit et envoie un texto aux filles.

> Est-ce que vous êtes réveillées ?
> Vous pouvez venir me chercher ?

Après avoir attendu une minute sans aucune réponse, j'attrape mes talons et sors de la pièce sur la pointe des pieds en priant pour que le reste de la maison dorme encore. Le sol colle encore plus sous mes pieds nus, mais je ne veux pas enfiler mes talons, j'ai peur de faire trop de bruit.

Je sors et referme doucement la porte d'entrée derrière moi. La rue est déserte et, l'espace d'une seconde, j'envisage de prendre sur moi et de faire le chemin à pied. Peut-être que je ne croiserai personne après tout. C'est à ce moment-là qu'une fille fait son apparition un peu plus bas dans la rue, exactement dans la direction dans laquelle je suis censée aller. Elle porte une robe rouge moulante et tient une paire de talons dorés à la main. Elle marche vite, la tête baissée. Quand elle passe devant l'une des résidences étudiantes, on entend une voix crier à travers un mégaphone depuis le perron :

– DEVINEZ QUI A DÉCOUCHÉ ?

La fille secoue la tête et accélère. Je me recroqueville sur moi-même en espérant que les types d'en face seront trop obnubilés par elle pour me remarquer, moi.

– EST-CE QUE ÇA EN VALAIT LA PEINE ? hurle le mégaphone.

Un autre type se met à chanter la chanson de Police :

– Roxaaaaane.

Il y a une poignée d'arbres à côté de chez Dean et je cours me cacher derrière. Une fois à l'abri, j'appelle Hannah. Il fait froid pour un mois d'avril, plus froid qu'hier soir, et je me balance d'un pied sur l'autre pour essayer de me réchauffer. Le téléphone continue de sonner et je tombe sur sa messagerie. Je raccroche, puis appelle Ava et Danielle. Aucune réponse. Elles sont probablement encore en train de dormir.

J'attends quelques minutes de plus et décide d'appeler Andrew. Je n'ai aucune envie qu'il me voie dans cette tenue ridicule. Je sais qu'il va se moquer de moi pour le restant de ma vie. Mais bon, à situation désespérée, coup de fil désespéré.

Un quart d'heure plus tard, sa camionnette s'arrête à quelques mètres devant moi.

Il baisse la vitre.

– Qu'est-ce que j'ai pour 20 dollars ?

Je sors de ma cachette et saute dans le véhicule.

– Mon poing dans la figure, ça te va ? dis-je en croisant les bras sur ma poitrine, un peu embarrassée. Est-ce qu'on peut y aller ?

– Je blaguais, dit-il en haussant les épaules avant de me jeter un coup d'œil. Mais dis donc, tu es jolie. (La camionnette se met en route.) Ça fait bizarre de te voir habillée comme une fille. Où as-tu trouvé ces vêtements ? Je sais que ce ne sont pas les tiens, tu n'as que des trucs à manches longues.

– Ce sont ceux de Danielle.

– Ah oui. J'aurais dû m'en douter.

Nous passons devant la résidence étudiante et je laisse échapper un soupir de soulagement : j'ai échappé au type au mégaphone.

– Merci d'être venu me chercher. Je sais qu'il est tôt.

– J'étais déjà levé.

Nous arrivons sur Main Street. Ils sont en train d'installer le marché artisanal. Andrew passe devant la rue qui conduit chez Danielle sans s'arrêter.

– Attends, dis-je, on était censés tourner ici. Il faut

que je rentre chez Danielle avant que ma mère ne vienne me chercher.

Andrew se tourne vers moi avec un grand sourire et un regard entendu.

– Collins, dit-il en me caressant le genou, tu penses vraiment que je vais venir te chercher dans un lieu mystérieux sur un campus, habillée en fille, et te déposer chez Danielle sans te poser la moindre question ? Il va falloir que tu m'en donnes un peu plus à me mettre sous la dent.

– Drew, il faut que je…

– Allons petit-déjeuner. Chez Jan's ?

Nous allons chez Jan's dès que nous avons une envie irrépressible de fromage ou de viande – c'est un petit *diner* du centre-ville, avec des comptoirs collants, des box avec des banquettes en plastique et le meilleur bacon de l'univers. Andrew et moi y allons très souvent, surtout le matin quand les végans nous ont servi des feuilles d'arbres au dîner de la veille.

Andrew tourne sur Pinewood. Quelques stands sont montés, les étals regorgent de babioles colorées. Ça fourmille déjà de gens, plusieurs pancartes invitent les badauds à goûter à la bière locale ou à prendre un verre de vin chaud.

– Regarde, le marché artisanal ! dit Andrew en se penchant pour mieux voir.

Il se gare sur une place libre le long de la chaussée.

– Drew, l'idée, quand je t'ai demandé de venir me chercher, c'était d'éviter le marché artisanal, dis-je en sortant mon téléphone de mon sac pour regarder une énième fois l'heure – il est déjà 8 h 24. Il faut vraiment que je rentre chez Danielle.

Il défait sa ceinture de sécurité.

– Tu n'as qu'à dire à ta mère que tu es avec moi. Elle ne dira rien.

Je lui lance un regard noir qu'il me rend d'un air un peu moqueur. Il attrape son téléphone, compose un numéro et colle l'appareil contre son oreille.

– Pas de portable au volant, dis-je en tendant la main pour le lui arracher.

– Nous sommes garés.

– Et alors ?

Je m'en moque, qu'il appelle ma mère, tout ce que je veux, c'est ne pas être vue dans cet accoutrement. J'aimerais trouver une paire de chaussures un peu moins ridicules avant de devoir déambuler dans un lieu public. Je me laisse retomber contre le dossier de mon siège et croise les bras devant moi en écoutant Andrew parler, les yeux plissés de colère.

– Salut Karen, dit-il d'une voix guillerette. Tout va très bien… je suis avec elle en ce moment même… Oui, je pense qu'elle ne s'est jamais levée aussi tôt de toute sa vie. Un nouveau record. On va juste aller prendre un petit déjeuner… Ouais, pas de problème. On se voit plus tard ! (Il raccroche et se tourne vers moi.) Tu vois ? Elle m'adore. (Il ouvre sa portière :) On y va.

Je l'attrape par le bras pour le retenir.

– Attends ! Je ne peux pas sortir habillée comme ça. C'est trop indécent.

– Nan mais ça va, Madame Mélodrame, dit-il. Tu as l'air tout à fait normal. Ma tante Mildred s'habille exactement comme ça quand elle va à l'église.

– Tu n'as pas de tante Mildred.

– OK, concède-t-il. J'ai un sweat à l'arrière.

Il fouille la banquette arrière et s'empare d'un sweat à capuche bleu marine du lycée. Le tissu sent le feu de camp. Je le prends et l'enfile à toute allure.

– C'est bon, on peut y aller maintenant ?

– Chez Jan's et c'est tout. Pas de marché artisanal.

– Chez Jan's et c'est tout.

Il sort de la voiture et je le suis en trébuchant sur mes talons à paillettes. Au moment même où je me redresse, je sens mon téléphone vibrer. C'est un texto de Dean.

Pourquoi t'es partie en douce ?

Je sens une vague de chaleur m'envahir, je suis tellement soulagée qu'il essaie de me joindre. Je m'arrête une seconde pour réfléchir à ce que je vais bien pouvoir lui répondre. Que dirait Danielle ?

Il fallait que j'aille quelque part.

Parfait. Ce qu'il faut de détaché. Il me répond moins d'une minute plus tard.

Cool. On se voit au boulot.
Je me suis bien amusé hier soir.

Andrew m'attend en trépignant avec un peu d'impatience. Je ne peux pas m'empêcher de sourire comme une idiote en rangeant mon téléphone et je vois bien qu'il essaie de comprendre ce qu'il se passe.

Nous descendons la rue en direction de Jan's. Je marche à près de trois mètres derrière lui, parce que ses jambes font le double des miennes et qu'il porte des chaussures confortables, lui. Une fois devant la porte, je me rue à l'intérieur aussi vite que possible tandis qu'Andrew lève les yeux au ciel en soupirant.

Ce n'est que lorsqu'on a chacun une énorme pile de pancakes devant nous qu'il brise enfin le silence.

– OK, qu'est-ce qui se passe, bon sang ?

– Comment ça ?

Je feins l'innocence en tendant la main pour lui voler un morceau de bacon. Il me donne une petite tape pour l'écarter et je lâche le morceau qui retombe aussitôt dans son assiette.

– Pourquoi étais-tu cachée derrière un arbre habillée comme ma tante Mildred ?

J'avale une bouchée de pancake pour gagner du temps mais ne réussis qu'à me brûler le palais.

– Il y a un garçon, finis-je par dire en sentant mon visage devenir tout rouge.

Andrew prend une grande gorgée de café avant de reposer sa tasse sur la table et de faire courir son doigt machinalement sur le rebord.

– C'est qui ?

– On l'appelle James Dean, dis-je à voix basse en espérant qu'avec un peu de chance il ne m'entende pas.

Ce n'est pas le cas.

– On l'appelle ? demande-t-il en se penchant en avant. Est-ce qu'il a la fureur de vivre ? Est-ce qu'il a une moto ?

Il mord dans une tranche de bacon.

– Ouais, il en a une.

– Oh, dit Andrew en reposant sa tranche.

– On travaille ensemble au vidéoclub. Il a organisé une fête hier soir et il m'a invitée. On y est allées avec les filles.

Je vois que tout commence à se mettre en place dans son cerveau.

– Donc il étudie à EVmU, c'est ça ?

– Ouais, il est en troisième année.

– Humm, dit-il en mâchouillant son pancake, pensif.

J'attends la suite, mais rien ne vient.

– Ça veut dire quoi, « humm » ?

Il passe sa main dans ses cheveux puis se penche en posant les coudes sur la table.

– Contente-toi de… faire attention, d'accord ?

– De quoi tu parles ?

Je sais de quoi il parle. Il me parle de la même chose que Danielle, de cette chose qui m'a tant stressée hier soir.

– Je sais à quoi pensent les mecs, dit-il. Je ne voudrais pas que tu souffres, c'est tout.

– On n'a pas, genre… couché ou quoi que ce soit, dis-je d'une voix anormalement aiguë.

Le visage d'Andrew devient tout rouge.

– OK, dit-il. Mais il en a envie.

– Comment peux-tu savoir ce dont il a envie ?

Il me lance un regard acerbe.

– Il en a envie.

Pour une raison ou pour une autre, j'ai du mal à lâcher l'affaire. Bien sûr qu'il en a envie, il me l'a dit lui-même hier soir, préservatif à la main. Je fais tourner ma cuillère dans ma tasse de café. Je suis incapable de regarder Andrew. Je prends une grande inspiration.

– Je n'ai jamais… dis-je d'une toute petite voix.

– Je sais, dit-il.

Je relève la tête, et la douceur et la familiarité dans ses yeux me réconfortent aussitôt.

– Je ne te l'ai jamais dit parce que… je ne sais pas, c'est une conversation un peu embarrassante. Et toi, tu as beaucoup plus d'expérience, comme tout le monde d'ailleurs. Bref, il ne reste plus que moi.

Les mots sortent de ma bouche sans que je puisse les retenir.

– Tu es… commence-t-il, mais la serveuse nous interrompt en s'approchant, une cafetière à la main.

– Tout va bien ? Vous voulez encore un peu de café ?

Nous sursautons et nous tournons vers elle avec une mine coupable.

– Tout va bien, dis-je en retrouvant ma voix. Merci.

– Parfait ! Je reviens un peu plus tard avec l'addition.

Nous sommes de nouveau tous les deux et je cherche désespérément quoi lui dire.

– Tu n'as pas à me raconter quoi que ce soit, finit-il par conclure en déchiquetant le reste de ses pancakes du bout de sa fourchette.

– Ça va. En vrai, ça me fait du bien. J'avais envie de te parler de Dean depuis un moment, mais ça me faisait bizarre. Je ne savais pas ce que tu dirais.

Il pose sa fourchette sur son assiette et croise ses mains devant lui sur la table.

– Fais juste attention avec ce mec, d'accord ? insiste-t-il. Est-ce qu'il sait ? Que tu es… que tu n'as jamais…

Il ne finit pas sa phrase. Je secoue la tête.

– Je ne lui ai pas encore dit.

J'ai ajouté le « encore » pour Andrew, parce que je ne suis pas certaine de le dire un jour à Dean, mais c'est le genre de truc qui me semble trop compliqué à lui expliquer.

– Tu ne devrais pas t'habiller comme quelqu'un que tu n'es pas pour lui, dit-il en donnant un petit coup de pied dans mon talon à paillettes sous la table.

– Tu as dit que j'étais jolie.

– Tu es jolie. Mais tu n'es pas vraiment toi. Ce mec n'en vaut pas la peine.

– Tu ne le connais pas.

– Aucun mec n'en vaut la peine. Il prend une autre bouchée de bacon puis pousse son assiette vers moi. Tu veux finir ? J'attrape la dernière tranche et l'enfourne dans ma bouche. La prochaine fois, je te préviens, tu commanderas ton propre bacon.

– Pourquoi en commander quand je peux avoir le tien ? dis-je en souriant tout en léchant mes doigts pleins de graisse. Et puis, tu n'arrives jamais à tout finir.

– Ou peut-être que je fais exprès de t'en laisser un peu ? dit-il en haussant un sourcil. C'est l'éternel dilemme de l'œuf et de la poule.

– Un dilemme très approprié pour le petit déjeuner. L'œuf, la poule et le bacon.

Je suis contente que les choses semblent redevenir normales, mais je sais que nous faisons tous les deux un peu semblant, que nous faisons tous les deux un peu trop d'efforts.

13

– Tu as fait ce qu'il fallait, me dit Ava lundi matin à l'école. Si tu couches avec lui tout de suite, il ne s'intéressera plus à toi.

Nous sommes dans la salle réservée aux terminales, une grande pièce pleine de canapés avec des casiers le long du mur. C'est un peu comme le carré VIP d'une salle de concert, mais version Prescott. Quand nous étions en seconde, nous aurions donné un bras pour y avoir accès. Mais maintenant que nous sommes en terminale, l'excitation est retombée. Ça sent un peu le lait caillé.

Hannah, Danielle, Ava et moi sommes assises sur le vieux canapé bleu à passer en revue les événements du week-end. Il ne reste que cinq minutes avant le début des cours et l'endroit grouille d'élèves qui s'affairent dans tous les sens – ce qui veut dire que le bruit ambiant couvre largement celui de notre conversation.

Ava jette un coup d'œil autour d'elle avant de dire à voix basse :

– Tu ne peux pas lui dire que tu es vierge, sinon tu ne seras plus que ça à ses yeux. Il voudra absolument être le premier, te prendre ta virginité. Elle ne t'appartiendra plus à *toi*, elle lui appartiendra à *lui*.

– Les mecs sont vraiment des pros quand il s'agit de tout rapporter à leur petite personne, soupire Hannah.

Elle a son livre de français ouvert sur les genoux et griffonne quelques notes de dernière minute avant le cours. Les pages sont froissées et déchirées parce que le bouquin traîne probablement sur la banquette arrière de sa voiture depuis une semaine, au milieu des papiers de chewing-gum et des restes de fast-food.

– Qu'est-ce que tu connais au fait d'être vierge ? demande Danielle à Ava. Tu ne l'es plus depuis tes quatorze ans.

Ava s'affaisse un peu en entendant la remarque de Danielle.

– On ne peut pas mettre tous les mecs dans le même panier, dis-je en faisant semblant de n'avoir rien entendu. (Si ce qu'elles disent est vrai, c'est juste trop la déprime.) Peut-être que lui s'en moquera que je sois vierge. Peut-être que ça n'a aucune importance pour lui.

– Je suis certaine qu'il y a plein de types super sur cette terre. Nous ne les avons simplement pas encore rencontrés, soupire Hannah en refermant son livre avant de le ranger dans son sac à dos. Prenez Charlie, par exemple…

Ça faisait longtemps qu'Hannah n'avait pas mentionné Charlie. Vu qu'il l'avait transformée en épave aux yeux gonflés qui pleurait du soir au matin et n'avait plus un gramme de confiance en elle, nous avons vraiment été soulagées quand il a obtenu son diplôme l'année dernière. Il a commencé la fac dans un autre État en septembre, nous ne l'avons donc jamais revu. À l'heure qu'il est, Charlie est probablement le problème d'une pauvre fille de Caroline du Sud, mais plus le nôtre.

– Charlie savait que j'étais vierge. C'était ma première relation, donc il le savait. Et il a vraiment été super. Il m'a dit qu'il m'aimait. Nous avons attendu six mois avant de le faire. Je pensais vraiment que c'était un moment spécial. Mais en fin de compte…

Elle n'a pas besoin de terminer sa phrase. Je regarde le cou nu d'Hannah, là où elle portait avant la fine chaîne en argent avec un H en pendentif qu'il lui avait offerte pour Noël. Elle passait son temps à la tripoter, probablement en pensant à lui. Nous l'avons balancée dans le lac quand il l'a larguée, mais ses mains s'égarent encore de temps en temps autour de son cou. La force de l'habitude.

– Charlie était un Mangemort, dis-je. C'est un cas particulier.

– D'accord. Alors prenons Chase, dit Danielle en regardant autour d'elle pour être sûre qu'il ne soit pas dans les parages. Il a raconté à tout le monde que nous l'avions fait, cinq secondes après avoir remonté sa braguette. C'est suffisamment particulier pour toi, ça ?

Il y a un blanc durant lequel ses mots flottent dans les airs puis nous explosons toutes de rire en même temps.

Il semblerait en effet que nous soyons entourées d'une race à part de trous du cul, mais peut-être qu'il s'agit juste des mecs en général. Même les types bien comme Andrew traitent parfois les filles comme de la merde – et je sais qu'il ne lui faudra pas longtemps pour se lasser de Cecilia.

Je ne veux pas être cette fille-là. Celle que l'on jette. Danielle a raison. Je ne peux pas dire la vérité à Dean.

Nous sommes mercredi et je reprends le travail en fin d'après-midi. Quand la cloche sonne la fin des cours, je suis à deux doigts de me trouver mal. Je n'ai pas vu Dean depuis sa fête de l'autre soir, ou plus précisément depuis le lendemain matin, quand j'ai quitté sa chambre en douce. Est-ce qu'il changera d'attitude quand il me verra ? Est-ce qu'il va essayer de m'embrasser pour me dire bonjour ? Je n'ai jamais embrassé qui que ce soit pour lui dire bonjour et l'idée me stresse complètement. Comment saurai-je de quel côté tourner la tête ? Combien de temps est censé durer ce genre de baiser ? Est-ce qu'il faut mettre la langue dans ces cas-là ? Ou pire encore : et si, au moment où on se dit bonjour, je suis la seule à penser qu'il va m'embrasser alors qu'il va juste me faire la bise, et que je ne tourne pas la tête à temps et me retrouve avec son oreille dans la bouche ?

Il y a mille façons de rater ce moment.

L'entraînement de hockey sur gazon d'Hannah commence immédiatement après les cours, elle n'est donc pas dispo ni pour me soutenir moralement ni pour me conduire au boulot. J'ai dû me résigner à demander à Andrew.

– Quand comptes-tu avoir ta propre voiture ? me demande-t-il en chemin.

– Bientôt, dis-je, même si nous savons tous les deux que je mens.

– Je tiens les comptes, tu sais. Tu me dois tellement de trajets que tu vas être obligée de te farcir des Los Angeles-Baltimore presque tous les week-ends l'année prochaine.

– Mm-mm, dis-je en essayant de l'écouter quand la seule chose à laquelle je pense c'est la probabilité de cette histoire d'oreille dans la bouche.

Je serre si fort les poings que mes jointures sont toutes blanches.

– Tu es nerveuse, dit-il. (Ce n'est pas une question mais une affirmation – il le voit certainement à ma tête.) Le type de ce week-end.

– Dean.

– James Dean, corrige-t-il en levant les yeux au ciel pour montrer combien il trouve tout ça ridicule. Il agite la main en direction de ma tenue – un legging noir et un sweat à capuche gris du lycée. Tu as de nouveau l'air d'être toi, c'est déjà ça.

– Ce n'est probablement pas une bonne chose. Je baisse le pare-soleil pour me regarder dans le petit miroir, avant de me tourner vers lui. Ça va, je suis regardable ?

– Tu es plus que regardable, dit-il en enclenchant son clignotant avant de pénétrer sur le parking du vidéo-club.

Le compliment me prend par surprise.

– Vraiment ?

– C'est bon, Collins, tu sais très bien que tu es belle.

« Belle ». Le mot me déstabilise. Il n'a pas dit un de ces mots creux, genre « sexy » ou « mignonne », que je l'ai entendu prononcer un million de fois.

Mes joues sont si chaudes qu'on pourrait probablement y faire cuire un œuf. Je ne le crois pas vraiment. Je sais qu'il essaie juste d'être gentil.

– Merci, dis-je sans le regarder.

– De rien.

Je lui jette un coup d'œil et vois qu'il évite lui aussi mon regard. Je me demande s'il regrette d'avoir dit ça. Il se gare et se penche pour ouvrir ma portière, sans éteindre le moteur.

– Fais attention, d'accord ?

– Je vais juste au boulot.

Il plisse les yeux et il n'a pas besoin d'ajouter quoi que ce soit. Je l'entends par télépathie : *Je vois à travers toutes tes conneries, Collins.*

Je me tourne vers la boutique et souris quand je vois l'ardoise posée dehors où je reconnais l'écriture de Dean : **DES VIDÉOS TOUTES CHAUDES ! PROFITEZ-EN AVANT QU'IL NE SOIT TROP TARD.**

Mais mon sourire est doux-amer parce que cela signifie qu'il n'est ni malade ni mort de façon mystérieuse, mais qu'il se trouve bel et bien juste derrière cette porte en verre. Andrew klaxonne et je me retourne pour lui dire au revoir de la main. Il me rend mon geste et disparaît. Je prends une grande inspiration. Puis je pousse la porte et entre.

Et il est là, derrière la caisse, avec son adorable menton posé sur son adorable main. Je baisse aussitôt la tête et fixe le sol. C'est comme si mes yeux ne savaient soudainement plus fonctionner. Je remarque à peine Tim – Monsieur Star Trek – qui me sourit en agitant la main derrière le comptoir, complètement indifférent à la spirale d'angoisse infernale dans laquelle je suis en train de sombrer. À vrai dire, c'est une bonne chose que Tim soit là. Ne pas être seule avec James Dean signifie qu'il n'y a plus de problème de bise-pour-se-dire-bonjour-avec-risque-d'oreille-dans-la-bouche.

– Salut Keely, dit-il tandis que j'enlève mon manteau en marchant vers le comptoir.

– Salut Tim, je lui réponds les yeux toujours rivés sur le parquet.

Je ne peux pas lever la tête et risquer de croiser le regard de Dean. Je sais que je me comporte comme une folle et que je suis probablement en train de tout gâcher, mais c'est la première fois que je revois un mec mignon après avoir passé la nuit avec lui, et ça me semble tout simplement insurmontable. Je suis d'autant plus impressionnée par le calme dont Danielle a fait preuve quand elle a revu Chase au lycée après ma soirée d'anniversaire.

Mais je sais également que ça ne peut pas durer. Je m'oblige donc à relever la tête vers Dean. Nos regards se croisent. Je sens une décharge électrique me parcourir, comme si ses yeux posés sur moi avaient le même effet qu'une caresse. Il sourit et porte la main à son front pour me faire un salut militaire. Ses cheveux sont emmêlés et je ne peux pas m'empêcher de repenser au moment où je faisais courir mes mains dedans. Je ne veux que ça : faire de nouveau courir mes mains dans ses cheveux, encore et encore.

– Bonjour, dis-je en lui rendant son salut militaire.

Ma voix est éraillée, il faut que je m'éclaircisse la gorge. C'est étrange, ce n'est pas ma voix de d'habitude.

– Ça fait un bail, dit-il avec un immense sourire – et ses petites fossettes me font fondre comme glace au soleil.

Je me demande si Tim me voit me liquéfier ou si je lui apparais toujours à l'état solide.

– La boutique est fermée aujourd'hui, dit Dean. Roth veut qu'on fasse un grand ménage de printemps tous les trois. Du nettoyage en profondeur. On est censés tout récurer et être prêts pour rouvrir demain.

Je grogne en me dirigeant vers l'arrière-boutique afin de me débarrasser de mon sac. La pièce est dans un état pas possible. Les garçons ont décollé le canapé du mur pour nettoyer derrière et le lino est recouvert de poussière. Il y a une vieille serpillière et un balai posés contre le Legolas en carton grandeur nature, on dirait presque qu'il les tient en attendant qu'on lui dise quoi faire.

– Est-ce que Legolas nous donne un coup de main ? je leur crie sans me retourner.

– Ouais. Il gère l'arrière-boutique, me répond Dean.

– J'espère qu'il sait ce qu'il fait, dis-je en balançant mes affaires sur le vieux canapé déformé. Cet endroit est un bordel sans nom.

– Il a mille ans, dit la voix de Dean, cette fois si proche que je sursaute. Je suis sûr qu'il a déjà nettoyé le royaume des elfes une fois ou deux dans sa vie.

– Grand'Peur, dis-je machinalement avant d'avoir aussitôt envie de me tuer.

– Quoi ?

– Hein ? Rien.

Je me retourne et le découvre adossé, l'air de rien, contre l'encadrement de la porte.

– Salut, dis-je, troublée, me sentant complètement idiote.

– Salut, répond-il avec un grand sourire.

Il marche jusqu'à moi, pose délicatement sa main dans le creux de mon dos avant de glisser l'autre dans mes cheveux et d'agripper ma nuque. Et puis il m'embrasse, il m'embrasse comme si nous n'étions pas au boulot, comme si Tim n'était pas à quelques mètres seulement dans l'autre pièce, comme si personne ne pouvait nous interrompre. Il m'embrasse comme si nous étions de nouveau dans notre galaxie à nous, les deux seules personnes dans un océan d'étoiles. Aucune importance si nous sommes dans une arrière-boutique toute sale au milieu de moutons de poussière. Avec James Dean, plus rien n'a d'importance.

– Waouh, je murmure, incapable de me retenir.

Je ne sais vraiment pas pourquoi j'étais aussi nerveuse.

– J'avais juste besoin de faire ça, dit-il en se redressant. Maintenant, on peut retourner travailler.

Il me lance un clin d'œil, fait demi-tour et quitte la pièce comme s'il ne venait pas de m'embrasser à m'en faire perdre la tête. Je réalise que je suis en train de sourire.

14

Embrasser Dean devient une habitude régulière. Nous squattons toujours le vieux canapé vert et tournons en général Legolas pour qu'il ne soit pas le témoin forcé de nos péchés. Nous nous embrassons aussi parfois dans la boutique, quand nous sommes d'humeur un peu plus audacieuse et que nous n'avons pas eu de clients depuis un moment. Je m'assois en général sur le comptoir et il se glisse debout entre mes jambes pour qu'on soit à la même hauteur. Mon lieu de travail est désormais mon endroit préféré sur terre, je rêverais d'y venir plus de deux fois par semaine, j'aimerais y habiter, j'aimerais qu'on me l'injecte dans les veines. Les battements de mon cœur ont un nouveau rythme, un nouveau nom : *James Dean James Dean James Dean.*

– Alors, vous êtes quoi, tous les deux ?

Hannah me pose la question inévitable à laquelle aucune lycéenne ne peut résister, parce que nous avons besoin de mettre des étiquettes sur les choses, besoin de leur donner un semblant d'ordre, quand des morceaux de nous-mêmes semblent s'éparpiller dans tous les sens.

– Qui a dit qu'on devait être quoi que ce soit ?

Nous sommes venues en salle d'étude pour finir notre devoir de français, mais comme je travaille après l'école, la conversation a bien évidemment dévié sur Dean.

– Est-ce que tu as envie d'être quelque chose ? demande-t-elle.

– Il ne m'a rien proposé depuis sa soirée, admets-je à voix basse parce que c'est un peu embarrassant. On ne fait que s'embrasser au vidéoclub.

– Et s'il te donne un rencard, tu diras oui ?

En toute honnêteté, je ne suis pas sûre. Un rencard, ça me semble trop *vrai.* Et s'il m'interroge sur mes relations précédentes ? Je ne peux pas lui dire que je n'ai jamais eu de petit ami, et je peux encore moins lui avouer que je n'ai jamais couché avec personne. S'embrasser dans l'arrière-boutique, c'est parfait, parce qu'on ne pourra jamais aller plus loin, pas au travail – et c'est pour ça que c'est simple, merveilleux et sans risque.

Jusqu'au jour où tout se complique. Nous sommes sur le canapé vert, je suis couchée sur le dos, enfoncée au milieu des coussins, et Dean est allongé sur moi. Il me caresse les cheveux tout en me mordillant l'oreille, puis le cou, puis les lèvres, avant de se redresser pour me regarder.

– Si c'est ça, travailler, je pourrais y prendre goût, dit-il d'une voix rauque.

– Moi aussi.

Nous n'avons pas eu un seul client depuis un bon quart d'heure, et nous en avons profité pour prendre une de ces pauses dont nous avons le secret. Je remercie le ciel que M. Roth ait installé cette petite clochette au-dessus de la porte d'entrée.

Dean recommence à m'embrasser et je m'abandonne à son baiser. Je sens son corps s'enfoncer un peu plus contre le mien. Sa main caresse mes cheveux puis glisse sur ma joue, le long de mon cou jusqu'à atterrir sur ma poitrine. Il continue un peu plus bas et vient effleurer du bout des doigts la peau de ma taille. Puis il défait sa boucle de ceinture et ouvre le bouton de son pantalon. C'est en entendant le bruit de sa fermeture Éclair que je sors soudainement de ma stupeur. Je le repousse en regardant nerveusement autour de moi. Il se redresse en levant les mains en l'air comme s'il venait d'être surpris en flagrant délit. Je vois son pantalon défait, à deux doigts de glisser de ses hanches.

– On ne peut pas faire ça ici, dis-je d'une voix stridente.

– Quelle différence ça fait ? On enfreint déjà les règles.

– Quelqu'un pourrait entrer !

– Allez, on va s'amuser un peu ! Je suis certain qu'on ne se fera pas attraper.

Ça n'a rien d'amusant pour moi de coucher avec lui ici alors que quelqu'un pourrait entrer. Il est probablement habitué à sortir avec des filles plus téméraires, des filles que ça éclate de s'envoyer en l'air avec lui en public, des filles qui le font dans une voiture, sur la plage, dans les toilettes d'un bar. Sauf que moi, je n'ai jamais ne serait-ce que mis les pieds dans un bar.

Je suis vraiment une gamine.

– Je n'ai pas envie de perdre mon travail, dis-je pour me justifier.

C'est vrai, mais en réalité cet argument n'est qu'en cinquième position sur la liste de mes inquiétudes, après : 1) je ne veux pas coucher avec quelqu'un pour la première fois sur le canapé vert dégueulasse de l'arrière-boutique,

2) j'espère que je lui plais vraiment, 3) s'il veut coucher avec moi sur le canapé vert dégueulasse de l'arrière-boutique, c'est probablement que je ne lui plais pas tant que ça – il se sert juste de moi pour le sexe, 4) si seulement j'avais la moindre idée de ce que je fais, bon sang !

– J'ai simplement envie que tu me touches, dit-il d'une voix si grave qu'elle résonne dans mon estomac et fait vibrer ma poitrine.

Je ne suis plus faite que d'excitation et d'angoisse. Il est toujours debout face à moi, avec son pantalon défait. Il l'enlève et se retrouve en caleçon.

– Tu ne m'as jamais touché, insiste-t-il.

Je ne peux pas m'empêcher de repenser à la soirée tacos et aux garçons qui se plaignaient des branlettes. « C'est la bouche ou rien », a dit Simon comme s'il avait le droit de décider. Est-ce que c'est ça que Dean veut ? Est-ce qu'il sera déçu si je me sers de mes mains ? Est-ce qu'il s'en plaindra auprès de ses amis ensuite comme l'a fait Ryder ?

Je décide d'ignorer mes inquiétudes. James Dean est face à moi en caleçon et j'ai envie de le toucher. J'ai envie de voir l'expression de son visage quand je le ferai.

– OK, dis-je du bout des lèvres.

Je tends une main tremblante vers son caleçon. Je n'ai jamais touché de pénis et je ne sais pas vraiment à quoi m'attendre. Qu'est-ce que ça fait ? Est-ce que je dois serrer fort ?

Tout à coup, on entend tinter la petite cloche. Je crie – ce qui est probablement la pire des choses à faire – et bondis à l'autre bout de la pièce, le plus loin possible de Dean. Il remonte frénétiquement son pantalon en manquant de trébucher, réajuste sa chemise et se recoiffe avant de me faire un signe du menton.

– Tes cheveux, Keely.

Il n'y a pas de miroir dans l'arrière-boutique mais je cours me regarder dans la vitre du micro-ondes et comprends que j'ai l'air de m'être coiffée avec un pétard. Je fais ce que je peux pour retrouver une coiffure décente tandis que Dean rejoint le magasin comme si de rien n'était.

– Désolé, l'entends-je dire. Nous étions occupés dans l'arrière-boutique.

– Et personne ne surveillait la caisse ?

Je reconnais cette voix grave – c'est celle de M. Roth ! Je sens mon estomac se nouer, j'ai envie de vomir. Je recoiffe mes cheveux sur le côté avec mes doigts, en priant pour être à peu près présentable – j'espère que mes lèvres ne sont pas trop enflées, et mes habits, pas trop froissés. Il ne faut pas que M. Roth comprenne ce que nous étions en train de faire. Et s'il était venu directement dans l'arrière-boutique et qu'il nous avait surpris ? Et si j'avais tendu la main jusqu'au bout pour la glisser dans le caleçon de Dean et que M. Roth avait vu ça ? L'idée est aussi horrible qu'humiliante. Je n'arrive pas à croire que j'aie pu me montrer aussi imprudente.

– Je me suis absenté moins d'une seconde, répond Dean. Personne n'est entré.

– Il doit toujours y avoir quelqu'un près de la caisse ! dit M. Roth. Tout ça commence à me fatiguer.

Je prends une grande inspiration et les rejoins en redressant les épaules pour avoir l'air le plus droite possible.

– Bonjour monsieur Roth, dis-je la voix tremblante – ce qui n'aide pas du tout. J'étais aux toilettes. Comment allez-vous ?

M. Roth se lance dans un long monologue à propos d'une livraison de livres prévue en fin de semaine, mais j'ai vraiment du mal à l'écouter. Je ne pense qu'à une chose : la tête qu'il aurait faite s'il nous avait surpris Dean et moi. Il faut vraiment qu'on arrête de se peloter au travail.

Une fois M. Roth parti – après un temps qui m'a semblé sans fin –, Dean m'attire contre lui.

– Passe à la maison ce soir après le travail, dit-il en caressant ma joue du bout des lèvres. J'en ai marre qu'on soit tout le temps interrompus.

– Je ne peux pas ce soir, dis-je et chaque mot prononcé me serre la poitrine. J'ai un contrôle d'histoire demain.

Je suis tiraillée. Une partie de moi a envie d'être avec lui, de passer chaque seconde éveillée à son côté, mais une autre est terrifiée à l'idée de se retrouver seule avec lui. Ce contrôle, c'est juste une excuse pour repousser un peu plus encore les choses.

– Quand, alors ? demande-t-il en se redressant pour me regarder dans les yeux.

– Je te promets, dis-je – ce qui ne veut pas dire grand-chose.

– Je ne pensais pas que tu aimais jouer à ce point, dit-il en riant.

– Je ne joue à rien du tout.

Je sens un léger frisson remonter l'arête de mon nez, comme si j'étais sur le point de me mettre à pleurer. Il penche la tête sur le côté et m'observe.

– Keely, est-ce que tu es vierge ?

Ma respiration se bloque dans ma gorge. Son ton est neutre, impossible à interpréter. Impossible de savoir si sa question est sérieuse, de deviner ce qu'il attend comme réponse.

– Non, dis-je aussi vite que possible avant de changer d'avis. J'ai vraiment un contrôle d'histoire demain.

Il sourit. Puis il m'embrasse de nouveau avant de s'éloigner.

Et tout ce à quoi je pense, c'est ce mensonge idiot que je viens de lui balancer. Maintenant je suis coincée. Il n'y a plus de retour en arrière possible. Il va juste falloir que je fasse semblant de savoir ce que je fais et, avec un peu de chance, mes talents innés suffiront à faire que Dean ne se doute de rien. Je suis vraiment la dernière des imbéciles.

– J'ai menti à Dean, je lui ai dit que je n'étais plus vierge, dis-je à Hannah le lendemain en la tirant dans les toilettes du lycée dès que je l'aperçois (celles du rez-de-chaussée réservées aux handicapés pour être sûre qu'on soit seules).

– Quoi ? demande-t-elle, les yeux écarquillés.

– Ce n'était pas prémédité. C'est sorti tout seul et je n'ai pas pu me raviser.

– On se calme, dit-elle en posant ses mains sur mes épaules comme pour m'empêcher de m'envoler. Qu'est-ce que tu as dit exactement ?

– Il m'a demandé si j'étais vierge. J'étais coincée.

– Tu aurais dû lui dire la vérité. Si tu envisages de coucher avec une personne, tu dois pouvoir être honnête avec elle. Si tu ne peux pas, c'est que tu n'es pas prête.

Facile à dire pour elle. Elle a le recul nécessaire pour analyser la situation et penser de façon rationnelle. Mais moi, quand je suis avec Dean, rien n'est ni facile ni rationnel – mon esprit devient de la bouillie.

– Je sais, lui dis-je d'un ton sec que je regrette aussitôt – elle essaie juste de m'aider.

– Danielle n'a pas toujours raison, reprend-elle d'une voix douce. Je sais qu'elle t'a dit que Dean ne s'intéresserait plus à toi s'il le découvrait, mais ce n'est pas forcément vrai. Si tu lui plais vraiment, il attendra.

– Mais quand je lui ai menti, il a vraiment eu l'air soulagé, dis-je en me cachant le visage dans les mains.

– Si tu lui dis que tu as menti, il comprendra. Et s'il ne comprend pas, est-ce que c'est vraiment le genre de type avec qui tu as envie d'être ?

– Oui ! je crie en baissant les mains. Il me plaît vraiment. Il est intelligent, intéressant et bien trop cool pour moi, et je n'ai pas envie de tout gâcher. Tu ne comprends pas parce que tout a toujours été facile pour toi. Tu as toujours plu à tout un tas de garçons. Si un mec ne t'intéresse plus, ce n'est pas très grave parce que tu en as un million d'autres qui attendent derrière pour le remplacer. Mais ce genre de trucs ne m'arrive pas, à moi. Dean est ma seule chance.

Hannah se mord la lèvre.

– Est-ce que tu penses sincèrement ce que tu dis ?

– Oui, et je ne comprends toujours pas pourquoi Dean s'intéresse à moi. C'est un coup de bol extraordinaire et c'est pour ça que je ne veux rien gâcher.

– Tu penses vraiment que ça a été facile pour moi ? demande-t-elle en effleurant sa clavicule à l'endroit où elle avait l'habitude de porter son collier. Tu penses que Charlie, c'était facile ?

– Ce n'est pas ce que j'ai voulu dire. (Je réalise que je suis allée un peu loin – je crois que cette histoire est en train de me rendre folle.) Bien sûr que ce n'était pas facile.

– Qu'est-ce que tu vas faire ? demande-t-elle d'une voix adoucie.

Je suis incapable de lui donner une réponse. Parce que je n'en ai pas.

15

Andrew et Cecilia me donnent lentement mais sûrement envie de m'arracher un œil avec ma fourchette. Nous sommes tous les trois en salle d'étude et elle est en train de lui donner la becquée – la becquée ! – en imitant le bruit d'un avion chaque fois qu'elle approche de sa bouche avec sa cuillère. Je suis à peu près certaine qu'Andrew sait se nourrir tout seul. Ça fait dix-huit ans qu'il s'en sort pas trop mal.

– Ce n'est pas un bébé, dis-je en détournant le regard pour ne pas voir Cecilia retirer la cuillère de sa bouche et la replonger dans le yaourt aux fraises.

Elle m'ignore.

– Est-ce que tu aimes les Chupa Chups ? lui demande-t-elle en fouillant dans son sac à dos. M. Savoy nous en a distribué en cours d'espagnol tout à l'heure.

– Mais grave ! dit-il en la regardant sortir deux sucettes.

– Raisin ou pastèque ?

– Pastèque, répond-il en s'emparant d'une des deux.

– Moi aussi, j'aime bien les Chupa Chups, dis-je juste pour m'amuser, parce que je sais très bien qu'elle ne va pas m'en donner.

– T'en veux ? demande Andrew en enlevant la sucette de sa bouche pour me la proposer.

Je fais la grimace.

– Beurk, non. Remets ça dans ta bouche.

– Moi, j'en veux, dit Cecilia en posant délicatement ses lèvres sur la sucette d'Andrew et en se mettant à aspirer d'une façon qui me fait regretter de ne pas être aveugle.

Dieu merci, ils sont interrompus par Ava, qui surgit de nulle part et se laisse tomber sur une chaise à côté de nous, les yeux écarquillés, avec sa nouvelle couleur de cheveux, violette pour les fêtes de Pâques qui approchent.

– Ils ont mis des affiches pour le bal de promo ! couine-t-elle comme si c'était la plus grande nouvelle du siècle.

En entendant les mots « bal de promo », Cecilia se redresse sur son siège. Ava se tourne vers elle et pose les mains à plat sur les siennes – elles sont aussi excitées l'une que l'autre.

– Le thème, c'est « Sous l'océan », ce qui n'est pas très original, poursuit-elle. Mais je parie qu'ils auront une machine à bulles, ce qui est un peu le seul truc qui compte, si vous voulez mon avis.

– C'est quand ? je demande.

Elles s'interrompent toutes les deux et se tournent vers moi comme si j'avais dit un gros mot.

– Tu ne sais pas ? demande Ava en plissant les yeux.

– C'est juste après la fin de vos cours à vous, répond Cecilia – qui semble avoir enfin découvert que j'existais.

En général, les vacances d'été des terminales commencent quelques semaines avant celles des autres élèves.

– C'est le 12 juin ! dit Ava en levant les bras en l'air.

Sérieusement, je ne l'ai jamais vue aussi enthousiaste – ce qui pour Ava veut dire beaucoup. Elle s'agite dans tous les sens comme si on était en train de l'exorciser. Je ne serais pas surprise si sa tête se mettait à tourner à toute vitesse. Andrew et moi nous regardons et je me mets à rire parce que je vois bien à sa façon de pencher la tête qu'il pense à la même chose que moi.

– S'il y a une machine à bulles, dit-il, j'en suis.

– C'est costumé ? je demande en nous imaginant déjà toutes les quatre habillées en sirènes avec des soutiens-gorge en coquillages.

– Perso, j'y vais déguisé en homard, dit Andrew.

– Non, tu dois mettre quelque chose de joli, rétorque Cecilia en posant sa main sur son épaule.

Andrew se contracte malgré lui et elle retire aussitôt sa main en tournant la tête. Il a légèrement pâli et je vois bien qu'il est gêné parce qu'elle doit penser qu'il va lui demander d'être sa cavalière. Et moi, je sais qu'il ne le fera pas, parce que deux mois, c'est bien trop loin. Andrew est incapable de rester avec quelqu'un aussi longtemps.

– Tu vas y aller avec qui ? me demande Hannah au déjeuner.

Je n'ai jamais vraiment aimé les bals – à cause des chaussures importables et de toutes ces conversations sans intérêt qu'on se sent obligé d'avoir. Mais maintenant qu'il y a un garçon avec qui je pourrais potentiellement y aller – pour la première fois de ma vie –, j'avoue que ça pourrait vraiment être amusant. Je ne sais pas ce qui m'arrive. Je suis un monstre.

– Elle va y aller avec James Dean, voyons, dit Ava en prenant une gorgée de son smoothie.

Enfin, si on peut appeler ça un smoothie – vu d'ici, ça ressemble plus à de la boue ; le truc est si épais qu'elle a du mal à l'aspirer avec sa paille.

– Je n'aurais jamais cru que tu serais un jour incapable de sucer un truc jusqu'au bout, se moque Danielle d'un ton méprisant en la regardant.

Ava retire sa bouche de la paille.

– Et Dieu sait que sucer, tu t'y connais !

Danielle esquisse un sourire.

– C'est effectivement ce qu'on m'a dit.

– Qu'est-ce que tu bois ? dis-je en désignant le verre de boue pour changer de sujet.

Le liquide est en train de se diviser en deux couleurs distinctes, comme dans un tube à essai.

– C'est du Coca-kale, répond-elle comme si c'était évident. C'est fait avec du kale *light*.

– Pardon, tu viens bien de prononcer les mots « kale *light* » ? demande Hannah. Le kale, c'est pas déjà *light* en soi ?

– Ce truc, c'est encore mieux, dit Ava en inclinant son verre vers nous (une odeur atroce envahit la table). Ils enlèvent toutes les calories du kale avant d'en faire une purée. Tout ce qu'il reste, ce sont les *kaleories.* Il paraît que Beyoncé en boit un avant chaque concert.

– Je n'en doute pas, dit Danielle en fronçant le nez avant de se tourner vers moi avec un regard malicieux. Donc, James Dean alors ?

– Je ne sais pas, dis-je en trifouillant ma salade César du bout de ma fourchette en plastique. (Je l'ai achetée à la cafétéria de l'école, donc la laitue est un peu marron et flétrie et je ne mange que les croûtons.) Je ne suis pas sûre qu'il soit le genre de mec… à aller au bal.

Et puis je suis à peu près certaine que nous ne sortons pas ensemble. Nous sommes des amis qui s'embrassent de temps en temps. Et les amis qui s'embrassent de temps en temps ne vont pas ensemble au bal du lycée.

– T'as un autre plan ? me demande Danielle en haussant les épaules.

– C'est la seule qui ait un plan tout court, l'interrompt Ava en posant sa boisson sur la table (le liquide ne tremble pas d'un millimètre, tellement il s'est solidifié) avant de se tourner vers Danielle. Tu veux y aller avec qui, toi ?

– Personne, répond Danielle. Les terminales sont pathétiques. Chase n'est plus d'actualité et je ne toucherai plus jamais à Ryder depuis qu'il m'a traitée de salope. Et puis on sait tous que vous allez rebaiser, lui et toi.

Ava s'étouffe un peu en écarquillant les yeux. On a parfois du mal à dire si Danielle rigole ou si elle est simplement méchante. Et dernièrement, les méchancetés sont passées au niveau supérieur.

– Je n'irai pas au bal avec Ryder, dit Ava.

– C'est ce que tu as dit l'année dernière, rétorque Danielle en penchant la tête sur le côté. Et ensuite… attends, rappelle-moi avec qui tu es allée au bal de l'automne ?

Elle prend une bouchée de sa salade en lui lançant un grand sourire. Ava semble piquée au vif.

– Eh bien, je vais peut-être y aller avec Chase cette année puisque tu n'y vas pas avec lui.

Danielle se met à rire.

– Parce que tu penses vraiment qu'il t'inviterait ?

Ava s'agrippe à son smoothie avant d'ouvrir et de refermer la bouche plusieurs fois d'affilée sans que rien ne sorte. Elle finit par soupirer et quitte la table en colère.

– Détends-toi, dit Danielle. C'était une blague.

Elle soupire à son tour et se lève pour lui courir après. Je déteste les voir se comporter comme ça, mais je ne vois pas vraiment ce que je pourrais faire pour améliorer la situation. Danielle ne m'écouterait jamais.

– Promets-moi que tu seras toujours gentille avec moi, dit Hannah une fois qu'elles sont parties.

– Envers et contre tout, lui promets-je.

Elle fait tourner sa paille dans son verre et revient à James Dean.

– Bon, tu ne penses vraiment pas l'inviter ? Tu n'as pas à lui dire quoi que ce soit que tu n'aies pas envie de lui dire.

– Je ne sais pas, dis-je en mordant dans un croûton.

J'imagine Dean en smoking – la vision est plutôt agréable. Puis je me souviens de l'expression de soulagement qui a illuminé son visage quand je lui ai dit que je n'étais pas vierge.

– Ça va aller. Tu es une magnifique princesse licorne, tu te souviens ?

– Je suis une princesse stupide et menteuse.

– Eh bien tu es une princesse, c'est déjà ça, répond-elle. C'est tout ce qui compte. Contente-toi de lui demander, d'accord ?

Notre cours d'espagnol se termine un peu plus tôt parce que Mme Gonzalez a mal à la tête. Hannah et moi en profitons pour faire un tour aux toilettes avant de rejoindre le foyer des terminales. La pièce est pour ainsi dire vide si ce n'est Andrew, Edwin, Ryder et Simon, qui sont tous les quatre agglutinés près de la fenêtre. Je lance un *Buenos días* général mais aucun ne me répond. Ils sont obnubilés par le mur dont ils pointent du doigt une partie que je ne vois pas, tout ça en chuchotant – ce qui ne présage rien de bon.

– Qu'est-ce que ça dit ? demande Simon en essayant d'intégrer le cercle dont il a été laissé à l'écart.

Il faut dire que du haut de son mètre quatre-vingt-dix, Ryder bloque toute la vue.

– Un truc vraiment dégueulasse, mec, répond ce dernier en guise d'explication.

– Qu'est-ce qui se passe ? je demande en m'approchant.

Andrew fait un pas de côté pour me laisser voir. Sur le mur, quelqu'un a écrit au marqueur noir en grosses lettres : DANIELLE OLIVER A UN GOÛT DE POISSON POURRI.

Les lettres sont tordues, comme si on les avait gribouillées à la hâte. Je sens mon estomac se serrer. À côté de moi, Hannah a le souffle coupé.

– Qui a écrit ça ? je demande, un peu nauséeuse.

On est loin du bout de papier glissé en cachette dans son sac ou son casier. Là, c'est bien pire, c'est à la vue de tout le monde. Qui serait capable de faire un truc aussi dégueulasse ?

– Je ne sais pas, répond Andrew. C'était là quand on est arrivés.

– Non, mais c'est quoi ce délire ? explose Hannah en se tournant vers les garçons. Hé, bande de trous duc' ! (Ils s'arrêtent de parler et la regardent, surpris.) Lequel d'entre vous a écrit ça ?

Ryder fait un pas en arrière en levant les mains en l'air.

– Waouh, Choi. Calme-toi. T'as tes règles ou quoi ?

Hannah devient encore plus rouge.

– C'était sur le mur quand on est arrivés, dit Edwin. La salle était vide.

– Il faut l'effacer. Je scrute la pièce à la recherche de quelque chose dont on pourrait se servir. Il faut l'effacer avant que qui que ce soit d'autre ne puisse voir.

– Pas question ! crie Ryder en se mettant en travers de mon chemin. C'est trop drôle.

Il sort son téléphone et prend une photo. Simon sort le sien à son tour pour l'imiter.

– Bien vu, mec.

– Effacez-moi ces photos, dis-je d'une voix de plus en plus angoissée.

– Mec, c'est pas cool, dit Andrew en avançant vers Ryder et Simon.

– T'es en train de me dire quoi faire ? demande Ryder en avançant à son tour. T'as un problème ?

Andrew a beau être grand, Ryder le dépasse de presque une tête. Edwin s'approche lui aussi jusqu'à toucher l'épaule d'Andrew avec la sienne. Ce dernier regarde Ryder en plissant des yeux.

– Si tu penses que ce genre de truc, c'est drôle, alors ouais, j'ai un problème.

– Vous êtes vraiment des connards ! s'emporte Hannah, indignée.

Elle sort une bouteille d'eau et quelques serviettes de son sac puis se met à frotter le mur. L'encre ne s'efface pas. Les mots sont toujours là, plus noirs et agressifs que jamais.

– On dirait que c'est permanent, dit Ryder avec un sourire en coin.

– C'est toi qui as écrit ça ? je demande en m'approchant de lui.

Il est tellement plus grand que moi que la scène a quelque chose de comique. Mais qu'il aille se faire foutre s'il pense qu'un truc comme ça est drôle.

– J'aurais aimé, répond-il.

– Je vais chercher du savon, dit Hannah en se ruant vers les toilettes situées au bout du couloir.

– T'es sûr, mec ? lui demande Andrew en désignant de la tête tous les gens qui entrent peu à peu dans la salle.

Les autres cours ont dû se terminer. Hannah n'est toujours pas revenue, ce qui veut dire que tout le monde va voir le message.

Et puis Danielle arrive, bras dessus, bras dessous avec Sophie Piznarski. Elles sont en train de rire et ignorent complètement la tension qui règne dans la pièce. Je retiens mon souffle, jette un œil à Andrew en espérant qu'il ait une idée de dernière minute. Il s'adosse maladroitement au mur pour essayer de cacher ce qui y est écrit.

Chase arrive juste après Danielle en sifflotant ; il porte son éternelle casquette des Red Sox et a ses écouteurs vissés dans les oreilles. Il checke avec tous les gars du groupe – Ryder, Simon, Edwin et Andrew, qui tend le bras de façon un peu maladroite pour continuer à cacher le mur. Mais Chase ne remarque ni sa position bizarre ni la tension qui règne au sein du groupe, puisqu'il se contente de rejoindre son casier.

Hannah revient en courant avec des serviettes et

son visage se crispe quand elle aperçoit Danielle puis Chase. Ses yeux vont rapidement de l'un à l'autre et elle s'empresse de cacher les serviettes derrière son dos.

On aura beau tout faire pour essayer de dissimuler ces horribles mots à Danielle, je sais que c'est sans espoir. Maintenant qu'il existe des photos, toute l'école sera au courant d'ici quelques secondes. Mais j'aimerais au moins éviter que toute cette histoire ne se transforme en spectacle de foire, surtout devant Chase. Si c'est lui qui a écrit ça, je ne veux pas lui donner la satisfaction de voir la réaction des gens. Et si ce n'est pas lui, alors je n'ai aucune envie qu'il sache que ces mots existent.

C'est sans compter sur Ryder qui se met à crier devant tout le monde, d'une voix bien forte pour être sûr de couvrir le bourdonnement des bavardages des élèves :

– Hé, Danielle, est-ce que c'est vrai ?

Elle lâche le bras de Sophie et ouvre son casier en lui jetant un coup d'œil par-dessus son épaule.

– Quoi ?

– Tais-toi, Jason, dit Hannah à travers ses dents serrées en lui lançant un regard noir.

Je tends le bras vers lui alors qu'il s'apprête à répondre, comme si mon geste désespéré allait le faire changer d'avis. Ce n'est pas le cas. Il continue sans le moindre scrupule.

– Que t'as un goût de poisson pourri ?

Un silence de mort s'abat sur la pièce et on n'entend plus que des chuchotements presque imperceptibles. Chase retire ses écouteurs et range son téléphone en penchant la tête, un peu perdu par la scène qui se joue devant lui. Simon lève la main et Ryder s'empresse de lui faire un check. Danielle se tourne lentement vers eux.

– Qu'est-ce que tu viens de dire ?

– Je ne fais que lire ce qui est écrit sur le mur, répond Ryder en haussant innocemment les épaules avant de se tourner vers Andrew. Eh, mec, montre-lui ce qui est écrit.

Andrew croise les bras et ne bouge pas d'un centimètre.

– Je ne sais pas de quoi tu parles, dit-il d'une voix ferme et sereine.

– T'es vraiment pas drôle, dit Simon. Ça dit que tu as un goût de poisson pourri. Juste là sur le mur, ajoute-t-il en tressautant d'excitation, probablement surpris et content d'avoir eu le courage de prononcer ces mots.

Danielle claque la porte de son casier.

– Tu m'as parlé, la taupe ?

Il pâlit en se balançant nerveusement d'un pied à l'autre. Danielle est un renard et elle avance vers lui les yeux plissés, prête à déchiqueter sa proie.

– J'ai dit... bégaie-t-il avant de se taire.

– Vas-y, répète, Terst, dit-elle les bras croisés en tapant du pied d'impatience. Répète-le-moi en face.

– Ce n'est pas moi qui l'ai écrit !

Les joues de Simon deviennent toutes rouges.

– C'est bien ce qu'il me semblait. Danielle se tourne vers Andrew en soupirant. Vas-y, fais voir.

– On a essayé de l'effacer, dit-il avant de faire un pas de côté.

Danielle observe les mots pendant un long moment durant lequel personne ne dit le moindre mot. Tout le monde attend sa réaction, tout le monde attend de savoir ce qui va se passer. Quelques élèves brandissent leurs portables, prêts à filmer la suite. Quand la cloche retentit pour annoncer le début du cours suivant, personne ne bouge.

Danielle ferme les yeux et prend une grande inspiration. Son expression est si calme et douce que c'en est presque inquiétant. Elle rouvre les yeux d'un seul coup et se tourne vers Simon en pointant son doigt vers lui comme s'il s'agissait d'une arme.

– D'abord, mettons une chose au clair, la taupe. Tu ne sauras jamais quel goût j'ai. Si tu avais un jour la chance ne serait-ce que d'effleurer ma main, ce serait à n'en pas douter le moment le plus exaltant de ta pitoyable et pathétique existence.

Simon devient rouge écarlate et on peut voir une fine couche de sueur se former sur son front.

– Ce n'est pas vrai ! bafouille-t-il. C'est…

Danielle l'interrompt et se tourne vers Ryder en levant la main un peu plus haut pour s'adapter à sa hauteur.

– Quant à toi, tu te prends pour qui ? Personne ne te trouve drôle. À vrai dire, je suis surprise que tu comprennes ce qui est écrit, dit-elle en agitant la main vers le mur. Quelqu'un a dû te le lire à haute voix ?

Pour finir, elle se tourne vers Chase, qui observe la scène avec des yeux écarquillés.

– Et si je découvre que tu as quelque chose à voir dans toute cette histoire, je te castre.

Il lève les mains en l'air pour montrer qu'il se rend, mais ne répond rien. On dirait presque qu'il sourit.

16

– Danielle fout vraiment les jetons, dit Andrew le lendemain au déjeuner en prenant une énorme bouchée de son sandwich au beurre de cacahouète.

Comme il a la bouche pleine, ça donne plus « Daneche fou frémon les chtons », mais je comprends ce qu'il a dit.

Quand les profs ont découvert le mur hier, Danielle a eu le droit de quitter le lycée un peu plus tôt avec Ava, qui a explosé en sanglots quand elle a appris ce qui s'était passé – en même temps, moi aussi, je pleurerais probablement à la moindre occasion si je n'avais avalé que des *kaleories* depuis une semaine. Elles sont toutes les deux absentes aujourd'hui, ce qui veut probablement dire qu'elles sont ensemble.

Nous sommes assis dehors autour d'une table de pique-nique parce que le beau temps est de retour. Hannah fait une grimace de dégoût en regardant Andrew mâcher.

– C'est vraiment une fille gentille au fond, dit-elle parce qu'elle ne peut pas s'empêcher de toujours défendre tout le monde. Elle a juste une carapace en béton. C'est comme une tortue.

– Cette fille n'a rien d'une tortue, corrige Andrew.

Si tu veux la comparer à un animal, choisis-en un qui soit carnivore. Genre un piranha mangeur de chair fraîche ou un tyrannosaure.

Hannah soupire.

– OK, c'est peut-être un escargot alors.

Andrew se met à rire.

– Non mais là tu dis juste n'importe quoi. Si tu cherches quelque chose qui a une carapace, prends plutôt un scorpion.

– Je suis quoi comme animal, moi ? demande-t-elle.

– T'es un oiseau, répond Andrew du tac au tac. Un truc coloré et artistique.

– Avec un bec d'acier, j'ajoute.

– Fais attention à elle, précise Andrew en me désignant de la tête, un grand sourire aux lèvres. Tu sais ce qui lui arrive quand elle s'approche trop près des oiseaux.

– Tu es hilarant, dis-je, sarcastique.

Hannah se met à rire.

– OK, et Keely, c'est quoi comme animal ? demande-t-elle.

Andrew se tourne vers moi et réfléchit une minute en se mordant la lèvre.

– T'es une girafe.

– Hein ? Mais je suis toute petite !

– Je sais, mais la girafe, c'est mon animal préféré, sourit-il la bouche pleine de beurre de cacahouète.

Je lui rends son sourire, étrangement flattée par son compliment. Hannah soupire avant de baisser les yeux, l'air sérieux.

– Danielle est la plus forte de nous toutes, dit-elle. Si quelqu'un avait écrit ce genre de choses à mon sujet, je pense que j'aurais fondu en larmes.

– Les gens sont vraiment nuls, dis-je.

C'est pour ça que je suis terrifiée à l'idée de coucher avec qui que ce soit – à cause de ce qui se passera ensuite.

– Merde, il faut que j'y aille ! dit Andrew en regardant l'heure sur son téléphone. J'ai un rendez-vous pour étudier.

– Cecilia ? je demande.

Il froisse le sachet de son sandwich et le fourre dans son sac à dos.

– Cecilia et moi, c'est fini.

– Hé, Andrew ! appelle une voix douce et mélodieuse derrière nous.

C'est Abby Feliciano, une élève de première, petite et jolie avec des cheveux bruns et raides. J'ai un petit pincement au cœur pour Cecilia. J'aimerais tellement qu'Andrew fasse un peu plus attention aux sentiments des gens.

– Salut Abby, dit-il en se levant.

– Je t'ai recopié quelques notes, annonce-t-elle en lui tendant un cahier. Si tu n'as pas le temps maintenant, on pourra les revoir ce soir.

– Non, c'est bon. On se voit plus tard, les filles, OK ? Abby et moi, on doit aller bosser.

– C'est vraiment un super prof, dit Abby d'une voix tellement admirative que j'en ai presque la nausée.

J'attends qu'ils soient partis pour m'énerver.

– Pourquoi c'est si facile pour lui ? je demande en grimaçant. Est-ce qu'il essaie de se taper toutes les élèves de première avant la fin de l'année ?

Hannah hausse les épaules en prenant une bouchée de son sandwich.

– Il est devenu sexy. Les filles l'ont remarqué. Surtout les filles de première, apparemment.

– On dirait que tous les trucs qui me stressent moi sont des détails insignifiants pour lui.

Quand Andrew a perdu sa virginité, ce qu'il se passerait le lendemain était probablement le cadet de ses soucis. Les gens n'écrivent pas des trucs horribles sur les murs à propos des mecs qui couchent.

– Il ne se rend tout simplement pas compte à quel point la vie est facile pour lui, dis-je.

– Eh bien peut-être qu'il pourrait être ton prof à toi aussi, dit Hannah en haussant les épaules.

Elle froisse l'emballage vide de son sandwich et le lance dans la poubelle puis sort une bouteille de thé glacé de son sac. Elle dévisse le bouchon dans un *pop* satisfaisant.

– Mais oui, je vais lui demander d'être mon prof ! dis-je en riant avant de me mettre à battre des cils comme une biche pour imiter Abby Feliciano. « C'est vraiment un super prof. »

– Ce n'est pas une mauvaise idée, dit-elle en me tendant sa bouteille de thé que je prends en riant.

– Quoi ?

– Il pourrait t'apprendre. Puisque tu t'inquiètes de ce que tu as dit à James Dean, Andrew pourrait t'expliquer les bases. De toute évidence, il s'y connaît.

– Je suppose que je pourrais lui poser une ou deux questions, dis-je en sentant mes oreilles se mettre à brûler.

Je prends une gorgée de thé. Maintenant qu'Andrew et moi avons abordé le sujet de ma vie sexuelle, peut-être que ce ne sera plus aussi embarrassant. Nous avons eu une discussion chez Jan's et nous y avons tous les deux survécu. Hannah n'a pas tort : Andrew pourrait probablement me filer quelques trucs utiles si j'avais le courage de lui en parler.

– Bien sûr, tu pourrais lui demander des conseils, dit-elle en haussant les épaules. Ou alors tu pourrais tout simplement coucher avec lui.

Elle dit ça l'air de rien, comme si elle me suggérait quelque chose de complètement anodin. Je ris en faisant mon bruit de cochon habituel et en lui donnant une petite tape sur le bras.

– Ouais, grave, dis-je. Super idée. T'es vraiment un génie !

– Keely, je suis sérieuse.

Je sens mon visage pâlir d'un seul coup.

– Hannah, non, dis-je à voix basse en regardant autour de moi, inquiète que quelqu'un nous ait peut-être entendues.

Mais personne ne nous regarde. Je laisse échapper un rire embarrassé en m'étouffant un peu.

– Réfléchis, continue-t-elle. On sait déjà qu'il tient à toi et qu'il te respecte. Et il est clair qu'il sait ce qu'il fait si on en croit les filles de première, donc il pourrait te préparer pour James Dean. Ça serait un peu comme… un échauffement sexuel. Une séance d'entraînement avant le grand jour. (Elle se penche vers moi et je vois bien à ses yeux pétillants qu'elle est de plus en plus excitée au fur et à mesure que son idée prend forme.) Est-ce que tu te pointerais à un match de ligue nationale sans jamais avoir joué au base-ball de ta vie ? Sans jamais avoir même touché une batte ? Non, tu te trouverais un coach et tu t'entraînerais. Et au début tu serais nulle, mais au fur et à mesure tu t'améliorerais. (Elle frappe des mains en poussant un cri si perçant qu'il pourrait presque concurrencer ceux d'Ava.) En plus, ajoute-t-elle, ton mensonge n'en sera plus un. Parce que tu ne seras *plus* vierge.

– Ce n'est pas aussi simple. Nous sommes amis depuis trop longtemps. Les amis... ça ne couche pas ensemble comme ça.

Le simple fait de prononcer ces mots à haute voix me met mal à l'aise. Malgré la brise fraîche du printemps, j'ai chaud, mes mains sont moites et j'ai la bouche sèche.

– Bien sûr que si, les amis ça couche ensemble, répond Hannah comme si j'étais ridicule. Regarde Ron et Hermione.

– Ron et Hermione n'ont pas couché ensemble.

– Bien sûr que si, ils ont couché ensemble ! Je te rappelle qu'ils ont eu des enfants. Tu sais très bien qu'ils ont été faire un tour dans sa chambre des secrets.

– OK, d'accord, admets-je en riant. Mais ils se plaisaient. Ce n'est pas notre cas avec Andrew.

– Soit, dit-elle. Mais les *sex friends,* ça existe, non ? C'est même assez courant. Et puis il n'y a aucun risque que ça aille plus loin, parce que toi, tu es amoureuse de James Dean et qu'Andrew est amoureux de toutes les filles de première.

– Je n'arrive pas à croire qu'on soit en train d'avoir une discussion pareille.

– Ce n'est pas si dingue que vous couchiez ensemble au fond. Je veux dire, vos parents ont cru que vous l'aviez fait et ils n'étaient pas particulièrement choqués. Si un truc ne choque pas tes parents, c'est que ce n'est pas très grave.

– Même si je pensais que c'était une bonne idée, ce qui n'est pas le cas, parce que tu es folle, je n'oserais jamais lui demander. Qu'est-ce que je lui dirais ? Ça le ferait complètement flipper.

Hannah me stresse, cette *idée* me stresse. C'est complètement dingue.

– C'est un mec. Aucun mec hétéro ne perdrait une opportunité de coucher avec une fille canon.

– La flatterie ne t'aidera pas à me convaincre.

– Je ne dis que la vérité, sourit-elle.

– Tu es vraiment une horrible personne.

La cloche sonne pour signaler la fin du déjeuner.

– Je sais, mais rappelle-toi que je suis *ton* horrible personne, dit-elle avant de me caresser le genou. Super, je suis contente qu'on ait enfin réglé cette histoire.

– Attends, on n'a rien réglé du tout.

J'ai le cœur au bord des lèvres.

– Tu as de la chance de m'avoir pour résoudre tous tes problèmes, conclut-elle en se levant et en enfilant son sac à dos.

Ce soir-là, impossible de m'endormir. Chaque fois que je me sens partir, les mots d'Hannah me reviennent comme un boomerang pour me tirer hors de ma semi-conscience. Chaque fois que je ferme les yeux, des images d'Andrew m'apparaissent – des souvenirs de toutes ces fois où je l'ai vu avec des filles, en train de les plaquer contre un mur pendant une fête, de les embrasser à pleine bouche en faisant courir ses mains dans leurs cheveux. J'essaie de l'imaginer en train de m'embrasser moi, juste pour voir, et mes yeux se rouvrent aussitôt en grand – c'est absurde, mais j'ai peur qu'il puisse lire dans mes pensées (depuis son lit à quelques pâtés de maisons d'ici, oui, oui). Je déteste qu'Hannah ait planté cette idée dans mon esprit, mais ses mots ont pénétré mon cerveau comme un ver de terre sournois.

C'est tellement du Hannah tout craché, ce genre de suggestions. Ça colle parfaitement avec toutes les remarques qu'elle me balance au sujet d'Andrew depuis le collège.

« Mais il est trop mignon ! » m'avait-elle dit un jour en quatrième quand j'étais venue chez elle pour la première fois.

J'avais fait semblant de vomir. « Il est mignon comme toi, tu es mignonne. » C'était difficile à expliquer. « Je veux dire, je sais que tu es belle mais les filles ne m'intéressent pas.

– Mais les garçons t'intéressent.

– Mais Andrew ne m'intéresse pas, avais-je dit en levant les yeux au ciel. Si tu le trouves si mignon que ça, pourquoi tu ne sors pas avec lui ?

– Parce que Andrew est à toi », avait-elle répondu comme si c'était une évidence.

J'ai fini par m'habituer à ces conversations-là, à ses blagues appuyées à propos du lit d'Andrew ou de son stupide boulot à la caserne de pompiers. Mais cette fois, c'est différent. Cette fois, Hannah n'est pas en train d'essayer de me rapprocher d'Andrew mais de m'aider à me rapprocher de Dean.

Je soupire en me tournant sur le ventre. Je n'arrive pas à croire que je sois en train de sérieusement considérer cette idée. Le plus probable, c'est qu'Andrew dise non et qu'ensuite les choses deviennent un peu bizarres entre nous. Mais est-ce que ce sera vraiment mieux s'il dit oui ?

Au fond, même si j'ai du mal à l'admettre, Hannah n'a pas complètement tort. C'est la solution parfaite à mon problème. Je veux perdre ma virginité avec quelqu'un en qui j'ai entièrement confiance, quelqu'un qui n'ira pas tout raconter ensuite, qui ne me jugera pas si je suis nerveuse, maladroite ou terrifiée. Si je saigne trop et que je tache les draps d'Andrew, ce ne sera pas grave. Je me suis déjà fait pipi dessus devant lui. Plusieurs fois. Il m'a vue dans mes moments les plus vulnérables, les plus crades, les plus moches… et il est toujours là.

Et puis si je couche avec Andrew, cette horrible histoire de première fois, potentiellement très embarrassante, voire douloureuse, sera réglée. Je pourrais apprendre les bases – je pourrais m'entraîner jusqu'à ce que je sois à l'aise, jusqu'à ce que je sache quoi faire et comment le faire. Après ça, coucher avec Dean sera une promenade de santé. Et mon mensonge n'aura plus aucune importance.

Mais ça reste quand même super bizarre. Même si je dois admettre que la puberté lui a fait le plus grand bien – lui a donné confiance en lui et tout un tas de filles en prime –, pour moi, il sera toujours cet ami d'enfance maladroit avec ses taches de rousseur et ses cheveux en bataille. Il sera toujours ce garçon qui avait l'habitude de réciter l'alphabet en rotant et qui a fait semblant d'être un dinosaure pendant toute une semaine en répondant à toutes mes questions par un rugissement rauque. Je n'arrive pas à combiner ces souvenirs avec le garçon qu'il est aujourd'hui, je n'arrive pas à le voir avec les yeux d'Hannah.

Mon téléphone bipe et je me tourne pour l'attraper. C'est un message de Dean. Je sens une légère montée d'adrénaline me parcourir la colonne et j'en oublie Andrew l'espace d'une seconde.

Qu'est-ce que tu fais ?

Je plisse les yeux pour regarder l'heure. Il est 2 heures du matin. Un soir de semaine. Qu'est-ce qu'il croit que je suis en train de faire ? Suis-je censée être en train de faire la fête ? Il la fait, lui ?

Je n'arrive pas à dormir.

Il me répond quelques minutes plus tard.

Tu veux « ne pas dormir » chez moi ? 😉

Mon cœur s'emballe. Je suis censée répondre quoi ? Tout ça est beaucoup plus compliqué quand je n'ai pas Danielle pour me dire quoi faire.

Je ne peux pas. On est mardi.

Impossible de faire le mur et de revenir à l'aube sans que mes parents ne s'en rendent compte. En plus j'ai déjà mis ma gouttière pour la nuit. Mon téléphone bipe de nouveau.

C'est adorable.

Qu'est-ce qui est adorable ?

Il prend quelques minutes pour répondre et je fixe l'écran, à l'agonie. Le téléphone finit par biper.

Toi. Tu es sûre que tu ne veux pas venir ?

Et d'une façon ou d'une autre, il ne m'en faut pas plus. D'une façon ou d'une autre, je me retrouve à quitter mon lit, à enfiler un sweat-shirt et à me diriger vers la salle de bains pour me laver le visage et me préparer. J'ai le cœur qui palpite d'excitation à l'idée de faire le mur – pas seulement d'enfreindre les règles, mais d'enfreindre les règles pour un *garçon.* Quand quelqu'un comme James Dean vous dit que vous êtes adorable, ça vaut toutes les prises de risques.

OK, mais quelques minutes, pas plus.
Tu vas devoir venir me chercher.

***

Je monte dans la voiture de Dean qui m'attend au coin de la rue, suffisamment loin de la maison pour que le moteur ne réveille pas mes parents. Il a l'air un peu endormi avec son sweat-shirt EVMU et son épi qui part sur le côté. Ça me rappelle la fois où je me suis réveillée dans son lit à côté de lui. Il était si mignon tout fripé et assoupi et je frissonne rien qu'en y repensant.

Je suis nerveuse – pas seulement parce que je pourrais me faire attraper mais parce que c'est la première fois que je le revois en dehors du travail depuis sa fête.

Il pourrait se passer tellement de choses cette nuit. Tout ce débat au sujet d'Andrew me semble soudain insignifiant. J'ai l'impression d'être une pile électrique.

– Tu étais au lit ? je lui demande en montant dans sa voiture et en prenant soin de refermer la portière aussi doucement que possible – nos voisins ont deux énormes chiens qui aboient au moindre bruit.

– Non, quelques amis sont passés mais ils sont tous repartis.

– Un mardi ?

Il me regarde avec un sourire amusé.

– Il te reste deux ou trois trucs à apprendre à propos de la fac.

Je rougis, soulagée qu'il fasse sombre et qu'il ne puisse pas s'en apercevoir.

– Je pensais que tu avais une moto, dis-je en agitant la main dans l'habitacle de sa Honda.

Ça sent un peu la friture rance.

– C'est la voiture de Cody. Je me suis dit que la moto serait sans doute un peu trop bruyante.

Il se penche vers moi, glisse une main derrière ma tête et emmêle ses doigts dans mes cheveux. Puis il m'attire contre lui et m'embrasse. Sa langue joue avec mes lèvres, puis pénètre ma bouche d'une façon désormais familière, presque naturelle. Elle glisse contre la mienne et la sensation me donne la chair de poule des pieds à la tête.

Il se redresse un tout petit peu, nos visages ne sont qu'à quelques centimètres l'un de l'autre.

– En plus, murmure-t-il dans un sourire, ce serait un peu compliqué de faire ça sur une moto.

Il défait sa ceinture de sécurité et vient s'installer

à califourchon au-dessus de moi. Je m'enfonce instinctivement dans mon siège.

– Faire quoi, exactement ?

– Tu sais très bien de quoi je parle, dit-il en riant et en essayant de m'embrasser de nouveau.

– Dean…

Je tourne la tête et il se retrouve à m'embrasser le cou. Je frissonne en sentant ses lèvres sur ma peau. Je cède l'espace d'une seconde et me tourne vers lui pour l'embrasser. Puis je me force à reculer de nouveau.

– Dean, nous sommes dans une voiture.

Je ne sais ni quoi dire ni quoi faire. Comment puis-je lui expliquer que je n'ai pas envie que ma première fois ait lieu dans une voiture sans admettre que c'est ma première fois ?

– C'est bon, dit-il. Personne ne peut nous voir.

– Je ne parle pas de ça. J'ai envie qu'on le fasse. Vraiment. Mais pas ici. Pas ce soir. On est mardi, ce n'est pas…

– Moi aussi, j'ai envie qu'on le fasse, dit-il. Quand est-ce que ce sera le bon moment ?

– Au bal de promo !

Les mots m'ont échappé avant que j'aie eu le temps d'y réfléchir. Dean penche la tête sur le côté et se met à sourire.

– Au bal de promo ?

– Oui. Mon école organise un bal le 12 juin. C'est un peu idiot comme truc, mais ça pourrait être sympa d'y aller ensemble.

Ma voix tremble. Je suis à la fois excitée et horrifiée d'avoir osé lui demander de m'accompagner. S'il y a bien quelque chose qui pourrait pimenter ce bal de promo, c'est d'y aller avec Dean. Une image me traverse soudain l'esprit : Dean et moi sur la piste de danse, ses bras autour de ma taille devant tout le monde – ce serait tellement dingue.

– Tu veux que je sois ton cavalier pour le bal de promo, dit-il avec un grand sourire. Tu es donc une de ces filles-là.

– Quelles filles ?

– T'es une romantique, dit-il en tapotant le bout de mon nez avec son index. Une Bridget Jones. Une *Elle et lui.* Tu es une Audrey, pas une Marilyn.

– Qu'est-ce que ça veut dire ?

J'ai vu les films dont il me parle mais aucun ne m'a vraiment marquée. Ça manquait cruellement de sang. Une romantique, moi ? Faut-il que je lui rappelle que c'est lui qui cite *Casablanca* ?

– Tu veux qu'on se retrouve tout en haut de l'Empire State Building, tu veux pleurer dans ton pot de glace parce que tu n'arrives pas assumer tes sentiments, tu veux que l'amour puisse guérir le cancer et tous ces trucs-là, explique-t-il. Je m'étais complètement trompé sur toi.

– Mais je ne veux pleurer dans rien du tout, moi !

– Ne t'inquiète pas, poursuit-il en me prenant la main – ses doigts sont calleux et chauds. Je trouve ça adorable. Allons au bal.

– OK, dis-je en sentant mon cœur se mettre à tambouriner dans ma poitrine.

J'ai désormais une date précise dans ma ligne de mire : le 12 juin. Ça ne me laisse que deux petits mois. Parce que je sais ce que tout ça signifie vraiment, ce qu'il me demande vraiment, ce que je suis en train d'accepter. Ce bal de *promo*, c'est une *promesse.*

– Je devrais rentrer. Il est tard.

– Je suis désolé, répond Dean, et la sincérité de sa voix me réchauffe le cœur. Je n'essayais pas de te forcer à faire quoi que ce soit tout à l'heure. J'espère que tout est cool entre nous ? On est bien, toi et moi ?

Je ris et hausse les sourcils en l'entendant dire les mots « tip-top » comme s'il essayait d'être un type cool des années 1980. On dirait mon père.

– On est bien, dis-je en me penchant pour l'embrasser une dernière fois avant d'ouvrir la portière et de descendre le plus discrètement possible.

– Salut, cavalière de bal, me lance-t-il en agitant la main.

– Salut, cavalier de bal, dis-je pour l'imiter, et ces quatre mots déclenchent en moi un frisson d'anticipation.

La voiture démarre et je la regarde disparaître au coin de la rue.

C'est tout ça que je ne veux pas risquer de perdre : la sensation de ses doigts emmêlés aux miens, l'étincelle de son regard quand il fait une blague idiote juste pour moi, le fait que je sois autorisée à l'embrasser dès que j'en ai envie. Les deux mois qui s'annoncent ont soudain un goût de liberté – désormais je peux l'embrasser sans me mettre la pression. La décision a été prise pour moi et j'ai une date. Et puis aller au bal de promo avec James Dean, on peut difficilement faire plus parfait.

Mais la réalité de la situation me retombe dessus comme une enclume – et l'excitation se transforme en angoisse. Je nous imagine brièvement au lit – en train de vivre ce moment que j'ai enfin décidé de lui accorder. Pourquoi risquer que tout se passe mal alors que j'ai un moyen sûr pour que tout soit parfait ?

Avant de me rendre compte de ce que je suis en train de faire, avant d'avoir l'occasion de changer d'avis, avant que mon cerveau n'ait le temps d'enregistrer ce que mes doigts sont en train de taper… je sors mon téléphone et envoie un bref message à Andrew :

> T'es libre demain après l'école ?
> J'ai quelque chose de très important à te demander.

17

Je me réveille en panique et attrape mon téléphone dans l'espoir fou de pouvoir effacer le message que j'ai envoyé à Andrew cette nuit. Bon sang, mais qu'est-ce que j'ai fait ? Il m'a déjà répondu. Le message a dû arriver après que je me suis endormie.

Est-ce que ça va ?

Puis un autre quelques minutes plus tard :

Collins ? On va déjeuner chez Jan's demain avant les cours ? Je passe te prendre à 6 h 30.

Je jette un œil sur l'heure. 6 h 15. J'ai quinze minutes pour trouver un mensonge plausible, une excuse raisonnable, n'importe quoi qui puisse expliquer mon texto. Je remonte notre conversation pour me remémorer ce que je lui ai envoyé exactement.

T'es libre demain après l'école ?
J'ai quelque chose de très important à te demander.

OK. Ce n'est pas si terrible. Ce n'est pas comme si je lui avais envoyé : « Je veux coucher avec toi. Réponds-moi STP. » Je peux encore m'en sortir. Mais qu'est-ce que je vais bien pouvoir trouver de « très important » à lui demander ? Andrew a un radar ultrasensible quand il s'agit de deviner mes mythos. Il me connaît depuis trop longtemps – il m'a vue trop souvent essayer de me sortir de trop de situations.

Je cours jusqu'à la salle de bains et m'asperge le visage d'eau froide. Pas le temps de prendre une douche. Les minutes passent comme des secondes et sous la pression je n'arrive plus du tout à réfléchir.

Je grogne et balance mon téléphone sur mon couvre-lit. Sur le mur, il y a l'affiche d'un ourson polaire qui n'est plus vraiment de mon âge mais que je n'ai jamais pris la peine de décrocher. Il y a quelques années, Andrew lui a dessiné au feutre des petites lunettes rondes et une cicatrice en forme d'éclair avant de gribouiller les mots « Harry Polaire » sur sa fourrure blanche. Depuis, on dirait que l'affiche se moque de moi. La regarder me rappelle tout ce que je pourrais potentiellement perdre.

J'entends un coup de Klaxon et sursaute. Andrew. J'attrape un jean qui traîne par terre, le renifle pour vérifier qu'il soit mettable et l'enfile. J'ouvre à toute vitesse les tiroirs de ma commode et attrape le premier tee-shirt que je vois, un truc que j'ai customisé en colo il y a des années. Mon téléphone bipe en même temps que j'entends la voix de ma mère m'appeler depuis le rez-de-chaussée.

– Keely chérie, Andrew t'attend dehors ! Est-ce que tu es réveillée ?

J'entends ses pas approcher.

– Ouais, maman !

J'allume l'écran de mon téléphone. J'ai trois textos d'Andrew.

Debout !

Je te préviens, aujourd'hui
tu commandes ton propre bacon.

Vroum, vroum.

Je sors de ma chambre en courant et manque de percuter ma mère qui se tient juste sur le seuil, une tasse fumante à la main. Elle recule brusquement et réussit miraculeusement à ne rien renverser.

– Waouh, chérie, ralentis !

Elle porte la robe de chambre en soie qu'elle a rapportée du Japon, celle qui a des papillons et des fleurs colorés brodés autour du col. Elle lève le bras pour m'arrêter dans ma course.

– Est-ce que ça va ?

– Oui.

J'essaie de la contourner mais elle me retient. Elle dégage quelques mèches de cheveux de mon visage avant de me regarder dans les yeux, sa main posée sur ma joue.

– Tu me le dirais si quelque chose n'allait pas, n'est-ce pas ?

– Oui, dis-je en reculant. Je suis en retard pour le petit déjeuner.

Elle me tend sa tasse, dont la chaleur me réchauffe agréablement la paume.

– Tiens, emporte ça avec toi.

J'en bois une gorgée en m'attendant à du café, mais m'étouffe quand une espèce de lave végétale brûlante m'envahit la bouche.

– Maman ! C'est quoi, ce truc ?

– C'est un Coca-kale. C'est merveilleux, c'est une boisson détox. Apparemment, Beyoncé en boit un avant chaque concert.

J'attrape mon sac à dos, que j'avais laissé à côté de la porte d'entrée, et dévale les marches du perron, la tasse toujours à la main. C'est un matin froid et brumeux, comme souvent au mois d'avril. Les matins clairs et étouffants n'arriveront pas avant quelques semaines encore, quand, comme d'habitude, l'été débarquera sans prévenir du jour au lendemain.

Je grimpe dans la camionnette d'Andrew et grogne un bonjour en lui tendant la tasse. Il la prend et s'empresse d'en boire une gorgée. J'attends son inévitable réaction de dégoût mais il se contente de hausser un sourcil.

– Intéressant. Qu'est-ce que c'est ? demande-t-il en ingurgitant le reste de la tasse d'une traite. Ça a un peu un goût de… salade. Je ne suis pas certain d'en commander au petit déjeuner, mais merci.

Je devrais savoir qu'Andrew est un peu une poubelle humaine et qu'il avalerait absolument n'importe quoi. Il me tend la tasse vide, je la prends en veillant à ce que nos doigts ne se touchent pas. Je m'enfonce dans mon siège et change la station de radio, n'importe quoi pour me distraire de cette situation impossible dans laquelle je me suis fourrée. Je m'en veux de penser à des choses comme « éviter que nos doigts se touchent ».

Il a les yeux encore bouffis et ses cheveux partent dans tous les sens, on voit bien qu'il vient tout juste de sortir du lit. Il porte ses lunettes, elles sont légèrement de travers. Il a probablement dû s'asseoir dessus, comme d'habitude. J'ai un nœud dans l'estomac en le regardant. Un flash me traverse l'esprit et je m'imagine en train de l'embrasser. Je me mets à glousser nerveusement, incapable de me retenir, et je sens mes joues devenir toutes rouges et mon front se mettre à transpirer.

Hannah a gâché ma vie.

– Alors, que se passe-t-il ? demande-t-il avant de s'interrompre en voyant ma tête.

Je n'ai trouvé aucun mensonge à lui servir, aucune question innocente à lui poser pour remplacer l'autre, et maintenant il est trop tard. Il enlève ses lunettes avant de les remettre aussitôt.

– Tu veux en parler maintenant ou tu préfères attendre qu'on soit autour d'une assiette de bacon ?

– Assiette de bacon, dis-je toujours en pleine crise de gloussements.

Il enclenche le moteur et la camionnette se met à gronder.

– Est-ce que je devrais m'inquiéter ? demande-t-il en jetant un coup d'œil derrière lui avant de quitter mon allée. Tu as dit que c'était « très important ».

Je prends une grande inspiration pour me détendre et tenter de calmer mes gloussements.

– Ce n'était rien, dis-je en me raclant la gorge pour essayer de garder mon sérieux. Tu n'as qu'à considérer que je ne t'ai jamais envoyé de texto.

Puis c'est plus fort que moi, j'explose dans un fou rire nerveux bien pire que le précédent.

Par bonheur, Andrew décide de laisser couler et ne me pose aucune question sur mon comportement étrange jusque chez Jan's. Il se gare et nous descendons de voiture.

Le *diner* est désert, à l'exception d'un autre groupe d'élèves de Prescott agglutinés dans un box du coin de la pièce. Il n'est pas rare que certains fument de l'herbe avant les cours et viennent ensuite se goinfrer ici. Je n'ai jamais été du genre à me lever tôt et suis donc fascinée que quelqu'un puisse aimer fumer au point de programmer son réveil pour le faire. Je reconnais quelques types de seconde mais n'ai pas la moindre idée de leurs noms. Ils sont assis et se gavent de pancakes en silence, les yeux vitreux.

Je me dirige vers le box du coin opposé. Je veux être assise le plus loin possible d'eux, question d'intimité. Il est peu probable qu'ils puissent entendre notre conversation vu leur état, mais je suis un peu parano ce matin.

La serveuse vient prendre notre commande : deux assiettes de pancakes avec des fraises, deux cafés et deux suppléments de bacon. Elle s'éloigne et nous restons silencieux un instant. Puis je me rappelle pourquoi nous sommes ici.

– Bon, je suppose que tu as quelque chose de gênant à me demander, dit Andrew. Tu m'as envoyé ce texto mystérieux et maintenant tu te comportes comme une déséquilibrée. Il boit une gorgée de son verre d'eau. Heureusement que nous sommes déjà amis. Je crois que si je ne te connaissais pas aussi bien, je me serais déjà enfui. Tu pars vraiment en sucette, ce matin, ajoute-t-il en souriant pour me montrer qu'il n'est pas tout à fait sérieux.

– Je t'ai dit d'oublier ce texto.

La serveuse revient avec nos cafés et les pose sur la table devant nous. Andrew tire sa tasse vers lui, attrape trois sachets de sucre qu'il ouvre d'un seul geste avant de les vider un par un dans son café.

Je fronce le nez en prenant une gorgée du mien.

– Je ne voulais pas l'envoyer.

– Tu sais que tu peux me faire confiance, Collins. Tu te souviens de ce que tu m'as dit ? Tu es aussi là pour mes délires bizarres ? Eh ben moi aussi, je suis là pour tes délires bizarres. Tu es ma petite bizarre à moi.

– Je sais.

J'attrape un de ses sachets de sucre vides et me mets à le dépiauter en tout petits morceaux – histoire de me concentrer sur autre chose.

– On a tous besoin de quelqu'un avec qui partager nos moments embarrassants. (Il me prend le sachet des mains et pousse de côté la petite pile de morceaux de papier.) Tu te souviens de la fois où tu as dormi chez moi en CP et où on a réalisé en se réveillant le lendemain que tu avais fait pipi au lit ?

– C'était toi, dis-je en riant malgré moi. C'est toi qui avais fait pipi.

– Ça reste à prouver, dit-il en haussant un sourcil. Bref, ça ne peut pas être pire que ça.

– Ça l'est, dis-je d'un ton abattu.

Il prend une gorgée de son café et son regard s'illumine.

– OK, et la fois en cinquième où tu as eu tes… – il bute sur le mot – … hum, tes règles à l'école et que tu m'as emprunté mon sweat pour le reste de la journée ?

Je me souviens de cette atroce journée comme si

c'était hier. Je me suis levée à la fin du cours de maths et j'ai remarqué une petite tache rouge sur la chaise. Je n'arrivais plus ni à respirer ni à bouger, c'était comme si la pièce avait été vidée de tout son oxygène. À l'époque, je n'avais pas d'amies filles. La seule personne à qui je pouvais demander quoi que ce soit, c'était Andrew. J'ai caché mes fesses avec mon sac à dos tant bien que mal le temps de le rejoindre puis l'ai tiré dans un coin de la pièce, le visage rouge écarlate, avant de bafouiller les mots comme j'ai pu. Il m'a prêté son sweat pour que je le noue autour de ma taille et nous n'en avons jamais reparlé. C'était la première fois que je ressentais une sorte de distance entre lui et moi – c'est ce jour-là que j'ai commencé à comprendre que moi, j'étais une fille et lui un garçon et que nos expériences respectives allaient bientôt prendre des chemins très différents.

– Je n'arrive pas à croire que tu parles de ça, dis-je en devenant rouge comme une pivoine.

– Je dis simplement que ça ne peut pas être plus embarrassant que ça.

Il prend une autre gorgée puis repose sa tasse et se laisse retomber sur le dossier du siège en attendant que je prenne la parole. Je reste muette.

– D'accord, c'est donc moi qui vais poser des questions, dit-il en se redressant pour aplatir ses deux mains sur la table. Est-ce que ça a un lien avec le grand incident des règles en cinquième ?

Je secoue la tête.

– OK. Quoi d'autre pourrait être embarrassant ? Est-ce que ça a quelque chose à voir avec d'autres fluides corporels ? Un truc de toilettes ?

Je ris en secouant de nouveau la tête.

– Aucun rapport avec les toilettes.

– Ouf ! (Il réfléchit un instant.) Est-ce que ça a quelque chose à voir avec Hannah ? C'est pour ça que tu ne peux pas lui demander son aide à elle ?

Je soupire et secoue une nouvelle fois la tête.

– Je ne peux pas lui demander parce que c'est une fille. Je suppose que je pourrais dans l'absolu, sauf que je suis... hum... hétéro.

– Hum... Est-ce que ça a un rapport avec James Dean ?

J'acquiesce en tapotant le bout de mon nez avec mon index, comme on le fait au jeu des mimes.

– Est-ce qu'il a fait quelque chose ? demande-t-il en fronçant les sourcils. Est-ce que je vais devoir le tuer ?

– Non. Rien de ce genre-là.

Il semble soulagé.

– Est-ce que c'est une question de sexe ? demande-t-il en se penchant de nouveau en avant. C'est pour ça que tu n'arrêtes pas de glousser. Parce que, au fond, tu as cinq ans et demi.

– Hé ! dis-je avant de tapoter tout de même le bout de mon nez pour lui signifier qu'il est sur la bonne voie.

Il chauffe dangereusement et je ne suis pas certaine d'avoir envie de continuer à jouer. Si je lui demande, il n'y a aucun retour en arrière possible. Et aucune assurance que notre amitié ne sera pas gâchée à tout jamais. Tout ça est bien pire que le grand incident des règles en cinquième. Bien pire.

– J'ai juste besoin de quelques conseils, finis-je par dire. Et tu as l'air de t'y connaître. Je veux dire, je t'ai vu embrasser un nombre incalculable de filles donc tu dois bien être en mesure de m'aider un peu.

Je sursaute quand la serveuse surgit avec nos plats. Elle les dépose sur la table et je me force à lui sourire.

– Attention, les assiettes sont très chaudes, dit-elle d'une voix guillerette en s'éloignant. Bon appétit !

Je saisis ma fourchette et la fais rebondir nerveusement contre le rebord de la table sans toucher à mon assiette. Andrew prend une énorme bouchée de pancake. Apparemment, il n'existe rien de suffisamment embarrassant au monde pour lui couper l'appétit. Je prends une grande inspiration et crache les mots d'une seule traite :

– Je veux coucher avec James Dean au bal de promo mais je n'y connais rien en sexe. Et lui, de toute évidence, il a de l'expérience. Il ne sait pas que je suis vierge. Et je ne sais pas si j'ai vraiment envie qu'il sache que je suis vierge parce que ça pourrait le faire fuir. Et j'ai envie de lui plaire, tu comprends ? Je suis juste un peu nerveuse parce que je n'ai absolument pas la moindre idée de comment… Et je me dis que tu pourrais probablement m'aider. C'était l'idée d'Hannah, donc je comprendrais totalement si tu n'en as pas envie. Aucune pression.

Il avale sa bouchée de pancake.

– Hum… OK. Je suppose que je peux te filer un ou deux trucs. (Il se frotte le front avant de pincer son sourcil entre son pouce et son index, puis me regarde en fourrant une nouvelle bouchée de pancake dans sa bouche.) Et pourquoi voudrais-tu que ça me mette la pression ?

– Oh, dis-je en réalisant que je ne suis pas allée au cœur du problème et que j'ai oublié de lui expliquer l'essentiel. Oh, ce n'est pas ce que je voulais dire.

Je me racle une nouvelle fois la gorge et prends

une gorgée de café. Il est tiède et amer. Je me force quand même à l'avaler puis pousse ma tasse sur le côté. Je jette un coup d'œil derrière moi, en direction des fumeurs d'herbe de seconde. Aucun d'entre eux ne fait attention à nous.

– Collins ? m'interpelle Andrew. Keely ?

Alors je balance tout, d'une voix minuscule :

– J'en ai juste marre d'être vierge. Et je te fais confiance. Tu n'irais jamais répandre des rumeurs à mon sujet. Je me suis donc dit qu'on pourrait… – je tousse un peu en m'étouffant – qu'on pourrait peut-être coucher ensemble. Genre tu pourrais me montrer comment on fait. On pourrait s'entraîner.

Il s'étouffe sur son pancake et renverse sa tasse du coude. Le liquide se répand sur la table et vient tomber sur mes genoux. Je me lève d'un bond en attrapant quelques serviettes.

– Pardon, dit-il en se levant précipitamment lui aussi avant de réaliser que le café ne tombe pas vers lui.

Il se rassoit puis se relève encore pour s'emparer d'une poignée de serviettes et m'aider.

– Je suis désolée, dis-je. Oublie ce que je viens de dire, OK ?

L'humiliation est à son comble. Je n'arrive pas à croire que j'ai réussi à me convaincre de lui poser la question. Comment ai-je pu croire une seconde que c'était une bonne idée ? J'attrape mon sac à dos et me dirige vers la sortie.

– Hé, non ! dit-il doucement. Rassieds-toi.

Je sens les larmes me picoter le coin des yeux et je fais tout mon possible pour les retenir. La situation est déjà suffisamment embarrassante comme ça.

– Keely… insiste-t-il et je me rassois en fixant le tas de serviettes trempées sur la table.

Il réfléchit pendant quelques secondes puis dit d'une voix grave :

– Je n'ai pas… Nous n'avons pas… Tu comptes tellement pour moi, et ce n'est pas de cette façon que je…

– Tu comptes pour moi aussi. C'est justement ça, l'idée. C'est pour Dean que j'ai des sentiments, pas pour toi, donc il n'y a vraiment aucune pression.

– Si c'est pour Dean que tu as des sentiments, pourquoi tu ne couches pas avec lui ?

– Tout le monde dit que la première fois, c'est douloureux pour une fille, dis-je la voix tremblante. Je préférerais en finir une bonne fois pour toutes. C'est différent pour vous, les garçons. Votre première fois, c'est… Vous n'avez pas à vous inquiéter ni de la douleur, ni du sang, ni qu'on vous traite de salope. Tu as vu ce qui est arrivé à Danielle. Elle a les nerfs pour supporter, elle. Moi, si quelqu'un écrit un truc comme ça sur moi, je meurs sur place, dis-je en recommençant à faire rebondir ma fourchette.

– Et tu penses que Dean ferait une chose pareille ?

– Non. Je ne sais pas. Être vierge, ça complique tout. Je veux juste être capable de coucher avec lui sans toute cette symbolique supplémentaire. Je ne veux pas que ça ait *autant* d'importance. Mais peu importe. Je suis désolée d'avoir tout gâché.

Je fouille dans mon sac à dos pour prendre mon porte-monnaie et en sortir un billet de 20 dollars que je pose sur la table.

– C'est moi qui régale ce matin, d'accord ? On se voit à l'école.

– Non, attends, dit-il en tendant le bras pour m'empêcher de partir.

Son expression est si neutre qu'il est difficile de savoir ce qu'il pense. Il plisse légèrement les yeux derrière ses lunettes et pince ses lèvres.

– Raah et puis merde ! soupire-t-il en se passant la main dans les cheveux. D'accord, OK. D'accord.

Mes yeux s'écarquillent et mon cœur s'arrête de battre.

– Vraiment ?

Je ne sais pas quoi ressentir, je ne sais pas si je dois être soulagée, excitée ou bien horrifiée.

– OK, dis-je en me rasseyant dans le box.

– OK, répète-t-il avec un sourire un peu stupide. Et tu veux faire ça quand ?

– Oh. Oui, bien sûr. (Je réfléchis une seconde.) Eh bien, je suppose que chez toi c'est mieux. Nous avons plus souvent dormi dans ton lit, ça sera peut-être moins étrange.

– Je crois que mes parents et les tiens sortent vendredi. Ils vont voir une symphonie ou un truc ennuyeux comme ça.

– Ça devrait le faire. La symphonie dure trois heures, je crois. Est-ce que ce sera suffisant ?

Il se met à rire doucement.

– Ce sera suffisant. (Un sourire diabolique illumine son visage.) Est-ce qu'on fait ça dans le lit de mes parents en laissant l'emballage du préservatif sur leur table de nuit ?

Je lui donne une tape sur le bras, soulagée qu'il puisse blaguer dans un moment pareil. Je n'ai peut-être pas tout gâché, après tout.

18

Le trajet jusqu'au lycée est un peu tendu. On essaie tous les deux de se comporter normalement, mais l'atmosphère est différente de d'habitude. Ce nouveau secret qui nous unit influence indirectement toutes nos paroles et tous nos gestes. Je faisais déjà attention à ne pas le toucher, mais maintenant c'est mille fois pire. Quand nous tendons tous les deux la main vers l'autoradio pour changer de station et que nos doigts se frôlent, j'explose de rire nerveusement et recule le bras comme si je venais de me brûler.

– Est-ce que cette histoire va faire de toi une déséquilibrée à vie ? demande-t-il. Parce que si c'est le cas, je pense que je vais revenir sur ma décision.

– Non, pas à vie. Mais laisse-moi au moins jusqu'au lycée, ensuite je redeviendrai normale. Promis. Je suis juste… je suis toujours en train de réaliser.

Il me sourit.

– Tu as eu tout le temps nécessaire pour réaliser. S'il y en a un de nous deux qui devrait être déséquilibré ici, c'est moi.

– Oui, mais je suis un peu dépassée par mes émotions, dis-je d'une voix plus aiguë que d'habitude.

Il me prend la main. J'essaye de me dégager mais il s'accroche et emmêle ses doigts aux miens.

– Tu vois ? dit-il en levant nos deux mains jointes. Nous nous touchons et le monde ne s'est pas arrêté de tourner.

– OK, dis-je en me calmant un peu.

C'est vrai : toucher Andrew, c'est naturel, familier, normal. Je lui ai tenu la main des milliers de fois. Il a une cicatrice sur la paume, un vestige de sa chute de skateboard en CM2, et le pouce de sa main droite est plein de cornes parce qu'il joue de la guitare.

Il repose nos mains unies sur mon genou et les fait rebondir au rythme de la chanson qui passe à la radio. C'est un vieux morceau des Arctic Monkeys, un de mes préférés. Je souris et sens mes muscles se décontracter.

Une fois à l'école, nous partons chacun en direction de notre salle de classe. Je suis d'humeur légère et blagueuse et décide de lui envoyer un texto depuis mon cours de mythologie grecque.

> Plan déclenché. J – 3 avant exécution. À vous, terminé.

Il me répond et je lis discrètement son message en essayant de me cacher de Mme Galloway qui a la réputation de balancer les portables des élèves par la fenêtre – et nous sommes au deuxième étage.

> On m'a dit que les îles Vierges étaient très agréables à cette époque de l'année.

Je souris et tape ma réponse les mains cachées sous mon pupitre. Les messages se succèdent si vite que j'en oublie presque que je suis en classe.

Mais c'est tout à fait exact.
Plein d'activités amusantes pour s'occuper.

J'ai entendu dire que la spéléologie y était excellente.

La spéléologie ?

L'exploration des grottes.

Je pouffe de rire puis regarde Mme Galloway d'un air coupable en cachant mon téléphone. Ava me jette un coup d'œil curieux.

– James Dean ? murmure-t-elle en pointant l'écran du doigt.

Mme Galloway arrête soudainement d'écrire au tableau et croise les bras d'un air sévère.

– Mesdemoiselles, rangez vos téléphones ou ils seront confisqués, déclare-t-elle. Et je vous préviens, l'arrosage automatique est en marche à cet instant précis, donc vous n'avez vraiment aucune envie que vos téléphones atterrissent sur la pelouse.

Je balance mon portable dans mon sac à dos et la regarde avec l'air le plus innocent possible.

Finalement, c'est plutôt marrant de partager un secret avec Andrew. J'ai l'impression d'être retombée en enfance, à l'époque où nous organisions des missions secrètes à l'insu de nos parents. Mission : chiper le reste du gâteau dans le frigo sans se faire prendre. Mission :

ramper sous le bureau de maman tandis qu'elle est au téléphone et lui voler une de ses chaussures. Mission : dépuceler Keely.

Je n'ai pas encore parlé du Plan à Hannah – oui, le Plan est devenu un truc si important dans mon cerveau en panique que j'y pense désormais avec un P majuscule. Et, honnêtement, je ne suis pas sûre de le faire un jour. Une partie de moi apprécie que tout ça ne soit qu'entre Andrew et moi. C'est notre secret. Et même si c'était l'idée d'Hannah à l'origine, je serais un peu gênée de lui avouer que j'ai décidé de la prendre au mot. Tout ça parce que j'ai trop peur de dire la vérité à Dean.

J'ai sans doute un peu exagéré au niveau des recherches. Je veux être certaine qu'on fasse super attention – j'ai vu suffisamment d'émissions stupides de téléréalité sur des adolescentes enceintes. J'avais également envie d'avoir quelques conseils en matière de sexe. Je sais qu'Internet regorge d'informations mais 1) je ne suis pas sûre de savoir comment trouver ce genre de site et 2) je suis terrifiée à l'idée que si je regarde du porno sur mon téléphone mes parents le voient sur leur facture. Est-ce que la liste des sites qu'on consulte apparaît sur le relevé mensuel ? J'ai envie de poser la question à Google mais j'ai peur que ça aussi, ça n'apparaisse.

Je me suis donc dit que les livres, c'était plus sûr. Les livres regorgent d'informations utiles, sans être trop explicites pour autant (sinon, aucune bibliothèque ne les commanderait, à cause des grands-mères et des enfants). J'en choisis trois à la librairie que je paie en espèces juste au cas où : un énorme manuel intitulé *Le Corps et la Sexualité expliqués aux débutants*, un guide illustré appelé *L'Art de l'amour* (avec un couple dessiné dans des centaines de positions improbables) et *Les Ailes de la passion*, un roman à l'eau de rose que j'attrape à la dernière minute en espérant qu'il me renseigne sur l'aspect plus émotionnel des choses.

Je commence par lire *L'Art de l'amour* tard le soir plongée sous mes couvertures, en essayant d'emmagasiner le plus d'informations possible. Il y a plusieurs chapitres sur comment embrasser que je suis impatiente de mettre en pratique avec Dean. J'avoue que la température de mon corps monte en flèche chaque fois que je regarde ces petites illustrations en imaginant qu'il s'agit de Dean et moi.

Une fois que le Plan sera terminé, je serai une experte certifiée et James Dean n'en reviendra pas. Je suis convaincue d'avoir pris la bonne décision. J'ai forcément pris la bonne décision. Forcément.

19

Vendredi soir arrive bien trop vite. Je n'ai pas eu le temps de finir mes recherches. Je n'ai même pas commencé *Les Ailes de la passion,* et me voilà déjà dans la cuisine d'Andrew, à quelques minutes de mettre le Plan à exécution. Je pense que je vais vomir.

J'ai à peine touché à l'assiette de houmous et de crackers posée devant nous sur le comptoir.

– Vous êtes sûrs de ne pas vouloir venir ? nous demande sa mère en enfilant sa boucle d'oreille.

Nos parents sont sur le point de partir pour Burlington, à une bonne heure de route d'ici, pour assister à leur symphonie. Ils seront donc absents une bonne partie de la soirée.

– Je suis sûre qu'on pourrait vous trouver des billets de dernière minute, insiste-t-elle. Rob est copain avec le premier violon.

– Non, allez-y sans nous, répond Andrew en balançant un cracker dans sa bouche.

Je ne sais vraiment pas comment il fait. Moi, je n'ai jamais eu aussi peu faim de toute ma vie, tellement je suis stressée. Je n'ai même pas enlevé mon sac à dos. Il contient tous mes livres de recherches en matière de sexe, ainsi qu'une ribambelle de préservatifs que j'ai pris à l'infirmerie de l'école quand personne ne regardait. J'ai dû faire semblant d'avoir mal au ventre pour m'approcher suffisamment du comptoir. Je sens le poids des livres peser sur mes épaules.

– On va se contenter de rester là, rien de plus, dis-je d'une voix haut perchée malgré moi.

Andrew me regarde de travers. Je sais que je me comporte un peu bizarrement alors que le but, c'est que nos parents s'en aillent. Je me racle la gorge et engloutis un cracker dans l'espoir que cela me fera arrêter de parler. Il est sec et trop salé.

– On va probablement juste regarder un film, dis-je en oubliant déjà que je suis censée me taire et en m'étouffant sur mon cracker. Vous savez, juste des trucs normaux. Bon sang que ce cracker est sec.

Andrew me donne un petit coup de pied en plissant les yeux.

– Très bien. Nous allons rentrer tard, dit ma mère en s'approchant de nous.

Elle dépose un baiser sonore sur mon front puis sur celui d'Andrew.

– Mais on n'invite pas d'amis, précise sa mère en enfilant son manteau. Nous n'allons pas rentrer *si* tard.

– Amusez-vous bien et soyez sages, conclut mon père en nous disant au revoir de la main.

Et ils passent tous enfin la porte.

Et nous voilà tous les deux seuls.

Andrew et moi traînons quelques minutes dans la cuisine, dans le silence le plus total. J'entends le tic-tac de l'horloge du salon et le bourdonnement régulier du réfrigérateur. J'attrape un autre cracker, histoire de m'occuper les mains, et le fourre dans ma bouche.

Le bruit de craquement sous mes dents résonne contre les murs de la pièce.

Puis je me mets à glousser, doucement d'abord, parce que j'essaie de me retenir.

– Sérieux ? demande Andrew. Je pensais qu'on en avait fini avec ça.

Mais il se met à rire lui aussi et j'explose, jusqu'à ce que, dans un magistral bruit de cochon, je crache malgré moi une pluie de miettes de cracker sur le comptoir.

– Oh, mais c'est dégueu ! crie Andrew en riant de plus belle.

J'ouvre la bouche et tire la langue pour lui montrer les restes de cracker mâché.

– On dirait un bébé oiseau, dit-il.

– Tu veux que je te donne la becquée ? je demande en m'approchant dangereusement de lui la bouche ouverte.

– Non ! crie-t-il en bondissant loin de moi, les bras en croix, pour me tenir à distance comme si j'étais un vampire.

– OK, dis-je en avalant mes restes de cracker.

Il me sourit.

– Technique de séduction remarquable cependant. J'ai vraiment du mal à te résister.

Je me rappelle pourquoi nous sommes là et mon sourire disparaît. Nous nous regardons dans les yeux une minute et je ne sais pas vraiment quoi faire.

– Tu crois qu'on devrait commencer ? je demande en me raclant la gorge.

– Ouais, dit-il. Montons à l'étage. J'ai tout préparé.

– Qu'est-ce que tu as préparé ? je lui demande, un peu surprise.

Je le suis en haut des escaliers. En entrant dans sa chambre, je suis rassurée de voir qu'elle me semble toujours aussi familière. Il y a le vieux tapis bleu marine aux bords un peu élimés. Il y a le coussin que j'ai fabriqué pour lui en cours de couture en sixième, celui qui ne ressemble à rien et est rose pétard – j'ai fait exprès de choisir une couleur qui l'embarrasserait. Sa chambre a la même odeur que d'habitude, une odeur d'herbe fraîchement coupée et de pin, une odeur musquée de *garçon* qui me rassure. C'est juste Andrew, au fond.

La seule chose qui est différente, c'est son lit. Ses draps d'habitude tout froissés ont été repassés – peut-être même lavés – et les couvertures qui traînent en général par terre ont été savamment pliées et rangées. Andrew a parsemé le couvre-lit de pétales de fleurs.

– Je les ai pris dans un des vases du salon, dit-il en se grattant le nez. Rien de bien particulier.

– C'est vraiment super joli, dis-je en sentant une douce tiédeur m'envahir.

Il frappe des mains et se tourne vers la commode à côté de son lit.

– Commençons par le commencement, dit-il en ouvrant le tiroir du haut avant d'en sortir deux bouteilles de Breezer à la pastèque et de m'en tendre une. Désolé, elles sont tièdes mais j'étais obligé de les cacher ici. Ma mère fouine partout depuis la fête.

– Merci, dis-je en dévissant le bouchon. Je pensais que tu détestais ces « horribles boissons à la pastèque ».

– J'ai connu pire. C'est juste que j'aime bien te mener la vie dure.

Il s'assoit au bord du lit et je l'imite. Nous trinquons avec nos bouteilles. J'ai un peu la tête qui tourne. J'ai beau m'être assise sur ce lit un million de fois, ce soir je n'ai pas l'impression d'être assise sur le lit d'Andrew. J'ai l'impression d'être assise sur le lit d'*un garçon* et c'est terrifiant. Je prends une grande gorgée mais avale trop vite et m'étrangle un peu. Andrew me tapote le dos.

– Alors… hum. Comment devrions-nous procéder ? (Je bois une autre gorgée.) Est-ce qu'on enlève tous nos vêtements ? Je suppose que oui, au moins nos pantalons. Peut-être pas nos tee-shirts ? (Je suis aussi nerveuse que si j'avais avalé vingt tasses de café.) J'ai apporté quelques… préservatifs que j'ai pris à l'infirmerie, mais je ne sais pas si c'est la bonne taille. Est-ce que c'est important ? Ou est-ce que c'est taille unique ? Est-ce que tu as un préservatif, toi ? Un que tu préfères utiliser ?

Je sais bien que je pars dans tous les sens mais je n'arrive pas à m'arrêter.

– On peut utiliser ceux que tu as apportés, répond Andrew. Enfin… un de ceux que tu as apportés, précise-t-il en se raclant la gorge. Ça suffira.

– D'accord, donc on devrait l'enfiler, dis-je en prenant une profonde inspiration, un peu embarrassée. Tu devrais probablement t'en occuper toi parce que je ne sais pas comment on fait.

Je finis le reste de ma bouteille cul sec et la pose au pied du lit. Il pose la sienne à côté.

– Eh, dit-il. Respire. Est-ce que tu es sûre d'avoir envie de faire ça ?

– Je suis sûre, dis-je avec un minuscule sourire. Oh ! (Je bondis pour attraper mon sac à dos.) J'ai failli oublier. J'ai apporté des livres. Pour qu'on ait des exemples.

J'ouvre le sac, en sors *L'Art de l'amour* et *Les Ailes de la passion* et pose les deux ouvrages sur le lit. Andrew s'empare des *Ailes de la passion* avec un sourire amusé en voyant le dessin de la couverture. Il le feuillette quelques secondes et se met à lire un passage à voix haute.

– « Maryanne avait déjà fait l'amour dans les airs, mais jamais avec un pilote comme le capitaine Reynolds. Leurs ébats furent rapides et intenses, des ébats d'une passion qu'elle n'avait jamais connue jusqu'ici. Son membre était dur et palp… »

– Eh ! dis-je en lui prenant le livre des mains tout en sentant mes oreilles se mettre à brûler. Je me disais que ça pouvait être une lecture utile. Celui-ci est vraiment mieux. Je parcours les images de *L'Art de l'amour.* Il y a plein de positions et de conseils, c'est un peu un guide pratique. (Je trouve la table des matières et fais glisser mon pouce le long de la page jusqu'à trouver le chapitre que je cherche. Puis je le montre à Andrew.) Je pense qu'on devrait essayer cette position, dis-je en pointant du doigt la première image. Ça semble être la plus simple. Ensuite on pourra peut-être passer aux numéros 3 et 4. Enfin, je ne sais pas. Elles ont l'air un peu… effrayantes.

Il me prend le livre des mains, le referme puis le pose sur sa table de nuit.

– Nous n'avons pas besoin d'un livre. D'accord ?

– Oh… Oui, je suppose que c'est instinctif. C'est vrai que même les animaux savent comment faire. Est-ce que tu crois que les animaux regardent d'autres animaux pour savoir quoi faire ? Ou bien est-ce qu'ils savent et c'est tout ?

– Je crois qu'ils savent et c'est tout, dit-il. Et nous aussi.

Il me prend la main.

– D'accord. Donc qu'est-ce que tu fais en général avec les filles ? C'est quoi, la première étape ?

– Viens là, dit-il en m'attirant contre lui, suffisamment près pour que je sente la chaleur qui émane de son corps. Ses doigts robustes et familiers s'emmêlent aux miens. On n'a qu'à faire les choses naturellement, murmure-t-il. Pas d'étapes. Pas de programme. Pas de livre.

J'acquiesce, incapable de parler ni de respirer.

– Tu n'auras qu'à me dire si tu veux que je m'arrête et je m'arrêterai, d'accord ?

Il pose délicatement sa main libre sur ma joue et replace une mèche de mes cheveux derrière mon oreille. Je m'appuie contre sa paume et m'habitue à le sentir de cette nouvelle façon. Il se penche un peu plus vers moi et je ferme les yeux, les lèvres légèrement entrouvertes. Mon cœur bat à cent à l'heure, si fort que je suis sûre qu'il peut l'entendre.

Et puis ses lèvres effleurent les miennes, hésitantes, et j'inhale de surprise. J'appuie ma bouche contre la sienne et sa main glisse dans mes cheveux, puis derrière ma tête pour m'attirer encore un peu plus contre lui. Je suis étonnée de réaliser qu'il a un goût familier. J'ouvre la bouche pour le goûter un peu plus, sentir sa langue glisser contre la mienne dans un baiser encore plus profond. Je suis étonnamment sereine, ma nervosité s'envole au fur et à mesure que la pièce se met à tourner autour de moi, que mon corps fond et tourbillonne. Ses doigts lâchent les miens et remontent délicatement le long de mon bras. Je pose ma main sur sa poitrine et réalise que c'est la première fois que je le touche à cet endroit. Je suis en terre inconnue. Son torse est fort et musclé, un contraste avec la douceur de son pull.

Il se penche un peu plus vers moi et je me sens basculer doucement en arrière sur le couvre-lit parsemé de pétales de fleurs. Il s'allonge au-dessus de moi et je m'enfonce un peu plus dans le matelas. Je me décale légèrement afin que l'on soit parfaitement alignés, que chaque point de nos corps se touche. Je l'entends retenir son souffle, il redresse la tête un instant et m'embrasse délicatement la joue, puis le cou. Je me mets à rire en sentant sa langue lécher le point sensible derrière mon oreille. Il arrête. J'ouvre les yeux pour la première fois et le regarde pour de vrai. J'ai la tête qui tourne en essayant de faire la mise au point sur son visage et ses doux yeux verts qui brillent.

– Chatouilleuse ? murmure-t-il. (J'acquiesce et il sourit.) Je ne savais pas que tu étais chatouilleuse à cet endroit.

– Moi non plus.

Il attrape de nouveau mes lèvres avec les siennes. J'agrippe le revers de son pull, un peu tremblante, puis glisse mes mains dessous pour caresser la peau douce de son ventre. Je sens une ligne de poils aller de son nombril jusqu'en dessous de sa ceinture, quelque chose que j'avais vaguement remarqué ces dernières années mais que j'avais pris soin de ne jamais vraiment regarder. Désormais, je prends mon temps, je fais courir mes doigts au travers et sens les muscles de son abdomen se durcir. Il se redresse, enlève son pull et son tee-shirt puis les balance dans un coin de la chambre. J'observe ses bras en faisant courir ma main de son estomac jusqu'au triangle de taches de rousseur qu'il a sur l'épaule. Il se tient en équilibre sur ses deux bras pour me regarder. Je me mords la lèvre, un peu gênée qu'il me regarde d'aussi près, qu'il me regarde comme si j'étais une fille, une *vraie* fille, une fille avec qui il aurait envie d'être. Il attrape le bas de mon tee-shirt et reste là, sans bouger.

– Est-ce que je peux ? demande-t-il en le relevant légèrement.

– Bien sûr, dis-je un peu troublée.

J'enlève mon tee-shirt et le balance par-dessus ses habits à lui puis me rallonge sur le matelas. Je porte un soutien-gorge à moi cette fois-ci – pas un de ceux de Danielle – donc il est bien mieux ajusté (mais, évidemment, beaucoup moins flatteur).

– Alors, qu'est-ce qu'on fait ensuite ? posant la question d'une voix légèrement enrouée comme si je venais de me réveiller d'une sieste. Je n'ai jamais... Personne n'a jamais vu... (Je bute sur les mots.) Je n'ai jamais enlevé mon soutien-gorge devant Dean.

– Est-ce que tu veux que je le fasse ? demande-t-il d'une voix grave et cassée.

Il attrape ma bretelle et la fait courir entre ses doigts, avant de la faire glisser le long de mon épaule.

– Dis-moi de m'arrêter.

– Je ne veux pas que tu t'arrêtes.

Ses mains plongent derrière mon dos, il bataille un peu avec les agrafes, mais je viens lui porter secours puis enlève mon soutien-gorge avant d'avoir le temps de me raviser. Il sourit et se penche de nouveau pour m'embrasser en couvrant mon corps avec le sien. La sensation de nos peaux nues l'une contre l'autre a quelque chose d'électrisant.

– Keely, murmure-t-il en me serrant un peu plus contre lui.

Sa main caresse délicatement ma poitrine, lentement, et je suis surprise de voir que cela ne me dérange pas – bien au contraire. Je m'empare de sa boucle de ceinture, les doigts tremblants, et fais délicatement glisser la lanière de cuir. Il vient m'aider en baissant la fermeture Éclair de son jean, avant de se rasseoir pour l'enlever.

Une fois qu'il s'en est débarrassé, il se rallonge sur moi. Il ne porte rien d'autre que son boxer. Un boxer vert foncé avec des trèfles à quatre feuilles. Et je remarque, non sans une certaine montée – de quoi ? peur ? angoisse ? excitation ? – que le tissu forme une sorte de tipi sur le devant.

Il attrape le bouton de mon jean et je laisse échapper un soupir de surprise en sentant la pression de ses doigts à travers le tissu.

– Je peux toujours ? murmure-t-il en immobilisant ses doigts sur le bouton.

J'acquiesce en embrassant délicatement le coin de sa bouche. Je pose ma main sur la sienne et l'aide à défaire le bouton. Puis je retiens mon souffle quand il fait glisser ma fermeture Éclair vers le bas. Je me sens bizarre, comme dans un rêve, comme si nous étions deux personnes en dehors de nous-mêmes. Il tire doucement mon pantalon le long de mes jambes. Il sourit en voyant ma culotte.

– Des ours polaires ?

Je rougis en me mordant la lèvre pour m'empêcher de rire. Il jette mon pantalon par terre et se rallonge sur moi en m'embrassant. J'ai bien conscience que la seule chose qui nous sépare, ce sont deux fines couches de coton, et mon cerveau tourne à plein régime. Je peux sentir son membre dur contre mon ventre. Je me serre un peu plus contre lui et l'entends retenir son souffle. Il se redresse et plonge ses yeux dans les miens, en me caressant délicatement la joue.

– Keely, murmure-t-il à nouveau d'une si petite voix que j'ai du mal à l'entendre. Tu me rends dingue.

Il fait glisser ses doigts le long de mon cou puis sur la peau délicate de ma clavicule. Je tremble et mes yeux se ferment malgré moi. Nous y sommes, au bord de la falaise, prêts à faire le grand saut. Et une fois qu'on aura sauté, il n'y aura plus de retour en arrière possible. Je sais que ce que nous venons de faire a déjà tout changé mais on peut peut-être encore revenir à la case départ. Ce ne sera plus le cas si on continue.

– Tu as le préservatif ? je demande en retrouvant un peu ma voix.

– Il est dans ton sac à dos, non ?

Je me redresse et attrape mon sac posé par terre, de l'autre côté du lit. Mes mains tremblent si fort que j'ai du mal à ouvrir la fermeture Éclair mais je finis par y arriver et par trouver le petit emballage carré que je lui tends. J'ai la tête qui tourne, la pièce redevient nette au fur et à mesure que je reprends mes esprits.

– OK, je murmure. (Je ne sais pas pourquoi je murmure sachant que nous sommes seuls dans la maison mais j'ai l'impression que parler d'une voix normale risquerait de rompre la magie de l'instant.) Je suppose que tu devrais l'ouvrir. Ou non, en fait peut-être que je devrais essayer de te le mettre, moi. C'est une bonne occasion d'apprendre, non ? Tu penses que ça plairait à Dean ? J'aurais l'air...

– Je crois que c'est sans importance, me coupe-t-il d'une voix un peu tendue.

– Il sera sans doute impressionné si je sais comment…

Andrew m'embrasse sans me laisser finir. Il s'allonge sur moi et je lui rends son baiser. J'oublie une seconde le préservatif, distraite par ses lèvres et sa langue.

– Keely, dit-il et je sens le mot résonner contre mes lèvres. Contentons-nous de… (Il ne finit pas sa phrase et préfère m'embrasser le menton à la place. Il se redresse pour me regarder, son visage est à moins de deux centimètres du mien.) Je vais le mettre, moi.

J'acquiesce, incapable de parler.

– Est-ce que tu es sûre de toi ? demande-t-il une dernière fois d'une voix grave et éraillée. J'ai besoin que tu me dises que tu es sûre.

J'acquiesce de nouveau, surprise d'à quel point j'ai envie qu'il continue. Maintenant que nous sommes allés jusque-là, je crois que j'aurais du mal à m'arrêter. Je veux aller jusqu'au bout – sentir qu'une petite part de moi s'envole.

Je n'ai pas du tout ressenti ça quand je me suis retrouvée dans la même position avec Dean. Sur le coup, j'ai été submergée par l'angoisse. Mon cerveau est parti dans un million de directions différentes et j'étais incapable de le calmer. Là, j'ai l'esprit calme – calme et serein. C'est sûrement parce que je suis à l'aise avec Andrew, ce n'est pas quelqu'un que j'essaye d'impressionner.

– Je crois qu'avec Dean je me sentais plus…

Andrew recule en fronçant les sourcils avant que j'aie pu terminer ma phrase.

– Quoi encore avec Dean ? demande-t-il en se passant la main sur le visage avant d'aller s'asseoir au bord du lit.

– J'étais juste sur le point de dire… (Je sens ma voix trembler d'émotion.) Je suis moins nerveuse qu'avec Dean. Je veux dire, je suis un peu nerveuse évidemment, mais avec Dean c'était… un cran au-dessus. C'est différent, avec toi.

Je ris, un peu gênée, m'attendant qu'il se mette à rire lui aussi, mais ce n'est pas le cas.

– Est-ce que tu peux… Est-ce que tu peux juste… (Il se retourne vers moi.) Ça craint vraiment que tu parles d'un autre mec, là maintenant.

– Mais on fait tout ça à cause d'un autre mec. Je ne peux pas ne pas penser à lui, dis-je d'une voix tremblante. Je veux dire, Dean est la raison derrière tout ça…

– OK, c'est vrai. Mais tu n'arrêtes pas de parler de lui et c'est très difficile de se… Je ne m'allume pas comme un interrupteur. C'est plus compliqué que ça. (Il passe une main frustrée dans ses cheveux.) Tu m'embrouilles.

– Oh, dis-je un peu troublée.

Je n'avais pas vu les choses sous cet angle, j'étais convaincue que tout ça serait facile et habituel pour Andrew. Pourquoi est-ce que ça serait difficile ? À cause de moi ? Cette idée me terrifie au plus haut point. Je me redresse et viens m'asseoir à côté de lui au bord du lit.

– Tu n'as qu'à prétendre que je suis Cecilia ou Abby, dis-je d'une voix douce. Si ça te facilite la tâche.

– Je n'ai pas envie de… commence-t-il mais je lui coupe la parole.

– Moi non plus, je n'ai pas envie de faire ça, Drew.

Ça me semblait juste une bonne idée. Et tu étais d'accord, tu te souviens ? (Je sens les larmes me piquer les yeux.) Je réalise que je n'ai plus mon soutien-gorge et me couvre avec le drap. Je sais bien que je ne suis pas aussi sexy que les filles avec qui tu...

– Tu prends tout ce que je dis de travers.

– Alors qu'est-ce que tu dis exactement ? je demande en laissant échapper un soupir frustré.

Il se tait pendant quelques secondes en se contentant de me regarder, impassible. Il finit par se passer la main dans les cheveux puis se frotte le visage comme s'il était épuisé avant de prendre une grande inspiration.

– Je suis... commence-t-il avant de s'interrompre de nouveau.

– Quoi, Drew ? Si tu n'as pas envie de le faire, tu n'as qu'à le dire.

Il soupire.

– Je crois qu'il vaut mieux pas.

Je sens quelque chose s'effondrer en moi.

– D'accord. Je suis désolée d'avoir demandé.

J'ai l'impression qu'on m'a plongée dans une bassine d'eau froide – toutes ces sensations de chaleur et de bien-être se sont envolées pour laisser place à un truc dur et froid. Je ne sais pas comment j'ai pu m'emballer à ce point. Je n'aurais jamais dû demander à Andrew de m'aider – ça me semble évident maintenant. Mais, au-delà de ça, comment ai-je pu me laisser aller à ce point et autant apprécier ce moment ? Ce n'était pas censé être *excitant*, c'était un simple échange de bons procédés. Un entraînement, c'est tout. Ma plus grande erreur, ça a été de m'abandonner et de me sentir aussi bien.

– J'en ai envie, Keely, dit-il d'une voix peinée. Ce n'est pas ça. C'est juste que tu rends les choses… (Il tapote sa jambe nue du bout des doigts en détournant le regard.) Je pensais que le fait que tu te serves de moi ne me poserait pas de problème. Mais je n'y arrive pas.

Je pâlis en entendant ces mots.

– Je ne me… je ne me sers pas de toi.

Mon téléphone se met à sonner quelque part sur le lit. Je n'ai aucune envie de répondre, je suis incapable de parler à qui que ce soit à cet instant précis. Andrew fouille les draps. Il finit par trouver mon portable et me le tend.

– En parlant de James Dean, soupire-t-il, la voix serrée, en voyant son nom sur l'écran.

Je lui prends le téléphone des mains mais ne décroche pas. Comment pourrais-je parler à Dean alors que je suis assise sur le lit d'Andrew ? Mon tee-shirt est toujours par terre, probablement contre le sien – et je prends soudain conscience d'à quel point tout ça est vraiment *tordu*. Est-ce que Dean se mettrait en colère s'il était au courant ? Ou pire, est-ce qu'il s'en moquerait complètement ? J'imagine la situation inverse – Dean avec une fille à moitié nue dans son lit – et j'ai un picotement désagréable dans l'estomac. Sauf que c'est l'idée, n'est-ce pas ? C'est bien parce que Dean a eu beaucoup de filles nues dans son lit que je suis là.

– Tu peux répondre, dit Andrew.

Il se penche pour attraper son tee-shirt et l'enfile. Le téléphone continue de sonner.

Je secoue la tête.

– C'est bon, insiste-t-il. Je vais y aller.

Il se dirige vers la porte.

– Attends, c'est ta chambre.

Il hausse les épaules puis sort et referme doucement la porte derrière lui. Je pose le téléphone sur le lit. Il finit par s'arrêter. Je m'emmitoufle un peu plus dans le couvre-lit.

Au bout de quelques minutes, je me force à me lever et enfile mon jean et mon tee-shirt. Tout ce dont j'ai envie, c'est de me rouler en boule dans mon lit et de dormir – d'être seule dans ma chambre à moi. Mais je ne peux pas laisser les choses comme ça entre Andrew et moi. Il faut que je descende lui parler, même si je ne sais pas quoi lui dire. Je veux juste qu'on soit de nouveau amis – mettre cet épisode humiliant derrière nous. Je prends mon courage à deux mains, quitte la pièce et descends discrètement les escaliers qui mènent à cette cuisine que je connais si bien. Il n'y est pas. Je jette un coup d'œil dans le salon et dans la salle à manger. Personne non plus. Puis je réalise que sa camionnette n'est pas garée dans l'allée. Alors j'enfile mes chaussures et mon manteau et je rentre chez moi à pied, seule dans l'obscurité.

20

Je lui envoie un texto une fois chez moi.

Je suis désolée. Amis ?

Il met du temps à répondre et, quand il le fait, il se contente d'un seul mot :

Amis.

Je ne peux pas m'empêcher de repenser au lundi qui a suivi la première fois de Danielle avec Chase, quand elle lui a dit qu'ils pouvaient être « encore amis ». Je ne veux pas être « encore amis » avec Andrew. Pas de cette façon totalement fausse dont le sont Danielle et Chase.

Je suis curieuse de savoir où il est allé mais je n'ai pas envie de le lui demander. Parce qu'il est peut-être avec une fille. Il est peut-être aller finir ce qu'on avait commencé. Cette idée me retourne l'estomac même si je sais que je n'ai pas le droit de lui en vouloir.

J'envoie un texto à mes parents pour leur dire que je ne me sens pas très bien et que je suis rentrée à la maison. J'entends la clé dans le verrou un peu plus tard dans la soirée et leurs murmures étouffés qui signifient qu'ils font attention de ne pas me réveiller. Quand ma mère entrouvre la porte de ma chambre, je fais semblant de dormir.

Je passe tout mon samedi affalée sur le canapé à ressasser mon désespoir. Mes parents me croyant malade, ils s'affairent autour de moi en essayant de me réconforter à coups de tasses de thé et d'assiettes de petits gâteaux. Je suis vraiment malade. Mais pas de la façon qu'ils croient.

Je n'ai toujours pas commencé mon devoir de fin d'année d'histoire et décide donc de m'y mettre. J'ouvre tous mes livres sur la table basse et commence à les parcourir mais ça ne sert à rien. Difficile de se concentrer sur le lycée alors que j'ai déjà été acceptée à la fac et que tout ce qui se passe dans ma vie privée me semble bien plus important.

J'essaie de lire un chapitre sur le « Croissant fertile », mais j'y entends une connotation sexuelle qui résonne particulièrement pour moi et je ne peux pas m'empêcher de repenser à la soirée d'hier soir. Les souvenirs me reviennent par flashes, ce qui me donne un peu plus le tournis encore.

Je réalise que mes efforts sont vains, décide d'allumer la télé et tombe sur *Chasseurs d'appart'*. Il y a quelque chose de réconfortant dans la futilité de cette émission. Des couples heureux dont le plus gros problème est de savoir s'ils peuvent se permettre un comptoir en granit ou une pièce supplémentaire pour le chat.

J'en suis à ma quatrième heure de visionnage quand je rassemble enfin le courage d'appeler Andrew. Il ne répond pas.

J'essaie de me reconcentrer sur la télé en jetant régulièrement des coups d'œil à mon portable que j'ai posé sur la table basse. J'ai tellement envie qu'il sonne ! Il finit par le faire, juste un léger bip qui m'indique que j'ai reçu un message. Je l'attrape à toute vitesse et suis un tout petit peu déçue en réalisant qu'il vient de Dean – ce qui n'a vraiment aucun sens.

Tu te fais désirer ?

Quoi ?

Tu ne m'as jamais rappelé.

J'en ai le souffle coupé. Il a raison – j'ai complètement zappé qu'il avait appelé hier soir quand j'étais chez Andrew ! Je n'arrive pas à croire que j'ai oublié de lui répondre. En général, je passe des heures à analyser ses textos sous tous les angles, mais à cette seconde précise je m'en fiche.

Au fond, c'est peut-être une bonne chose. Danielle affirme que je dois apprendre à me faire désirer de toute façon. Même si mon premier instinct, c'est de lui demander pardon, je prends une seconde pour réfléchir à ce que lui répondrait Danielle à ma place.

J'étais occupée.

Je ferme les yeux en serrant le téléphone, incapable de regarder l'écran. Il lui faut deux publicités pour me répondre.

Ça te dit, une pizza ?

Ça a marché. Bien évidemment que ça a marché. Danielle est notre maître à tous. Je jette un œil à l'horloge, il est 17 h 30. Je n'arrive pas à croire que j'ai passé toute ma journée sur le canapé. Mes vêtements sont sales, mes cheveux collent à mon front et mon estomac gargouille. Il faut que j'aille prendre l'air. Il faut que je fasse quelque chose, n'importe quoi, pour me distraire de mon malheur. Passer du temps avec James Dean, je crois que c'est la seule chose susceptible de me distraire comme il faut.

Ça me dit toujours, une pizza.

Je peux passer te prendre.

Je lui envoie mon adresse et cours à l'étage prendre une douche et enfiler des habits propres. Ma mère frappe à la porte pile au moment où je ferme le bouton de mon pantalon.

– Tu te sens mieux ? demande-t-elle d'une voix préoccupée.

– Ouais.

Je fouille dans mon placard pour attraper mon pull d'anniversaire avant de réaliser qu'il est toujours recouvert d'émail bleu. Je le balance le plus vite possible dans un coin pour que ma mère ne le voie pas.

– Tu vas quelque part ? (Elle entre un peu plus dans

ma chambre et lève un bras comme pour m'arrêter.) Je ne suis pas certaine que ce soit une bonne idée.

– Je vais juste manger une pizza. Je n'ai rien avalé de la journée.

– Je pourrais te cuisiner quelque chose ici. On vient d'acheter des légumes frais au marché bio.

– Ça ira. J'ai envie de sortir.

Elle me regarde, la tête penchée de côté, en se grattant l'arête du nez. C'est son regard « je m'inquiète pour toi » – un regard qui m'est exclusivement réservé, que je ne l'ai jamais vue lancer à qui que ce soit d'autre.

– D'accord, mais ne rentre pas trop tard, cède-t-elle en soupirant. Tu as besoin d'une bonne nuit de sommeil.

Il y a un an, ma mère aurait insisté pour que je reste. Mais je sais qu'elle pense à l'année prochaine, au fait que dans trois mois à peine je partirai pour la Californie et que nous serons séparées. Trois mois avant qu'elle et mon père ne soient plus là pour prendre soin de moi quand je serai malade. Je sais qu'elle essaie de me préparer à ça, et aussi de se préparer elle-même.

– Ne rentre pas trop tard, répète-t-elle en me serrant doucement le bras.

La sonnette retentit et je sursaute.

– Avec qui vas-tu manger une pizza ? demande-t-elle en se dirigeant vers la porte de ma chambre.

– Attends ! dis-je d'une voix plus paniquée que je ne l'aurais voulu. Personne. Je vais ouvrir.

Je la contourne en courant et dévale les escaliers. Je n'arrive pas à croire que j'ai oublié que mes parents seraient là quand j'ai donné mon adresse à Dean.

Mais en ouvrant la porte d'entrée, ce n'est pas James Dean qui apparaît de l'autre côté.

C'est Andrew.

Il a encore les cheveux mouillés de sa douche et porte son tee-shirt préféré, celui qui dit GUITARISTE LE PLUS CORRECT DU MONDE. Le voir me paralyse sur place et les événements de la soirée d'hier me reviennent en tête – son torse nu, son regard quand il m'a enlevé mon tee-shirt, mon soutien-gorge, mon pantalon. Je peux encore le sentir allongé sur moi, encore sentir ses lèvres sur les miennes.

Je me rends compte que je suis en train de le fixer et tente de reprendre mes esprits.

– Salut, dis-je d'une voix anormalement aiguë.

– Est-ce que je peux entrer ?

Ma mère surgit derrière moi.

– Andrew ! Bien sûr que tu peux entrer. Tu sais très bien que tu n'as pas à demander.

Elle lui fait signe de la suivre et nous guide tous les deux jusqu'au salon. Andrew et moi nous asseyons chacun à une extrémité du canapé – aussi loin que possible l'un de l'autre. Ma mère nous regarde, debout sur le seuil de la porte.

– Maman, on peut avoir une minute ?

– Bien sûr. Je suis là-haut si vous avez besoin de moi.

Elle quitte la pièce en se retournant une dernière fois pour nous regarder avant de disparaître.

– Salut, dit-il quand nous sommes seuls.

– Salut.

Puis nous prononçons tous les deux les mêmes mots au même moment :

– Je m'excuse.

Ça fait du bien de l'avoir dit ! J'ai l'impression de pouvoir de nouveau respirer.

– Les choses ne vont pas être bizarres entre nous, hein ? je lui demande en fixant mes mains – j'ai vraiment du mal à le regarder. (Bien sûr que les choses vont être bizarres…) Tu es mon meilleur ami, j'espère que je n'ai pas tout gâché.

– Tu n'as rien gâché du tout, répond-il depuis l'autre bout du canapé.

– Tant mieux. (J'aimerais tellement le croire.) Bien.

– Bien.

Un silence s'installe entre nous, aussi chargé qu'un nuage noir sur le point d'exploser avant un orage. Il sort son téléphone et se met à taper un texto.

– À qui tu envoies un texto ? Ça a l'air important.

J'ai l'impression de faire trop d'efforts pour avoir l'air naturel et décontracté, pour bien montrer que je ne suis pas jalouse – ce qui est ridicule parce que je ne suis pas sa petite amie de toute façon. La Keely d'il y a encore quelques jours lui aurait arraché le téléphone des mains ou aurait lu par-dessus son épaule. Mais je ne sais pas si je serai un jour de nouveau en mesure d'être la Keely d'il y a encore quelques jours. Cette fille-là a disparu.

Il me regarde en haussant les épaules.

– Juste une fille.

– Une autre fille ? j'insiste avec un grand sourire.

Tout sonne faux.

– Ouais, une autre fille, répond-il d'un ton sec. C'est permis ?

– Bien sûr que c'est permis. Ce n'est pas ce que je voulais dire.

J'ai envie de hurler de frustration. Les choses ne sont pas censées se passer comme ça.

On entend un crissement de pneus sur les graviers

de l'allée et puis un coup de Klaxon. Nous sursautons tous les deux. James Dean. J'avais complètement oublié qu'il venait. *Non non non non non non non.*

– C'est qui ? demande Andrew en se levant.

– Il faut que j'y aille, dis-je en me levant à mon tour. Je suis vraiment désolée. C'est juste que… Je ne savais pas que tu viendrais donc j'ai prévu quelque chose. Tu peux rester si tu veux. Je ne te mets pas dehors. Il faut juste que… j'y aille.

Je quitte la pièce en courant presque. Andrew me suit.

– C'est James Dean ?

Je grimace en fermant les yeux.

– Oui.

Un autre coup de Klaxon, plus long cette fois.

– Je suis désolée, dis-je encore une fois même si je ne suis pas certaine de savoir pourquoi je lui demande pardon exactement.

– J'ai envie de faire sa connaissance, dit Andrew.

– Hein ?

– Je pense que je mérite de le rencontrer après tout ça. Voir s'il vaut vraiment la peine que tout le monde en parle.

– Andrew, non.

Je sais bien qu'ils finiront par se croiser au bal de promo mais je n'ai absolument aucune envie que leur rencontre ait lieu avant. Surtout quand les événements d'hier soir sont encore si frais dans mon esprit.

– S'il n'a même pas la décence de descendre de voiture pour venir sonner… maugrée-t-il en se dirigeant vers le palier.

Je cours derrière lui.

– Andrew, attends !

Il ouvre la porte en grand. Et face à nous, il y a James Dean, perché sur sa moto au milieu de l'allée, avec sa gueule de couverture de magazine. Je m'attendais à ce qu'il débarque avec la voiture de Cody, mais je ne suis pas surprise. Il est magnifique sur sa moto – je ne suis juste pas sûre d'avoir envie d'y monter moi aussi. Mais je ne peux pas me dégonfler. La Keely de Dean – celle que j'ai créée pour lui – monterait sur sa moto sans hésiter, tout comme elle adore boire du whisky. Et au fond, c'est excitant d'être cette fille-là, celle qui ne s'angoisse pas à propos de tout ce qui pourrait mal tourner. Je n'ai pas envie de la décevoir, elle non plus.

Dean lève la main pour me saluer et descend de sa moto en penchant la tête sur le côté quand il aperçoit Andrew.

– Salut mec, je m'appelle Andrew.

– Dean, répond-il en lui attrapant la main qu'il lui tend. (Ils se lancent tous les deux dans ce salut que tous les mecs connaissent, plein d'accolades viriles, de claquements de main et d'agressivité masculine.) C'est toi le mec qui aime Hitchcock ?

– Je suis un peu plus que le mec qui aime Hitchcock, répond Andrew en enfonçant ses mains dans les poches de son jean.

Dean se met à rire.

– Compris. On va y aller, nous. C'était sympa de te rencontrer, mec. (Il se tourne vers moi en montrant la moto de la tête.) En selle ?

Je jette un regard en arrière, en direction de la maison, en me demandant si ma mère nous observe et en sachant parfaitement qu'elle me tuerait si elle me voyait monter à l'arrière de la moto d'un type qu'elle ne connaît pas.

– T'as un deuxième casque ? demande Andrew en croisant les bras.

– Hein ? demande Dean.

– Elle ne va pas monter sur une moto sans casque.

– Sérieux, Andrew, dis-je en rougissant. Tu n'es pas mon père.

– Son corps, son temple, confirme Dean.

Andrew nous tourne le dos et se dirige vers le garage. Il attrape la poignée du rideau de fer et tire d'un coup sec. Tandis que celui-ci s'enroule doucement, Andrew passe en dessous et attrape un casque accroché au guidon rouillé d'un vélo. Il est blanc avec des bandes réfléchissantes vert fluo sur les côtés. Il ressort et me le tend. Je m'assure qu'il n'y a aucune araignée cachée à l'intérieur.

– Est-ce que tu peux simplement enfiler ça, s'il te plaît ?

– Drew, dis-je d'un ton légèrement menaçant.

Je lui lance un regard noir mais enfile le casque. En toute honnêteté, je suis contente d'en avoir un. J'aurais juste aimé qu'on ne me force pas à le mettre.

Andrew m'aide à l'attacher sous mon menton.

– C'est bon, dit-il en donnant une petite tape du poing en haut du casque.

– Parfait. *Grâce à Dieu*, on a réglé cette histoire, soupire Dean avec un sourire ironique.

Il enfourche sa moto et allume le moteur qui se met à rugir en faisant trembler les pavés autour. Je grimpe derrière lui et me cale à l'arrière de la selle.

– Passe tes bras autour de moi, dit Dean en me jetant un coup d'œil par-dessus son épaule. Pour ne pas tomber.

Il m'attrape les deux bras et les place autour de son torse puis emmêle mes mains l'une avec l'autre. Je peux sentir les muscles tendus de son estomac à travers son tee-shirt et je les effleure le plus discrètement possible.

Andrew donne un coup de pied lascif dans les graviers.

– Et vous allez où ?

Il n'y a que deux pizzerias en ville. La première vend des parts à emporter et sent la bière rance et l'autre, c'est Giovanni's, le restaurant italien où nous allons fêter mon anniversaire tous les ans. Un endroit avec des nappes à carreaux et des bougies fondues dans des bouteilles. J'ai toujours voulu y aller avec un garçon.

– On devrait aller manger une bonne pizza, dis-je. Pas des parts à emporter.

– Cool, c'est parti pour une bonne pizza. (Dean fait un signe de tête à Andrew.) À plus, mec.

Andrew lève la main pour nous dire au revoir.

– Ouais, à plus, dit-il en levant les pouces.

Dean démarre et quitte l'allée en dérapant, dans un nuage de poussière.

21

Le trajet est rapide et cahoteux. Je m'accroche à Dean comme si ma vie en dépendait. Le vent me fouette le visage, ce qui me donne les larmes aux yeux, et je cache autant que possible ma tête derrière son dos, contre le cuir de son blouson. Les arbres s'agitent de façon menaçante de chaque côté de la route. À chaque virage, la moto penche un peu plus et je hurle, tout en riant et en serrant la taille de Dean un peu plus fort. Je suis vraiment contente qu'Andrew m'ait forcée à enfiler un casque – même si je ne l'admettrai jamais devant lui.

Dean gare la moto devant le restaurant et bondit sur le trottoir. Je descends à mon tour, les jambes tremblantes. J'ai la tête qui tourne, je sens l'adrénaline parcourir mes veines comme si je sortais d'un grand huit. Qui aurait cru que perdre le contrôle pouvait être aussi *amusant* ? Je suis tout de même contente de retrouver la terre ferme et de sentir le béton sous mes pieds. *Je suis toujours en vie.*

– Check, cavalière de bal ! dit Dean en levant la main vers moi.

Je la frappe dans un claquement satisfaisant.

– On dirait que t'as fait ça toute ta vie. C'est toi qui conduis au retour ?

– *Je peux* ? je demande avant de glousser de surprise.

Dean a l'air surpris lui aussi.

– Du calme, tigresse. Peut-être un petit tour sur le parking.

Je suis un peu déçue en réalisant que sa proposition n'était pas sérieuse. Il ne pensait évidemment pas que j'aurais envie d'essayer de conduire. De toute façon, plus j'y réfléchis, plus je me dis que c'est une mauvaise idée ; je nous tuerais probablement tous les deux.

Nous entrons chez Giovanni's. La lueur des bougies donne à la salle une atmosphère feutrée et romantique. Un air de musique italienne nous enveloppe, un truc un peu mélo avec des violons et de l'accordéon et j'ai soudainement une vision de Dean et moi dans le rôle des deux chiens de *La Belle et le Clochard*, avec nos lèvres qui glissent le long d'un immense spaghetti jusqu'à se rejoindre. Je me demande si c'est concrètement possible de faire ça, si quelqu'un a déjà essayé en vrai. C'est le genre de truc qu'Andrew trouverait drôle et tout à coup je pense à mes lèvres qui glissent vers les siennes mais je balaye aussitôt cette idée de mon esprit. Je ne suis pas censée penser à Andrew.

– Bienvenue chez Giovanni's, dit une serveuse sortie de nulle part. (Elle a à peu près notre âge et ses yeux se posent sur Dean un tout petit peu trop longtemps à mon goût. Ça me stresse.) Nous avons un box libre dans le coin, dit-elle. Est-ce que cela vous convient ?

– Ouais, peu importe, répond Dean en haussant les épaules.

Nous la suivons à travers la salle.

– Merci, dis-je en me glissant sur la banquette.

Dean se laisse tomber en face de moi et balance

son casque et son sac à côté de lui. Puis il lève les yeux vers la serveuse.

– Est-ce qu'on peut avoir du vin ?

Elle rougit avant de se mettre à triturer nerveusement une mèche de ses cheveux.

– Oh, hum. Est-ce que vous avez l'âge légal ?

– Allons, dit-il en penchant la tête.

– Je vais devoir vous demander une pièce d'identité, dit-elle la voix tremblante.

– Bien sûr.

Il sort son porte-monnaie, fouille à l'intérieur et lui tend son permis de conduire. Elle l'observe une seconde et le lui rend. Puis elle se tourne vers moi.

– Et la vôtre ?

Je me fige, en me demandant ce que Dean attend que je fasse.

– Elle l'a perdue sur le trajet en venant ici, répond-il en montrant le casque sur la banquette. Nous sommes venus à moto et son sac s'est ouvert dans un virage un peu trop serré. Tout est tombé sur la route. Il lui manque plusieurs cartes. Il va falloir qu'on retourne les chercher demain matin, quand il ne fera plus aussi noir dehors.

– Oh, je suis désolée, dit-elle en nous regardant tour à tour.

– Je vous promets qu'elle a l'âge légal, continue-t-il. Elle a eu vingt et un ans il y a quelques semaines.

– Le 2 avril ? dis-je en prenant une date au hasard.

Les mots résonnent comme s'il s'agissait d'une question. Je ne sais pas comment fait Dean pour mentir avec autant d'aisance.

– OK, je suppose que ça ira, finit-elle par soupirer.

Mais ne dites rien à mon manager. Quelle bouteille vous ferait plaisir ?

– Du rouge ou du blanc ? me demande-t-il.

– Hum.

Quelle réponse brillante, Keely ! Je ne m'y connais pas suffisamment en vin pour avoir une préférence. J'en ai bien bu quelques gorgées ici et là, dans des fêtes, mais je n'ai jamais eu à en commander. Dean a l'air d'avoir tellement d'expérience. Il a l'air d'être si sûr de lui dans tellement de domaines qui sont nouveaux et effrayants pour moi. C'est perturbant d'être à la fois intimidée et attirée par une personne.

Je lui dis de commander du rouge parce que, pour une raison ou pour une autre, j'ai l'impression que ça fait plus adulte.

– Super, conclut-il en se tournant vers la serveuse. Votre rouge le moins cher.

Je suppose que je ne peux pas le blâmer – on gagne des clopinettes au vidéoclub et je n'ai pas la moindre idée de combien coûte une bouteille de vin.

– Très bien, dit-elle. Je reviens avec la carte.

– Tu m'as impressionnée, dis-je une fois qu'elle est partie. Où as-tu été chercher tout ça ? Et tu as une fausse pièce d'identité ?

– C'est l'ancien permis de mon frère, dit-il. Il a vingt-trois ans. Il l'a déclaré perdu, comme ça j'ai pu le récupérer.

Il dit ça de façon décontractée, comme si ça n'avait aucune importance. En y pensant, je ressemble suffisamment à ma cousine Beth pour pouvoir me servir de sa carte d'identité, mais cette simple idée me terrifie.

La serveuse revient avec une bouteille et deux verres

à vin. Elle en verse une petite quantité dans un des verres avant de le tendre à Dean.

– Ça vous convient ?

– Ouais, ça ira, répond-il sans prendre la peine d'y goûter.

Elle finit de remplir les verres puis pose la bouteille sur la table. Nous trinquons.

– Santé, cavalière de bal, dit-il.

Je souris et avale une gorgée de vin. C'est amer mais sucré, un peu comme du jus de raisin qui aurait tourné. Je ne déteste pas, mais je n'aime pas particulièrement non plus. En tout cas, c'est bien meilleur que du whisky.

Dean pose son verre et se laisse tomber contre le dossier de la banquette en croisant ses mains sur la table.

– Bon, je n'ai pas l'impression que ton ami Andrew m'apprécie des masses.

Je rougis en prenant une autre gorgée.

– Il est juste très protecteur avec moi. On se connaît depuis toujours. Je crois que ça ne lui plaît pas de me voir avec un garçon parce qu'il me considère encore comme une petite fille.

Je sens mes joues rougir à l'instant même où je finis ma phrase et avale une autre gorgée de vin pour dissimuler mon embarras. Je n'arrive pas à croire que je viens de me traiter moi-même de petite fille.

– Moi, je pense plutôt qu'il a un faible pour toi, dit Dean et je m'étrangle sur mon vin.

– Pas du tout. Nous sommes juste amis. Il est comme mon frère.

J'ai toujours prononcé ces mots naturellement mais désormais ils sonnent un peu faux. Quand je repense à ce qui s'est passé hier soir, « frère » n'est pas vraiment le terme adéquat.

Dean soupire.

– Je ne pense pas que *toi*, tu aies un faible pour lui. Je pense que *lui* a un faible pour toi. Tu le considères peut-être comme ton frère mais lui, il ne te considère pas comme sa sœur. (Il prend une gorgée de vin.) En même temps, quand on te voit, on ne peut pas lui en vouloir, le pauvre.

Je coince mes cheveux derrière mes oreilles, un peu mal à l'aise. Je ne comprends toujours pas ce qui pousse Dean à dire des choses comme ça, pourquoi il m'a invitée à dîner ce soir. Je n'arrive pas à savoir si c'est vraiment un rencard ou si c'est juste une façon de me convaincre de coucher avec lui – un genre de préliminaires chics et chers. Je repense à ce que m'ont dit mes copines. « Un type comme James Dean n'a aucune envie d'avoir une petite amie. » Si elles savaient toutes les idées romantiques qui me traversent l'esprit à cette seconde, elles me secoueraient comme un prunier pour me faire passer l'envie de recommencer. Il est fort probable que nous ne soyons ici que parce qu'il n'a pas encore réussi à coucher avec moi.

Mais j'ai envie qu'elles aient tort. Peut-être que la Keely qui boit du whisky est plus réelle qu'on ne le croit. Elle est née grâce à Dean et elle me plaît autant qu'à lui. J'espère juste qu'elle suffira.

La serveuse pose deux menus en face de nous. Dean les lui rend sans même les regarder.

– À vrai dire, nous sommes prêts. Nous allons prendre une grande pizza. Pepperonis et champignons. Est-ce que je peux avoir un peu de sauce barbecue à côté ?

– Bien sûr, dit-elle en reprenant les cartes. Ça arrive tout de suite.

Elle sourit en s'éloignant avant que je n'aie pu dire quoi que ce soit. Je suis agacée que Dean ne m'ait pas demandé ce que je voulais, qu'il ne m'ait même pas laissée regarder la carte. De toute évidence, il ne sait pas que je déteste les champignons – leur texture spongieuse me donne l'impression de manger des limaces.

– Ça te va, comme pizza ? demande-t-il un peu trop tard.

Je ne veux pas faire la difficile, donc je me contente de sourire et d'acquiescer. Je pourrai toujours retirer les champignons. Sortir avec un garçon, c'est savoir faire des compromis, non ?

– Ça doit être dur pour ton amoureux transi de te voir avec moi, dit Dean en revenant à Andrew.

– Il n'est pas du tout amoureux de moi, j'insiste pour qu'il comprenne. Il a une petite amie différente toutes les semaines.

Dean se penche amusé au-dessus de la table.

– Ouais, je vois ça.

– Comment ça, tu vois ça ?

– Il est avec l'une d'elles à cet instant précis, explique-t-il en désignant de la tête quelque chose derrière moi.

– Hein ?

Je me retourne et, effectivement, Andrew est là, debout près de la porte d'entrée, en pleine discussion avec l'hôtesse. Et il y a une fille délicatement agrippée à son bras – et je reconnais son vernis noir d'ici.

Danielle.

Je sens mon cœur tomber dans mon estomac puis me

mets à tousser de façon incontrôlable. Ma main tremble et quelques gouttes de vin viennent éclabousser la nappe. Mais qu'est-ce qu'il fait ici ? Qu'est-ce qu'il fait avec *elle* ?

Il balaie la salle du regard et, quand il me voit, il hausse les épaules et agite la main en guise de salut. Il a au moins la décence d'avoir l'air un peu gêné. L'hôtesse les guide vers une table juste à côté de la nôtre. Quand Danielle nous voit, elle s'arrête brusquement.

– Keely ?

– Eh ben, si c'est pas une coïncidence, ça ? dit Dean avec un sourire en coin en remplissant de nouveau son verre.

– Ouais, pardon, dit Andrew en passant la main dans ses cheveux. Il n'y a pas suffisamment de restaurants dans cette ville. Je ne voulais pas emmener Danielle chez ce chinois douteux ni manger des pizzas à emporter.

Il hausse les épaules, comme si c'était normal que Danielle et lui soient là. Est-ce que c'est à elle qu'il envoyait un texto quand il était chez moi tout à l'heure ?

– Je me souviens de toi, dit Danielle en regardant Dean. James Dean, c'est ça ?

Un sourire satisfait illumine son visage.

– Pas loin. Tu étais à ma fête, dit-il en se penchant vers elle. Tu étais celle qui portait tous ces soutiens-gorge ?

– Non, ça, c'est Ava, répond Danielle avec un sourire ironique. Je ne porte qu'un seul soutien-gorge à la fois. Mais ça ne te regarde pas.

Elle caresse la bretelle de sa robe et mes yeux sont aussitôt attirés par son collier en or et par le décolleté qui se trouve juste en dessous.

– Tu as raison, sourit Dean. Je n'aurais pas dû poser la question.

Il avale une gorgée de vin et Danielle lui lance un regard intrigué.

– Attendez, dit-elle en baissant la voix. Sérieux, comment vous avez fait pour obtenir du vin ?

– Vous en voulez ? demande Dean en lui tendant son verre.

Elle le prend, boit furtivement une gorgée et le lui rend en moins d'une seconde. Elle est allée si vite que la marque de son rouge à lèvres sur le rebord du verre est la seule preuve que tout ça est bien arrivé.

– Nous devrions peut-être nous asseoir. (Andrew jette un coup d'œil à l'hôtesse, qui attend derrière un pupitre dans l'entrée, obnubilée par les textos qu'elle est en train d'envoyer.) On se fera moins repérer.

Il se glisse sur la banquette à côté de moi et sa jambe frôle la mienne en s'asseyant. Je sursaute à son contact et m'empresse de serrer les genoux. Il attrape le pied de mon verre pour le tirer discrètement vers lui.

– Est-ce que je t'ai autorisé à en boire ? je demande en tapant sur sa main.

Ça m'agace qu'il ait débarqué ici, ça m'agace qu'il s'assoie à notre table comme s'il était chez lui.

Et ça m'agace de le voir avec Danielle.

– James Dean a dit que je pouvais, dit-il en buvant une gorgée.

Danielle s'assoit face à nous.

– Eh, mais j'ai une gourde, dit Dean en fouillant dans son sac à dos posé à côté de lui sur la banquette. Vous n'avez qu'à en verser dedans, en vous cachant sous la table, et vous pourrez boire à la gourde. Je l'ai fait un million de fois.

– Tu es le meilleur, dit Danielle. Keely, garde ce mec. Sérieusement.

Elle attrape la gourde et jette un coup d'œil autour d'elle pour être certaine que personne ne la voie, puis plonge discrètement les mains sous la table. Quelques secondes plus tard, elle ressort la gourde et la pose innocemment sur la nappe. Elle l'a à peine lâchée que notre serveuse revient. Danielle fait semblant d'observer ses ongles.

– Vous serez donc deux de plus ? demande-t-elle en tendant des menus à Andrew et Danielle.

– Non, dis-je, ils vont s'asseoir à une…

– Oui, on sera très bien ici, dit Andrew en attrapant le menu. Merci.

– Parfait, dit la serveuse. Je vous sers quelque chose à boire ?

– Pas ce soir, dit Danielle avec un adorable sourire. Juste de l'eau.

Ils commandent à manger et la serveuse disparaît.

Danielle prend une longue gorgée de vin avant de tendre la gourde à Andrew. Il s'en empare, trinque contre le poing fermé de Danielle et boit à son tour. Elle le regarde en souriant. Je sens mon estomac se nouer et repose mon verre. Je ne veux pas trop boire avant que la nourriture arrive.

Mon sac à main se met à vibrer. Je sors mon téléphone. C'est un texto de Danielle.

James Dean et toi à un vrai rencard ? Bien joué.
Je ne pensais pas que tu en étais capable.

Je lève les yeux et la vois tendre la main vers Andrew pour remettre délicatement en place une mèche rebelle qui lui tombe dans les yeux. J'ai un bref flash de mes mains parcourant ces mêmes cheveux hier soir, et la température de mon corps augmente aussitôt de trois degrés. Danielle lui murmure quelque chose à l'oreille et il se met à rire.

On dirait qu'elle flirte avec lui juste pour me torturer – juste pour pouvoir me le balancer à la figure. Sauf qu'elle n'a pas la moindre idée de ce qui s'est passé hier soir. Elle n'est pas au courant du Plan. Je me comporte de façon ridicule. Je dîne avec James Dean, je devrais me moquer des mains qui caressent les cheveux d'Andrew – qu'il s'agisse de celles de Danielle ou des miennes.

Je lui lance un regard noir et réponds à son texto.

Eh ouais, bien sûr que j'en suis capable.

Puis j'envoie un message à Andrew.

Qu'est-ce que tu fais ??
Tu ne la trouves même pas sympa.

– Donc c'est la première fois que vous faites une sortie en couple tous les deux ? demande Danielle en agitant la main vers Andrew et moi. En fait, oubliez ma question. Je ne veux rien savoir du passé amoureux de ce mec. (Elle lui donne une petite tape amusée sur le bras.) Sophie m'en a déjà trop dit.

– Tu n'as pas les épaules, lui répond-il d'un ton espiègle.

– Crois-moi, Reed, j'ai les épaules pour absolument tout.

– C'est un défi ? lui demande-t-il.

– Tu devras le découvrir par toi-même.

Je ne comprends plus rien à leur conversation. Leur jeu de séduction sonne faux. Andrew le fêtard est de sortie, aucun doute. Je porte mon verre de vin à mes lèvres mais réalise qu'il est vide.

ANDREW

Qu'est-ce qui te fait dire que je ne la trouve pas sympa ?

MOI

C'est un scorpion, tu as oublié ?

ANDREW

Ça pimente encore plus la situation. 😉

– Keely, tu veux un peu de mon eau ? demande Danielle en me tendant la gourde.

Je l'attrape, reconnaissante, et en prends une grande lampée. Ça me brûle le fond de la gorge.

– Et donc, c'est quoi l'histoire entre vous deux ? demande Dean en agitant son bras musclé vers Danielle et Andrew.

– Eh bien, il y a toujours eu un petit quelque chose, dit Danielle en jouant avec son collier.

– Toujours ? je m'étonne parce que ce n'est absolument pas vrai.

– Tu te rappelles quand tu m'as offert cette carte

absurde pour la Saint-Valentin en sixième ? demande-t-elle à Andrew en ignorant ma question et en se penchant vers lui, une étincelle dans les yeux.

– Hum… répond-il en tapotant sa fourchette sur la serviette pliée en dessous, dans un *tap-tap-tap* agaçant, les joues rouge écarlate. J'essaie de ne pas y penser.

– C'était une carte avec des soldats tortues étranges, dit-elle.

– Des Tortues Ninja, corrige-t-il.

Andrew et moi avons passé des heures sur le canapé de son sous-sol à regarder des épisodes des *Tortues Ninja*. Nous nous courions après dans toute la pièce avec des épées fabriquées à base de rouleaux de papier-toilette. Je sais que nous n'étions qu'en sixième, mais je ne comprends pas comment il a pu imaginer une seule seconde qu'offrir une carte Tortues Ninja à Danielle pour la Saint-Valentin serait une bonne idée.

– Bref, continue-t-elle. La carte disait : « Je t'aime plus que la pizza. »

– Je n'arrive pas à croire que tu te souviennes de ça, dit Andrew en se frottant la nuque.

On dirait qu'il sue un petit peu, comme si sa température venait soudainement d'augmenter.

– Difficile d'oublier quelque chose d'aussi embarrassant, dit-elle. T'étais vraiment un geek.

Pourquoi ne m'a-t-il pas demandé conseil à l'époque ? C'est le genre de choses dont il me parle d'habitude. Je lui aurais dit que la carte était une très mauvaise idée et qu'il valait mieux lui offrir quelque chose avec des paillettes. Je suis surprise qu'il ait réussi à garder ça secret pendant autant d'années. Qu'y a-t-il d'autre dont je ne sois pas au courant ?

La serveuse revient avec une panière de gressins et une sélection de sauces qu'elle pose devant nous en adressant un sourire à Dean avant de repartir. J'en attrape un et le casse en deux en éparpillant des miettes partout sur la table.

– Quoi qu'il en soit, je te plais depuis des années, dit Danielle en penchant la tête vers Andrew.

– Tu as l'air plutôt sûre de toi, dit Dean en avalant une gorgée de vin.

– Je suis une personne plutôt sûre d'elle, répond-elle en haussant les épaules.

– C'est ce que j'ai cru comprendre, dit-il en esquissant un minuscule sourire.

Elle lui rend son sourire avec ses lèvres rouge carmin. Je réalise soudainement à quel point ils se ressemblent. Au fond, c'est avec elle que Dean devrait être, plus qu'avec moi. Et puis j'ai une révélation soudaine : est-ce que ce n'est pas elle que j'imite depuis le début ? En fait, Dean sort avec Danielle sans même le savoir !

– Je ne comprends juste pas pourquoi il t'a fallu tant d'années pour passer à l'action, soupire-t-elle en regardant Andrew.

– Je n'ai pas mis tant d'années que ça, dit-il en attrapant la gourde pour en prendre une gorgée.

Je sens sa jambe frotter la mienne sous la table et me décale aussitôt le long de la banquette. Ça devient éreintant d'essayer de ne pas le toucher.

– De la sixième à la première ? Ça fait tout de même un sacré bout de temps, dit Danielle.

– Mais vous êtes bien en terminale ? s'étonne Dean en se raidissant.

Danielle se met à rire.

– Ouais, James Dean. Ne panique pas. Tu n'enfreins aucune loi. Keely a bien dix-huit ans.

– Qu'est-ce qu'il s'est passé en première ? je demande en attrapant un autre gressin sur lequel j'étale du beurre en serrant le couteau de toutes mes forces.

– Peu importe, dit Andrew. On ne va pas parler de ça.

– Mais j'en envie d'en parler, dis-je en mordant dans mon gressin – il a beau être recouvert de beurre, j'ai du mal à l'avaler.

En apercevant les jointures toutes blanches de mes mains, je réalise que je serre toujours le couteau à beurre et m'empresse de le reposer.

– Ava m'en a vraiment voulu après cette soirée, dit Danielle en attrapant elle aussi un gressin. Selon elle, puisqu'elle n'avait personne à embrasser à minuit, j'aurais dû rester avec elle et sacrifier ma soirée par solidarité. À l'époque, elle était encore raide dingue de Tim Loggins et elle était super en colère qu'il ne se soit pas pointé. C'était pour lui qu'elle avait organisé cette fête à la base.

– Quelle fête ? je demande en sentant quelques perles de sueur se former le long de ma nuque.

– Celle du Nouvel An, répond Danielle en croquant son gressin sans faire la moindre miette, bien évidemment. Tu ne te souviens pas à quel point elle était en colère ? Juste parce que j'étais sortie avec quelqu'un et pas elle. C'est du Ava tout craché. Tout doit toujours tourner autour d'elle.

Je regarde Andrew. Il est rouge pivoine et se frotte nerveusement la nuque. Je me demande s'il sue lui aussi.

Je sais exactement de quelle soirée elle parle. Les parents d'Ava s'étaient absentés le soir du Nouvel An et quelqu'un avait mis la main sur une bouteille de schnaps à la menthe poivrée que nous avions mélangé avec du sirop de chocolat. J'ai eu une montée de sucre si violente que je suis allée me coucher à 21 h 30. Quand tout le monde a hurlé dans la pièce d'à côté, à minuit, j'ai à peine ouvert un œil. Je m'étais installée dans un des lits jumeaux de la chambre d'amis et quand je me suis réveillée le lendemain matin, Andrew était par terre à mes pieds comme un toutou, enroulé dans le couvre-lit.

Il est donc sorti avec Danielle à cette soirée-là ? Il y a eu combien d'autres filles pour lesquelles je ne suis pas au courant ? Je ressens un petit pincement au cœur même si je sais que c'est absurde de me sentir trahie. Ça me fait juste de la peine qu'il n'ait pas voulu m'en parler. Il m'a parlé de plein d'autres filles. Pourquoi cette fois-là était différente ?

– Et *vous* deux, vous en êtes où ? demande Danielle en agitant la main vers Dean et moi – sa voix a quelque chose de chantant et je réalise que le vin commence à faire son effet sur elle. J'ai entendu dire que tu allais au bal de fin d'année, James Dean.

– On dirait bien, dit-il en avalant une gorgée avec décontraction.

– Tu es excité ?

– Bien sûr.

Danielle trempe le bout de son gressin dans une des sauces avant de le porter à sa bouche pour le croquer. Une petite goutte de sauce reste sur le bord de sa lèvre.

– Ça va, il te plaît, ce gressin ? demande Dean avec un sourire entendu.

– J'adore les gressins, répond Danielle avant d'essuyer la sauce du bout de son long doigt d'une façon qui ne laisse cette fois aucun doute sur le fait qu'elle ait trop bu. Tu sais, dit-elle après s'être essuyé les mains, Keely a vraiment hâte d'être au bal, elle aussi. Elle aime les gressins encore plus que moi.

Andrew se racle la gorge. Je me tourne vers lui et vois qu'il fixe la nappe à carreaux, les sourcils froncés et la pointe des oreilles toute rose.

– Ah oui ? demande Dean. J'avais des doutes.

Je me mets à rire pour tenter de prétendre que sa blague ne me met pas mal à l'aise. Mon téléphone vibre sur mes genoux. Je baisse les yeux et découvre un autre message de Danielle.

James Dean adore les gros hot dogs.

Je cache aussitôt mon téléphone par peur que Dean n'arrive à lire. Danielle rit et se remet à taper.

Fais gaffe, il va te couvrir de mayonnaise.

Je pose le téléphone écran contre la table et lui lance un regard noir. Elle me dévisage en murmurant « quoi ? » du bout des lèvres, tout en haussant les épaules d'un air innocent.

– Moi, je ne suis pas allé à mon bal de fin d'année, dit Dean en s'affalant sur son dossier. Ce sera ma première fois.

– Pour Keely aussi, ce sera sa première fois ! glapit Danielle juste avant que je ne lui écrase le pied sous la table.

– Il n'y a pas de bal en première dans notre lycée, dit Andrew – et je lui suis intérieurement reconnaissante de tenter de me sauver la mise. Donc ce sera notre premier bal à tous, mais bon ça n'est pas très important.

– Euh, dit Danielle, personnellement j'y suis déjà allée trois fois. Il suffit juste d'être invitée par un élève de terminale.

– Pourquoi tu n'es pas allé à ton bal de fin d'année ? je demande à Dean pour tenter de recentrer la conversation sur un sujet qui ne tourne pas autour de mon manque d'expérience.

– Bah, dit-il en faisant la moue, ce n'est pas mon truc, c'est tout. J'en pinçais pour cette fille qui jouait dans un groupe punk et ils donnaient un concert ce soir-là. J'ai préféré aller la voir jouer. Et j'ai passé une soirée complètement folle, bien meilleure que si j'étais allé au bal – qui avait lieu dans le gymnase pourri du lycée.

– Eh bien, cette fois, tu vas en avoir pour ton argent, James Dean, dit Danielle. Notre bal à nous, il assure. Est-ce que Keely t'a dit qu'il avait lieu au Walcott ?

– Le grand hôtel près du lac ? demande-t-il. Mais c'est super guindé !

– C'est vraiment un endroit superbe, dis-je pour tenter de l'enthousiasmer. J'y ai brunché une fois. Ils ont des hauts plafonds magnifiques avec plein de chandeliers anciens. On se croirait à Poudlard. (Je vois l'intérêt de Dean s'envoler.) Il y a des passages secrets un peu partout, j'ajoute pour tenter de me rattraper.

Il hausse un sourcil.

– Des passages secrets à un bal de promo ? C'est risqué. (Il tend la main par-dessus la table et me caresse la paume avec son pouce et soudain j'ai du mal à respirer.) Personne ne pourra plus nous empêcher de nous échapper, toi et moi ?

Ses mots font vibrer ma poitrine, mais pas suffisamment pour que j'arrête de me sentir mal à l'aise.

– Vous devriez prendre une chambre à l'hôtel pour après, dit Danielle. C'est ce que tout le monde fait.

– Tu penses qu'on devrait prendre une chambre ? me demande-t-il en serrant un peu plus fort ma main.

J'ai un peu le tournis.

– Ouais, dis-je en essayant de sourire et en me demandant pourquoi j'ai besoin d'*essayer*. On devrait carrément prendre une chambre.

– Génial, dit-il. Je m'occupe de tout.

Je n'aurai qu'à dire à mes parents que je dors chez Hannah ou un truc comme ça, en espérant qu'ils me croient.

– Avec qui tu vas au bal, toi ? demande brusquement Andrew à Danielle.

Sa jambe effleure de nouveau la mienne et je recule instinctivement.

– Pardon ? demande Danielle en penchant la tête, de toute évidence surprise.

– Est-ce que tu vas déjà au bal avec quelqu'un ?

– J'y vais seule, répond-elle en prenant une gorgée de vin. Mais on pourrait éventuellement me faire changer d'avis. Tu n'y vas pas avec Abby Feliciano ? demande-t-elle de sa voix suave en se penchant vers lui. C'est ce que tout le monde raconte.

– Je n'ai encore invité personne.

– Ah oui ? fait-elle semblant de s'étonner en souriant.

– Tu veux y aller avec moi ? demande Andrew en se penchant à son tour.

Une boule vient soudainement se loger dans ma gorge, comme si j'avais avalé un truc tout rond.

– Voyons, Reed. Il va falloir faire un peu plus d'efforts que ça. Tu penses vraiment que j'irai avec le premier venu ?

Il enveloppe délicatement sa main entre les siennes, puis la porte à ses lèvres et dépose un baiser délicat au creux de son poignet. Andrew a toujours été doué pour ce genre de choses. C'en est presque écœurant.

– Viens avec moi, dit-il d'une voix grave et assurée. Danielle Oliver, je veux que tu viennes au bal de promo avec moi.

Ils se mangent des yeux pendant plusieurs secondes et je préfère détourner les miens et me concentrer sur Dean qui les observe avec nonchalance, un léger sourire en coin.

– Très bien, dit Danielle. Puisque tu insistes tellement, Reed. Pas besoin de te mettre à genoux.

– Cool, dit-il avec un grand sourire.

– Cool, répond-elle en l'imitant.

La serveuse arrive avec nos plats. Elle pose une grande pizza aux pepperonis et aux champignons entre Dean et moi, une salade César devant Danielle et un plat de spaghettis devant Andrew. Je regarde avec envie les spaghettis recouverts de sauce et le petit morceau de pain à l'ail qui tient en équilibre sur le rebord de l'assiette. Ça sent divinement bon.

Andrew hausse un sourcil en voyant notre pizza.

– Des champignons ? dit-il en passant la main devant moi pour attraper le parmesan tandis que je lui tends machinalement le moulin à poivre. Tu détestes les champignons.

– Je ne déteste pas les champignons.

– Bien sûr que si, tu détestes les champignons,

insiste Danielle. J'ai mangé avec toi à peu près cinq cents fois dans ma vie. (Elle se penche vers Dean en entourant sa bouche avec la main, comme si elle allait lui confier un secret, bien qu'elle parle toujours aussi fort.) Quand il s'agit de nourriture, Collins est aussi difficile qu'une enfant de cinq ans.

– « Détester » est un mot un peu fort, dis-je en attrapant une part de pizza – le fromage est si chaud qu'il me brûle les doigts et que je me mets à cligner des yeux. Je ne suis pas fan des champignons. Mais je n'ai pas cinq ans.

Dean attrape une part lui aussi, la plie en deux et l'enfourne dans sa bouche comme s'il s'agissait d'un sandwich.

« Je suis désolé de ne pas t'avoir demandé ton avis », voilà ce que j'ai envie de l'entendre dire. « Je suis désolé de ne pas t'avoir demandé ce que tu voulais. »

– Tu n'as qu'à enlever les champignons, dit-il après avoir avalé sa première bouchée. Pas de quoi s'énerver.

Il a probablement raison – je ne veux pas être la fille qui fait tout un plat du moindre truc, celle qui ne vit que pour le mélodrame, qui fait sa *difficile* dans toutes les situations. Je me contente donc de hausser les épaules et avale un morceau de pizza en essayant de ne pas froncer le nez quand un petit bout spongieux de champignon vient se coincer entre mes dents, et en évitant de penser au fait que je suis techniquement en train de manger un truc qui est à l'origine des mycoses.

– T'as vu comme c'est bon ? dit Dean. On doit manger sept fois un truc avant que notre palais s'y habitue. Il faut juste que tu essayes plus de nouvelles choses. Il se penche vers moi. Je peux être ton professeur.

– Ça va, c'est pas si terrible, dis-je pour ne pas le décevoir.

J'ai vraiment envie d'essayer de nouvelles choses et j'ai vraiment envie que Dean me montre la voie. Mais les champignons, ça reste des champignons.

– Tu es mignonne quand tu manges, tu sais ? Ton nez s'agite dans tous les sens. (Je lève la main pour cacher mon nez, un peu gênée, mais Dean s'empresse de la dégager.) Ne fais pas ça. Ton nez est parfait.

Je ne peux pas m'empêcher d'éprouver une petite fierté en entendant son compliment – finalement, on s'en moque de ces champignons, non ?

– On devrait demander l'addition, dit Andrew en se raclant la gorge à côté de moi.

– On vient tout juste de nous servir nos plats, dis-je.

– Qu'est-ce qu'on fait après ? demande Danielle en plantant sa fourchette dans un morceau de laitue.

– On peut aller chez moi, propose Dean. Ce n'est pas très loin à pied, je n'aurais qu'à laisser la moto ici.

– Je ne sais pas, répond Andrew. Il est un peu tard.

– Mais si, on devrait y aller ! dit Danielle.

Ils me regardent tous les trois en même temps, comme s'ils attendaient que je tranche pour tout le monde.

– D'accord, dis-je. Je suppose qu'on peut y passer cinq minutes.

22

Trois heures et une autre bouteille de vin plus tard, nous sommes tous assis dans le salon de Dean, scotchés devant la télé, en pleine partie de *Mario Kart.*

Dean, Cody et moi sommes agglutinés sur un canapé, tous les trois penchés en avant, les yeux rivés sur l'écran, en pleine concentration. Danielle est la seule à ne pas jouer. Elle est sur la causeuse avec Andrew, les jambes allongées sur ses genoux. En général, je déchire tout à ce jeu, mais là, j'ai l'impression que mes doigts ne sont pas connectés à mon cerveau. J'ai vraiment du mal à me concentrer sur la course quand je vois les longues jambes bronzées de Danielle étalées sur Andrew. On dirait une affiche grandeur nature pour une crème dépilatoire.

Le vin combiné aux mouvements des voitures sur l'écran me donne un peu le tournis.

– Et comment va votre copine Ava ? demande Cody alors que son véhicule tombe dans un ravin. (Il balance la manette sur le canapé et s'affaisse contre le dossier pour montrer qu'il abandonne la partie, avant de regarder Danielle.) Pourquoi elle n'est pas venue ?

– Qu'est-ce que ça peut faire ? répond-elle en se redressant pour passer son bras autour des épaules d'Andrew afin d'attirer son attention.

Je vois bien qu'elle a beaucoup bu. Sa queue-de-cheval est complètement de travers et ses joues sont toutes rouges.

– Ava est cool, insiste Cody. En plus, elle est canon.

– Ouais, répond Danielle. Si on aime les cheveux violets.

Andrew est Princesse Peach et je le regarde balancer un autre objet sur la trajectoire de mon Toad pour le faire quitter la route. Je me tourne vers lui en grognant, mais il a pris tellement d'avance que je ne pourrai jamais le rattraper. Les voitures dérapent dans un virage puis Mario, à savoir Dean, passe la ligne d'arrivée le premier. La musique métallique qui rythme le jeu explose et les personnages célèbrent la victoire en dansant.

– Yes ! crie Dean en levant le poing en l'air. Je vous ai tous défoncés !

Andrew frappe sa manette dans sa main, le regard noir. Dean bondit du canapé, balance sa manette par terre, éteint la télé et se tourne vers moi.

– Keely, tu veux venir dans ma chambre ?

La question me prend par surprise. Je jette un coup d'œil à Andrew. Il a les yeux baissés sur sa manette.

– Hum, dis-je – encore une réponse éloquente. Quelle heure est-il ?

– Il n'est que minuit et demi, dit Cody avec cette voix décontractée de l'étudiant qui n'habite plus chez ses parents.

– Attends, quoi ? dis-je en bondissant du canapé à mon tour.

Je n'ai pas dit à ma mère où j'étais et je lui avais promis que je rentrerais tôt. Je fouille dans mon sac à main à la recherche de mon téléphone. Bien évidemment, j'ai trois messages. Comment ai-je pu oublier de vérifier ?

– Donnez-moi une seconde, dis-je avant de m'éclipser dans le couloir.

Hors de question que Dean m'entende appeler ma mère. Elle répond dès la première sonnerie.

– Salut maman, dis-je. Oui, je suis avec Andrew.

J'essaie de lui expliquer la situation, que nous sommes allés chez un ami après avoir mangé une pizza et que j'ai perdu la notion du temps, mais elle se lance dans un monologue et me reparle de ma fête d'anniversaire et du fait que je doive me comporter de façon plus responsable. On dirait qu'elle essaye de me faire fuir avant que je ne quitte la maison. Je soupire et lui promets de rentrer tout de suite puis raccroche et retourne dans le salon.

– Je suis désolée, mais il faut que j'y aille.

– Je peux te ramener à moto, dit Dean. On n'a qu'à la récupérer chez Giovanni's.

– Hors de question, intervient Andrew. Tu as bu deux bouteilles de vin.

– C'est rien, répond-il. Je le fais tout le temps.

– Ah, parce que tu t'en vantes, en plus ! dit Andrew d'un ton sarcastique avant de se tourner vers moi. Je vais te déposer. Je n'ai pas bu une goutte depuis le restaurant.

– OK, dis-je d'une voix hésitante.

– Et je peux te déposer toi aussi sur le chemin, ajoute-t-il en se tournant vers Danielle.

– Oh, je peux marcher, je ne suis pas loin.

– Ça ne me dérange pas.

– Ouais mais il n'est que minuit et demi, dit-elle en faisant la moue. Je n'ai pas envie de partir tout de suite. On n'a pas tous un couvre-feu.

– Ce n'est pas un couvre-feu, je me défends. Ma mère s'est juste inquiétée parce que j'ai oublié de lui dire où j'étais.

Je sais que les parents de Danielle se moquent de savoir où elle va – c'est bien pour ça qu'on a pu s'éclipser sans problème pour aller à la fête de Dean il y a quelques semaines. Mais je n'aime pas du tout l'idée qu'elle reste seule ici avec Dean, surtout quand ils ont bu tous les deux.

Et apparemment Andrew est du même avis.

– Laisse-moi te raccompagner, insiste-t-il.

– Pour que tu puisses m'embrasser en me disant au revoir ? demande-t-elle avec un sourire en coin en se penchant contre lui.

– Ouais, dit-il en se passant la main dans les cheveux. C'était un rencard, tu te souviens ?

– Je n'embrasse jamais au premier rendez-vous, dit-elle en se levant tout de même pour le suivre jusqu'à la porte. Salut James Dean, salut Cody.

– Je suis vraiment désolée, dis-je en me tournant vers Dean. J'aurais aimé pouvoir rester.

– J'aurais aimé que tu restes, moi aussi, répond-il en me prenant dans ses bras avant de m'embrasser devant tout le monde.

Je n'ai jamais embrassé qui que ce soit en public. J'ai l'impression d'être la reine du monde, d'être enfin une vraie fille – une fille qui compte. Mais une autre partie de moi ne peut pas s'empêcher d'être un peu embarrassée.

Et je sais que c'est parce que Andrew nous regarde.

La camionnette d'Andrew n'a en réalité que deux sièges reliés par une espèce de petit banc en plastique qui est juste assez grand pour accueillir un enfant. Par chance, j'ai le gabarit d'une gamine de onze ans et demi donc nous tenons tous les trois – Andrew derrière le volant, Danielle sur le siège du passager, et moi écrabouillée entre les deux.

Le moins qu'on puisse dire, c'est que ça n'a rien de confortable.

– Tu es sûr que tu es en état de conduire ? je demande à Andrew tandis qu'il glisse la clé dans le contact.

Danielle s'empresse d'allumer la radio et quand une chanson de Beyoncé commence, elle monte le volume à fond et se met à chanter faux d'une voix éraillée.

– Je vais bien ! crie Andrew pour couvrir la musique.

Je baisse le volume.

– La relou ! peste Danielle, mais elle se contente de continuer à chanter sans toucher à l'autoradio.

– Je n'ai bu que quelques gorgées au restaurant, continue-t-il. Je savais que si je me bourrais la gueule, je... eh bien... Je savais juste que ce n'était pas une bonne idée.

– Merci, dis-je parce que je sais ce qu'il veut vraiment dire – ce qu'il ne peut pas dire devant Danielle, qu'il avait peur de se trahir s'il buvait trop, de parler du Plan sans faire exprès et d'être incapable de se rattraper ensuite. Et merci de me ramener chez moi.

La nuit est douce, mais l'air qui filtre à travers la vitre entrouverte me donne la chair de poule. C'est étrange d'être assise là entre Danielle et Andrew. J'ai l'impression d'être de trop. C'est la fin de leur rendez-vous, le moment où il la ramène chez elle, la dépose et lui dit qu'il a passé une bonne soirée. Et je suis là, entre les deux, une épaule en contact avec chacun d'entre eux.

Comme personne ne parle, je me demande s'ils ne sont pas mal à l'aise, eux aussi. Au moins, la musique couvre mes pensées angoissées, c'est déjà ça.

Il ne nous faut pas plus de cinq minutes pour arriver chez Danielle. Andrew se gare dans son allée et je sens une gêne envahir l'habitacle, comme si nous nous trouvions dans un réservoir qui se remplissait d'eau et que nous étions, lentement mais sûrement, en train de nous noyer.

– Ça ira pour aller jusqu'à ta porte ? demande Andrew.

Danielle fouille dans son sac à main et en sort un porte-clés en forme de cœur à motifs léopard. Elle baisse le pare-soleil du côté passager pour regarder sa tête dans le petit miroir et essuie le contour de ses yeux du bout de son pouce.

– Mes parents se couchent genre à 21 h 30 tous les soirs, dit-elle en rabattant le pare-soleil d'un geste brusque avant de se tourner vers nous et de nous lancer un sourire étincelant à tous les deux. Mais, juste au cas où… est-ce que je sens l'alcool ?

Elle se penche vers moi pour me souffler au visage et je me mets à tousser. Son haleine est lourde et âcre, les vestiges du vin rouge. J'acquiesce mais elle m'ignore et se penche un peu plus encore, vers Andrew cette fois.

– Tu as bu toi aussi, Collins. Tu n'es pas en mesure de sentir quoi que ce soit.

Puis elle attrape Andrew par le devant de sa chemise et l'attire près d'elle pour que sa bouche ne soit plus qu'à quelques centimètres de la sienne. Elle souffle encore une fois.

– C'est bon ?

Andrew se met à rire.

– On se croirait dans un bar.

– La ferme, Reed. Comme si tu avais déjà mis les pieds dans un bar.

Leurs bouches ne sont toujours qu'à quelques centimètres l'une de l'autre. Elle se penche au-dessus de moi, m'écrase de tout son corps en me balayant le visage avec ses cheveux, comme si je n'existais pas. Je les dégage pour essayer de les voir tous les deux – même si les voir tous les deux me donne du mal à respirer.

– Merci pour le dîner, dit-elle avant de l'embrasser carrément sur la bouche.

Ce n'est pas un vrai baiser – juste un smack d'une seconde sur les lèvres – mais j'ai l'impression qu'on vient de me donner un coup de poing dans la poitrine. Avant même de m'en rendre compte, je laisse échapper un bruit d'étranglement puis deviens rouge écarlate, horrifiée d'avoir émis un son.

Danielle se redresse et semble se souvenir que je suis là, assise entre eux deux.

– Oh, pardon, Collins, dit-elle en dégageant ses cheveux derrière son épaule pour qu'ils ne soient plus dans mon visage. J'ai oublié que tu étais là.

Je me tourne pour observer le visage d'Andrew, pour voir s'il est embarrassé ou bien excité ou encore désolé, mais son expression est neutre et impossible à interpréter.

– Très bien, dit-elle en ouvrant la portière avant de descendre de la camionnette. On se voit plus tard, les enfants.

Puis elle claque la portière et nous nous retrouvons seuls.

Andrew ne démarre pas tout de suite et nous restons là, assis en silence l'un à côté de l'autre, à écouter la radio qui clame désormais une publicité pour une épicerie locale – une chanson un peu absurde sur les fruits et les légumes. Je me concentre volontairement sur les paroles pour ne pas penser à ce qu'il vient tout juste de se passer. Je ne veux pas analyser mes émotions, je ne veux pas disséquer la petite douleur aiguë que je ressens dans la poitrine, ni la façon dont ma respiration est restée coincée dans ma gorge quand j'ai vu leurs lèvres se toucher. J'ai vu Andrew embrasser des dizaines d'autres filles avec beaucoup plus de passion – avec des langues, des dents et des mains –, ce petit smack innocent ne devrait donc avoir aucune importance. C'est juste que… c'est la première fois que je vois Andrew embrasser une fille depuis qu'il m'a embrassée moi.

Il tapote le volant quelques secondes puis tourne la clé. Le moteur se met en marche.

– OK, maintenant, je te ramène, toi.

Il n'a donc pas l'intention d'aborder le sujet.

Il regarde derrière lui pour faire marche arrière dans l'allée. Je me glisse sur le siège passager – assez loin de lui pour que nos bras ne se touchent plus – et boucle ma ceinture.

– Pourquoi tu ne m'as jamais parlé de cette soirée du Nouvel An ? je demande soudainement parce que je ne peux pas supporter ce silence entre nous.

– Je ne suis pas obligé de tout te raconter, dit-il d'un ton sec, les traits tendus.

– Pourquoi t'es en colère ?

Son ton ne laisse aucune place au doute. Il passe

une main frustrée dans ses cheveux, comme pour me donner raison.

– Je ne suis pas en colère. Je ne vois pas pourquoi c'est si important pour toi. Le fait que je ne t'aie rien dit.

– Ça ne l'est pas.

Je me rends compte que cette conversation ne mène nulle part. Nous allons continuer de tourner en rond à moins que l'un d'entre nous n'ait le courage d'aborder le vrai sujet.

– Donc, toi et Danielle ? je demande en le regardant.

Nos yeux se croisent et c'est trop pour moi. Je me mets à fixer mes mains en triturant mes ongles – moi qui ne mets jamais de vernis, je le regrette presque à cette seconde, ça m'aurait donné quelque chose à écailler.

– Ouais, dit-il.

– Et Abby ? Elle est passée à la trappe ?

– Il n'y a jamais rien eu entre Abby et moi.

– OK. Et Cecilia ?

– Cecilia savait très bien à quoi s'attendre.

– Ça ne veut pas dire que tu aies le droit de faire souffrir les gens pour autant.

– Oh, parce que tu es une experte en relations amoureuses, toi, maintenant ?

Ses mots me font mal.

– Certaines de ces filles t'aimaient probablement, tu sais. Est-ce que toi, tu en as vraiment aimé une seule d'entre elles ?

– Oh, elles m'aimaient probablement ? répète-t-il d'un ton sarcastique. Tu me rassures. Ça fait du bien de savoir qu'une fille peut être avec moi parce qu'elle en a envie – et pas seulement pour s'entraîner.

Je me sens de nouveau vraiment coupable pour hier soir, ce Plan complètement idiot est pire qu'un virus. Nous avons beau prétendre que rien n'a changé, nous sommes désormais incapables de nous comporter comme avant. C'est comme si notre amitié avait été infectée. J'ai l'impression de perdre le contrôle, comme si je tombais en arrière et que ma main n'avait nulle part où se raccrocher, que du vide.

– Ce n'est pas ce que je voulais dire. Tu es doué avec les filles, Drew. Ce n'est pas une insulte. Mais parfois, je me dis que tu es peut-être trop doué. Je veux dire, Sophie Piznarski était vraiment amoureuse de toi et tu l'as larguée du jour au lendemain sans aucune raison. Et maintenant, tu as pris l'habitude de…

– C'était en troisième. Est-ce que tu es sérieusement en train de me reprocher un truc que j'ai fait il y a trois ans ?

– Non ! Mais tu n'as pas eu d'autre petite amie depuis. Tu passes d'une fille à l'autre dès que tu en trouves une qui te semble un peu mieux. Tu n'as pas eu une seule relation sérieuse depuis.

– Toi non plus. À moins que tu ne sortes sérieusement avec Dean. Mais je n'ai vraiment pas l'impression que ce soit le cas. (Je sens mon estomac se serrer.) Et puis, pourquoi je serais censé avoir une petite amie ? Pourquoi tu y tiens tant ?

– Je n'y tiens pas, dis-je en me frottant le visage. (Je ne sais plus ce que je dis. Je ne veux pas qu'Andrew ait une petite amie – surtout pas une qui ressemblerait à Cecilia ou Danielle –, mais tout ce que je dis sort de travers.) Je veux juste que tu arrêtes de te comporter comme si les filles n'avaient aucune importance. C'est insultant !

– Elles savent très bien à quoi s'attendre, dit-il en haussant le ton. Et comment peux-tu savoir qu'elles n'ont pas elles aussi envie d'un truc pas sérieux ? Tu ne peux pas reprocher aux autres filles d'aimer le sexe juste parce que ce n'est pas ton cas.

Je me prends ses mots comme une gifle en pleine figure. J'ai même l'impression que ma joue est en train de rougir.

Nous arrivons devant chez moi et il se gare le long du trottoir. Aucun de nous deux ne bouge. Il prend une grande inspiration.

– Et elles ne sont pas stupides, murmure-t-il. Elles savent dans quoi elles s'embarquent. En plus, je…

– Elles savent que tu ne les aimes pas ? Que tu vas les larguer au bout d'une semaine ? Comment pourraient-elles le savoir, bon sang ?

– Parce que je leur dis ! Je leur dis à toutes que je ne veux rien de sérieux.

Je ne sais pas pourquoi j'insiste autant ; c'est comme si je grattais la croûte d'un bobo.

– Mais pourquoi ?

– Parce que je suis déjà amoureux de quelqu'un d'autre ! crie-t-il, essoufflé.

Il se met à tirer nerveusement sur quelques mèches de cheveux.

J'ai l'impression que je viens de me prendre un coup de poing dans l'estomac, que je n'ai plus la moindre goutte d'air dans les poumons.

Comment a-t-il pu me cacher qu'il était amoureux de quelqu'un ? Je pensais qu'on se disait tout ! Ce n'est pas ce que sont censés faire des meilleurs amis ? Nous sommes là l'un pour l'autre, pour toutes nos conneries chelou.

Je suppose que je ne vois pas aussi clairement en lui que je le croyais.

– Qui ? finis-je par demander d'une toute petite voix.

– Quoi ?

Il semble perdu et cligne plusieurs fois des yeux en me regardant comme s'il venait de réaliser que j'étais toujours là.

– De quelle fille es-tu amoureux ?

Il se met à tousser comme s'il avait un chat dans la gorge.

– Ça n'a aucune importance.

Il a l'air complètement abattu.

– Oh mais si, ça a de l'importance ! Je t'ai toujours aidé avec les filles, non ?

Il se met à rire avant de se prendre la tête dans les mains.

– Je n'avais pas l'intention de t'annoncer ça alors que tu es ivre.

– Je ne suis pas ivre. Je suis un peu pompette, mais je n'ai pas bu la moindre goutte depuis plusieurs heures. Et si j'étais ivre, cette conversation m'aurait définitivement remis les idées au clair. Est-ce que tu lui as dit ?

– Quoi ? demande-t-il en relevant la tête.

– Est-ce que tu lui as dit que tu l'aimais ?

– C'est… compliqué.

Le silence s'installe de nouveau entre nous et je réfléchis à ce qu'il vient de dire. Andrew se tourne légèrement vers moi, pose sa main sur la mienne et la serre pour me rassurer. Je sens mon souffle se coincer dans ma gorge, surprise que sa paume sur ma peau me fasse autant de bien. Le même bien que j'ai ressenti hier soir quand il m'a serrée contre lui sur le lit, en me disant d'oublier toutes les règles.

– Je… dis-je avant de m'interrompre parce que je ne trouve pas les mots. (Je secoue la tête pour essayer de dissiper le brouillard qui obscurcit mon esprit.) Tu devrais lui dire. Tu ne peux pas garder ça en toi. Tu vas devenir fou.

– OK, répond-il en prenant une inspiration tremblante. Tu as raison.

– Mais dis-le-moi d'abord. Je veux savoir qui c'est.

Je retire ma main de la sienne et me recoiffe. Et soudain je me souviens de ce que Dean m'a dit un peu plus tôt dans la soirée : « Il a un faible pour toi. Tu le considères peut-être comme ton frère mais lui, il ne te considère pas comme sa sœur. » Et puis je suis de nouveau hier soir, je sens de nouveau cette palpitation dans ma poitrine, quand ses lèvres ont pour la première fois touché les miennes, combien j'avais envie d'aller jusqu'au bout, combien j'ai eu mal quand il a quitté la pièce. Mais je chasse tout ça de mon esprit. J'ai l'impression que tout se confond dans mon cerveau, je suis incapable de mettre mes pensées en ordre. L'idée qu'Andrew puisse avoir des sentiments pour moi me terrifie. Ce n'est pas censé se passer comme ça. C'est mon meilleur ami. Nous sommes juste amis. C'est tout.

– Attends… C'est moi ? Non ? Ce n'est pas moi ?

Mon visage se met aussitôt à me brûler et j'aimerais déjà retirer ce que je viens de dire. Mais il est trop tard.

Andrew recule loin de moi en laissant échapper un rire las.

– Tu te fous de moi ?

– Quoi ? je demande un peu surprise. Non. Je veux

juste m'assurer, enfin je veux juste te dire… Parfois les amis finissent par éprouver un peu plus…

– Ce n'est pas toi, dit-il comme une insulte, je te rassure.

J'ai l'impression d'être un ballon qu'on viendrait de piquer avec une aiguille, qui se dégonfle lentement.

– OK, dis-je. OK.

J'ai besoin de le répéter parce que, bizarrement, je suis un peu vexée et un peu déçue. Bien évidemment, que ce n'est pas moi ! Le fait qu'il n'ait pas pu aller jusqu'au bout hier soir aurait dû me mettre sur la voie.

– D'accord, qui c'est, alors ?

Il plisse légèrement les yeux avant de se racler la gorge. Et sa réponse n'en est pas une tant j'aurais dû m'en douter, tant je l'avais sous les yeux il y a encore quelques minutes, son décolleté écrasé contre mon épaule quand elle s'est penchée pour l'embrasser.

– Voyons, Collins, c'est pourtant évident. Je suis amoureux de Danielle.

23

Je tourne la tête pour me cacher le visage. Je ne devrais pas être surprise et, à vrai dire, je ne le suis pas. Pas du tout. J'aurais dû le savoir. Andrew ne *m'aime* pas – pourquoi m'aimerait-il quand il a tout un harem de filles sublimes à sa disposition ? Et Danielle est la plus belle, la plus sûre d'elle et la plus puissante de toutes les filles du lycée – elle est tout ce que Cecilia, Abby, Sophie (et toutes celles qu'Andrew a larguées) ont toujours rêvé d'être. Pourquoi ne serait-il pas attiré par ça lui aussi ?

Je secoue la tête pour essayer de remettre un peu d'ordre dans toutes ces idées qui s'agitent dans mon cerveau. C'est absurde d'être contrariée, ce n'est pas ce que j'attends d'Andrew. Pour ça, j'ai James Dean. Ce qui me fait mal, c'est de m'être sentie bien l'espace d'une seconde en pensant qu'il pourrait me voir comme une de ces filles, moi aussi, une fille comme Danielle, une fille qui porte sa peau comme si c'était un manteau à la mode plutôt que comme un truc dans lequel on se sent à l'étroit.

Quand Andrew sortait avec Sophie Piznarski, il me racontait tout – qu'il trouvait que son pull avec les rayures roses et bleues était celui qui lui allait le mieux, qu'elle détestait les plats épicés mais adorait le beurre de cacahouète, que parfois ils s'embrassaient sur son canapé quand ses parents travaillaient tard. Il se plaignait de devoir assister à ses spectacles de danse, m'y a d'ailleurs traînée plusieurs fois pour qu'on puisse tuer le temps en se faisant des messes basses, cachés derrière nos programmes.

Après Sophie, il a gardé l'habitude de tout me raconter à propos des filles qui lui plaisaient. Le nombre de soirées où je l'ai vu prendre la main d'une fille et l'entraîner dans les escaliers pour aller dans une chambre, une salle de bains, voire un placard, tous les deux en riant fort, un rire plein d'ivresse et de joie.

Mais il ne m'a jamais parlé de Danielle. Ce qui veut dire qu'elle est spéciale à ses yeux, que ce n'est pas une fille dont on parle le lendemain matin en mangeant des pancakes chez Jan's, que c'est une fille qu'on garde pour soi, comme un secret, parce qu'elle a de l'importance.

– T'es amoureux d'elle ? je demande en tirant sur un petit fil qui dépasse de la banquette.

– Ouais, répond-il en détournant le regard.

– Je m'en doutais vraiment pas.

– Je sais, dit-il en passant la main dans ses cheveux qui restent dressés sur sa tête comme s'il venait de se faire électrocuter.

À vrai dire, c'est exactement ce que je ressens : j'ai l'impression qu'on vient de m'électrocuter.

– Tu aurais pu me le dire avant. Tu n'avais pas besoin de garder ça secret. J'aurais compris. Après tout, c'est Danielle Oliver.

– Est-ce que tu crois…

Il s'interrompt. Je finis sa phrase dans ma tête : *Est-ce que tu crois que j'ai une chance ? Est-ce que tu crois que je lui plais moi aussi ? Est-ce que tu crois qu'on sera encore amis après tout ça ?*

– Ouais, dis-je en ouvrant la portière. Ça va aller, Drew. Mais tu devrais lui dire. Tu vas au bal de promo avec elle, non ? Ça sera le moment idéal. Tu peux faire les choses en grand. Faire que tout ça soit un souvenir mémorable.

– Ouais.

Je descends de voiture et remonte l'allée sombre. Une fois dans la maison, je regarde par la fenêtre et vois sa camionnette reculer puis s'éloigner. Finalement, nous allons tous les deux passer le bal de promo dont nous rêvions, cette soirée sera parfaite comme à la fin d'un *teen movie*. Mais si tout est aussi parfait, pourquoi est-ce que tout sonne aussi faux ?

Le lendemain, Hannah et moi avons prévu d'aller faire les magasins à la recherche d'une robe pour le bal. Elle passe me prendre en Jeep en début de matinée ; nous avons une heure de route jusqu'au centre commercial. Elle m'a promis de m'acheter un pain à la cannelle si je ne râlais pas. J'essaie donc de faire bonne figure, mais je n'ai pas porté de robe depuis le mariage de ma tante où j'étais en charge de la panière à pétales, en CE2. Au fond, j'avoue que tout ça m'amuse, même si je n'ai pas la moindre idée de ce que je suis censée faire. Heureusement, Hannah a décidé de jouer ma marraine la fée. Elle a sélectionné plusieurs tenues, dans des couleurs et des styles différents, et me les montre en me suppliant du regard d'en essayer au moins une.

Je ne lui ai toujours pas dit ce qui s'était passé avec Andrew vendredi soir. Je ne sais pas si je le ferai un jour.

Maintenant qu'il va annoncer à Danielle qu'il l'aime, je me dis qu'il vaut mieux garder notre Plan secret. Je n'ai pas envie de lui gâcher son début d'histoire.

Mais j'ai tout de même besoin d'éclaircir un point, de savoir ce qui s'est passé entre eux. Nous sommes dans une cabine d'essayage chez JCPenney, entourées d'une douzaine de robes plus bouffantes les unes que les autres et si colorées que je suis sur le point d'avoir un anévrisme, quand je finis par craquer et poser la question.

– Tu savais qu'Andrew et Danielle avaient passé une nuit ensemble ?

Hannah est en train d'enfiler une monstruosité à l'imprimé zèbre rose et blanc – qu'elle n'essaie, j'ose espérer, que pour la blague.

– Oui, en première, à la fête du Nouvel An chez Ava, dit-elle à travers le tissu avant de se tortiller pour faire descendre la robe jusqu'en bas.

Elle se tourne et étudie consciencieusement le portant de robes collé au mur. J'ai surtout l'impression qu'elle m'évite.

– Tu savais ? dis-je, dans une minirobe verte qui me donne des airs de fée Clochette – parce que je suis blonde et minuscule. Comment tu as pu le savoir avant moi ? Est-ce que tout le monde est au courant ?

– Tu es allée te coucher tôt ce soir-là, dit-elle en se tournant de nouveau vers moi. Tout le monde les a vus s'embrasser à minuit – Andrew le fêtard dans toute sa splendeur. C'était sans importance.

Bien sûr que si, ça avait de *l'importance*. Sinon, on en aurait ri le lendemain quand il s'est réveillé au pied de mon lit, les cheveux dans tous les sens avec la marque de la moquette imprimée sur sa joue droite.

« Tu m'as manqué hier soir, Collins », c'est tout ce qu'il s'est contenté de dire. Puis il a tiré sur mes couvertures et j'ai hurlé en sentant l'air froid du matin m'envelopper d'un seul coup.

Bon sang, c'était il y a un an, on aurait dû me mettre au courant !

– Pourquoi tu ne m'as rien dit ?

– Je savais que ça ne te plairait pas.

– Tu n'avais pas besoin de me protéger, je m'en serais moquée.

– Non, tu ne t'en serais pas moquée, insiste-t-elle. Tu n'aimes pas Danielle, je le sais. Tu la tolères. Tu la tolères depuis le début parce que c'est ma copine. Mais tu ne l'apprécies pas. J'ai toujours eu tellement envie que vous vous entendiez, j'ai tout fait pour, parce que je vous adore toutes les deux. Et je savais que ça, ça allait tout gâcher. Ce serait le truc qui officialiserait le fait que vous ne vous aimiez pas, tu serais devenue une anti-Danielle convaincue.

– Bien sûr que non, dis-je pour protester, même si je ne suis pas sûre d'y croire.

– Tu protèges toujours Andrew, dit-elle, parce qu'il est à toi.

– Hannah, il n'est *pas* à moi, c'est…

– Et je savais que ça te blesserait si tu apprenais qu'il avait dragué Danielle.

– Hannah, il sort avec tout un tas de filles tout le temps.

– Ouais, mais ces filles ne comptent pas comme Danielle pour toi. Même si pour lui, ça ne comptait pas vraiment…

– Bien sûr que *si*, ça comptait pour lui, dis-je en laissant échapper un rire dépourvu de joie.

– Mais non, insiste-t-elle. C'est pour ça que je n'ai pas jugé nécessaire de te le dire. Ça n'aurait fait qu'empirer les choses, exactement comme maintenant…

– Il est amoureux d'elle, finis-je par laisser échapper.

– Quoi ?

Son visage pâlit d'un seul coup.

– Il me l'a avoué hier soir.

– Mais ce n'est pas… commence-t-elle en dégageant les cheveux de son visage puis les attache en chignon, comme si elle était sur le point de passer aux choses sérieuses. Ce n'est pas vrai.

– Ils vont au bal de promo ensemble, dis-je comme si c'était la preuve ultime.

– Je pensais… (Elle s'interrompt de nouveau et je peux voir les rouages de son cerveau tourner à plein régime.) Ça n'a aucun sens.

– Il compte lui dire qu'il l'aime au bal de promo.

– Mais… dit Hannah en attrapant la fermeture Éclair de sa robe zèbre pour la défaire. Mais ils ne se connaissent même pas !

– Bien sûr que si, ils se connaissent. Ça fait dix ans qu'on est tous dans la même école.

Danielle a emménagé à Prescott en CM1, un mois après la rentrée. À dix ans, elle avait déjà les mêmes cheveux bruns, les mêmes pommettes saillantes et ce même air sûr de soi qui la rendrait célèbre. Et déjà à l'époque, tout le monde voulait être son ami.

Andrew et moi étions assis à l'arrière du bus quand celui-ci a marqué un arrêt inhabituel pour récupérer Danielle. Dans une école aussi petite que la nôtre, les nouveaux élèves passent rarement inaperçus. C'est toujours un événement en soi. Un truc qui rend le quotidien un peu plus excitant. Danielle n'était pas nerveuse pour deux sous, elle n'a pas cherché anxieusement une place où s'asseoir. Bien au contraire, elle est montée à bord avec ses jambes toutes fines et sa jupe turquoise, les mains fermement agrippées aux lanières de son sac à dos rouge vif. Et elle a tourné sur elle-même comme une danseuse, devant tout le monde. Ça m'avait fascinée sur le moment. Qui était cette fille qui sortait tout droit d'une comédie musicale avec ses habits étincelants ? Qui était cette fille qui donnait l'impression de vouloir se démarquer des autres, de vouloir être au centre de l'attention, d'une façon qui m'avait, moi, toujours tétanisée ? Danielle est devenue le Soleil autour duquel nous avons tous tourné et ce, trente secondes après être montée à bord du bus scolaire lors de son premier jour d'école. Mais comme le Soleil, il ne faut jamais l'approcher de trop près, ne jamais la fixer trop longtemps, au risque de s'y brûler. Parce que Danielle peut vous cramer en quelques secondes. Il n'a pas fallu très longtemps pour que nous le comprenions tous.

Peut-être qu'Andrew l'avait déjà remarquée à l'époque, qu'elle l'avait fasciné autant que moi, mais d'une autre façon. Peut-être que son côté rayonnant l'attire depuis des années et qu'il a toujours tourné dans son orbite.

– Bien sûr que si, ils se connaissent, je répète.

– Non, rétorque Hannah d'un ton définitif. Ils ne se connaissent pas, ils ne connaissent que… que la version édulcorée de l'autre. Et ça, ça ne veut pas dire qu'on connaît vraiment quelqu'un. Andrew le fêtard, ce n'est pas le vrai Andrew – tu le sais aussi bien que moi. Ce qu'il y a entre Andrew et Danielle, ce ne sont que les conneries qu'on veut bien montrer en public.

– Mais ce n'est pas ça qui rend les choses excitantes, justement ? Le fait de ne pas bien se connaître ?

– Au début peut-être, répond-elle. L'excitation de la séduction, de savoir si tu vas plaire à l'autre. Capter l'intérêt de quelqu'un, c'est une vraie montée d'adrénaline. Mais ce n'est pas de l'amour. L'amour, c'est quand ta bizarrerie correspond à la bizarrerie de quelqu'un d'autre. Quand tu es à l'aise avec le fait d'être exactement toi-même.

Sa main s'égare sur son cou à l'endroit où elle portait le collier que lui avait offert Charlie et elle tapote le creux de sa gorge du bout du doigt, presque malgré elle.

– Ouais, dis-je en me tournant vers le miroir.

Je ne sais pas pourquoi, mais j'ai l'impression que je vais me mettre à pleurer, ce qui n'a aucun sens. Je prends plusieurs grandes inspirations le dos tourné, à l'abri du regard d'Hannah. Je ne sais vraiment pas ce qui cloche chez moi.

– Tu vas acheter cette robe ? demande Hannah. Parce que tu es sublime dedans. Tu sais ce que Dean va mettre ?

– Non. Nous n'en avons pas parlé.

Cette robe prend tout à coup de l'importance ; j'ai l'impression qu'il faut que je choisisse la bonne, que c'est elle qui déterminera le reste de ma soirée avec Dean. Il faut que ça lui plaise. Mais comment suis-je censée savoir ce qu'il aime ? Je ne connais même pas sa couleur préférée.

24

Le lendemain à l'école, je consacre la majeure partie de mon énergie à éviter Andrew – ce qui est quasi impossible parce qu'il est partout. Je n'avais jamais pris conscience jusqu'ici du nombre d'heures que je passais avec lui chaque jour. Je sais toujours où il est, il est constamment dans mon champ de vision, comme le sont mes pieds, mes mains ou mon nez.

Sauf que, désormais, je ressens sa présence d'une façon différente. Chaque fois qu'il entre dans une pièce, je sens mon corps se raidir comme si mes muscles se contractaient sous une décharge électrique. Donc, quand il débarque en salle d'étude et vient s'asseoir à ma table, je sursaute malgré moi. Je me force à le regarder et à sourire. Je suis un être humain fonctionnel, je peux le faire. Il le faut, je veux récupérer mon ami.

– Salut, dis-je en faisant rebondir mon stylo sur mon pupitre.

– Salut, répond-il.

Il porte une chemise vert foncé qui fait ressortir le vert de ses yeux et je secoue la tête parce que je ne devrais pas m'intéresser à la couleur de ses yeux de toute façon. Les amis ne s'intéressent pas à la couleur des yeux de leurs amis. Surtout les yeux de leurs amis qui sont amoureux de Danielle Oliver.

– Comment s'est passé le reste de ton week-end ? me demande-t-il.

– Bien.

– Je suis vraiment crevé.

– Les lundis, ça craint.

– Ouais.

Super, donc maintenant on se parle comme deux étrangers.

Chaque fois que je le regarde, les souvenirs de ce qui s'est passé ce week-end reviennent en force : la sensation de ses lèvres contre les miennes, le préservatif dans sa main, les doigts de Danielle caressant ses cheveux au resto, Danielle qui le mange du regard avec un sourire en coin, Danielle qui fait la moue. *Danielle Danielle Danielle.*

Il est amoureux d'elle. À cette seconde précise, avachi sur son pupitre à se plaindre des lundis matin, il est amoureux d'elle. Il est amoureux d'elle quand il lève la main pendant l'appel, quand il remonte le couloir pour aller déjeuner. C'est une constante – un bourdonnement latent qui ne se taira jamais. Danielle fait partie de lui désormais. Ce n'est pas ça, l'amour ? Une autre personne qui s'immisce dans votre cerveau, qui grignote votre cœur, puis votre âme, qui vous consume tout entier. Au fond, l'amour, c'est un peu comme un parasite.

Je réalise que je suis en train de le fixer et tourne aussitôt la tête en faisant semblant de fouiller dans mon sac à dos. Il se décale légèrement lui aussi et se met à jouer de la batterie sur le pupitre avec son stylo.

J'ai peur que Danielle ne le transforme en Andrew le fêtard pour toujours, qu'elle prenne tout ce qui fait de lui quelqu'un d'unique, d'intéressant et de merveilleux, et qu'elle le gâche en l'écrasant de toute sa puissance. Mais je dois l'accepter. Si ce qu'il veut, c'est être avec elle, je dois le laisser faire. C'est juste qu'il va me falloir un peu de temps pour m'habituer.

– Vous vous êtes disputés, Andrew et toi ? me demande Hannah un peu plus tard quand nous rejoignons la cafétéria. Vous vous comportez bizarrement, tous les deux.

Andrew est avec Chase, à quelques mètres derrière nous. Il ne nous a fait aucun signe, rien pour montrer qu'il nous avait vues. Je me sens coupable de ne pas avoir dit à Hannah que j'avais mis le Plan à exécution, mais je préfère penser à autre chose.

– Non, tout va bien.

– C'est à cause de cette histoire avec Danielle ?

– C'est juste que les choses sont un peu bizarres maintenant. Tu ne vas pas le dire à Danielle, hein ? Qu'il est amoureux d'elle ?

– Jamais de la vie ! C'est son problème, dit-elle en jetant un coup d'œil à Andrew et Chase qui sont en train de rire à propos d'on ne sait pas quoi. Si Andrew est vraiment amoureux de Danielle, je ne vois pas pourquoi il est toujours ami avec Chase.

Ça ne m'avait pas traversé l'esprit jusqu'ici. Andrew a dû être contrarié à sa fête quand il a appris pour Chase et Danielle. C'est vrai qu'il n'avait pas l'air à l'aise quand elle est venue s'excuser le lundi suivant. Je suppose que c'est pour ça qu'il s'est rabattu sur Cecilia ce soir-là. La fille qu'il voulait était partie avec un autre, alors il s'est dit qu'il allait faire pareil. Sauf que personne n'arrête d'être ami avec Chase Brosner, même pas pour une fille.

Et puis en plus, la fille est à lui maintenant. Enfin, presque. Il faut juste qu'il se déclare.

Danielle et Ava sont déjà assises à notre table habituelle, chacune avec leur Coca-kale.

– C'était trop sympa samedi soir, me dit Danielle quand Hannah et moi nous asseyons. James Dean est vraiment *molto bene*.

– Vous vous êtes vues samedi ? demande Ava. Pourquoi personne ne m'a rien dit ?

– Nous sommes sortis en couples, répond Danielle. Tu aurais été la cinquième roue du carrosse.

– J'aurais pu trouver un rencard. Je ne suis pas une lépreuse.

– Les lépreux aussi ont droit à l'amour, je proteste.

– « L'amour et les lépreux », répète Hannah. Ce serait une émission de télé-réalité que je pourrais regarder.

– Bien sûr, Ava, dit Danielle. Je sais que tu aurais pu trouver dix mecs pour t'accompagner. C'est ta spécialité, dit-elle en sortant son téléphone de son sac. Mais tout ne tourne pas autour de toi. Peut-être que Collins et moi voulions passer un peu de temps toutes les deux.

Ava laisse échapper un petit miaulement plaintif comme un chaton blessé, puis se laisse retomber sur le dossier de sa chaise en croisant les bras.

– C'était un truc de dernière minute, dis-je pour essayer de la réconforter. En réalité, on s'est croisés par hasard.

– Mais Dean a réussi à nous avoir du vin, dit Danielle avec des étincelles dans les yeux. Nous étions chez Giovanni's.

– Et c'était qui, ton rencard ? demande Ava – on entend bien à sa voix qu'elle oscille entre colère et curiosité. Un copain de Dean ? Attends, c'était Cody ?

– Salut tout le monde, dit Andrew en tirant la chaise à côté de la mienne pour s'y asseoir.

Danielle continue d'envoyer son texto et le regarde à peine. Je sais très bien que c'est une de ses tactiques, une de celles qu'elle a essayé de m'enseigner quand j'ai rencontré Dean.

– Pourquoi vous ne mangez pas dehors ? demande-t-il. Il fait hyper beau.

Super. Maintenant on parle de la météo. Est-ce qu'on en est vraiment réduits à ça ?

– Le Coca-kale ne supporte pas la chaleur, répond Ava. C'est dégueu quand c'est tiède.

– C'est dégueu pareil quand c'est froid, rétorque Hannah.

– Pigé, dit-il avant de se tourner vers Danielle. Salut Danielle.

Elle pose son téléphone.

– Oh, salut Drew.

– Comment s'est passé le reste de ton week-end ?

– Il a été calme.

Je repense à ce que m'a dit Hannah – au fait qu'ils ne se connaissent pas vraiment tous les deux. À cette seconde précise, ça semble assez vrai. Après, ils sont peut-être juste nerveux. Peut-être qu'Andrew est mal à l'aise parce qu'il m'a dit qu'il était amoureux d'elle et qu'il sait que je les regarde discuter en *sachant.*

Ava observe Andrew l'espace d'une seconde, puis Danielle, puis moi, et son regard alterne entre nous trois à une telle vitesse que j'ai peur qu'elle se mette à convulser.

– C'est lui, le type avec qui tu es sortie samedi soir ?

– C'est moi, le type, confirme Andrew.

– Bien sûr que c'est toi ! J'aurais dû le savoir. Elle se lève et attrape son plateau vide et son verre de boue. Personne ne me dit jamais rien.

Le jeudi suivant, je travaille au vidéoclub après les cours – c'est la première fois que je revois Dean depuis notre infernale soirée couples – et pour une fois je suis plutôt sereine. Je suis soulagée de ne plus être nerveuse chaque fois que je le vois – sauf que, maintenant, je suis sens dessus dessous quand je vois Andrew.

Le mois de mai a ramené les beaux jours et la chaleur qui va avec, on étouffe déjà en journée, surtout à l'intérieur. L'été est à deux pas, tout comme la fin des cours.

Quant à Dean, la chaleur, c'est comme tout le reste : ça lui va comme un gant. La fine couche de sueur qui lui recouvre les bras et le front fait scintiller sa peau.

– Il n'y a pas d'air conditionné ici ? je demande en arrivant tout en agitant la main devant moi pour essayer de me rafraîchir.

Je vais poser mon sac à dos sur une chaise de l'arrière-boutique avant de revenir dans la pièce principale. Il hausse les épaules et me lance ce sourire en coin qui me fait fondre sur place.

– Il y a un ventilateur dans l'arrière-boutique, mais personnellement je trouve que tu es plutôt jolie quand tu as chaud.

Je sens mes tempes brûler et je sais que je suis

probablement rouge comme une tomate. Mais j'oublie mon embarras quand il attrape mes fesses pour m'attirer contre lui. Il m'embrasse – la main toujours fermement agrippée à une de mes fesses qu'il se met à pincer. Je n'arrive pas à croire que ce soit désormais un geste normal entre nous. J'ai l'impression d'être à des années-lumière de la fille qui se mettait dans tous ses états quand son genou effleurait le sien.

J'oublie vite mes angoisses et me laisse bercer par la chaleur, son baiser, et les frissons d'excitation qui agitent ma poitrine. Au fond, c'est exactement ce dont j'avais besoin. Pourquoi ai-je à ce point stressé à propos d'Andrew ?

– Tu t'es bien amusé samedi ? je lui demande en me redressant.

– Ça allait.

Oh. Évidemment. L'angoisse revient en force.

– Ça *allait* ?

– Je veux dire, tes amis sont… juste… (Il ne finit pas sa phrase et se contente de rejoindre le comptoir pour trifouiller les fils des enceintes. Il ajoute :) Je vais nous trouver une super bande-son pour aujourd'hui.

– Mes amis sont juste quoi ? je demande d'un ton plus sec que je ne l'aurais voulu.

Il connecte son téléphone aux enceintes et fait défiler sa playlist.

– Ils sont juste tellement… lycéens. Il appuie sur « lecture » et un air triomphant de trompettes et de violons envahit la pièce. John Williams, précise-t-il en fermant les yeux pour laisser la musique l'envahir. Ce type a écrit les meilleures musiques de films de tous les temps. C'est un vrai génie. Il prend un bon film et t'en fait un grand film à tous les coups. Un putain de film culte. Là, c'est…

– *Jurassic Park*, dis-je. Je sais. Et qu'est-ce que tu veux dire ? Nous *sommes* des lycéens.

Je n'aime pas le lui rappeler, mais quelque chose dans son ton m'agace.

– Génial, dit-il. Je suis là à essayer de t'apprendre quelque chose que tu sais déjà.

Il attrape son téléphone et change de morceau, un rythme saccadé et menaçant cette fois. *Taaa da, taaa da.*

– *Les Dents de la mer*, dis-je machinalement.

Il laisse le morceau tourner en fond sonore.

– Ce que je veux dire, c'est que quand je suis avec toi, j'ai juste envie d'être avec toi. Mais tes amis sont vraiment super *impliqués* dans ta vie. Ils veulent tout savoir. Ils veulent participer à tout alors qu'au fond ça ne les regarde absolument pas. Regarde, la première fois que tu es venue chez moi, tu es venue avec toute ta clique. Et ça, c'est typique du lycée. Il appuie sur l'écran de son téléphone et les cors prennent le relais. Celle-là, si tu ne la reconnais pas, c'est scandaleux. En tant que manager de ce vidéoclub, je ne pense sincèrement pas pouvoir te garder si tu n'es pas capable de nommer…

– C'est *Star Wars*, merci, dis-je en secouant la tête. D'accord, mais tes amis à toi êtes aussi impliqués. Regarde Cody.

– Mais tu ne me vois pas ramener Cody quand on sort dîner tous les deux. Je ne vais pas inviter Cody à nous rejoindre dans ma chambre pour nous regarder nous embrasser. À moins que ce soit ton truc, me lance-t-il avec un sourire espiègle avant de se remettre à parcourir sa playlist.

– Ce n'est pas… je ne suis pas… je bégaye. (La musique de *Star Wars* continue.) C'est toi qui nous as tous invités chez toi après Giovanni's. Je pensais que tu t'amusais bien.

– C'était le cas. Je dis seulement que les choses ne devraient pas être aussi compliquées. La vie n'est pas un mélodrame. C'est juste la vie. Il sourit, puis agite les épaules et les bras comme s'il s'échauffait avant une séance de sport.

– Détends-toi en savourant John Williams. Ferme les yeux et écoute le maître.

Il lance la musique de *La Liste de Schindler*, ce qui semble un peu hors de propos dans cette pièce baignée de soleil où on crève de chaud.

Peut-être qu'il a raison et que les amis compliquent tout. Andrew a tout compliqué, ça, c'est sûr. Peut-être qu'il vaut mieux séparer les amis et les relations amoureuses, comme les plateaux de la cantine. Un compartiment pour les petits pois, un autre pour la purée. Alors, peut-être que ma vie ne serait pas un gigantesque bordel.

25

Si on m'avait dit un jour que je serais heureuse de voir arriver la période des examens de fin d'année… Car quand les derniers jours de cours arrivent, tout le monde est si occupé à réviser qu'il n'y a plus aucune embrouille. Je termine enfin mon projet d'histoire puis passe le reste de la semaine à me faire des fiches de mythologie grecque et d'espagnol que j'apprends par cœur.

Quand la cloche sonne la fin de mon dernier examen, je suis envahie par une soudaine vague de tristesse. C'est drôle comme on peut détester le lycée quand on est forcé d'y aller, et constater qu'il nous manque déjà alors qu'on n'en est même pas encore parti. Tout à coup, je réalise amèrement que tout ce que j'ai fait aujourd'hui, je l'ai fait pour la dernière fois. C'est la dernière fois que j'ai donné un coup d'épaule dans la porte de mon casier pour l'obliger à s'ouvrir, la dernière fois que j'ai mangé une part de pizza insipide à la cafétéria, la dernière fois que j'ai regardé par la fenêtre en comptant les minutes qu'il me restait avant que la cloche ne sonne. Même si ces années de lycée m'ont semblé interminables, la fin, elle, est arrivée bien trop vite.

Pour célébrer notre dernier jour d'école (c'est-à-dire la veille du bal de promo), Danielle a décidé d'organiser une fête. Un événement qu'elle a baptisé « la Cène », parce qu'elle veut cuisiner pour tout le monde et que, selon ses dires, une fête digne de ce nom a toujours besoin d'un bon thème. Elle a invité toutes les terminales, même Ryder et Simon Terst à qui elle ne parle pourtant plus depuis plusieurs semaines. Maintenant que l'école est finie, c'est comme si toutes ces frontières sociales arbitraires qui nous avaient séparés n'existaient plus. Ma cousine Beth, qui a sept ans de plus que moi, m'avait prévenue que ça arriverait : que quelques mois après la fin du lycée, tout le monde se moquerait complètement de savoir qui était populaire, qui avait couché avec qui ou qui nous étions censés détester. Je ne la croyais pas à l'époque, mais maintenant si. J'ai déjà l'impression d'être à des années-lumière du lycée alors que je n'ai pas fini de vider mon casier.

Hannah et moi montons dans sa Jeep avec la capote baissée et hurlons en quittant le parking. Nous avons mis « Free Bird » à plein volume, baissé les fenêtres et nous rions en pointant nos majeurs vers le ciel. Le moment est doux-amer. Parce qu'il manque Andrew. Dans le film d'aujourd'hui, celui que je m'étais fait dans ma tête, nous étions tous les trois à rire en quittant Prescott à fond la caisse. Le même trio que nous formions depuis la troisième. À jamais ensemble. Mais je l'ai vu partir tout à l'heure avec Danielle et on ne s'est même pas dit au revoir.

Nous passons tous l'après-midi au lac, allongés sur des frites colorées et des matelas pneumatiques en forme de parts de pizza. Dans l'herbe au bord de l'eau, nous avons caché une glacière remplie de bières sous une pile de serviettes de plage – pour que tous ceux qui rôdent dans le coin (flics, parents ou autres) ne s'aperçoivent pas que nous sommes en train de boire. La plage est noire de monde – il y a presque toute l'école. Comme si tout le monde voulait profiter des dernières minutes qu'il nous reste à passer ensemble, les savourer jusqu'à la dernière goutte. Le soleil est au zénith et donne ce ton doré à tout ce qui nous entoure. C'est beau à en crever. Je sais que les choses ne seront plus jamais comme elles le sont à cette seconde précise. Plus jamais.

Je somnole étendue sur une part de pizza quand je suis réveillée par un hurlement aigu et des bruits d'éclaboussement. Je tourne mollement la tête et aperçois Andrew et Danielle en train de se battre pour grimper sur la même frite. Les cheveux mouillés de Danielle sont rassemblés dans un chignon sur sa tête et son bikini rouge a du mal à rester en place quand elle se hisse sur les épaules d'Andrew pour essayer de le couler. Impossible de détourner les yeux. Ils sont si beaux tous les deux, on dirait une pub pour du baume à lèvres dans *Vogue*. Mon estomac se serre un peu. J'aimerais tellement qu'ils n'aillent pas aussi bien ensemble.

Andrew me voit les regarder et agite la main avant de secouer la tête pour s'essorer les cheveux comme un chien. Je lui rends son geste et son sourire disparaît l'espace d'une seconde. Je sais qu'il pense à la même chose que moi. On ne devrait pas être là, à se faire signe chacun d'un côté du lac. Pas aujourd'hui.

– Eh, Collins ! crie Danielle pour que je l'entende. Tu crois que James Dean nous achèterait de l'alcool ? Pour ce soir ?

Je n'ai aucune envie de mêler Dean à cette histoire. Pas quand nous avons tout un tas d'autres options, comme le cousin d'Andrew ou la personne qui nous a acheté les trente canettes de bière qui refroidissent présentement dans la glacière. Mais je sais que Danielle est en train de me tester. Elle veut voir si j'en suis capable, si j'ai le courage de le faire.

– Je te donnerai l'argent, continue-t-elle. On a besoin de ton aide, Collins !

Elle glisse son bras autour du cou d'Andrew pour l'attirer contre elle – comme si c'était une équipe.

– Ouais ! je crie. Pas de problème.

***

DANIELLE

Alors… T'as demandé à James Dean pour l'alcool ?

MOI

Pas encore.

DANIELLE

Prends des bières pour les mecs. Mes parents ont une machine à margaritas, donc dis-lui de prendre de la tequila et de quoi faire des shots aussi 😘

MOI

Je ne sais pas. Ça fait beaucoup à acheter avec une fausse pièce d'identité.

DANIELLE

Contente-toi de demander, Collins.
Si on n'a pas d'alcool à la fête, ça sera ta faute.

***

MOI

Salut.

DEAN

Yo.

MOI

Est-ce que je peux te poser une question ?

DEAN

...

DEAN

Quoi ?

MOI

Danielle organise une fête ce soir
et elle a besoin d'alcool.

DEAN

Ce n'est pas une question.

MOI

Est-ce que tu crois que tu pourrais nous en acheter ?

MOI

Aucune pression.

MOI

Je te rembourserai.

DEAN

En nature ?

MOI

…

DEAN

Je vais voir ce que je peux faire.

***

ANDREW

Salut.

MOI

Salut.

ANDREW

Est-ce que tu viens ce soir ? À la Cène ?

MOI

Ouais, et toi ?

ANDREW

Est-ce que tu veux qu'on y aille ensemble ?

ANDREW

Je veux dire, que je t'emmène en voiture ?

MOI

Je peux pas, je dois d'abord passer chez Dean.

MOI

Pour récupérer l'alcool.

ANDREW

Ah ouais. Je vais probablement dormir là-bas
de toute façon, donc j'aurais pas pu te ramener après.

ANDREW

À moins que toi aussi, tu veuilles dormir là-bas ?
Dans ce cas-là je pourrai te ramener demain matin.

MOI

OK, on peut passer la nuit là-bas.

MOI

Je veux dire, je sais que tu passes la nuit avec Danielle. Je voulais juste dire que moi aussi, je pouvais dormir là-bas. Sur le canapé.

ANDREW

Ouais, j'avais compris.

MOI

OK, on se voit là-bas !

***

Quand j'arrive chez Dean, un énorme carton m'attend. Il est rempli de canettes de bière, de tequila et d'une autre bouteille avec une étiquette représentant un dragon qui fait un peu peur. Dean et Cody sont affalés sur le canapé à jouer à *Mario Kart*, pour changer. À croire que le monde cesserait de tourner s'ils s'arrêtaient.

– Tu es sûr que tu ne veux pas venir ? dis-je en essayant de soulever le carton qui est beaucoup plus lourd que je le pensais.

– Oui, sûr, dit-il. Mais tu devrais passer après.

– Je ne sais pas si quelqu'un pourra m'emmener.

Si nous consommons tout ce que contient ce carton, personne ne sera en état de conduire avant demain matin. Et je n'ai aucune envie de marcher et de traverser le campus en pleine nuit.

– Je trouve juste ce concept de « Cène » un peu bizarre, précise-t-il. Je ne me sens pas vraiment à ma place dans ces fêtes de fin de lycée. Tu sais, tu pourrais toujours faire l'impasse. On pourrait boire tout cet alcool tous les deux.

Il me lance un grand sourire. Je sais bien qu'il blague et que son offre n'est pas sérieuse. Et en toute honnêteté, je crois que même si elle l'était, je la déclinerais. J'ai beau avoir passé les trois dernières années à me plaindre des fêtes du lycée, j'avoue avoir hâte d'être à celle-ci. Probablement parce que ce sera la dernière.

– Ça ne sera pas bizarre, dis-je.

– On se voit demain ? dit-il. Au bal. La vraie fête, ce sera celle-là.

– Dean a tellement hâte d'être au bal de promo qu'il est à deux doigts de se faire pipi dessus, dit Cody.

J'ai du mal à savoir s'il est sarcastique ou non. Je crois qu'il essaie juste d'être un peu méchant mais je n'en suis pas sûre.

– OK.

– Ça fait 250 dollars pour l'alcool, dit Dean.

Je fouille dans mon portefeuille, sors les billets que Danielle m'a donnés et les lui tends.

– On se voit demain soir ? répète-t-il. Tu n'es pas fâchée, hein ? Tu as toujours hâte d'aller au bal ?

Je soulève le carton et bataille jusqu'à la porte d'entrée.

– Ouais, dis-je. J'ai toujours hâte d'aller au bal.

26

La fête bat déjà son plein quand j'arrive. Les murs de la maison tremblent sous les vibrations de la musique et de l'agitation ambiante. On dirait bien que tout le monde est là – tous les élèves de terminale et la majeure partie de ceux de première. Les parents de Danielle ont une de ces maisons avec plein d'espace qui ne sert à rien – des pièces qui ont coûté une fortune à décorer mais que personne n'utilise vraiment. Les escaliers qui mènent à l'étage entourent le hall d'entrée ; on s'attend à voir un chœur de jeunes filles les descendre en dansant comme dans une vieille comédie musicale. Mais à cette minute précise, les escaliers sont remplis de lycéens.

Il y a une immense affiche scotchée au mur du fond sur laquelle on a peint en rouge les mots BIENVENUE À LA CÈNE. C'est assez risqué, vu que la peinture ne semble pas tout à fait sèche et que chaque meuble de cette maison coûte probablement plus qu'une voiture neuve. Tout en bas de l'affiche, quelqu'un d'autre a gribouillé au feutre : YO ! Et juste à côté : SUCE-MOI !

Le long du mur, on a installé une table pliante recouverte de plateaux de biscuits et de petits-fours que Danielle a confectionnés ainsi qu'un grand brownie à l'air franchement suspect, qu'elle n'a de toute évidence pas fait elle-même. Il y a des bougies électriques éparpillées un peu partout dans la maison, ce qui donne à la fête une lueur tamisée un peu féerique.

Je porte le carton rempli d'alcool jusqu'à la cuisine en évitant tant bien que mal tous ces gens qui n'ont pas l'air de me voir ou qui se moquent d'être au milieu de mon chemin. Je scanne la pièce et aperçois Hannah qui danse avec les filles de son équipe de hockey sur gazon. Avant même que j'essaie de les rejoindre, Chase débarque en désignant le carton du menton.

– Collins ! s'exclame-t-il. Qu'est-ce que tu m'as apporté de beau ?

Je penche le carton vers lui et il sourit en s'emparant d'une bouteille de tequila.

– Ça ne m'a pas l'air si nécessaire finalement, dis-je en regardant tous ces gens déjà complètement ivres autour de moi.

– Mais si, mec ! T'es un dieu !

Il dévisse le bouchon, prend une gorgée puis s'essuie la bouche du revers de la main.

– Tu bois ça sec ? dis-je en fronçant le nez de dégoût.

– Crois-moi, j'en ai besoin.

Il prend une autre gorgée puis me tend la bouteille.

– Non, merci.

Je ne veux pas avoir les idées trop emmêlées, surtout par un truc aussi fort que la tequila qui, comme le dit Ava, « fait tomber les vêtements ».

– Tu as vu Andrew ? je demande.

Chase penche la tête en arrière.

– Il est avec la maîtresse de maison.

Je regarde derrière lui et les vois. Andrew est sur le canapé qui fait face à la télé et Danielle est assise sur ses genoux. Il a la main posée sur la peau nue de sa taille, entre son tee-shirt et son short en jean.

– Ils ont l'air confortables, dis-je.

– Ils sont collés l'un à l'autre depuis le début de la soirée, dit Chase. Ce mec, c'est comme une tumeur.

Il reprend une gorgée de tequila. Et avant de comprendre ce que je suis en train de faire, je tends la main et m'empare du goulot.

– J'ai changé d'avis, je peux en avoir un peu ?

– Je t'en prie, dit-il en me tendant la bouteille.

J'en verse dans un gobelet avec un petit peu de mélange à margarita puis grimace en portant le verre à mes lèvres.

– C'est pas du poison, rit Chase.

– Si, un peu.

Je prends une gorgée en m'attendant à frissonner de dégoût, comme avec le whisky, mais suis surprise. Car c'est étonnamment bon. Dangereusement bon. Je comprends tout à coup pourquoi les gens chantent des chansons joyeuses au sujet de la margarita. Je vais devoir boire très lentement, ou tout ça va très vite me monter à la tête.

Je jette un autre coup d'œil à Andrew et le vois replacer une mèche de cheveux de Danielle. Quelque chose se serre dans mon ventre. Je ne sais vraiment pas ce qui ne va pas chez moi. Mon ventre allait très bien avant ce stupide Plan.

– Est-ce que je peux te poser une question ? dis-je en me tournant vers Chase.

Si je veux lui tirer les vers du nez, c'est l'occasion, vu qu'on est dans la même galère, lui et moi.

– Ouais, vas-y, Collins, balance. Maintenant que tu as vu mon cul, je n'ai plus rien à te cacher.

– C'est toi qui as écrit ces mots ?

– Quels mots ?

Je secoue la tête.

– Ce truc sur le mur à propos de Danielle.

– Putain mais jamais de la vie ! s'empresse-t-il de répondre, et je le crois. Je ne suis pas un connard.

– D'accord. Mais pourquoi as-tu dit à tout le monde que tu avais couché avec elle ?

Je prends une autre gorgée et sens la chaleur de l'alcool inonder ma poitrine et me donner un peu plus d'assurance. Je ne sais pas si j'ai dépassé les bornes et s'il va se mettre en colère. J'avoue que je m'en moque un peu. Il se contente de hausser les épaules.

– J'ai déconné, dit-il. J'aurais jamais dû le dire à Ryder. Je le connais depuis la maternelle et je sais parfaitement qu'il a une grande gueule. Mais c'est mon meilleur ami. Quand on passe enfin aux choses sérieuses avec la fille qu'on kiffe, on devrait avoir le droit de le dire à son meilleur ami, non ?

Je pense à tous ces trucs personnels que j'ai racontés à Hannah et à combien j'étais contrariée quand j'ai appris qu'Andrew avait passé la nuit avec Danielle sans me le dire. Comment pourrais-je en vouloir à Chase d'avoir partagé un secret qui le rendait si heureux quand c'est un truc que nous faisons absolument tous ?

– Elle te plaît vraiment ? dis-je en regardant vers le canapé sur lequel Danielle et Andrew sont affalés.

Bien sûr qu'elle lui plaît.

– C'est trop tard maintenant, dit-il en suivant mon regard. J'ai vraiment merdé.

– C'est Ryder qui a merdé. Tu as raison, elle ne peut pas t'en vouloir de l'avoir dit à ton meilleur ami. Ce n'est pas toi qui l'as raconté à toute l'école. Pourquoi tu ne l'as pas engueulé ?

– Qui ? Ryder ? C'est la dernière ligne droite du lycée. Je me contente de tenir jusqu'à la ligne d'arrivée. (Il cogne sa bouteille de tequila contre mon gobelet et conclut :) À partir de la semaine prochaine, nous ne verrons plus jamais aucune de ces personnes.

Puis il s'éloigne et va rejoindre Cecilia qui vient d'entrer dans la pièce en regardant d'un air renfrogné en direction du canapé. Chase lui passe la main autour de la taille en souriant. J'ai beau avoir vu son cul, je ne le connais pas.

Je rejoins Hannah et comprends tout de suite qu'elle a déjà bien bu. Ses joues sont toutes roses et sa frange est en pétard.

– Keely ! crie-t-elle en m'apercevant comme si ça faisait trois ans qu'on ne s'était pas vues. Joyeux dernier jour d'école !

Elle est avec Molly Moye en train de s'agiter au rythme d'une vieille chanson d'Ariana Grande.

– Qu'est-ce que t'as bu ?

J'aime sentir la tiédeur de son corps près de moi, sa présence me rassure.

– De tout, répond-elle en me donnant une pichenette sur le nez.

– Tu es excitée pour demain ? me demande Molly.

Elle brandit son verre dans ma direction et je trinque avec elle avant de prendre une autre grande gorgée. Je commence à acquiescer et m'apprête à dire quelque chose sur le bal de promo, à dire que ça va vraiment être mémorable ou une autre de ces phrases que je force mon cerveau à formuler depuis une semaine, mais je réalise soudain que non, à vrai dire je ne suis pas excitée pour demain. Quand je pense à demain, je ne pense ni au bal en lui-même, ni à danser avec mes amis, ni à célébrer la fin du lycée, ni à profiter de ces derniers instants tous ensemble. Tout ce à quoi je pense, c'est à la chambre d'hôtel que Dean et moi avons réservée, au moment où nous serons tous les deux nus sur le point de faire ce que je lui ai promis qu'on ferait.

Perdre sa virginité, c'est censé être excitant, non ? Demain soir me retourne le ventre, mais pas parce qu'il serait plein de papillons. Plutôt parce qu'il serait plein de gaz. Mais comme je n'ai aucune envie de penser à ça maintenant, je reprends une grande gorgée de margarita et je mens à Molly.

– J'ai trop hâte.

Elle s'illumine comme un sapin de Noël et passe un bras sous celui d'Hannah et l'autre sous le mien pour que nous formions une sorte de guirlande complètement ivre.

– Moi aussi, dit-elle.

– Moi encore plus, ponctue Hannah.

– Les filles, vous allez me manquer l'année prochaine, dit Molly.

C'est sans doute l'alcool qui nous rend sentimentales à ce point parce que je connais à peine Molly Moye. Enfin, ce n'est pas vrai. Je sais tout de Molly : elle sort avec Edwin Chang, elle joue au hockey sur gazon depuis le CM2, elle étudiera à Dartmouth l'année prochaine. Mais connaître ces détails de sa vie ne signifie pas que je la connais pour de vrai et que je sais ce qu'elle ressent au fond d'elle. Pourtant, quand elle affirme que je vais lui manquer, je sais ce qu'elle veut dire. Parce que moi aussi, elle va me manquer. Elle fait partie de mon écosystème. J'ai l'habitude que sa vie tourne en orbite pas trop loin de la mienne, comme si elle était toujours dans ma vision périphérique. Je sais bien qu'après la remise des diplômes – une fois que l'été sera fini et que je partirai pour la Californie, Hannah pour New York et elle pour le New Hampshire – je ne reverrai probablement jamais Molly Moye.

J'erre dans la maison, un peu perdue au milieu de tous ces gens, de cette masse de corps en sueur. J'en suis déjà à ma deuxième margarita et la tequila brouille ma vision et mélange tout le monde. J'ai l'impression d'être entourée d'étrangers.

Je tombe sur Danielle et Ava dans la cuisine. Il faut croire que Danielle a enfin réussi à se décoller des genoux d'Andrew. Où est-il, d'ailleurs ?

Une plaque de cuisson est posée sur le comptoir. Elles y ont étalé des nachos recouverts de fromage râpé. Leurs doigts sont tout graisseux. Et comme ce sont des nachos façon Danielle, il y a plein d'autres ingrédients : des olives noires, des piments, des oignons émincés et des tomates. Je la vois d'ici en train de couper tous les légumes avant le début de la fête puis de les mettre dans des petits bols comme le fait ma mère.

– Collins ! crie Ava en me voyant. Bienvenue à la Cène ! On est en train de vous préparer un festin.

Laisser Ava gérer un four est une mauvaise idée mais je suis contente de constater qu'elle a troqué les *kaleories* pour les nachos. J'espère juste que Danielle l'empêchera de mettre le feu à la maison.

– Où est Andrew ? je demande en attrapant un nacho pour le fourrer dans ma bouche.

– Attends ! hurle Ava. Ils ne sont pas encore prêts !

– Faisons un guacamole, dit Danielle en attrapant plusieurs avocats dans la corbeille à fruits sur le comptoir avant de s'emparer d'un énorme couteau.

– Ne fais pas ça ! dit Ava. Tu vas te couper la main. J'ai lu un article sur BuzzFeed – il y a des centaines de personnes par jour qui vont aux urgences à cause d'une blessure en rapport avec le guacamole.

– Non mais tu sais qui je suis ? (Danielle découpe d'un geste expert la peau de l'avocat puis plante le couteau dans le noyau et le balance dans le bac à compost.) Si jamais je me blesse un jour à cause d'un avocat, je t'en supplie, achève-moi.

– Vous avez vu Andrew ? je répète.

– Pas depuis un moment. (Danielle glisse la plaque au four.) Mais attends que ça soit cuit et il réapparaîtra aussitôt, tu vas voir. Les mecs ne peuvent pas résister au fromage fondu. C'est scientifique.

– Je vais essayer de le trouver, dis-je en faisant demi-tour et en les laissant à leur four.

Je rejoins le couloir du fond et contourne Jason Ryder et Suzie Palmer qui sont en train de se manger le visage, appuyés contre le mur. J'atteins la porte vitrée qui donne sur la terrasse et fais coulisser la moustiquaire. L'air est doux et le bruit des criquets couvre presque la musique qui hurle derrière moi. C'est là que j'aperçois Andrew et me fige. Parce qu'il n'est pas seul.

Il est avec Cecilia.

Je referme la moustiquaire et me cache derrière le mur pour les observer sans être vue. Elle est assise sur la rambarde de la terrasse et lui est debout face à elle, ce qui fait que leurs visages sont à la même hauteur. Vu d'ici, on pourrait croire qu'ils sont sur le point de s'embrasser mais je comprends vite qu'ils sont en train de se disputer, même s'ils le font à voix basse. Je dois vraiment tendre l'oreille pour les entendre.

– Donc tu vas faire comme s'il ne s'était rien passé ? demande Cecilia en posant sa canette de bière à côté d'elle sur la rambarde avant de se mettre à triturer la capsule. Tu m'as à peine regardée de toute la soirée.

Andrew recule d'un pas et se frotte la nuque.

– Je suis désolé. Danielle et moi…

– Ouais, je sais, répond-elle d'un ton sec. C'est avec elle que tu vas au bal de promo. Toi et moi, c'est fini pour de bon, c'est ça ?

– Je pensais que cette histoire ne voulait rien dire pour toi, répond-il. Tu l'as dit toi-même. Je n'aurais pas…

– Je l'ai dit parce que je savais que c'était ce que tu voulais entendre. Putain, Andrew, tu ne piges donc vraiment rien à rien ?

– Pourquoi mentir à propos d'un truc pareil ? Je ne pensais pas que c'était…

– J'ai menti parce que j'étais obligée ! crie-t-elle d'une voix aiguë et étranglée. (Elle passe la main dans sa crinière de boucles blondes, plus volumineuse que jamais dans l'humidité de l'été et reprend :) Je savais que je ne te plaisais pas vraiment. Je savais que tu étais avec moi simplement parce que tu pouvais. Et moi, j'avais vraiment envie de sortir avec toi, mais le dire m'aurait donné l'air désespéré. Les sentiments, c'est tellement rebutant, dit-elle en laissant échapper un rire amer. Alors j'ai pris les parties de toi que je pouvais prendre. Tu n'aurais jamais accepté de passer du temps avec moi si tu avais su que je t'aimais vraiment. Ça aurait tout gâché. Tout le monde sait que tu es un dragueur.

– Je ne suis pas un dragueur, proteste Andrew.

J'ai envie de le secouer comme un prunier. Elle est en train de lui dire ce que j'essaie de lui faire comprendre depuis le début. Il prend une gorgée de bière puis pose à son tour sa canette sur la barrière avant de se frotter le visage.

– T'es sérieux, Andrew ?

Je me demande à quel point elle a bu et si elle aurait eu le courage de lui dire toutes ces choses, sobre. Elle attrape sa canette et la serre si fort entre ses doigts que le métal se plie. Est-ce qu'elle va la boire ou la lui balancer à la figure ?

– Tu es tellement convaincu d'être un type bien ! Sauf que les types bien ne laissent pas tomber la fille qu'ils viennent de se taper à la minute où ils croisent une fille qui leur plaît plus.

– Je suis désolé, dit-il d'une voix suave. Je ne pensais vraiment pas… Je veux dire, je pensais qu'on était sur la même longueur d'onde. Je n'aurais pas été si… (Il s'interrompt en cherchant ses mots.) Je pensais que tu savais.

– Mon boulot, ce n'est pas d'être celle avec qui tu passes le temps en attendant la fille de tes rêves. Je ne suis pas là pour te distraire jusqu'à ce que tu trouves quelqu'un d'autre.

– Je suis désolé, répète-t-il. Sincèrement. Je ne voyais pas du tout les choses de cette façon.

– Ouais. Peu importe, dit-elle. J'aurais dû écouter

Suzie. Elle n'a pas arrêté de me répéter que je perdais mon temps. Mais je me suis dit que je pouvais peut-être te faire changer, que j'étais peut-être différente des autres. J'ai vraiment été conne, hein ?

– Ne te traite pas de conne : c'est moi qui ai agi comme un connard, dit-il.

Ses lèvres se courbent légèrement, comme si elle essayait de se retenir de sourire.

– Comme un énorme connard, dit-elle.

Mais il brandit sa canette vers elle et ils trinquent ensemble ; et je comprends qu'elle lui a déjà pardonné. Pourquoi est-ce qu'on pardonne toujours aussi facilement aux gens pour qui on éprouve des sentiments ? Je m'en veux soudainement d'avoir dit toutes ces choses à propos de Cecilia, de m'être moquée d'elle. Je ne vaux pas mieux qu'Andrew.

– Tout est cool entre toi et moi, alors ? demande-t-il.

Elle sourit et penche la tête d'une façon clairement séductrice – comme si, après tout ça, elle espérait encore avoir une chance, même si elle sait très bien que ce n'est pas le cas.

– Tu t'en sors trop facilement, dit-elle. Si on avait couché ensemble et que tu t'étais comporté comme ça, je t'aurais renversé ma bière sur la tête.

– On peut toujours y remédier, dit-il avec un grand sourire.

Les mots de Cecilia me déstabilisent un peu. « *Si on avait couché ensemble* » – comme si ça n'était jamais arrivé. Mais c'est impossible. Ils se sont vus pendant des mois, non ?

– Ne me tente pas, dit-elle en penchant sa canette au-dessus de sa tête en riant.

Il la regarde en souriant.

– Fais-le. J'irai t'en chercher une autre. Promis, dit-il en la regardant avant de fermer les yeux et de froncer le nez en attendant que ça arrive.

Et sans la moindre hésitation, elle lui verse sa canette de bière sur la tête en laissant échapper des petits cris comme si elle pouvait sentir elle-même le liquide glacé couler le long de son cou et de son dos.

Il secoue la tête et des gouttes de bière éclaboussent partout ; elle crie et bondit de la barrière puis traverse la terrasse pour s'échapper. Elle court droit vers moi et je me réfugie aussitôt à l'intérieur de la maison. Je n'ai aucune envie qu'ils découvrent que j'étais en train de les espionner. Je les entends rire tous les deux en remontant le couloir à toutes jambes, comme si c'étaient les deux meilleurs amis du monde.

Danielle n'aurait jamais laissé Andrew s'en sortir aussi facilement. Elle est bien plus forte que Cecilia. C'est son super pouvoir – toujours être capable de dire ce qu'elle a envie de dire quand elle a envie de le dire. Pourtant, même Danielle a ses faiblesses : elle traîne toujours avec Ryder et minaude toujours avec Chase comme si tout allait pour le mieux dans le meilleur des mondes. Sur ce point-là, elle est exactement comme Cecilia et comme la majorité des filles : elles sourient parce que c'est plus facile de sourire et de pardonner que de se mettre en colère, parce que, en tant que filles, nous avons été élevées pour donner aux garçons ce qu'ils attendent, pour demander pardon quand ce que nous avons vraiment envie de dire, c'est « va te faire foutre ».

L'odeur des nachos envahit la maison – une odeur de fromage gratiné, chaud et fumant. Mais il n'y a personne en train de manger dans la cuisine. Tout le monde est agglutiné dans le salon où quelque chose de plus intéressant semble être en train de se passer. Et puis je la vois : Danielle qui tient une bouteille de tequila vide en affichant un sourire malicieux.

– Qui veut jouer au jeu de la bouteille ? dit-elle en la secouant pour appâter les gens autour d'elle.

– Arrête, soupire Ava. On n'est plus en quatrième. On n'a pas besoin d'un jeu pour se rouler des pelles.

Elle réajuste son débardeur en tirant si fort dessus que ses seins manquent de s'échapper de son décolleté.

– Peut-être que *tu* n'as pas besoin d'un jeu pour t'aider à rouler des pelles, mais nous ne sommes pas tous aussi… doués, dit Danielle en haussant un sourcil avant de lui tourner le dos et de poser la bouteille par terre. Tout le monde dans le salon !

Jason Ryder dévale les escaliers et surgit dans la pièce en poussant des petits cris de joie.

– Putain mais grave ! s'exclame-t-il, en renversant un peu de la bière qu'il tient dans sa main.

Je vois Suzie descendre derrière lui, un peu gênée. Puis un groupe de mecs arrive du garage, laissant derrière eux leur jeu de bière-pong. Sophie Piznarski et Molly Moye, qui étaient en train de se faire des messes basses dans un coin, acquiescent et rejoignent le groupe elles aussi. J'entends un bruit et réalise que Cecilia et Andrew sont derrière moi. Il a les cheveux trempés de bière.

Je vis mon pire cauchemar. Il n'y a pas un élève de cette école que j'aie envie d'embrasser. Et je n'ai certainement pas envie de voir Andrew faire tourner cette bouteille pour qu'elle finisse par pointer vers une des filles qu'il s'est déjà tapées. Ce serait quoi, le pire ? Cecilia ? Sophie ? Danielle ?

Hannah surgit derrière moi en glissant son bras autour de mon épaule.

– Ton jeu préféré, pas vrai ?

Elle recule en tirant la langue pour me montrer qu'elle blague. Elle a dû arrêter de boire parce qu'elle semble avoir les idées plus claires et les joues beaucoup moins rouges que tout à l'heure. À croire que nous avons échangé nos places, elle et moi. Maintenant, c'est moi qui suis ivre. J'essaye de rire avec elle mais, pour être sincère, je me sens plutôt nauséeuse. La pièce est floue et je secoue la tête pour essayer d'évacuer un peu de tequila de mon système sanguin.

– Je crois que je ne vais pas jouer, dis-je en essayant de m'éloigner du cercle.

– Te voilà, dit Andrew en surgissant à côté de moi.

Son bras effleure le mien, il est mouillé de la bière que Cecilia lui a renversée dessus. Je me déplace légèrement pour rompre le contact entre nous.

– Je te cherchais, continue-t-il en souriant.

Tout ça me tue un peu parce que je sais que c'est un mensonge. Est-ce qu'il me cherchait quand Danielle était accrochée à lui comme un koala dans le salon ? Quand Cecilia minaudait pour l'attendrir sur la terrasse ? Je l'ai entendu sortir cette phrase à toutes les filles qu'il a draguées en soirée, et maintenant il me la sort à moi. Je tourne la tête sans lui répondre.

– Eh, Chase, viens jouer ! crie Danielle. Brosner, ramène tes fesses ici tout de suite !

Et parce qu'il suffit qu'elle donne un ordre pour que tout le monde s'exécute, Chase s'approche d'un pas tranquille, les mains pleines de nachos. *Pourquoi veut-elle qu'il vienne jouer ?*

Danielle s'assoit en tailleur et tout le monde l'imite. Sans vraiment savoir pourquoi, je m'assois moi aussi.

– Ava ! Puisque c'est toi la pro, dit-elle en lui tendant la bouteille que cette dernière s'empresse de placer au milieu du cercle.

– Tequila, s'il vous plaît, ordonne Ava en tendant la main.

Chase lui tend une bouteille à moitié pleine. Elle en prend une gorgée dans un geste exagéré, puis avale en frissonnant et en secouant la tête avant de faire claquer ses lèvres.

– Merci, Chase, dit-elle en lui caressant tendrement la joue, un peu trop longtemps.

Elle s'empare de la bouteille au sol et la fait tourner. Nous la fixons tous en remuant la tête en cercle, encore et encore, tout en passant silencieusement en revue toutes les combinaisons possibles.

La bouteille tombe sur Jason Ryder. Tout le monde applaudit et Ryder brandit le poing – un geste victorieux qui lui fait renverser encore un peu plus de sa bière, cette fois sur son tee-shirt. À côté de lui, Suzie fronce un peu les sourcils mais continue de sourire. Les règles du lycée sont ce qu'elles sont, nous le savons tous : elle est obligée de prétendre que tout ça ne l'atteint pas.

– Ah, c'est pas drôle, dit Ava en faisant la moue. On s'est déjà choppés.

Mais elle se penche et l'embrasse quand même. Puis Ryder en profite pour lui pincer le sein. Tout le monde applaudit et je me force à rire, même si je ne trouve pas ça drôle, même si je remarque bien l'air décontenancé d'Ava pendant une fraction de seconde. Je me demande si les autres filles savent que c'est mal, elles aussi, si elles font semblant de rire parce que les garçons rient, si elles applaudissent parce qu'elles se disent que c'est Ava et que ça rend tout ça acceptable pour une raison ou pour une autre.

Mais Ava se met à rire elle aussi.

– Pas devant tout le monde, Ryder, dit-elle en se rasseyant dans le cercle. Sois sage.

C'est donc au tour de Ryder. La bouteille tourne, tourne et tourne, et je prie le ciel qu'elle ne tombe pas sur moi. L'idée d'avoir la langue de Jason Ryder au fond de ma gorge me donne envie de vomir.

La bouteille s'arrête sur Chase. Tout le monde explose de rire de façon hystérique.

– Pas moyen, putain ! dit Ryder. Deux mecs ne sont pas obligés de s'embrasser. (Il agite la main en direction de Suzie.) Je n'ai qu'à embrasser Suzie, elle est juste à côté de moi.

– Jason, intervient Danielle en se penchant pour attraper la bouteille comme si ça lui donnait le droit de prendre la parole. Ma maison, mes règles. Et je dis que tu dois embrasser Chase.

Je vois l'étincelle qui éclaire ses yeux. Elle jubile. C'est sa revanche sur Ryder pour ce qu'il vient de faire à Ava et pour ce qu'il a dit sur elle dans le foyer des terminales. C'est sa revanche sur Chase pour beaucoup plus encore.

– Allez, les garçons, on ne va pas y passer la soirée, insiste-t-elle avec un sourire malicieux en faisant rebondir le goulot de la bouteille dans sa paume – *pam, pam, pam.*

– Putain, mais c'est complètement débile ! dit Ryder.

J'ai pas besoin d'un jeu pour me taper des meufs. Je vais me chercher une autre bière, annonce-t-il en se levant.

– Est-ce que ça veut dire que tu ne veux plus jouer avec nous, Jason ? demande Danielle d'une voix mielleuse.

Il continue de s'éloigner et lève la main pour lui faire un doigt d'honneur sans même se retourner.

– Qu'il est sensible, s'amuse-t-elle.

– C'est donc à mon tour ? demande Chase en tendant la main vers Danielle.

Elle le regarde un instant, soupire, puis place la bouteille dans sa main ouverte.

– Fais-en bon usage, Brosner.

– Dans ce cas, je vais t'embrasser toi directement, dit-il en pointant la bouteille vers elle. Je voulais que ça tombe sur toi, de toute façon.

– Ce ne sont pas les règles, dit-elle en dirigeant la bouteille vers lui. Tu dois la faire tourner.

– Dani, l'implore-t-il d'une voix douce.

– Tourne.

Il soupire et se penche pour faire tourner la bouteille. Elle tombe sur Danielle. Bien évidemment. C'est toujours comme ça que les choses se passent avec Chase. Elle le fusille du regard et se penche vers lui.

– Très bien, Brosner, le jeu, c'est le jeu. Tu peux m'embrasser.

Il sourit et glisse sa main sur sa nuque pour la tirer délicatement vers lui. Elle garde les lèvres fermement serrées tandis qu'ils se rapprochent. Mais je la vois sourire juste avant que leurs lèvres ne se touchent, comme si elle ne pouvait pas s'en empêcher, comme si, au fond d'elle, elle avait envie de l'embrasser depuis le début.

Je jette un coup d'œil à Andrew en espérant qu'il ne soit pas trop contrarié, mais il les regarde à peine. Il a les yeux rivés sur le sol et trace des formes sur le parquet avec son pouce. Il sent probablement mon regard parce qu'il lève la tête vers moi.

Ça va ? je lui demande par télépathie. *Ce n'est pas trop difficile à regarder ?*

Ce jeu craint vraiment, me répond-il.

Danielle replace la bouteille au sol, la fait tourner et nous retenons tous notre souffle encore une fois. Je prends une grande gorgée de tequila. À ce stade, plus besoin de mélange à margarita parce que la tequila a désormais suffisamment bon goût, un goût à la fois sucré et acidulé. Une fois ma gorgée avalée, je relève les yeux et remarque que la bouteille pointe en direction d'Andrew.

Tout le cercle se met à crier et Danielle marche à quatre pattes jusqu'à lui en lui faisant signe de s'approcher avec son index. Ils se retrouvent à mi-chemin et il glisse les mains dans ses cheveux comme si c'était leur place habituelle. Puis ils s'embrassent. Je les ai déjà vus s'embrasser avant (dans la voiture), mais pas comme ça. Pas depuis que je sais qu'il est amoureux d'elle. Je réalise que j'ai toujours la bouteille de tequila dans la main et la tends à la personne juste à côté de moi.

Puis c'est au tour d'Andrew de faire tourner la bouteille et j'ai du mal à respirer. Je ne veux pas que ça tombe sur moi parce que je n'ai pas envie de l'embrasser devant tout le monde, ni devant qui que ce soit. Mais je n'ai pas envie que la bouteille tombe sur quelqu'un d'autre non plus. Et je n'ai aucune envie de réfléchir à ce que tout ça signifie.

– Reed a déjà embrassé toutes les filles du cercle ! crie Simon.

– Pas toutes, dit Andrew.

– Pas Collins ! dit Edwin en lui faisant un clin d'œil.

Les oreilles d'Andrew deviennent toutes rouges, mais il rit et fait tourner la bouteille de toutes ses forces. Quelqu'un me tend la tequila et j'en avale une énorme gorgée. Ma vision se floute, ma gorge me brûle et mon estomac se met à chauffer. Andrew me jette un bref coup d'œil, nos regards se croisent l'espace d'un instant, puis il se concentre de nouveau sur la bouteille qui tourne à toute allure et je me demande à quoi il pense, s'il angoisse à l'idée qu'elle tombe sur moi.

La bouteille s'arrête et je suis à deux doigts d'exploser en sanglots.

Elle pointe en direction d'Hannah.

Je pose ma main sur la bouche pour essayer de retenir le bruit que je viens de laisser échapper malgré moi. Curieusement, je n'avais pas pensé à cette possibilité. Curieusement, c'est la pire de toutes. Je sais que ça ne devrait avoir aucune importance. C'est un jeu et ça ne veut rien dire. Mais j'ai du mal à respirer. J'ai envie de dire à tout le monde que je ne me sens pas bien, j'ai envie de leur dire d'arrêter, de leur dire qu'ils me donnent le tournis. Mais quel droit aurais-je de faire ça ? Je connaissais les règles du jeu quand je me suis assise avec eux. Dire quelque chose ne ferait que me coller la honte. Danielle va croire que j'éprouve des sentiments que je n'ai pas. Je relève tout de même la tête, parce que je ne peux pas m'en empêcher, parce que nous sommes toujours attirés par les choses qui nous répugnent le plus.

Andrew et Hannah ne sont pas en train de s'embrasser. Ils me fixent tous les deux.

– Qu'est-ce que vous attendez ? demande Danielle. Allez, hop ! Bisou bisou.

– Je ne peux pas, dit Hannah.

Je sens une vague de soulagement m'envahir – un soulagement qui ne devrait pas exister.

– Nous ne pouvons pas, répète Andrew.

– Ne soyez pas ridicules, dit Danielle. Tous les autres se sont embrassés. On devrait déjà en avoir fini.

Andrew me regarde moi, puis Hannah, puis Danielle, puis de nouveau moi.

– Fais-le, qu'on en finisse ! crie Simon.

– Je ne veux pas, c'est clair ? dit Hannah d'une voix de plus en plus aiguë. Est-ce qu'on peut décider de passer notre tour d'un commun accord ? C'est ton cavalier pour le bal en plus, ce serait juste trop bizarre.

– En tant que cavalière de bal, dit Danielle en regardant Andrew, je te donne l'autorisation d'embrasser Hannah.

– Ça n'arrivera pas, répond-il.

Je sais qu'ils font ça pour moi et je leur en suis reconnaissante, mais d'un autre côté ça me stresse. C'est parce qu'ils ont vu que j'étais en train de paniquer ?

– Très bien, dit Danielle en croisant les bras et en se redressant d'un air contrarié. Très bien. Nouvelles règles. Peu importe. Hannah, tu n'as qu'à donner ton baiser à quelqu'un d'autre.

– Hé ! intervient Ava. Ce n'est pas juste. Je n'aurais pas embrassé Ryder si j'avais su que c'était possible.

– Arrête de faire genre il ne te plaît pas, s'énerve

Danielle, et Ava baisse aussitôt les yeux. Très bien, Hannah, qui veux-tu qu'Andrew embrasse ?

– Dis Chase ! crie Cecilia. Edwin !

Moi, pense-t-elle évidemment au fond d'elle-même.

Mais Hannah va forcément choisir Danielle. Elle sait qu'Andrew est amoureux d'elle – un secret que je n'étais pas censée lui raconter. Elle sait d'ailleurs que si Danielle a accepté de modifier les règles, c'est parce qu'elle sait qu'Hannah va la choisir elle.

Hannah attrape la bouteille de façon un peu hésitante, puis la tourne vers moi.

– Keely.

27

– Pardon ? je demande en m'étouffant. Ce n'est pas…

– Keely n'a pas encore joué, explique Hannah au reste de l'assemblée.

Non mais qu'est-ce qu'elle est en train de faire ? Elle sait très bien que, même si on prétend que tout est normal, les choses sont compliquées entre Andrew et moi en ce moment. Et puis je finis par comprendre : elle n'est pas au courant. Je ne lui ai toujours pas dit que j'avais mis le Plan à exécution. Elle ne sait pas qu'Andrew et moi, nous nous sommes déjà embrassés, que nous avons même fait beaucoup plus que ça. Elle rêve de nous voir ensemble depuis si longtemps. Elle a sauté sur l'occasion, évidemment. Elle se prend probablement pour un génie à cette seconde précise.

Je lui lance un regard noir.

– Eh bien ? dit Danielle en agitant la main vers Andrew et moi. On attend.

– Ah ! oui, dit Andrew.

Il essuie ses mains sur son short puis s'approche de moi. Bon sang, il a vraiment l'intention de le faire ! Je sens mon pouls s'accélérer, j'ai le cœur au bord des lèvres. J'ai la bouche sèche et passe ma langue sur mes lèvres pour les humidifier – elles ont un goût de tequila et de citron. Ça ne sera pas si terrible que ça. Ça ne durera que quelques secondes. C'est tout ce que ça prendra – tout ce que les gens attendent. Juste quelques secondes, ses lèvres contre les miennes, à peine un smack et ce sera fini. Sauf qu'une partie de moi n'a pas envie que ça finisse aussi vite. Une partie de moi a envie de plus que quelques secondes, de plus que quelques minutes – une partie de moi a envie de s'abandonner à lui, de fondre contre lui. Je secoue la tête pour éloigner cette partie-là.

– OK, dis-je en laissant échapper un soupir tremblant.

– OK, répond-il en passant sa main dans mes cheveux.

Je me demande si une partie de lui en a également envie. J'essaie de ne pas laisser mon visage me trahir – juste au cas où aucune partie de lui n'aurait envie de moi.

Du coin de l'œil, j'aperçois Sophie Piznarski se lever et quitter la pièce puis Cecilia se pencher en avant pour regarder, en écrasant si fort ses poings contre le sol que ses jointures deviennent toutes blanches.

Et puis, je ne vois plus que lui, que ses yeux verts qui me fixent. Et puis je ne vois plus rien du tout parce que mes yeux se ferment et que nos lèvres se touchent. C'est exactement comme dans mon souvenir. Je ne pensais pas qu'il suffisait d'embrasser quelqu'un une seule fois pour que ses baisers deviennent familiers – mais c'est exactement ça : quand je l'embrasse, j'ai l'impression d'être chez moi. Et jusqu'ici, je ne savais pas que chez moi avait un goût, une odeur, que c'était un endroit que je pouvais retrouver en posant mes lèvres contre celles de quelqu'un d'autre – des lèvres légèrement gercées qui ont un goût de sel. Je n'entends que le sang qui parcourt mes oreilles – je n'ai aucune idée de ce qui se passe autour de nous, si les gens crient et applaudissent ou non.

Puis tout s'arrête aussi vite que ça avait commencé. Je me redresse en ouvrant les yeux et me rappelle où nous sommes : devant tout le monde, devant les filles du passé d'Andrew et devant celles de son présent. Je tourne la tête pour ne pas le regarder lui, j'essaie de me concentrer sur quelqu'un d'autre, n'importe qui d'autre.

– Collins, c'est à toi de faire tourner la bouteille ! crie Danielle en me la tendant.

Je l'attrape d'une main tremblante. J'ai toujours le cœur qui bat à cent à l'heure. J'ai l'impression d'être en dehors de mon corps, comme si tout ça était en train d'arriver à quelqu'un d'autre que moi. Je me rassois et le cercle s'élargit pour laisser Andrew et Hannah s'asseoir à côté de moi. Hannah me serre le genou avec un grand sourire aux lèvres, de toute évidence contente d'elle.

– Tourne, Collins, répète Danielle en tapant le parquet de ses ongles noirs pour imiter le battement d'un tambour.

J'ai le vertige quand je me penche en avant pour poser la bouteille par terre. Je ne veux pas la faire tourner – je suis déjà bien trop perdue, bien trop désorientée, et embrasser Ryder, Chase, Simon ou qui que ce soit d'autre ne fera qu'ajouter à ma confusion. Je veux réfléchir à ce qu'il vient de se passer avec Andrew, découvrir ce que ça veut dire. Enfin, si ça veut dire quelque chose.

– Tourne ! crie Ava d'un ton léger et joyeux.

Je pose mon regard sur elle un peu trop brusquement et elle se floute – je vois deux Ava et quatre seins qui rebondissent tandis qu'elle applaudit. Elle lève les bras pour m'encourager et un faisceau de lumière colorée suit chacun de ses mouvements. J'ai besoin de secouer fort la tête pour retrouver une vision à peu près normale.

– Tourne ! crie quelqu'un d'autre et puis ils se mettent tous à scander : Tourne, tourne, tourne !

Je penche la tête et pose une main tremblante sur ma bouche.

– Je ne me sens pas bien, dis-je. Je crois que je vais être malade.

Je trébuche en essayant de me relever et ma chaussette glisse sur le parquet ciré.

– Aïe, Reed ! se moque quelqu'un. T'as si mauvaise haleine que ça ?

Je remonte à toutes jambes le couloir qui mène à la salle de bains et m'y enferme avant qu'on ne puisse pas me suivre. Je laisse derrière moi le bruit des rires et des huées. Je me penche au-dessus de l'évier, ouvre le robinet d'eau froide, m'en asperge le visage et appuie mon front contre le miroir. Le froid m'apaise un peu. Peut-être que je peux me cacher ici jusqu'à ce que tout le monde passe à autre chose, se mette à boire et oublie que j'étais là un jour. Est-ce que quelqu'un remarquerait mon absence, de toute façon ?

On frappe doucement à la porte.

– Collins ? appelle la voix étouffée d'Andrew. Est-ce que ça va ?

Je ne réponds pas.

– Est-ce que je peux entrer ?

Il y a un long silence durant lequel j'essaye d'estimer si j'ai envie de décoller mon front du miroir. Je ne suis pas sûre d'avoir envie d'être près de lui.

– Je vais bien, dis-je d'une voix éraillée. Je n'avais juste plus envie de jouer.

– Parce que j'embrasse vraiment trop mal ? demande-t-il d'un ton amusé. Je sais que c'est faux. J'ai des témoins… (Je l'entends tapoter la porte.) Peut-être que j'embrasse si bien que tu as eu peur que le luxe prenne le dessus et que tu as préféré partir. C'est…

– Je crois que tu confonds luxe et luxure, dis-je en relevant la tête.

J'entrouvre la porte et il est là, derrière, à me faire un grand sourire. Il entre et la referme derrière lui, puis s'assoit à côté de moi sur le rebord du Jacuzzi. Nous sommes dans la salle de bains du rez-de-chaussée, celle de la chambre d'amis – mais elle fait tout de même le double de celle de mes parents. À côté de l'évier, il y a une photographie encadrée de Danielle au collège, qui se tient fièrement à côté d'un cheval. Je tourne la tête pour éviter son regard.

Nous restons là, en silence, au bord de la baignoire. D'une certaine façon, c'était plus simple de se parler à travers la porte fermée, de se souvenir comment être son amie quand je ne pouvais pas le voir. Maintenant qu'il est assis à côté de moi, sa jambe gauche collée contre ma jambe droite, son odeur – ce mélange de sueur, de shampooing et de bière désormais séchée – me donne un peu le tournis.

– Est-ce que ça sera tout le temps comme ça ? finis-je par demander en triturant les fils de mon jean troué. J'ai toujours été fière de nous, fière qu'on ait réussi à rester amis même après la puberté. Mais on doit peut-être accepter le fait que ça ne fonctionne plus.

– Bien sûr que si, ça fonctionne, dit-il. Ça fonctionne

depuis des années. Ce n'est pas parce qu'on s'est embrassés au jeu de la bouteille que…

– Il ne s'agit pas du jeu de la bouteille, dis-je. Il s'agit du Plan. Il s'agit de toi qui m'as vue nue et qui m'as caressé les seins.

En disant ça à haute voix, j'explose de rire de façon inattendue. Andrew se met à rire lui aussi et je sens quelque chose se détendre à l'intérieur de moi.

– Ils sont très jolis, tes seins, dit-il et je lui donne un petit coup de coude.

Il perd l'équilibre et tombe à la renverse dans la baignoire vide en écarquillant les yeux. Je laisse échapper un cri tandis qu'il m'entraîne avec lui et j'atterris violemment sur le ventre en me cognant le coude.

– Aïe ! dis-je en regardant l'os à l'endroit où il y aura certainement un bleu d'ici quelques minutes.

Mais je le sens se secouer de rire sous moi et me mets à rire moi aussi. Tout redevient naturel, comme au bon vieux temps.

– On ne pourrait pas rester ici pour le reste de la soirée ? je demande. Je n'ai aucune envie de retourner là-bas.

– Vendu, dit-il en s'allongeant dans la baignoire pour se mettre à l'aise.

Il s'adosse à une extrémité et plie les genoux. Je m'installe de l'autre côté, face à lui. Le robinet est juste derrière moi et je décale la tête un peu à gauche pour l'éviter. Il croise les mains derrière son cou et ferme les yeux comme si nous étions dans un vrai Jacuzzi en marche.

– Ça va, t'es bien installé ? je lui demande.

Il acquiesce en gardant les yeux fermés.

– Tu te souviens de l'époque où on prenait des bains ensemble, toi et moi ? Comment on faisait pour tenir à deux ?

– À l'époque, tu ne mesurais pas dix mètres.

– Toi, tu fais exactement la même taille en revanche, dit-il avant de sourire. Enfin, ça dépend de quelles parties de ton corps on parle.

– Tais-toi, dis-je en le repoussant avec mon genou plié.

– Tu sais ce qu'on devrait faire ? On devrait remplir la baignoire. Comme il y a dix ans. Ce serait un Jacuzzi à voyager dans le temps.

– Hein ? je demande alors que je l'ai parfaitement entendu.

– Prenons un bain.

– Nous sommes habillés, dis-je en sentant déjà mes joues rougir à peine ma phrase terminée.

– Et alors ? Laisse-toi vivre un peu. Il faut que je me lave les cheveux de toute façon.

– Ouais, tu pues.

– Cecilia m'a renversé une bière dessus.

– Tu le méritais probablement.

– C'est vrai, dit-il.

Il tend la jambe, pose le pied sur le robinet et se sert de ses orteils pour ouvrir l'eau qui vient aussitôt asperger mon épaule.

– Éteins, éteins ! C'est glacé !

J'essaie de m'éloigner du jet mais plus je bouge, plus je glisse, et plus l'eau gicle dans tous les sens.

– Elle va se réchauffer d'ici une seconde, dit-il.

Je place la main en dessous du jet pour l'éclabousser, mais en effet, l'eau devient vite délicieusement tiède.

– Tu vois ? dit-il quand les gouttes l'atteignent.

Il s'essuie le visage et passe une main mouillée dans ses cheveux. Je capitule et me rallonge contre la paroi en savourant la sensation agréable de l'eau tiède qui coule sur mon cou et mes épaules. La baignoire se remplit doucement et mon jean devient de plus en plus lourd et inconfortable.

Quant au tee-shirt gris d'Andrew, plus il se mouille, plus il lui colle au corps comme une seconde peau. Je baisse les yeux pour regarder mon tee-shirt à moi en espérant qu'il ne me moule pas de la même façon et je tire dessus pour le décoller de mon buste.

– Et puis merde, dit Andrew en enlevant son tee-shirt avant de le balancer sur le carrelage où il atterrit dans un *splash.* Ah, voilà qui est beaucoup mieux !

– Drew ! dis-je en faisant semblant d'être outrée.

Mais quelque chose se contracte à l'intérieur de moi en le voyant de nouveau torse nu et en apercevant de nouveau cette ligne de poils qui relie son nombril à la ceinture de son short. Ses cheveux trempés partent dans tous les sens et quelques gouttes d'eau sont accrochées à ses cils, comme des flocons de neige.

– Quoi ? Ça ? demande-t-il en pointant du doigt son torse nu. C'est comme si j'étais en maillot de bain. C'est pas grave.

– D'accord, dis-je en essayant de prendre une grande inspiration tout en me souvenant malgré moi du baiser que nous avons partagé tout à l'heure. Je n'enlèverai pas le mien.

– Très bien, dit-il en tapotant l'eau du bout du pouce. Je ne m'attendais pas que tu le fasses.

– Très bien, dis-je.

– Très bien.

Et pourtant, je le fais quand même. Mes mains attrapent le bas de mon tee-shirt comme si elles ne m'appartenaient plus, comme si c'étaient celles de quelqu'un d'autre et que je n'avais plus aucun contrôle sur elles. J'enlève mon tee-shirt et le pose à côté de la baignoire. J'ai un soutien-gorge en coton gris probablement un peu transparent mais j'essaie de ne pas y penser. Nous nous regardons droit dans les yeux. La tension est à son comble.

Andrew plonge la main dans l'eau et défait le bouton de son short. Je l'imite. Nous tirons sur nos bas en même temps, en mettant de l'eau tout autour de la baignoire. Je me penche en avant pour finir d'enlever mon pantalon. Il se penche en avant lui aussi, après avoir placé ses jambes de chaque côté de mon corps comme pour me maintenir en place. Il s'arrête à mi-chemin, quand son short est au niveau de ses genoux, parce que l'avant de son corps est désormais écrasé contre l'avant du mien et que nos visages ne sont plus qu'à une vingtaine de centimètres, et que je n'arrive plus ni à penser ni à respirer. La vapeur du bain me donne le tournis mais pas d'une façon désagréable comme tout à l'heure. Pas comme si j'étais sur le point d'être malade. Non, là, c'est un peu comme quand on est tout en haut d'un grand huit, le moment juste avant le grand plongeon, celui où on a l'impression d'être en apesanteur.

Puis Andrew m'embrasse. Sa poitrine trempée s'écrase contre la mienne, glissante, tiède et délicieuse. Le jet d'eau derrière moi semble redoubler, comme pour faire écho au sang qui s'agite dans mes tempes. Andrew glisse la main dans mes cheveux mouillés et m'attire encore un peu plus contre lui en me mordant la lèvre inférieure, et la sensation me fait frissonner malgré la chaleur du bain.

Je ne pense qu'à une chose : *encore, encore et encore.* J'ai besoin de me rapprocher de lui. Je veux être aussi proche de lui que possible, je veux faire partie de lui, je veux que l'on fusionne comme deux particules atomiques.

Mais tout à coup, on se met à frapper violemment à la porte.

Je sursaute et reviens à la réalité. Mes yeux s'ouvrent si vite que j'ai l'impression de voir des étoiles. Ceux de Drew sont ouverts eux aussi, il semble complètement essoufflé. Il se penche vers moi pour prendre de nouveau mes lèvres avec les siennes.

– Fais comme si tu n'avais rien entendu, dit-il.

Mais les coups redoublent.

Je secoue la tête pour essayer de retrouver mes esprits, de revenir à l'intérieur de mon corps. Et c'est là que la réalité s'abat sur moi comme une enclume – tout ce que j'avais essayé d'ignorer jusqu'ici.

– Keely, est-ce que tu es là ?

C'est la voix d'Hannah derrière la porte.

Je me tortille pour éteindre le robinet derrière moi et, quand l'eau s'arrête enfin, un silence assourdissant envahit la pièce. Je secoue de nouveau la tête en essayant de m'éloigner d'Andrew mais ses genoux m'empêchent toujours de bouger – ça, et le fait que nous soyons tous les deux empêtrés dans son short. Sa phrase de tout à l'heure me revient en tête : « Je te cherchais. » Cette phrase qu'il sort à toutes les filles dans toutes les soirées. Il l'a dite à Cecilia à mon anniversaire avant de l'emmener prendre une douche dans la salle de bains. Je n'arrive pas à croire que je me sois laissé avoir comme ça alors que je connais le scénario par cœur. Je me suis toujours sentie mal pour ces filles qui tombaient dans le piège d'Andrew le fêtard. Et voilà que maintenant je suis l'une d'entre elles.

– Laisse-moi partir, dis-je en m'agitant.

De l'eau déborde de la baignoire et vient éclabousser le carrelage. Il retire ses genoux en se penchant en arrière pour remonter son short.

– C'est une de tes tactiques, n'est-ce pas ?

Il passe la main dans ses cheveux et secoue la tête ; de l'eau vole dans tous les sens.

– De quoi tu parles ?

– Avec combien de filles as-tu pris des bains ?

– Keely ! appelle de nouveau Hannah depuis l'autre côté de la porte.

Je comprends à sa voix aiguë et étranglée que quelque chose ne va pas. J'essaie de me relever mais la baignoire est glissante et je manque de trébucher.

– Je n'arrive pas à croire qu'après tout ce qu'on a traversé tu essaies de me mettre dans ton lit, dis-je en posant mes mains sur le rebord de la baignoire pour garder mon équilibre.

– Je n'essaie pas de te mettre dans mon lit.

Je sais que je suis aussi fautive que lui dans cette histoire, mais j'ai trop mal pour y penser. C'est exactement comme ce qu'il m'a dit il y a quelques mois, combien c'était plus simple de ne rien ressentir plutôt que de prendre le risque de souffrir. Peut-être que c'est pour ça qu'il n'a toujours rien dit à Danielle, qu'il se sert de moi comme distraction.

– Je dois y aller, dis-je en sortant tant bien que mal de la baignoire.

Je renfile mon tee-shirt trempé, le tissu glacé me colle à la peau.

– Attends, dit-il et je m'arrête une seconde, la main sur la poignée de la porte.

Mais je suis incapable de me retourner. Hannah continue de frapper et je lui ouvre. Elle est en sanglots, de longues rivières de mascara coulent le long de ses joues et elle arrive à peine à parler, tellement elle suffoque.

– Qu'est-ce qui se passe ? dis-je en la serrant dans mes bras – en oubliant que mes habits sont trempés, qu'Andrew est toujours derrière moi dans la baignoire, torse nu.

Mais Hannah ne semble même pas le remarquer.

– Il est revenu pour l'été, dit-elle en cachant ses yeux derrière ses mains. Il est ici, à cette fête.

– Qui ? je demande, même si la réponse est évidente.

Il n'y a qu'une personne qui peut rendre Hannah à ce point fragile, qui peut la déchirer en deux.

– Charlie, dit-elle. Charlie est là.

28

– Où ça ? dis-je en me hissant sur la pointe des pieds pour scruter la pièce derrière elle.

J'étais déjà en colère avant qu'elle arrive mais là, j'ai des envies de meurtre. Et Charlie serait une victime idéale.

– Je ne sais pas, dit-elle en s'essuyant les joues. Je suis partie en courant dès que je l'ai vu. Je ne voulais pas qu'il me voie en train de pleurer, explique-t-elle entre deux hoquets.

Je sens Andrew approcher derrière moi et sa main se poser dans mon dos.

– Tout va bien, les filles ? demande-t-il alors que je me décale.

– On va très bien, dis-je en me rapprochant d'Hannah.

Je ne supporte pas d'être près de lui. Hannah nous regarde tour à tour, puis écarquille les yeux. Elle vient de réaliser que nous sommes tous les deux trempés et qu'Andrew est torse nu.

– Une seconde, qu'est-ce qui se passe ici ? demande-t-elle.

– Viens, dis-je. Il faut que tu rentres chez toi avant que Charlie ne te voie.

– Keely, dit Andrew en tendant la main pour nous

arrêter. Tu étais censée rester ici, tu te rappelles ? Je peux vous ramener toutes les deux demain matin.

– Je ne peux pas passer la nuit ici, dis-je en lui tournant le dos. (J'ai soudain l'impression d'être aussi fragile qu'Hannah. Je ne sais pas si c'est la tequila qui me donne le tournis et me fait perdre l'équilibre, ou si c'est juste le fait qu'Andrew soit aussi près de moi. De minuscules gouttes d'eau coulent le long de son torse. Mes yeux en suivent une et la regardent parcourir sa peau avant de disparaître sous la ceinture de son short. Je m'énerve :) Et enfile un tee-shirt, bon sang !

J'attrape Hannah par le bras et l'entraîne dans le couloir.

Puisque personne n'est en état de conduire, Hannah et moi décidons de rentrer à pied. La nuit est douce, même à cette heure avancée, et je préfère marcher six kilomètres dans mes habits trempés plutôt que de passer une seconde de plus à cette fête, coincée entre Andrew, Danielle et Charlie le Mangemort. Et puis, bouger me fait du bien. J'ai l'impression d'évacuer un peu de tequila à chaque pas et de retrouver progressivement mes esprits.

Nous sommes à dix mètres à peine de chez Danielle qu'Hannah me saute dessus.

– OK, c'était quoi, ça, là-bas ? Pourquoi Andrew était torse nu ?

– Je ne vois pas de quoi tu parles.

Je ne sais pas pourquoi je n'arrive pas à le lui dire. Le Plan était son idée. En fait, j'aurais dû lui dire le jour où j'ai posé la question à Andrew. Maintenant, c'est trop tard. Et parler de lui à voix haute – parler de toutes ces choses qui se sont passées ou presque passées entre nous – me terrifie. J'ai peur de ce que je pourrais dire. J'accélère le pas comme si je pouvais semer mes problèmes. Hannah accélère elle aussi.

– Allez, Keely. Je ne suis pas idiote.

Ses larmes ont séché et elle semble plus déterminée que jamais. L'erreur que j'ai commise avec Andrew ce soir aura au moins servi à une chose : Hannah ne semble plus du tout penser à Charlie. Nous lui avons offert une distraction idéale.

– Est-ce que vous étiez en train de vous choper ? demande-t-elle.

– Non ! je crie instinctivement. (C'est toujours plus simple de nier d'abord et de réfléchir ensuite. Mais je ne peux pas lui faire ça. Pas à Hannah.)

– Je veux dire… je ne sais pas. Ouais, on était en train de… s'embrasser. On s'est embrassés, OK ? Tout est arrivé si vite.

Je lève les mains en l'air, j'aimerais tellement effacer ces dernières heures. Ou encore mieux, ces derniers mois.

Je reprends : Bref, tout ça n'a aucune importance de toute façon. C'était stupide. Je *sais* qu'il est amoureux de Danielle. Mais je suis quand même tombée dans le panneau. On a toujours su qu'il aimait jouer avec les filles. Mais je ne pensais pas qu'il jouerait un jour avec *moi.*

Je marche tellement vite qu'Hannah est obligée de trottiner à côté de moi.

– Hé, ralentis ! m'ordonne-t-elle en m'attrapant le bras, je m'arrête brusquement et elle manque de me percuter. Il ne joue pas avec toi. Andrew ne te ferait jamais un truc pareil, dit-elle en posant la main sur mon épaule.

Je me dégage aussitôt.

– Comment tu le sais ?

– Parce qu'il t'aime.

Ses mots me coupent un peu plus le souffle.

– Arrête.

Je ne suis pas en état de parler de tout ça. Je sens la nausée monter de mon estomac à ma poitrine et serre les dents jusqu'à ce qu'elle passe.

– Tu sais bien, Keely, poursuit Hannah d'une voix douce.

Je me sens coupable de voir qu'elle essaie de me réconforter alors que c'est elle qui pleurait à chaudes larmes il y a encore quelques minutes à peine.

– Ce garçon ferait n'importe quoi pour toi.

Il faut que je lui dise pour le Plan, que je lui explique pourquoi tout ça est devenu un bordel pas possible. C'est la seule façon de lui faire comprendre pourquoi elle a tort.

Un halo bleu apparaît à l'horizon, une lumière floue et indigo qui annonce l'arrivée de l'aube. On entend un oiseau chanter quelque part, mais je ne saurais pas dire son espèce. J'ai oublié tous les chants d'oiseaux que nous avions appris à la maternelle. Je me demande soudain combien de temps il me faudra pour oublier tout le reste.

Je soupire et me tourne vers Hannah.

– Ce n'était pas la première fois.

– Je sais, dit-elle.

Ce n'est pas le genre de réponses à laquelle je m'attendais.

– Quoi ?

– Vous êtes mes meilleurs amis et vous vous comportez vraiment bizarrement depuis quelque temps. Ce n'est pas comme si je n'avais pas remarqué. Vous pouvez à peine vous retrouver dans la même pièce. C'est évident qu'il se passe quelque chose.

– Bon. Tu te souviens que j'ai menti à Dean ? Sur le fait d'être vierge…

Je sens une douleur aiguë me contracter le front et appuie dessus avec ma main en regrettant pour la millionième fois d'avoir bu vingt mille margaritas. Je peux sentir la tequila s'agiter dans mon estomac.

– Bien sûr que je me souviens, dit Hannah. Keely, est-ce que tu as couché avec Andrew ?

– C'est à cause de ce truc que tu m'as dit quand on déjeunait. Qu'Andrew était un expert, qu'il savait ce qu'il faisait, qu'il pouvait m'aider à m'entraîner…

– Donc tu t'es entraînée avec lui ? demande-t-elle, et je ne peux pas m'empêcher de remarquer sa mine un peu excitée et ses yeux qui brillent.

– Hannah, arrête. Ce n'est pas une bonne nouvelle.

– Ah ! si, c'est une excellente nouvelle !

Elle affiche désormais un sourire jusqu'aux oreilles.

– Mais non, j'ai perdu mon meilleur ami, d'accord ?

C'est tellement libérateur de le dire à haute voix. Je n'avais pas réalisé combien j'avais besoin d'en parler avec elle, combien ça me brise le cœur d'avoir perdu Andrew.

– Il n'a jamais voulu s'entraîner avec moi… Nous ne sommes même pas allés jusqu'au bout parce qu'il ne pouvait pas. Il s'est contenté de… partir.

Nous atteignons le centre-ville, longeons le campus d'EVmU puis rejoignons Main Street. J'ai soudain peur de croiser Dean, peur qu'il ait arrêté de jouer à *Mario Kart* et décidé d'aller faire un tour dans un des bars de la ville. Je ne peux vraiment pas le voir, là maintenant. Pas quand je suis dans cet état.

– Ça n'a aucun sens, dit Hannah. Ce n'était pas comme ça que c'était censé se passer.

– Tu dois arrêter de te mêler de la vie des autres, d'accord ? dis-je d'un ton plus sévère que je n'aurais voulu.

Son visage pâlit d'un seul coup, sa bouche s'affaisse et elle ferme les yeux une seconde ; je comprends que je lui ai fait de la peine.

– Je n'avais pas réalisé que tout ça était ma faute, dit-elle en plissant les yeux.

– Ça fait des années que tu essaies de nous mettre ensemble. Si tu t'étais contentée de t'occuper de tes affaires, tout ça ne serait jamais arrivé.

Nous passons devant chez Jan's. L'endroit n'a pas encore ouvert. J'ai mal en me disant que je n'y petit-déjeunerai plus jamais avec Andrew. Une odeur de pâtisserie flotte autour de nous et la nausée me reprend.

– Je ne t'ai pas forcée à faire quoi que ce soit, dit Hannah.

– Ouais, mais regarde combien ça te rend heureuse que je l'aie fait !

– Je rigolais, d'accord ? dit-elle avec un rire las. Quand je t'ai dit de t'entraîner avec Andrew. Je ne pensais pas que tu prendrais ça au sérieux.

– Tu ne rigolais pas du tout ! dis-je en élevant la voix. Tu ne peux pas revenir sur ce que tu as dit juste parce que ça ne s'est pas passé comme tu avais prévu.

– Je n'avais rien prévu du tout, dit-elle, mais le doute qui fait trembler sa voix la trahit.

– Tu voulais qu'on tombe amoureux, mais au lieu de ça, tu as tout gâché. Et maintenant tu prétends que c'était une blague. Eh ben je suis désolée que ton plan n'ait pas fonctionné. Certaines filles savent qu'il ne faut pas tomber amoureuse d'un don Juan. Ce n'est pas parce que toi, tu t'es fait avoir par Charlie…

Son visage devient rouge écarlate comme si je lui avais donné une gifle – ce qui est un peu le cas. Hannah se tourne vers moi et me lance un regard noir.

– Si tu crois ne pas être amoureuse d'Andrew, tu es dans le déni le plus total.

– C'est mon meilleur ami !

Ma phrase habituelle. Celle que j'ai employée des milliers de fois sans y penser, mais qui résonne désormais comme un mensonge.

– Ouais, et alors ? dit Hannah. C'est ton meilleur ami, tu es amoureuse de lui et ça te tue à petit feu. Si tu te contentais de lui dire, tout redeviendrait normal. De quoi peux-tu avoir si peur ?

– Il faut que j'y aille, dis-je en accélérant dans l'espoir qu'elle ne me suive pas.

J'ai besoin de m'éloigner d'elle. J'ai besoin d'être seule.

– Que tu ailles où ? demande-t-elle sans me suivre.

La vérité, c'est que j'ai peur. J'ai peur pour demain soir, j'ai peur de l'avenir, j'ai peur de savoir qui fera toujours partie de ma vie et qui en sortira après le lycée, comme tous ces chants d'oiseaux que j'ai appris en maternelle et dont je ne me souviens plus. Mais surtout, j'ai peur qu'Hannah ait raison. Parce que si je suis amoureuse d'Andrew – *si je suis amoureuse d'Andrew* –, ça veut dire que je suis complètement foutue. Car même si je suis amoureuse de lui, lui est toujours amoureux de Danielle.

29

La seule chose qui soit pire que se préparer pour le bal de promo, c'est de se préparer pour le bal de promo seule. Hannah et moi étions censées le faire ensemble, mais vu qu'elle a totalement ignoré le texto que je lui ai envoyé tout à l'heure pour nous organiser, je suppose qu'on ne se parle plus.

Debout face au miroir, je fixe le recourbe-cils que j'ai dans la main comme si c'était un instrument de torture. Les événements de la nuit dernière me reviennent par flashes, comme un montage des plus grandes erreurs du film de ma vie : jouer au jeu de la bouteille, prendre un bain avec Andrew, me disputer avec Hannah. Je sais que je lui ai dit des trucs vraiment horribles sur Charlie mais je ne me souviens pas exactement quoi. Je me souviens juste de son visage blanc comme un linge et de l'envie de vomir qui m'a envahie quand elle m'a dit que j'étais dans le déni le plus total. Quand elle m'a dit que j'étais amoureuse d'Andrew.

Je chasse tout ça de mon esprit et tente ma chance avec le recourbe-cils. J'aurais dû envoyer un texto à Danielle ou à Ava – à quelqu'un qui m'aurait prise sous son aile pour la journée. Elles sont probablement déjà avec Hannah de toute façon. Et puis je ne supporterais pas de voir Danielle se préparer, de l'écouter parler, tout excitée, de la stupide soirée qu'elle s'apprête à passer avec Andrew. Alors je bataille avec le recourbe-cils et le reste. J'aimerais tellement qu'Hannah soit là, qu'elle joue ma marraine la fée – j'aimerais tellement ne pas l'avoir envoyée paître…

Ma mère vient tout de même me prêter main-forte. Je ne m'étais jamais imaginée qu'elle sache faire ces choses-là, elle qui est toujours habillée simplement et sans artifices. Mais être une femme, c'est sans doute aussi savoir enfiler ce genre d'armure. Elle me maquille les lèvres avec un rouge foncé, coiffe mes cheveux sur le côté pour qu'ils viennent tomber en cascade sur mes épaules. Je porte la robe verte qu'Hannah m'a obligée à acheter, celle que j'avais essayée au centre commercial. Elle est moins ridicule que je ne le pensais. En me regardant dans le miroir, j'ai du mal à me reconnaître. Pour la première fois, j'ai l'impression de comprendre ce que Dean voit en moi.

– Tu es vraiment très belle, me dit ma mère quand elle a terminé.

Et je souris, parce que pour une fois je suis d'accord avec elle.

Dean m'a dit qu'il me retrouverait au lac. Mes parents me proposent donc de m'y conduire, ils en profiteront pour prendre quelques photos. J'accepte en leur demandant de rester dans la voiture une fois sur place, mais je sais que ça n'arrivera pas. Ce moment compte probablement plus pour eux que pour moi. Ma mère aura besoin de ces photos quand je serai en Californie.

Il y a déjà pas mal de monde quand nous arrivons au lac. L'excitation est palpable. Je balaie le parking du regard à la recherche de Dean mais ne le vois nulle part. Une horrible idée me traverse l'esprit : et s'il me posait un lapin ? Toute mon assurance de tout à l'heure s'envole. Je regarde désespérément autour de moi pour trouver quelqu'un que je pourrais rejoindre, pour ne pas être la fille qui est venue toute seule avec ses parents. Je regrette plus que jamais de m'être disputée avec Hannah hier soir, j'aimerais tellement qu'elle soit ici avec moi. J'aimerais lui dire que je suis désolée, lui poser des questions sur Charlie et m'assurer qu'elle va bien.

– Oh, Diane et Robert sont là ! dit ma mère en pointant du doigt les parents d'Andrew. Allons leur dire bonjour.

Je baisse aussitôt la tête. Voir Andrew après ce qui s'est passé hier soir, c'est au-dessus de mes forces. J'aimerais disparaître sous terre pour empêcher ma mère de me traîner jusqu'à lui. Mais je sais que c'est peine perdue et je la suis. Et je l'aperçois, à côté de ses parents. Il est beau à en couper le souffle. Il porte un costume bleu marine et les cheveux plaqués en arrière. Ses mèches rebelles me manquent un peu. Il fait un tour sur lui-même puis pose la jambe sur la barrière pour prendre une pose exagérée. J'entends la voix de sa mère tandis que nous approchons :

– Est-ce qu'on peut avoir au moins une photo sérieuse ?

– Maman, dit-il. On en prendra quand Danielle sera là.

En entendant son prénom, ma poitrine se serre.

– J'aimerais juste une jolie photo de mon fils en costume, dit-elle.

Il secoue la tête et se met à rire tandis qu'elle s'acharne furieusement sur le bouton de son appareil photo. Puis il se redresse et regarde droit vers moi. Je m'arrête de marcher, comme si je venais de percuter un mur en brique invisible. Son sourire se fige quand il m'aperçoit, ses yeux se mettent à danser dans tous les sens, ses yeux si verts que je ne peux pas m'empêcher de repenser à hier soir, aux gouttes d'eau accrochées à ses cils comme la rosée du matin sur des brins d'herbe. Mes parents continuent d'avancer à la rencontre des siens. Tout le monde se salue d'une accolade ou d'une poignée de main. Enfin, je crois. Moi, je ne peux pas bouger, je ne peux pas m'empêcher de le regarder lui, je n'arrive plus à respirer. Et la seule chose à laquelle je pense, c'est à quel point j'ai envie de l'embrasser. J'ai envie de retourner dans cette baignoire, de sentir sa peau glisser contre la mienne, ses mains s'emmêler à mes cheveux, ses bras me serrer contre lui, si fort que nous ne ferions plus qu'un.

Et je comprends qu'Hannah a raison. Hannah a tellement, tellement raison. Hannah a toujours eu raison. Je suis amoureuse de lui.

Mais je refuse d'être une autre Cecilia, une autre de ces filles qui ont craqué pour lui puis se sont fait jeter. Je ne veux pas être la fille qu'il a chopée dans une baignoire à une fête après avoir bu trop de margaritas, la fille qui est tombée dans le panneau de ses phrases à deux balles alors qu'elle les connaissait par cœur. Parce que je ne suis pas amoureuse d'Andrew le fêtard. Je suis amoureuse d'Andrew. Mon meilleur ami.

Mais ça ne change rien.

Andrew doit remarquer que j'ai du mal à avancer parce qu'il vient me rejoindre.

– Salut.

– Salut, dis-je soudain timide.

– Tu es… dit-il sans finir sa phrase.

J'ai envie qu'il me dise que je suis belle, mais je sais que s'il le fait, ce ne sera qu'une autre des phrases toutes faites dont il a l'habitude.

– Merci, dis-je comme s'il me l'avait quand même dit.

– Il nous faut une photo de vous deux pour le frigo ! s'exclame ma mère en se tournant vers nous. Rapprochez-vous.

Nos parents nous entourent en nous poussant l'un vers l'autre, ma mère me recoiffe et la sienne réajuste la veste de son costume pour que l'on soit tous les deux parfaits.

– Drew, passe ton bras autour d'elle, dit mon père. De quoi as-tu peur ?

– Regardez comme vous avez grandi, dit la mère d'Andrew d'une voix légèrement sanglotante.

– Vous êtes vraiment superbes, tous les deux, conclut la mienne.

C'est étrange de savoir que nos parents n'ont pas la moindre idée de ce qui se passe entre nous. Il fut un temps où ils savaient tout de nos vies, et désormais il y a plein de choses qui bouillonnent sous la surface et qu'ils ne soupçonnent même pas. Mon père est tellement à la masse qu'il peut dire à Andrew de passer son bras autour de moi sans réaliser que pour moi, sa fille, le bras d'Andrew, c'est à la fois la pire et la meilleure chose au monde.

Andrew me regarde, puis il regarde nos parents et s'exécute sans broncher en glissant délicatement son bras autour de ma taille et en venant poser la main sur ma hanche opposée. Je repense à toutes les fois où il m'a prise par les épaules, toutes ces fois où il s'est appuyé contre moi pendant une fête, où il m'a serrée contre lui comme si ça n'avait aucune importance. Je repense au hamac de son jardin, quand nous nous y allongeons ensemble et laissons la gravité nous coller l'un à l'autre. Après tout ça, être en contact ne devrait avoir aucune importance, ça ne devrait pas être un problème. Pourtant la main qui repose sur ma hanche pèse une tonne, elle me brûle et je suis incapable de penser à quoi que ce soit d'autre.

Nos parents nous forcent à rester collés le temps de prendre leurs deux millions de photos. Quand ils finissent enfin, je fais un pas de côté, soulagée. Et puis je me demande l'espace d'un instant qui me déchire le cœur si Andrew et moi nous toucherons de nouveau un jour. Parce qu'au fond je ne peux plus être près de lui, pas quand ça me fait ressentir tout ça.

Je jette un coup d'œil au parking. Danielle et Ava sont arrivées. Danielle ressemble à un modèle qu'on aurait envie de peindre, avec sa robe rouge carmin fendue quasi jusqu'au cou. Ryder leur emboîte le pas en sirotant sa flasque sans même se cacher. Même s'il est venu avec Ava, ils ne sont pas là « ensemble » ; Ava tenait à venir en célibataire. Chase est là lui aussi, Cecilia à son bras.

C'est ce qui arrive quand on fréquente un lycée minuscule, à la fin tout n'est qu'un jeu de chaises musicales.

Je m'apprête à les rejoindre quand Andrew m'arrête.

– Attends, dit-il. Avant que nous… je veux dire… (Il

baisse la voix pour que nos parents ne nous entendent pas – ils nous regardent à peine de toute façon, bien trop obnubilés par les photos qu'ils viennent de prendre.) À propos d'hier soir, reprend-il. Je ne voulais pas… Je veux dire je *voulais*, j'en avais envie, j'ai juste…

– Ne t'en fais pas, dis-je. À ce moment-là, j'étais composée à quatre-vingts pour cent de tequila, donc…

– Je sais, dit-il d'une voix à peine audible avant de se pencher un peu plus vers moi, ce qui me fait mal parce que ses lèvres ne sont plus qu'à cinq centimètres des miennes. (C'est étrange comme quelqu'un peut être à la fois si proche et en réalité si loin de vous.)

– Je n'aurais pas dû t'embrasser.

– Je t'ai rendu ton baiser, dis-je d'une voix étranglée.

– Mais tu étais ivre.

J'ai l'impression qu'on tourne en rond.

– Toi aussi. Contentons-nous d'oublier tout ce qui s'est passé, d'accord ? Depuis le début, dis-je en m'éloignant.

Je rejoins le parking à toutes jambes. Quand je me retourne, je constate, un peu étonnée, qu'il ne me suit pas. Il est toujours à côté de la barrière, en train de planter le bout d'une de ses belles chaussures dans l'herbe. Mais il ne lui faut pas plus d'une dizaine de secondes pour me rattraper, me dépasser et retrouver Danielle. Elle sourit en le voyant, puis lui saute au cou ; leurs deux corps s'écrasent l'un contre l'autre. J'ai un peu l'impression qu'on est en train de me poignarder de façon répétée avec un couteau fraîchement aiguisé.

On entend le vrombissement d'un moteur, puis une moto entre sur le parking et *Dieu merci*, c'est enfin Dean. Il est vraiment pas mal – il est plus que pas mal. On dirait qu'il sort tout droit d'un film d'action dans son smoking noir. Ce soir, ce n'est plus James Dean, c'est James Bond.

Il descend de sa moto et je m'avance vers lui. Je le vois me dévorer des yeux, son regard caresse doucement mon corps en s'attardant à tous les endroits qui sont un peu plus exposés que d'habitude.

– T'es pas mal quand tu fais un effort, cavalière de bal.

Il essaie de me prendre dans ses bras pour m'embrasser devant tout le monde, mais je recule parce que je sais que mes parents nous regardent.

– Merci d'être venu, dis-je soulagée.

– Je n'allais pas manquer mon premier bal de promo, répond-il avant de me prendre la main et d'emmêler ses doigts aux miens.

J'attends que les papillons de d'habitude m'envahissent l'estomac, j'attends d'avoir le souffle coupé comme chaque fois qu'il me touche, mais rien. Je ne ressens absolument rien.

Et je m'aperçois que mon *crush* pour Dean a disparu. Ça ne fait aucun doute. Tous ces sentiments que j'éprouvais pour lui me semblent soudain un peu idiots – comment ai-je pu à ce point craquer pour Dean quand Andrew était juste devant moi depuis le début ?

Mes parents nous rejoignent et se présentent. Dean est plus charmant que jamais. J'aurais dû savoir qu'il le serait. Il réussit à les rassurer au sujet de sa moto et promet à ma mère qu'il ne me laissera jamais monter dessus. Il réussit même à la faire rire. Dès qu'ils ont le dos tourné, il se penche vers moi et me susurre à l'oreille :

– Ta robe est magnifique. J'ai vraiment hâte de te l'enlever.

Je me retourne et lui donne une petite tape amusée sur la poitrine. Pourtant, à l'intérieur, j'ai l'impression d'être sur le point d'exploser en mille morceaux.

La Jeep d'Hannah surgit sur le parking. Je me sens un peu coupable de ne pas être avec elle, d'avoir été trop fière et trop têtue pour reconnaître qu'elle avait raison. Hannah n'a pas de cavalier et, à cause de moi, elle a dû faire le trajet jusqu'ici toute seule. Je suis vraiment la pire amie qui soit.

Mais quand les portières de la voiture s'ouvrent, mon sang ne fait qu'un tour. Hannah n'est pas venue seule. Elle est venue avec *Charlie.*

Ils nous rejoignent et je vois bien qu'elle n'ose pas me regarder – comme si elle savait qu'elle avait fait quelque chose de mal et qu'elle avait peur que je me mette en colère contre elle.

– Collins, dit Charlie en me tendant son poing comme s'il attendait que je le checke.

Je ne bouge pas d'un millimètre, ce qui le force à décaler son poing vers Dean.

– Salut mec, moi, c'est Charlie.

– Le fameux Charlie, répond Dean avec un sourire en coin.

Ils se checkent avant de se lancer dans une discussion sur le fait d'être vieux et à la fac.

Les parents nous rassemblent tous pour prendre une photo de groupe. Et puis il est l'heure d'aller au bal. Tout le monde s'entasse comme du bétail dans plusieurs limousines. Nos parents nous font au revoir de la main, la larme à l'œil, en nous disant de prendre soin de nous. Je sais que je suis censée m'amuser, mais j'ai l'impression que tout va de travers.

À la seconde où les portières se referment, Ava sort une bouteille de champagne de son sac comme si elle était Mary Poppins.

– Des bulles ? dit-elle avant de tendre la bouteille à Ryder pour qu'il l'ouvre.

Elle laisse échapper un petit cri quand le bouchon saute. D'un seul coup, tout le monde se détend. Comme si on avait tous hâte de boire afin d'oublier le malaise ambiant.

La limousine longe le lac et j'observe le paysage à travers la vitre. Le soleil est sur le point de se coucher, la lumière se reflète sur l'eau avec cette teinte dorée qui me rappelle mes colonies de vacances et ce nœud que j'avais toujours dans le ventre à la fin du mois d'août quand je savais que tout était sur le point de se terminer. Dean a la main posée sur ma jambe comme si c'était sa place. Lui et Ryder rigolent à propos de quelque chose en se passant la flasque mais je ne les écoute pas. Je suis concentrée sur sa main. La première fois qu'il l'avait posée sur moi, mon corps s'était enflammé des pieds à la tête. Et aujourd'hui, je ne ressens rien. Il se penche et m'embrasse derrière l'oreille, l'haleine chaude du whisky qu'il vient d'avaler. Je frissonne. Je ne peux pas m'empêcher de regarder quelques sièges à ma gauche, là où sont assis Andrew et Danielle, leurs visages pratiquement collés.

Hannah et Charlie sont sur la banquette face à moi et il lui caresse sa tresse en tirant légèrement dessus comme s'il n'avait jamais perdu le droit de la toucher. Ce petit geste anodin me rend folle. Ava passe la bouteille de champagne à Hannah. Elle en prend une gorgée puis me la tend. Nos regards se croisent et je penche la tête de côté pour lui montrer que je trouve que tout ça n'a aucun sens. Comment peut-elle avoir vu aussi juste au sujet d'Andrew, et aussi faux au sujet de Charlie ?

Andrew rit à propos de je ne sais quoi puis embrasse délicatement l'intérieur du poignet de Danielle. Ça provoque un effet domino dans la voiture. Cecilia serre un peu plus fort le biceps de Chase en enfouissant la tête dans son cou et je me penche, malgré moi, vers Dean en laissant sa main remonter un peu plus haut sur ma cuisse. Je me déteste de réagir comme Cecilia – d'être, comme elle, une fille rejetée par Andrew.

– Je suis tout excitée pour ce soir, je murmure à l'oreille de Dean pour essayer de m'en convaincre.

Si Andrew est capable d'avoir des coups d'un soir, alors moi aussi. Je n'ai pas besoin d'être amoureuse de Dean pour coucher avec lui. Je peux coucher avec lui parce qu'il est ultrasexy et que c'est le bal de promo et que la situation s'y prête parfaitement. Pourquoi gâcher une occasion pareille ?

– Moi aussi, répond-il, et son regard s'illumine comme si, jusque-là, il n'avait pas été certain que j'aille jusqu'au bout.

La limousine s'arrête devant le Walcott, tout le monde descend et entre dans l'hôtel. Le plafond du hall a été décoré de guirlandes lumineuses pour l'occasion, on se dirait sous la Voie lactée. Quant à la salle de bal, ses murs sont recouverts de grandes toiles parsemées de paillettes bleues et de vagues en carton ; il y a une machine à bulles installée à l'entrée.

– C'est si féerique ! glapit Ava quand elle la voit avant de se mettre à tourner sur elle-même.

Il y a également un grand buffet avec des plats de poulet, de salade et de risotto auxquels personne n'a encore touché et un énorme saladier de punch dont – si on en croit les films d'ados – je ne devrais pas m'approcher. Sophie Piznarski est en poste près d'une autre table, recouverte de biscuits et de bulletins de vote, un panier de muffins à la main qu'elle tend à tous les élèves qui passent devant elle. Le comité a oublié une chose : nous sommes tous bien trop nerveux pour avaler quoi que ce soit. À moins qu'il ne s'agisse que de moi. Andrew va probablement engloutir trois poulets entiers et il aura encore faim après.

– N'oubliez pas de voter pour le roi et la reine ! dit Sophie en tendant son panier vers nous.

– On a le droit de voter dans une monarchie ? je demande.

Hannah se met à rire mais son visage se durcit aussitôt comme si elle n'était pas certaine d'avoir le droit de penser que j'étais drôle.

Danielle nous force à nous arrêter en nous lançant un regard noir pour bien nous signifier pour qui nous sommes censés voter. J'écris le nom d'Hannah, une façon de m'excuser en silence – même si elle ne peut pas le voir. Les garçons continuent sans s'arrêter et vont s'installer à une des tables qui bordent la piste. Ça fait vraiment bizarre de voir Andrew et Dean ensemble.

– C'est toi qui les as faits ? demande Danielle à Sophie en attrapant un muffin.

– Non, ils viennent de chez Green Mountain, répond-elle, et Danielle le repose aussitôt dans le panier. Tu n'es pas obligée d'en manger, ajoute-t-elle en fronçant les sourcils.

Je prends un muffin aux myrtilles pour être polie, mais je suis bien trop angoissée pour avaler quoi que ce soit.

– Je me réserve pour le Taco Bell de tout à l'heure, dit Ava en dodelinant sur ses talons. Si je bois un autre Coca-kale, je vais vomir.

– Elle n'a besoin de rentrer dans sa robe que suffisamment longtemps pour que Ryder la lui enlève, dit Danielle.

– Attends, tu veux dire que vous allez… ? demande Sophie en posant son panier.

– Beurk, répond Ava.

– Je dirais qu'il y a de grandes chances, insiste Danielle en haussant un sourcil.

– Je peux en placer une ? demande Ava en baissant la voix. Pour être sincère, Ryder est le pire coup du monde. C'est comme s'il reproduisait ce qu'il avait vu dans un mauvais film porno, sans se soucier de savoir si je fais partie de la scène ou non.

– Tu regardes du porno ? je demande.

Et moi qui avais trop peur de chercher sur Google trois pauvres conseils sexuels sur mon téléphone ! C'est Ava que j'aurais dû aller voir, depuis le début.

– Tout le monde regarde du porno, répond-elle. On est parfois obligée de se débrouiller toute seule.

– Moi, je n'en regarde pas, intervient Sophie.

– En tout cas, quelqu'un devrait dire à Ryder qu'il arrête avec ses dents, dit Ava. Les vampires sexy, ça n'existe que dans les films.

Nous nous mettons toutes à rire mais je ne peux pas m'empêcher de me demander pourquoi elle ne lui a rien dit. D'un autre côté, je fais la même chose avec Dean. Pourquoi c'est si difficile de dire ce qu'on veut quand on est toute nue ?

– Tu es venue avec qui ? demande Danielle à Sophie,

comme si elle ne savait pas déjà (Prescott est un lycée bien trop petit pour que l'on ignore quoi que ce soit).

– Jarrod Price, répond-elle. Et toi, tu es avec Andrew ?

– Ouais, répond Danielle. Sans rancune ?

Elle s'adresse à Sophie mais me jette un coup d'œil l'espace d'une seconde. Je m'empresse de détourner les yeux.

– Andrew et moi, c'était il y a des années, dit Sophie avant de se tourner vers moi. Tu es venue avec ce garçon, Dean, c'est ça ? Il est tellement mignon.

– *Tellemeeeeeeeent !* répète Ava.

– Tu as vraiment de la chance, insiste Sophie en regardant les garçons derrière moi.

Je me retourne. Il n'y a pas à dire, Dean est encore plus beau sous les *spotlights.* Il a enlevé sa veste et remonté les manches de sa chemise blanche pour laisser apparaître la peau mate de ses bras. Je comprends pourquoi Sophie est impressionnée, pourquoi elle pense que j'ai de la chance.

– Merci, dis-je en essayant d'y mettre un peu d'enthousiasme – même si, à cette seconde précise, j'ai plus mal au ventre qu'autre chose.

Je repose mon muffin.

– Et elle sera encore plus *chanceuse* cette nuit, dit Danielle avec un sourire entendu.

Je vois bien à l'étincelle qu'elle a dans l'œil qu'elle est en train de concocter quelque chose.

– C'est bon, Danielle, dit Hannah d'un ton légèrement menaçant qui me donne bon espoir qu'elle ne me détestera pas pour le restant de mes jours.

Mais Danielle l'ignore et se penche un peu plus vers Sophie.

– Tout le monde n'a pas la chance de la perdre au Walcott.

Apparemment, je suis censée garder tous ses secrets à elle, mais pas l'inverse.

– Naaan ? glapit Sophie en se couvrant la bouche. Keely, c'est super excitant ! Tu vas passer une soirée inoubliable ! Le bal de promo, c'est un peu le moment idéal. Enfin, juste après la nuit de noces ! Est-ce que tu es amoureuse de lui ?

Amoureuse de lui ? La question est si ridicule que j'ai envie de rire. Mais Sophie ne rit pas, elle. Elle me regarde avec ses grands yeux bleus sincères. Comme je ne réponds pas tout de suite, elle se racle la gorge, un peu gênée.

– Je ne voulais pas te mettre mal à l'aise. Ce n'est pas grave si ce n'est pas le cas, je pensais juste…

– Non, ce n'est pas grave, dis-je en essayant de sourire. Je ne suis pas amoureuse de lui. J'ai juste envie…

De quoi ? J'ai juste envie d'en finir ? J'ai juste envie de ne plus penser à tout ça, d'oublier Andrew l'espace d'un instant et de me servir de Dean pour le faire ? J'aimerais tellement savoir ce que je veux. Ça simplifierait beaucoup les choses, non ? J'aimerais tellement être amoureuse de Dean. Si j'étais amoureuse de Dean, alors peut-être que je réussirais à oublier une seconde qu'Andrew est amoureux de Danielle.

– C'est le bon moment, pas vrai ? finis-je par dire.

Je crois que je ne trouverai pas de meilleure réponse ce soir.

– Ce n'est pas à moi qu'il faut demander, dit Sophie. Je me préserve pour le mariage.

– Quoi ? Tu veux dire que tu es encore…

– Vierge ? finit-elle pour moi. Ouais. Ça n'a pas vraiment d'importance. Je ne suis juste pas encore prête. Je préfère attendre d'être avec quelqu'un qui m'aime vraiment. Les mecs de ce lycée n'en valent vraiment pas la peine.

– Et Andrew ? dis-je en jetant un coup d'œil par-dessus mon épaule.

Lui et Chase ont déjà rejoint la piste de danse et bondissent dans tous les sens comme des idiots, comme le font les mecs quand ils veulent se donner en spectacle. Andrew m'aperçoit et agite la main vers nous, mais impossible de savoir s'il s'adresse à moi, à Sophie ou à Danielle. Il nous fait signe de le rejoindre en tout cas, et le sourire sincère qui illumine son visage me serre le cœur.

– Andrew n'était pas vraiment amoureux de moi, dit Sophie. S'il y en a une qui devrait le savoir, c'est bien toi.

– Bien sûr que si, il était amoureux de toi, dis-je, même si nous savons toutes les deux que ce n'est pas vrai.

Je repense à toutes les fois où il s'est plaint d'elle. Andrew et Sophie n'avaient rien à faire ensemble. Et Sophie le savait depuis le début, apparemment. Je crois que je l'ai sous-estimée.

– Ce n'est pas grave, Keely, continue-t-elle. À vrai dire, il était assez nul comme petit ami. J'ai toujours pensé que… Je veux dire… Si nous avons rompu, c'est parce qu'il n'arrêtait pas de… (Elle s'interrompt et se tourne vers Danielle :) Désolée, oublie. Je ne devrais pas être en train de critiquer ton cavalier comme ça. (Elle se lève et s'empare du panier de muffins.) Je vais me contenter d'aller distribuer mes muffins. Oubliez tout ce que je viens de dire.

– Il n'arrêtait pas de quoi ? insiste Danielle qui n'est pas du genre à laisser les gens ne pas aller jusqu'au bout de leurs idées.

Sophie soupire et me regarde.

– Il n'arrêtait pas de parler de toi, Keely. C'était lourd.

– Nous sommes juste amis, dis-je instinctivement.

Mais les mots qu'elle vient de prononcer ont provoqué quelque chose en moi et j'ai soudainement l'impression d'être en feu.

– Ouais, répond Sophie en attrapant un muffin à la myrtille pour mordre dedans à pleines dents. Je m'en rends compte, maintenant.

30

Nous regagnons notre table pour y déposer nos sacs à main et amenons le reste des garçons sur la piste de danse. Nous formons un grand cercle et bondissons au rythme d'une chanson entraînante, et même si tout le monde est en colère contre au moins une personne du cercle, ça n'a pas vraiment d'importance. C'est probablement la dernière fois que nous sommes tous ensemble, aussi disparates et mal assortis que nous soyons, et je crois que nous entendons tous le tic-tac de l'horloge du temps qui est sur le point de s'abattre sur nous.

Puis le DJ met un slow et chacun rejoint son cavalier. Je glisse mes bras autour du cou de Dean et sens sa peau moite et collante. Il me tend sa flasque et j'en avale discrètement une gorgée. J'ai tellement l'habitude du whisky désormais que j'ai presque l'impression d'aimer ça. Ou peut-être que j'essaie simplement de me convaincre que j'aime ça.

Une autre chanson entraînante démarre et nous reformons aussitôt un cercle. J'agite mes bras en l'air, je virevolte sur moi-même, j'ai la tête qui tourne et je suis heureuse. La musique ralentit de nouveau et, bras dessus, bras dessous, nous nous mettons tous à balancer de droite à gauche. Et puis, avant même que je ne réalise ce qui se passe, Chase a attrapé Danielle par la taille pour la faire danser. Je m'attends qu'elle le repousse – après tout, c'est ce qu'elle fait tous les jours depuis mon anniversaire, non ? – mais elle se laisse faire. Elle se colle même un peu plus à lui.

Comme si elle venait de nous donner le top départ en acceptant de danser avec Chase, le cercle se brise et chacun part dans une direction différente. Hannah glisse jusqu'à Dean et l'entraîne en valsant et, avant que je puisse changer d'avis, je tends le bras pour attraper Andrew. Je fais un signe de tête à Hannah pour la remercier – je sais très bien qu'elle essaie de me rendre service. Elle me rend mon geste et je comprends qu'elle *comprend.* Je n'ai pas besoin de lui dire qu'elle a raison.

– Salut, dis-je en posant mes mains sur ses épaules.

– Salut, dit-il en m'entourant la taille.

J'essaie de garder une distance respectable entre nous, parce que tout le monde nous regarde, mais Andrew se rapproche et je suis forcée de glisser mes mains autour de son cou. Nous sommes désormais écrasés l'un contre l'autre, et je sais que c'est mal d'être aussi près de lui, que je ne fais que me torturer. Pourtant, j'ai l'impression d'être exactement à ma place, comme si nous étions les deux pièces d'un puzzle. Je pose ma tête contre sa poitrine et regrette de ne pas être assez grande pour effleurer la peau douce de son cou avec mes lèvres. J'aime son odeur si familière, il sent l'herbe fraîchement coupée, cette même odeur qui émanait de son corps allongé sur le mien quand nous étions dans son lit. J'entends à peine la musique autour de nous. Je n'entends que le battement de mon cœur et le sang qui court le long de mes tempes. Je sais qu'il suffirait que je redresse légèrement la tête pour pouvoir l'embrasser. Je la garde donc baissée, enfouie dans son épaule, pour ne pas être tentée. J'ai l'impression que je vais exploser en sanglots. Tout était tellement plus simple avant que je réalise que je l'aimais. J'aimerais rembobiner ces dernières heures.

– Alors, tu t'amuses bien ?

Le souffle de sa voix me chatouille l'oreille. J'acquiesce et enfouis un peu plus mon nez dans sa poitrine. J'ai peur qu'il voie ce que je ressens, qu'il puisse lire à travers l'expression de mon visage.

– Tu vas me manquer, dis-je en me redressant suffisamment pour le regarder dans les yeux.

– Collins, soupire-t-il en posant la main sur ma joue, car il doit remarquer mes yeux humides. Est-ce que ça va ?

La façon dont il me regarde me donne envie de tout lui avouer.

– Je...

Les mots restent coincés dans ma gorge. Parce que je sais leur poids, je sais qu'ils changeront tout, que ce ne sont pas des mots sur lesquels on peut revenir. Et puis, à quoi ça servirait ?

– Keely, dit-il en caressant doucement ma joue avec son pouce.

C'est étrange de l'entendre prononcer mon prénom. Dans sa bouche, il résonne presque comme un mot intime, comme s'il me voyait nue.

– Drew, je...

Je suis sur le point de parler mais la chanson se termine, aussitôt remplacée par une autre qui n'a rien à voir avec un slow. Le rythme des basses me fait l'effet d'une gifle. Je me rappelle tout à coup où nous nous trouvons et les gens qui nous entourent. C'est comme si on venait de me plonger la tête dans l'eau glacée du lac.

– Alors, ça t'a rendu jaloux ? demande Danielle à Andrew en lui tirant le bras avec un grand sourire. Si je te dis que Chase danse mieux que toi, tu vas te mettre en colère ?

Ava débarque, trébuche sur ses talons et se rattrape à moi pour ne pas tomber avant qu'Andrew n'ait eu le temps de répondre.

– Qui veut du champagne ? dit-elle en brandissant une nouvelle bouteille.

Je ne sais ni où elle les trouve ni comment il est possible qu'elle ne se soit pas encore fait prendre.

Je sens des bras m'entourer la taille, me retourne et découvre Dean derrière moi. Je m'adosse contre son torse, en m'inquiétant un peu de savoir s'il m'a vue avec Andrew. Je me demande si Dean sait ce que je ressens. Si ça l'intéresse ou non.

– Ava, range cette bouteille, ordonne Danielle. Tu es dans un état lamentable. Où l'as-tu trouvée, d'ailleurs ?

Ava prend une énorme gorgée.

– Dans ton cul.

Au même instant, la musique s'arrête et une voix envahit les haut-parleurs.

– Merci à tous de retourner à vos places, le couronnement va avoir lieu d'ici quelques minutes.

M. Harrison, notre principal, est debout sur une estrade à l'autre bout de la salle, plusieurs enveloppes blanches à la main. Nous rejoignons tous nos tables et je me retrouve assise entre Dean et Charlie. Quand le Mangemort me demande si je peux lui passer un soda, je me décale autant que possible vers Dean. Andrew est assis en face de moi, à côté de Danielle, je décide donc de me concentrer sur Ava et Ryder qui se refilent tour à tour la flasque.

– Est-ce que vous m'entendez ? demande M. Harrison – qui n'a droit qu'à un murmure sans enthousiasme en guise de réponse.

– Finissons-en, supplie Danielle en avalant une gorgée de soda.

Elle pose son verre sur la table pour se recoiffer. Elle n'en a pas besoin. Elle est parfaite, comme toujours.

– Tu sembles plutôt sûre de toi, demande Ava, convaincue qu'elle chuchote alors qu'elle est en train de crier, ce qui est typique des gens complètement ivres.

– Je le suis, répond Danielle. Je veux dire, ça me semble évident. Elle s'arrête une seconde et nous regarde tous. Ne le prenez pas mal.

– Oh, ça te semble évident ! répète Ava en élevant encore la voix.

Ava n'a jamais été du genre discrète, mais après quelques coupes de champagne, elle est en mode théâtral à cent pour cent. Elle croise les bras devant elle en faisant remonter ses seins par la même occasion – ils sont vraiment à deux doigts de s'échapper de sa robe bustier.

– Je suis contente que ce soit une évidence, continue-t-elle. Comme ça, aucune d'entre nous ne se fera de faux espoirs.

– Très bien, résonne de nouveau la voix de M. Harris. Comme vous le savez, à Prescott, le roi et la reine doivent obligatoirement être des élèves de terminale. Désolé pour tous les autres, votre tour viendra.

– Oh, Ava, je t'en prie, dit Danielle en agitant la main vers son décolleté. Tu ne peux pas monter sur scène de toute façon, parce que tu finirais par montrer tes seins à tout le monde. Je t'évite une humiliation. Comme d'habitude.

– Allez, les filles, intervient Hannah. C'est juste un bal idiot, pas la remise du prix Nobel de la paix.

Ava ne réagit pas. Elle fixe Danielle, les yeux légèrement brillants, comme assortis aux paillettes de son ombre à paupières. Elle prend une courte inspiration et parle d'une voix aiguë et étranglée :

– Personnellement, je doute qu'ils choisissent comme reine une fille qui a un goût de poisson pourri.

Danielle se retourne brusquement, les yeux exorbités.

– Qu'est-ce que tu viens de dire ?

La lèvre inférieure d'Ava a beau se mettre à trembler, elle continue à la fixer. Andrew regarde vers l'estrade, sans bouger, le dos bien droit. Ses oreilles sont toutes roses.

– Merci d'applaudir le personnel du Walcott, continue M. Harrison, pour leur aide précieuse dans l'organisation de cette soirée. On entend de vagues applaudissements ici et là. Ainsi que le comité du bal qui a fait un incroyable travail. On a vraiment l'impression d'être sous l'océan !

Dean se penche vers moi en me donnant un petit coup d'épaule et murmure à mon oreille :

– Si ça, c'est pas du mélodrame de lycéens ! Il se met à rire. Ça te fait penser à quoi ? Plutôt *Fatal Games* ou *Lolita malgré moi* ?

– On n'est pas obligé d'avoir des références cinématographiques pour tout, dis-je d'un ton bien plus sec que je ne l'aurais voulu.

J'adore les références cinématographiques. Mais j'ai parfois l'impression que c'est tout ce que Dean a.

– J'ai dit, reprend Ava, que je doute qu'ils choisissent comme reine une fille qui…

– J'ai parfaitement entendu ce que tu as dit, s'énerve Danielle. Je veux juste savoir pourquoi tu l'as dit. Putain, pourquoi me dirais-tu un truc pareil ? dit-elle en haussant le ton. En entendant le mot « putain », quelques élèves de la table d'à côté se retournent vers nous.

– Je pense que tu as trop bu, continue-t-elle en soupirant, un ton plus bas.

– Oh, la voilà qui me dit une fois de plus ce que je dois faire, répond Ava. Quelle surprise.

– Tu ne veux pas te calmer deux minutes ? persifle Danielle. Tu vas vraiment trop loin.

Ava fait une courbette avec le bras.

– Mais bien sûr, Votre Majesté.

Dean pouffe malgré lui avant de poser la main sur sa bouche pour s'empêcher d'éclater de rire.

M. Harris reprend la parole et je me tourne vers l'estrade.

– Voici maintenant la présidente du comité d'organisation. Elle a plusieurs annonces à vous faire, donc tenez-vous prêts. Sophie Piznarski !

Je regarde Sophie gravir les marches puis s'emparer du micro et je ne peux m'empêcher de repenser à ce qu'elle m'a dit tout à l'heure. Je n'arrive pas à croire qu'elle soit vierge elle aussi, je n'en avais pas la moindre idée.

De son côté, Ava relance les hostilités.

– Est-ce que j'ai le droit de boire une gorgée de mon verre ? demande-t-elle en le penchant dangereusement au-dessus de la table ou est-ce que ça va à l'encontre de tes règles ?

– Fais ce que tu veux, s'énerve Danielle. T'es une cause perdue, de toute façon.

Ava repose violemment son verre sur la table. Elle a l'air sincèrement blessée avec ses grands yeux de chien battu et sa lèvre inférieure qui se remet à trembler comme si elle essayait de retenir ses larmes. Puis elle prend une grande inspiration, pince les lèvres, plisse les yeux, et je vois bien que la colère prend le dessus.

– C'est moi qui ai tout écrit.

Danielle ne bouge pas d'un millimètre. Elle ne montre aucun signe qu'elle a entendu. Mais elle finit par serrer doucement le poing avant de se tourner vers Ava au ralenti.

– Il faut qu'on parle. Il faut qu'on parle *dehors* pour qu'il n'y ait aucun témoin quand je te tuerai.

Elle se lève en se cognant le genou contre la table, puis empoigne Ava par le bras.

– Oh ! gémit Ava en essayant de se défaire de la prise de Danielle – sans succès parce que c'est impossible.

Elles disparaissent par la porte de service. Je regarde Hannah dans l'espoir qu'elle sache quoi faire.

– Je pense qu'elle va vraiment la tuer. Je crois qu'on devrait... dit-elle en regardant la porte.

Nous bondissons toutes les deux en même temps et courons derrière elles. En sortant, nous manquons de renverser Suzie Palmer qui est en train de fumer devant l'entrée, adossée au mur. À mon avis, elle cherche surtout à éviter Ryder et Ava – à ignorer le fait qu'il l'ait choisie hier soir mais pas aujourd'hui. C'est toujours plus facile de se cacher que de faire semblant de n'en avoir rien à faire.

– Elles sont parties vers le ponton, nous dit-elle en agitant sa cigarette vers le lac.

– Merci, répond Hannah et nous partons dans la direction indiquée.

La lumière qui s'échappe des fenêtres du Walcott n'éclaire que les quelques mètres qui entourent l'hôtel, mais j'arrive à distinguer le lac devant nous malgré l'obscurité. Nous traversons la pelouse puis dévalons les marches qui mènent au ponton en bois. J'entends Danielle et Ava avant de les voir. Elles hurlent. L'obscurité se dissipe au fur et à mesure que nous approchons.

Hannah tend le bras pour m'empêcher d'aller plus loin.

– On devrait les laisser se disputer. Elles ont plein de trucs à régler.

– Tu savais que c'était Ava ?

Elle soupire.

– Je n'en étais pas sûre, mais je m'en doutais.

Je ne sais pas pourquoi ça ne m'avait jamais traversé l'esprit. J'étais tellement concentrée sur les garçons, tellement certaine qu'il n'y avait qu'eux pour écrire des trucs aussi horribles. Mais Ryder n'a ni la finesse ni la subtilité de faire ça – et puis quand un type fait souffrir une fille, il aime que ça se sache. Les filles, elles, sont beaucoup plus douées pour asséner des coups sous la ceinture, ceux qu'on ne voit pas venir, ceux dont on prend conscience alors qu'on est déjà en train d'étouffer sur nos propres dents. Et ce genre de coups-là, Ava en a reçu tellement de Danielle que ce n'était qu'une question de temps avant qu'elle ne les lui rende. Ça me brise quand même le cœur de voir l'horrible tournure qu'a prise leur amitié. Il fut un temps où Danielle et Ava étaient tout l'une pour l'autre, et voilà comment ça se termine. Je ne veux pas que ça finisse comme ça entre Hannah et moi.

– Je suis désolée pour Charlie. Pour ce que j'ai dit.

Hannah m'a toujours soutenue – c'est une amie formidable. Je dois faire la même chose pour elle.

– Pourtant tu as raison, dit Hannah d'une voix tremblante. Je sais que je ne devrais pas, mais… j'ai toujours des sentiments pour lui. Il est passé chez moi ce matin pour me dire qu'il voulait m'emmener au bal et j'ai été incapable de refuser. Je suis faible.

– Tu n'es pas faible. Tu es amoureuse.

– J'ai parfois l'impression que c'est la même chose.

Et puis, parce qu'elle est honnête, je sais qu'il faut que je le sois également.

– Tu avais raison, toi aussi. À propos d'Andrew.

L'admettre me rend triste, mais le visage d'Hannah s'illumine comme si je venais de lui annoncer la meilleure nouvelle de la semaine. Je laisse couler – après tout, si ça la rend heureuse…

Nous nous arrêtons au commencement du ponton, à quelques mètres à peine de Danielle et Ava, mais elles ne nous remarquent même pas.

Ava pleure en agitant une main en colère tandis que l'autre maintient sa robe en place.

– J'ai toujours essayé d'être une amie pour toi. J'essaie depuis dix ans, comme une acharnée, mais toi, tout ce que tu fais, c'est me rabaisser encore et encore, dit-elle entre deux sanglots.

– Une *amie* pour moi, Ava ? demande Danielle. Si tu avais un problème avec moi, tu aurais dû me le dire en face. Les vrais amis disent du mal de nous en face et non pas derrière notre dos.

– Les vrais amis ne disent pas de mal du tout, Danielle, c'est ça que tu ne comprends pas. Tu es tellement méchante avec moi ! Tout le temps. Tu as cessé d'être mon amie il y a des années. Et tu es vraiment devenue une… une connasse.

– Oh, donc maintenant je suis une connasse, en plus du reste ? Pourquoi tu ne l'écris pas sur un papier ? Danielle fouille dans sa pochette à sequins couleur champagne et en sort un crayon qu'elle lui jette au visage. Voyons voir… je suis une connasse, une salope, et quoi d'autre ? Allez, Ava. Je ne gagnerai jamais, n'est-ce pas ? Tu es une salope si tu le fais, une allumeuse si tu le fais *presque*, une coincée du cul si tu ne le fais pas, et une connasse si tu te défends quand on t'attaque. J'en ai marre des insultes. On devrait se soutenir les unes les autres.

Ava éclate de rire.

– T'es sérieuse ? Tu me traites de salope depuis des années !

– Je n'ai jamais employé ce mot, rétorque Danielle en croisant les bras.

Ava prend une voix aiguë pour l'imiter :

– « Oh, Ava, qu'est-ce que tu connais au fait d'être vierge ? Oh, Ava, tu vas encore baiser Ryder ? Arrête de sauter sur tout ce qui bouge, Ava, tu vas encore t'afficher. »

– C'est maintenant que tu t'affiches, peste Danielle.

– Je m'en moque, répond-elle d'une voix étranglée comme si elle avait du mal à parler et à respirer en même temps. Je n'ai jamais pu t'atteindre. Tu ne me considères pas comme ton égale. Pour toi, je ne suis qu'un stupide faire-valoir. Sauf que parfois c'est *mon* histoire. Pas la tienne.

– Oh, je t'en prie. Ne te fais pas passer pour une martyre. Si tu avais l'impression de n'être qu'un stupide faire-valoir, il fallait faire quelque chose.

– C'est ce que j'ai fait ! hurle Ava. En écrivant ces mots !

– Et comment tu croyais que ça allait changer les choses exactement ? Tu pensais que me traiter de salope allait miraculeusement arranger ta situation ? Tu n'as réussi qu'une chose : à donner raison à des types comme Ryder. On ne devient pas plus puissante en écrasant les autres filles.

Ava laisse échapper un cri, on dirait un animal à qui on viendrait de marcher sur la queue.

– Putain mais quelle hypocrite ! C'est exactement ce que tu as fait pourtant ! Tu as toujours pris un malin plaisir à me rabaisser. T'es un vampire social.

Elle essuie ses joues. Son chignon part dans tous les sens et la plupart des épingles sont sur le point de tomber. Elle se met brusquement à les enlever et les jette par terre.

– Je craque sur Chase depuis des années. Et tu le savais. Mais du jour au lendemain, tu décides qu'il faut que tu te le tapes et ça devient plus important que tout le reste. Tu as couché avec lui alors qu'il ne te plaisait même pas ! Et tu l'as largué juste après avoir obtenu ce que tu voulais. Qu'est-ce que tu crois que j'ai ressenti ?

Danielle soupire.

– Je ne l'ai pas... largué parce qu'il ne m'intéressait plus. Je l'ai largué parce que je ne l'intéressais plus, moi. Il m'a baisée et puis il est parti le raconter à tout le monde ! Et moi, je suis censée attendre qu'il vienne me voir pour m'annoncer que c'est fini ? Par pitié, ne me dis pas que tout ça – elle agite la main entre elle et Ava –, c'est à propos de Chase, parce qu'il n'en vaut vraiment pas la peine.

– Ce n'est pas à propos de Chase, dit Ava. C'est à propos du fait que tu te tapes un mec alors que tu sais que je l'aime bien, rien que pour prouver que tu peux le faire. Et tu es en train de faire exactement la même chose avec Andrew ! Tu n'es avec lui qu'à cause de Keely.

Je sursaute un peu en entendant ça.

Ava enlève sa dernière épingle – ses cheveux violets viennent tomber en cascade sur ses épaules – et la jette sur Danielle.

– Je suis étonnée que tu n'aies jamais baisé Charlie. Hannah aurait été dans tous ses états et tu aurais adoré ça.

C'est là que Danielle se jette sur elle. Elle agrippe son collier, se met à tirer et des perles volent dans tous les sens, avant d'atterrir et de rouler un peu partout sur le ponton. Ava s'empare de la bretelle de la robe de Danielle puis la déchire d'un coup sec et Danielle se met à hurler.

– Arrêtez ! dis-je tandis qu'Hannah et moi courons vers elles.

Nous en attrapons chacune une par les bras pour tenter de les séparer. Ava se tourne vers moi, les yeux exorbités, comme si elle était devenue folle. Son ombre à paupières bleue à paillettes s'est étalée le long de ses tempes et son mascara a coulé partout sur ses joues.

– Je n'ai pas besoin de votre aide ! gémit-elle en se libérant de ma prise.

Je l'attrape de nouveau et la serre fort pour essayer de la calmer, mais elle hurle et se débat comme si elle était possédée par le diable et réussit de nouveau à se dégager. Je tends la main, elle chancelle sur ses talons et je la vois tomber en arrière, au ralenti. Elle lève les bras comme pour se raccrocher à quelque chose mais ne trouve rien d'autre que le vide. Et puis elle disparaît au-delà du ponton, dans l'obscurité.

On entend un énorme plouf.

Danielle cesse aussitôt de se débattre avec Hannah et se tourne.

– Non mais j'y crois pas ! dit-elle. Je vais la chercher !

Et puis elle saute dans l'eau.

– Je vais chercher un surveillant ! dis-je en tournant le dos au lac.

J'ai à peine commencé à remonter le ponton que j'entends une énorme respiration derrière moi et me retourne. Danielle et Ava sortent tout juste la tête de l'eau et Hannah s'agenouille au bord pour les aider à remonter. L'eau est assez profonde pour qu'on ne voie que leur tête, mais j'ai bien l'impression qu'elles ont pied. Hannah attrape Ava par les épaules et Danielle la pousse par en dessous jusqu'à ce qu'elle soit sur le ponton, où elle se met à cracher et à tousser. Puis Hannah attrape la main de Danielle.

– Hannah ! crie une voix depuis le perron, et nous apercevons une silhouette de fille dans la pénombre. Hannah ! continue la voix en dévalant les marches vers nous.

Au fur et à mesure que la silhouette s'approche, nous reconnaissons la peau diaphane de Suzie Palmer, illuminée par le clair de lune. Elle se fige en nous voyant toutes les quatre, surtout Danielle et Ava allongées sur le ponton, dans leurs robes trempées.

– Hannah, dit-elle une fois à notre hauteur. Tu es attendue à l'intérieur. On a appelé ton nom, mais tu étais introuvable. Tu dois aller danser avec Chase.

– Hein ? demande Hannah, perdue.

Le devant de sa robe est mouillé d'avoir aidé les filles à remonter. Sa tresse est à moitié défaite et sa frange lui colle au front. Je vois bien qu'elle tremble encore de ce qui vient d'arriver et ne comprend pas du tout ce qui se passe. Mais moi, oui. C'est évident et ça aurait dû l'être depuis le début.

– Tu as été élue reine du bal.

31

Bref, tout est parti en couilles.

Chase et Hannah ont donné leur première danse en tant que roi et reine du bal, Danielle et Ava ont fini par rejoindre la salle – le sol était si mouillé qu'Edwin Chang a glissé et s'est étalé comme une crêpe. Et moi, je me suis réfugiée à notre table au fond de la salle. Je ne suis pas vraiment d'humeur à danser. Il commence à se faire tard. Certaines des vagues en carton se sont décrochées du mur et une des machines à bulles ne fonctionne plus.

Dean est avec Ryder quelque part, probablement dehors en train de fumer, et je n'ai aucune envie d'aller le chercher. Je soupire et me lève pour me servir un autre punch. Au point où j'en suis, j'avoue me moquer de savoir s'il y a de l'alcool dedans ou non.

– Bal de merde, hein ? me demande Chase en surgissant derrière moi.

– Ouais, dis-je en remplissant deux gobelets avant de lui en tendre un. Comment va Cecilia ?

Il prend une gorgée. Le punch laisse une fine trace rouge au-dessus de sa lèvre supérieure.

– Elle est gentille, dit-il d'une voix morne.

– Et c'est un problème ?

– Les filles gentilles, c'est pas vraiment mon truc.

Nous nous tournons en même temps vers Danielle. Elle et Ava sont toujours dans un coin de la pièce, entourées de surveillantes qui les aident à se sécher.

– Où est ton cavalier ? me demande Chase.

– Aucune idée, dis-je en prenant une autre gorgée de punch.

Je ne sais pas pourquoi, mais j'ai envie d'être honnête.

– Il ne te plaît pas tant que ça, répond-il sur un ton qui n'est pas celui d'une question.

– C'est toujours sympa d'avoir quelqu'un avec qui aller à ce genre de trucs.

– Comment ça ? s'étonne-t-il. Tu aurais pu venir avec n'importe lequel d'entre nous.

– En tant qu'amis, oui, dis-je. Mais bon, ce n'est pas comme si l'un de vous m'avait déjà… m'avait déjà draguée. Je ne suis pas une vraie fille à vos yeux. Je ne compte pas.

– Mais enfin, Collins, tu sais bien que tu es méga bonne ! me dit-il d'un ton si détaché qu'il me décontenance un peu.

– Hein ?

– Tu ne le sais pas ? C'est pour ça que tu penses que les mecs ne te draguent jamais ?

– Bah ouais. Je veux dire, vous parlez de tous vos trucs dégueulasses devant moi comme si je n'étais pas là. Donc de toute évidence, vous n'êtes pas…

– Si aucun mec ne t'a jamais draguée, c'est parce que tu es avec Reed.

Je me raidis. S'il savait à quel point j'aimerais que ce qu'il dit soit vrai !

– Je ne suis pas *avec* Reed, dis-je en passant une

main frustrée dans mes cheveux. Tu sais très bien qu'il sort avec Danielle. Et cinq millions d'autres filles.

Ma voix est devenue aiguë malgré moi et je déteste avoir l'air d'une fille jalouse. Les choses n'étaient pas censées se passer comme ça.

Chase se contente de secouer la tête.

– Ce n'est pas ce que je veux dire. Je sais bien que vous ne sortez pas ensemble tous les deux, mais vous allez ensemble. Vous formez un duo. Personne ne voulait se retrouver mêlé à ça. Et puis de toute façon il est ultra-possessif, il n'aurait jamais laissé personne t'approcher.

– Hein ?

Je pose brusquement mon gobelet sur la table et un peu de punch se renverse et vient former une tache rouge sur la nappe bon marché.

– Une fois, en sixième, Ryder a dit que tu grandissais plutôt bien, explique Chase en agitant la main devant son torse pour me faire comprendre de quoi Jason parlait vraiment. Et Andrew lui a balancé son poing dans la figure.

Je me souviens très bien de cet incident. Andrew s'est fait renvoyer de l'école pendant trois jours. Il m'avait dit que Ryder l'avait poussé en premier et je l'avais cru sans la moindre hésitation.

– Depuis, Ryder fait bien attention à te traiter comme un mec, continue Chase. On fait tous attention, en fait. Reed est notre pote, donc tu es intouchable.

Il finit son verre cul sec et le balance dans la poubelle à côté de la table.

Ma poitrine se met à brûler malgré moi, elle gonfle lentement au fur et à mesure que les mots de Chase résonnent dans ma tête. « Vous allez ensemble.

Vous formez un duo. Il n'aurait jamais laissé personne t'approcher. » Ça veut bien dire quelque chose, non ? Pourquoi Andrew ordonnerait-il à ses potes de ne pas m'approcher s'il n'avait pas de sentiments pour moi, si une petite partie de lui ne me voulait pas pour lui tout seul ?

Je jette un œil à la piste de danse pour le chercher, mais il n'y est pas. Je scanne les tables autour de nous, à la recherche d'une tête blond cendré, mais il n'y est pas non plus.

Andrew aurait-il lui aussi des sentiments pour moi ?

– Mais bon, on dirait que tu as quand même réussi à trouver un cavalier, dit Chase. Il te fallait juste un mec qui ne soit pas de Prescott, quelqu'un qui ne soit pas au courant des règles te concernant.

Ma main tremble en soulevant mon verre de punch.

– Quelles règles exactement ?

Chase sourit.

– Le code d'honneur entre mecs. (Il se penche vers moi et baisse la voix comme s'il s'apprêtait à me confier un grand secret :) « Les gars avant les gos »... désolé, dit-il quand il me voit grimacer. On n'abandonne jamais un pote dans une bagarre et on n'essaie jamais de se taper sa sœur. Tu n'es peut-être pas vraiment la sœur d'Andrew, mais à nos yeux, c'est tout comme.

Et le revoilà. « Sœur. » Ce mot ignoble qui s'abat sur moi et vient faire exploser le ballon chaud qui me gonflait la poitrine. Évidemment, c'était de ça dont parlait Chase. Il est là, à me sourire avec cet air idiot et satisfait, comme si je devais lui être reconnaissante de m'avoir confié une partie du code d'honneur, comme si je devais me sentir flattée alors qu'il vient d'anéantir mon monde entier, de faire exploser tous mes espoirs en mille morceaux, comme l'Étoile noire.

J'écrase le gobelet en plastique vide dans ma main et le balance à la poubelle.

– Je dois y aller, dis-je d'une voix soudainement pleine de colère.

Je sens un courant électrique parcourir mes veines.

Tout s'explique. Si Andrew ne s'en était pas mêlé, j'aurais pu rencontrer un garçon beaucoup plus tôt et je ne serais pas restée vierge aussi longtemps. Et tout ça, ce n'est pas parce qu'il est jaloux ni parce qu'il m'aime lui aussi. C'est juste parce qu'il me considère comme sa sœur !

– J'aurais tenté ma chance, tu sais, dit Chase. Pour information, tu es carrément canon.

Et puis il s'éloigne en souriant pour rejoindre Danielle et Ava avant de glisser un bras autour de leurs tailles.

J'ai les mains qui tremblent. Il faut que je trouve Andrew. Je fends la foule en bousculant tout le monde. J'ai l'impression de ne plus voir que des couleurs qui tourbillonnent, des formes qui s'agitent, qui passent du flou au net… j'ai l'impression d'être complètement ivre. Mais c'est juste le feu de la colère. Je suis tellement hors de moi que je vois trouble, toutes mes sensations sont exacerbées, je n'ai jamais été aussi à fleur de peau de ma vie.

Et puis je l'aperçois sortir des toilettes, et je suis surprise de réaliser que j'ai autant envie de lui mettre mon poing dans la figure que de l'embrasser – n'importe quoi qui pourrait m'aider à le toucher, à soulager cette énergie, à la déverser en lui pour qu'il se sente aussi vivant que moi.

Je fonce vers lui. Il sourit instinctivement en me voyant mais son visage redevient sérieux dès que j'ouvre la bouche.

– Tu as interdit aux garçons de l'école de me draguer ?

– Hein ? demande-t-il en fronçant les sourcils et en passant aussitôt la main dans ses cheveux comme je savais qu'il allait le faire, comme il le fait chaque fois.

– De quel droit, Andrew ? Pendant toutes ces années, j'ai cru que personne ne m'aimait et que c'était à cause de moi, alors qu'en réalité c'était à cause de toi. Toutes ces soirées où tu te tapais des filles et où je finissais toute seule sur le canapé à me sentir abandonnée et invisible alors que tout le monde sortait avec tout le monde, que tout le monde couchait avec tout le monde ! Et moi qui étais convaincue que quelque chose n'allait pas chez moi, alors que tout ça, c'était ta faute !

– Collins, de quoi tu parles ? demande-t-il à voix basse en se penchant vers moi.

Je réalise vaguement que nous sommes toujours dans la salle de bal, devant tous les élèves. À quelques mètres de nous, Abby Feliciano pianote sur son téléphone, et quand je la regarde elle se met à glousser avant de détourner les yeux. Mais je m'en fous.

– T'es vraiment un hypocrite ! dis-je en lui frappant l'épaule. Toi, tu as le droit de coucher avec toutes les filles de la planète et moi, je n'ai pas le droit d'avoir quelqu'un ? Est-ce que c'est parce que je suis une fille, Drew ? Tu me prends pour une putain de fleur délicate qu'il faut protéger ? Je n'ai pas besoin de ta protection. Je n'ai jamais empêché aucune fille de sortir avec toi. J'ai toujours été une super acolyte de drague.

La super acolyte et le Casseur de Coups. On forme le duo de super-héros le plus déprimant du monde.

– Je sais bien que tu n'es pas une fleur délicate, dit-il en posant la main sur mon épaule que je dégage aussitôt. Ce n'est pas la question. Comprends-moi, Collins, je ne voulais juste pas qu'on te brise le cœur.

– Mon cœur, ce n'est pas ton problème, dis-je, et ma voix se casse parce que, bien évidemment, j'ai envie que ça le soit. J'ai le droit d'avoir le cœur brisé. Ça fait partie de la vie, non ? Tu ne peux pas m'enfermer dans une tour pour toujours comme cette foutue Raiponce !

Il fait un pas vers moi et je recule. Il faut que je m'éloigne de lui avant de faire quelque chose de stupide.

– Tu n'es ni mon frère ni mon petit ami.

– Keely, je ne voulais pas… C'est juste que je connais ces mecs, je les entends parler et je n'avais vraiment pas envie que ça t'arrive à toi. Tu mérites mieux. Tu mérites quelqu'un qui t'aime vraiment, dit-il d'une voix si douce et sincère que ça me tue encore un peu plus.

– Et comment je suis censée trouver quelqu'un, si tu ne laisses personne m'approcher ?

– Ça ne t'a pas empêchée de réussir, apparemment. Où est ton cavalier, d'ailleurs ?

– Je ne sais pas.

Il pourrait être debout derrière moi que je ne m'en rendrais même pas compte. Je suis plongée corps et âme dans cette conversation, dans cette dispute.

– Est-ce que tu lui as dit de garder ses distances, à lui aussi ?

– Évidemment, il est aux abonnés absents, soupire Andrew en enfonçant ses mains dans ses poches. Quelle surprise.

– Pourquoi tu le détestes autant ?

J'ai crié sans le vouloir. Abby a laissé tomber son téléphone et boit la moindre de nos paroles.

– Je ne le déteste pas, répond Andrew en secouant la tête et en ressortant les mains de ses poches. En fait, tu sais quoi ? Si, je le déteste. Et j'ai tous les droits. Tu t'es *servie* de moi pour l'atteindre lui. Bon sang, tu as prononcé son putain de prénom alors qu'on était à moitié nus dans mon lit. C'est toi, l'hypocrite, Collins. Tu m'en veux parce que je me sers soi-disant des filles, que je me les tape alors que ça ne veut rien dire pour moi, mais s'il y en a une qui se sert des autres ici, c'est toi. Tu te moquais de ce que je pouvais ressentir.

– Mais c'est toi qui te moques de ce que ressentent les autres ! je m'exclame en levant les mains en l'air. Ça fait des années que tu couches avec des filles que tu balances dès qu'une autre pointe le bout de son nez.

– Ce n'est pas vrai ! crie-t-il.

– Tu rigoles ! Tu as…

– Je ne couche avec personne !

Il jette un bref coup d'œil derrière lui, puis m'attrape par le bras et me tire dans un coin de la pièce, à l'abri des oreilles indiscrètes.

– De quoi tu parles ? dis-je en me dégageant de sa prise.

– Je n'ai jamais…

Il s'arrête et parle d'une voix si basse que j'ai presque du mal à l'entendre par-dessus le bruit sourd de la musique :

– Je n'ai jamais couché avec personne. Jamais.

Ce n'est pas… *ce n'est pas vrai*, voilà ce que j'ai envie de dire. Sauf qu'il n'a effectivement jamais couché avec

Cecilia, elle l'a dit elle-même, ni avec Sophie puisqu'elle se préserve pour le mariage.

– Tu es puceau ?

Je me sens aussi minuscule que ma voix.

– Ouais.

Tout s'explique – s'il a toujours été si évasif avec moi, c'est parce qu'il avait peur que je découvre la vérité.

– Tu m'as menti, dis-je. Je croyais... Tu m'as fait croire que tu étais une sorte d'expert. Je n'aurais jamais...

– Et qu'est-ce que j'étais censé répondre ? Tu es venue me voir avec ton air vulnérable et moi, je voulais simplement t'aider. Je me sentais mal...

– Tu te sentais mal pour moi, dis-je, et les mots me plient en deux comme un coup de poing dans le ventre, je suis la fille la plus pathétique du monde. Tu aurais pu me dire la vérité. J'ai l'impression d'être une idiote. J'avais besoin de conseils, je suis venue te demander de l'aide alors que tu ne t'y connaissais pas plus que moi.

– Ce n'est pas facile pour les mecs de simplement... d'admettre qu'ils n'y connaissent rien. Je ne t'ai jamais menti, je ne t'ai juste pas corrigée quand tu as supposé que...

– Mais c'est toi qui m'as fait supposer !

Je repense à toutes les fois où il m'a parlé des filles qu'il s'était « tapées ». Pas une seule fois je ne lui ai demandé de clarifier, de m'expliquer ce qu'il voulait dire par là. Ça a dû être bien pratique pour lui. « Se taper quelqu'un » peut signifier tellement de choses différentes : s'embrasser sur une piste de danse, se faire branler au cinéma, être dans un lit, aller presque jusqu'au bout mais changer d'avis à la dernière minute.

– Quand on est un mec, les gens ont des attentes, explique Andrew. Il y a une sorte de pression. Les mecs parlent mal les uns des autres. Et tu as toujours eu toutes ces idées fausses à mon sujet – Andrew le fêtard. Sauf que maintenant, tout le monde a ses idées sur moi et je ne peux pas… Putain, j'ai que de la gueule, d'accord ? C'est ça que tu veux entendre ? Si les gens sont persuadés que je suis un don Juan, ce n'est pas moi qui vais les contredire. Je ne peux pas admettre que je ne l'ai pas encore fait devant les gars. Qu'au fond, j'ai envie que ma première fois soit spéciale. Ce genre de truc, personne n'y croit.

– Mais je ne suis pas personne ! Je suis *quelqu'un*. Et je suis ton quelqu'un le plus important.

Sauf que je réalise en le disant que ce n'est pas vrai.

– Donc, tu n'as pas couché avec Danielle.

C'est une affirmation, pas une question. Il ne répond pas et je laisse les deux mots qui manquent à cette phrase remonter à la surface : Pas encore.

Il se frotte la nuque sans répondre. Ce n'est pas utile de toute façon.

– Pourquoi ? je demande.

– Hein ?

– Tu as eu plein d'occasions. Pourquoi tu as laissé Chase être le premier ?

Il prend un long moment pour réfléchir, comme si tout était difficile à admettre désormais.

– Ce n'est pas une course, Collins.

– Tu en es sûr ?

Parce que jusqu'ici c'est un peu l'impression que ça me donne – comme si le lycée était une grande compétition et que j'étais la dernière du classement.

C'est à cet instant que je sens un bras lourd se poser sur mon épaule et cette odeur familière d'after-shave mêlée au tabac qui, il n'y a pas si longtemps, me faisait trembler les genoux. Et je sais que Dean est derrière moi. Quand Andrew le voit, son visage se durcit et il se tient aussitôt un peu plus droit ; mes poils se hérissent parce que je le vois en pleine action, ce « frère » qui me protège bien trop.

– Alors, c'est quoi le sujet de dispute entre vous deux aujourd'hui ? demande Dean, amusé.

Mais sa question me rend triste. Mon amitié avec Andrew s'est tellement étiolée – notre relation est si tendue – que Dean pense que nous sommes probablement en train de nous disputer. Et même si tout ça, c'est à cause de lui, je sais bien qu'au fond tout est ma faute. C'est moi qui n'ai pas su être honnête avec moi-même, qui n'ai pas su être honnête avec Dean. C'est moi qui ai préféré risquer mon amitié avec Andrew plutôt que de dire la vérité à Dean. C'est moi qui ai tout gâché.

– On ne se dispute pas, répond Andrew.

Il a beau m'avoir enfin révélé son secret, je sais bien qu'il ne veut pas que ça s'ébruite.

– Dieu merci, dit Dean d'un ton sarcastique, puis il enfouit son visage dans mon cou et le bout de son nez me chatouille la peau. On commence à s'ennuyer grave ici, tu veux qu'on monte dans notre chambre ?

Je sais que je devrais lui répondre, mais je n'arrive pas à quitter Andrew des yeux. Il a les joues encore rouges de notre dispute et n'a pas tout à fait repris son souffle. Il a soudain l'air si jeune avec ses cheveux en bataille, il ressemble à ce petit garçon à qui je disais tout.

Et je n'ai envie que d'une chose, c'est de le réconforter, même si c'est moi qui l'ai contrarié. Je veux tout laisser derrière moi – je veux laisser cette salle de bal, je veux laisser Dean, je veux laisser Prescott et ne rien faire d'autre qu'être avec lui, m'accrocher à lui pour ne jamais le laisser partir. Mais il est trop tard pour tout ça.

Et je comprends pourquoi il a tant attendu, pourquoi lui et Danielle ont réservé une chambre ce soir. Il va lui dire qu'il l'aime et il va coucher avec elle pour la première fois. Sa première fois.

Je dois le laisser partir, je n'ai pas le choix.

Je me retourne vers Dean et pose mes mains de chaque côté de son menton pour attirer son visage vers moi. Puis je l'embrasse comme si nous étions seuls au monde – comme si nous étions déjà dans notre chambre. Je l'embrasse comme une promesse. Quand je me redresse, je vois bien que ses pupilles se sont dilatées.

– Oui, montons dans notre chambre, dis-je d'une voix étranglée.

Il m'entraîne et je me laisse faire, je le suis vers la sortie. Je n'ai pas envie de me retourner pour regarder Andrew, mais c'est plus fort que moi, bien sûr, et à la dernière seconde je jette un coup d'œil par-dessus mon épaule pour voir sa tête. Mais il n'est plus là. Je ne sais pas quand il est parti. Peut-être que c'était il y a longtemps déjà.

32

La chambre est magnifique. Exactement ce à quoi on s'attend quand on imagine les chambres d'un hôtel ancien comme le Walcott – des poutres en bois sombre qui s'entrecoupent sous le plafond, une moquette rouge, un fauteuil douillet, une cheminée au-dessus de laquelle trône un énorme écusson comme si nous étions dans un lointain château d'Europe plutôt que dans le Vermont. Mais la cerise sur le gâteau, c'est l'immense lit à baldaquin.

Dean se jette dessus en m'entraînant avec lui. Les draps sont en satin et j'ai l'impression d'y fondre comme du beurre. On se croirait dans un film – c'est exactement le moment que j'avais imaginé.

Pourtant, j'ai l'impression que je vais vomir.

Dean m'embrasse et je lui rends son baiser avant de me redresser et de glisser sur le côté pour m'éloigner et garder une distance respectable entre nous.

– Ça m'a fait plaisir que tu m'accompagnes ce soir, dis-je parce que je ne supporte pas le silence.

– Pas de problème, dit-il avant de me lancer un sourire malicieux que je connais désormais par cœur. Je compte te faire plaisir toute la nuit.

J'essaye de rire, mais j'ai la nausée et mon rire sonne

faux. J'entends toujours le son étouffé des basses de la musique qui vient d'en bas. Dean me prend la main et je me souviens de l'époque où cette sensation, celle de sa peau contre la mienne, était la plus merveilleuse du monde. Je veux la retrouver.

– Est-ce que tu passes une bonne soirée ? je demande pour gagner du temps.

– Maintenant oui, dit-il. Maintenant que nous ne sommes que tous les deux. (Il replace une mèche de mes cheveux derrière mon oreille et pose sa paume chaude sur ma joue.) Parce que c'était ça le but de ce bal, n'est-ce pas ? Toi et moi ? Le reste, on s'en fout. Le reste, c'est ce que nous avons dû endurer pour en arriver là.

– Le reste, comme tu dis, ce sont mes amis.

– Vraiment, Keely ? Tu en es sûre ? Tu vaux tellement mieux que ça.

J'ai parfois l'impression que Dean me dit des choses qu'il aimerait être vraies mais qui ne le sont pas forcément. Qu'est-ce qui me différencie de toutes les autres filles de mon lycée ? *Pourquoi moi, Dean ?* Est-ce que c'est juste parce que je suis un défi à relever ?

J'imagine soudainement Danielle et Andrew en train de danser, enlacés sur la piste, et lui qui l'agrippe de toutes ses forces par peur qu'elle ne s'envole. Si c'est ça qu'Andrew veut, alors c'est ce que je veux moi aussi. Ça ne peut pas être autrement.

Et c'est sans doute mieux ainsi. Je voulais en finir avec ma première fois, le faire avec quelqu'un pour qui je n'avais pas de sentiments. Et c'est ce qui va se passer. Les filles comme Ava ont tout compris – elles couchent avec les mecs dont elles ont envie, juste parce qu'elles en ont envie. « Tu ne peux pas reprocher aux filles d'aimer le sexe juste parce que ce n'est pas ton cas », m'a dit Andrew. Eh ben il a tort, parce que moi aussi, je suis capable d'avoir des coups d'un soir. Tant mieux pour lui s'il a décidé d'attendre pour faire ça avec une fille qu'il aimait vraiment. Moi, j'ai assez attendu.

Dean m'attire contre lui et je me penche pour l'embrasser comme si c'était la seule chose qui comptait au monde. Son haleine a un goût de champagne et de risotto et son cou, l'odeur de son after-shave. J'essaye de retrouver cette sensation, celle que j'avais en l'embrassant au début – de retrouver ce tourbillon dans mon estomac. Mais rien. Sa langue n'est plus qu'une langue – visqueuse et humide – et sa barbe de trois jours me râpe la joue. Rien de plus.

C'est drôle de voir comment tout ça se finit. Cette histoire s'est retournée contre moi, mais j'ai quand même obtenu ce que je voulais : coucher avec un type qui ne compte pas pour moi. Finalement, le Plan n'était pas une si mauvaise idée, j'avais juste choisi le mauvais type pour le mener à bien.

Dean m'embrasse un peu plus passionnément encore. Il passe la main dans mes cheveux en tirant légèrement dessus, juste assez pour que je capte l'intensité de son désir. J'ai les yeux fermés et j'imagine l'espace d'une seconde que je suis avec Andrew. J'imagine la couleur miel de ses cheveux, ses taches de rousseur et ses yeux verts. Je n'ai pas embrassé Andrew depuis que j'ai compris que je l'aimais, et le simple fait de m'imaginer le faire me donne le tournis.

Dean glisse sa main le long de ma nuque puis s'empare de la fermeture Éclair dans mon dos. Je l'aide parce que lui et moi avons envie de la même chose.

Je fais glisser la fermeture puis me lève pour qu'il puisse m'enlever ma robe, et celle-ci vient tomber à mes pieds. Dean déboutonne sa chemise tandis que j'admire les muscles bronzés de sa poitrine. Si je les veux, ils sont à moi. Et c'est le cas. Je lui caresse le torse et il retient son souffle quand j'atteins le muscle en V qui se trouve juste au-dessus de sa ceinture. Il est si beau – ses cils noir d'ébène, les contours saillants de ses pommettes. J'ai envie de pleurer parce que je devrais avoir envie de lui à en mourir – toutes les filles auraient envie de lui.

Je me demande si Andrew et Danielle ont quitté la salle de bal, s'ils sont déjà dans leur chambre, dans leur lit à baldaquin. Je les vois d'ici – lui qui l'entraîne le long du couloir, tandis qu'ils rient tous les deux comme des gamins. Il la plaque contre le mur parce qu'il ne peut pas attendre d'être dans la chambre. Andrew a toujours aimé embrasser les filles contre un mur. Je l'ai vu faire tellement de fois à des fêtes que je ne vois pas pourquoi il ne serait pas en train de le faire avec Danielle à cette seconde précise.

Je l'imagine batailler avec la clé pour rentrer dans la chambre, tandis qu'elle glousse d'impatience à côté de lui avant de la lui arracher des mains, d'ouvrir la porte et de l'attirer dans la pénombre tandis qu'il se déshabille déjà jusqu'à être complètement nu.

J'attrape la boucle de ceinture de Dean et la défais. Il s'empresse d'enlever son pantalon et de le balancer dans un coin de la pièce. Nous sommes désormais tous les deux en sous-vêtements. Il se rallonge au-dessus de moi en enfonçant mon corps avec le sien dans le matelas.

Je me souviens de la dernière fois que je me suis retrouvée dans cette position – avec un garçon sur moi qui m'enfonçait dans un matelas parsemé de pétales de fleurs. Je me souviens que je m'étais sentie plus vivante que je ne l'aurais jamais cru avec ce garçon qui était juste un ami, rien de plus qu'un ami. Dean attrape ma culotte du bout des doigts et je recule.

– Attends, je prends un préservatif, dis-je en me rasseyant et en cherchant mon sac à main.

– Tu as apporté un préservatif ? demande Dean.

Je fouille dans mon sac en me maudissant de ne pas l'avoir vidé avant de le prendre au bal de promo. Il est plein de vieux mouchoirs, d'emballages de chewing-gum et de tickets de cinéma datant d'il y a plusieurs mois, et le préservatif s'est perdu au milieu de tout ça.

– Ce n'est pas grave si tu ne le trouves pas, dit Dean. J'en ai plein.

– Je vais le trouver.

Je renverse le contenu de mon sac sur le lit et scrute la pile d'objets face à moi : un rouge à lèvres que ma mère m'a forcée à emporter, mon téléphone, une paire de lunettes de soleil cassées, le petit emballage carré… Je tends la main pour l'attraper, mais celle-ci frôle autre chose, un petit carton blanc aux bords pointus. Je le retourne et mon souffle se coupe. C'est une carte de vœux dont je n'ai aucun souvenir ; je dois sans doute la trimballer dans mon sac sans le savoir depuis un moment. Dessus, il y a une Tortue Ninja dessinée au feutre avec plein de petits cœurs idiots. Et puis l'écriture bancale d'Andrew qui dit : « Joyeux anniversaire. Je t'aime plus que la pizza. »

Exactement comme cette carte de la Saint-Valentin qu'il avait offerte à Danielle en sixième. Celle qu'elle n'avait pas comprise. Qu'est-ce que ce truc fait là ?

Quand est-ce que cette carte s'est glissée dans mon sac ? Pourquoi Andrew n'a-t-il rien dit ? Est-ce qu'il l'a faite pour *moi* ?

– T'as trouvé ? me demande Dean en approchant derrière moi et en posant la tête sur mon épaule. Qu'est-ce que tu regardes ?

– C'est rien, dis-je en posant la main sur la carte pour la cacher.

Je n'ai pas envie qu'il la voie, parce que même si je n'y comprends rien, cette carte est merveilleuse et personnelle et qu'elle n'est qu'à moi.

Je t'aime plus que la pizza.

Ça n'a aucun sens – rien de tout ça n'a de sens. Danielle n'aime pas les Tortues Ninja, ni la pizza, ni grimper aux arbres, ni faire du vélo. Elle n'aime pas patiner sur le lac gelé en hiver, ni dévaler la colline à la vitesse de la lumière. Ce n'est pas elle qu'Andrew appelle quand il est contrarié, ce n'est pas avec elle qu'il se balance dans le hamac de son jardin en regardant les étoiles. C'est peut-être elle qu'il a embrassée le soir du Nouvel An mais ce n'est pas avec elle qu'il a passé le reste de la nuit, ce n'est pas dans sa chambre à elle qu'il a fini. Les pièces du puzzle ne correspondent pas. Je n'arrive pas à oublier la façon dont il m'a regardée quand il m'a dit qu'il était amoureux, la façon dont il m'a tenu la main et comment j'ai pensé l'espace d'un court instant qu'il allait peut-être prononcer mon nom à moi.

– Il faut que j'y aille, dis-je en fourrant rapidement tous les objets éparpillés dans mon sac.

Je me lève et cours me placer au milieu du cercle formé par ma robe, toujours par terre. Je l'enfile si vite que je suis déjà habillée avant que Dean n'ait eu l'occasion de faire le moindre geste pour tenter de m'arrêter. S'il y a une chance, s'il y a la moindre chance qu'Andrew m'aime lui aussi, j'ai besoin de le savoir avant de faire quoi que ce soit que je regretterais.

– De quoi tu parles, putain ? demande Dean en bondissant hors du lit.

– Il faut que j'y aille, je répète en me dirigeant vers la porte.

– Tu ne peux pas juste partir comme ça, dit-il. Tu as promis.

– Eh bien, j'ai changé d'avis.

– Tu n'as pas le droit.

– En fait, dis-je en m'emparant de la poignée, j'ai le droit de faire tout ce dont j'ai envie.

– Arrête de dire des conneries.

– C'est toute cette histoire qui est une connerie, dis-je, et ma phrase est si vraie que je me mets à rire. Toi, tes tee-shirts prétentieux, ta moto et tes références cinématographiques. À croire que tu n'es pas une vraie personne. Tu fais tellement d'efforts pour être un mec cool. Sauf que moi, je ne veux pas d'un mec cool. Je veux… (Je repense à ce qu'Hannah m'a dit dans la cabine d'essayage. Je veux quelqu'un dont la bizarrerie corresponde à ma bizarrerie ! J'ouvre grand la porte mais me retourne une dernière fois avant de sortir, poussée par une envie soudaine de lui dire la vérité :) Et pour info, oui, je suis vierge.

Puis je quitte la chambre en courant et rejoins l'ascenseur. Parce que j'ai besoin de le trouver. J'ai besoin de lui poser des questions sur cette carte – j'ai besoin de savoir si c'était une erreur, une blague, si elle ne veut rien dire du tout. J'ai été tellement perdue dans mes propres pensées, j'ai tellement manqué de recul sur la situation que je n'ai pas su comprendre avant maintenant une vérité pourtant toute simple : *je n'ai pas envie de coucher avec Dean.*

À peine cette pensée formulée, je me sens soudainement libérée, comme si on m'avait ôté une chape de plomb de mes épaules et que j'étais sur le point de me mettre à flotter. J'ai toujours pensé que Dean était inatteignable pour une fille comme moi, qu'il fallait que je fasse semblant d'être une meilleure version de moi-même pour l'impressionner. Mais je réalise enfin que tout ça n'est pas vrai : Dean n'est pas trop bien pour moi. *Je* suis trop bien pour Dean. Je ne veux pas d'un type avec qui je ne peux pas être moi-même, un type qui me fait tant douter de moi que je me sens constamment obligée de mentir.

Ça ne m'empêchera pas de continuer à être Keely l'aventureuse – celle qui enfreint les règles, qui boit du whisky et monte à l'arrière des motos. Je n'ai pas besoin de lui pour ça. J'ai juste besoin d'apprendre à me laisser aller, besoin de prendre des risques et de dire à Andrew ce que je ressens avant qu'il ne soit trop tard.

« Ce n'est pas une course », a dit Andrew tout à l'heure, et il a raison.

Sauf qu'à cet instant précis, alors que je me rue hors de l'ascenseur et traverse le hall à toute allure pour le retrouver, j'ai un peu l'impression de jouer contre la montre.

33

J'appelle Andrew sur son portable, mais il ne répond pas. Soit il est encore dans la salle de bal et la musique est trop forte pour qu'il entende la sonnerie, soit il est déjà avec Danielle dans leur chambre et il m'ignore complètement. Je pousse la double porte en chêne de la salle, passe devant les vagues de carton décrochées et la machine à bulles cassée et suis forcée de constater que l'endroit est pour ainsi dire désert. Il est probablement trop tard.

Quelques professeurs aident le DJ à ranger son matériel, deux ou trois couples sont assis, leurs chaussures à la main. Abby Feliciano pleure debout à côté de l'estrade, Dieu sait pourquoi. Jarrod Price est collé au buffet en train d'engloutir des restes de poulet à même le plat. Mais c'est tout. Je n'aperçois aucun de mes amis.

Je jette un œil à mon téléphone. Il est 23 h 30. Il est logique que la plupart des gens soient déjà partis.

Je fais demi-tour et retourne dans le hall. J'avance vers la réception tout en rappelant Andrew, pour être sûre. Toujours aucune réponse.

– J'ai besoin d'un renseignement sur l'un de vos clients, dis-je au concierge derrière le comptoir.

L'homme a une quarantaine d'années et des cernes violets sous les yeux. Il me regarde avec une expression morne et désabusée.

– Nous ne donnons pas de renseignement sur nos clients.

– J'ai juste besoin d'un numéro de chambre. Mes amis ont pris une chambre et je n'arrive pas à les trouver.

– Est-ce que vous êtes de la famille ?

– Non, mais…

– Dans ce cas, m'interrompt-il, je ne peux vous donner aucun renseignement.

– Je suis pour ainsi dire de la famille, dis-je en sachant très bien qu'il ne comprendra pas, parce qu'il ne connaît pas la subtilité des liens qui unissent les familles Reed et Collins. C'est une urgence. S'il vous plaît.

– Une urgence de bal de promotion ? demande-t-il en haussant les sourcils avant de me toiser de haut en bas.

Les choses ne sont pas censées se passer comme ça. Dans les films, quand on réalise enfin qu'on est amoureux, on se contente de monter dans un taxi et de foncer à travers les embouteillages pour arriver à temps à l'aéroport – la magie du grand amour, tout ça, tout ça. Le concierge ne devrait pas me mettre des bâtons dans les roues. Et si je n'arrivais pas à retrouver Andrew ? Ou pire encore, si je le trouvais mais que ça ne se passait pas du tout de la façon que j'espère (tant) ? Peut-être qu'il est vraiment amoureux de Danielle, peut-être que c'est avec elle qu'il veut être et peut-être que je vais les interrompre ? Mais je m'en moque, notre amitié est déjà gâchée. S'il y a la moindre chance qu'il puisse ressentir la même chose que moi, il faut que je lui dise. C'est ce que ferait tout Gryffondor qui se respecte.

Je fais demi-tour et retourne vers les ascenseurs. OK, si personne ne me donne l'information dont j'ai besoin, je vais devoir la trouver moi-même.

Les portes s'ouvrent face à moi dans un *ding* subtil. Je monte. Il y a douze étages – douze boutons dorés qui me narguent. Andrew pourrait être à n'importe lequel de ces étages. Je me maudis intérieurement de ne pas lui avoir demandé dans quelle chambre il était. Tout ça parce que je voulais avoir l'air de n'en avoir rien à faire, comme si lui poser la moindre question allait trahir les sentiments que j'éprouvais pour lui. L'ascenseur s'impatiente. Les portes se referment puis se rouvrent pour bien me montrer que je suis censée appuyer sur un bouton ou bien débarrasser le plancher. Je soupire et descends. Si seulement il existait un moyen de le faire sortir de sa chambre – de le forcer à rejoindre le hall d'entrée, à s'éloigner de Danielle. Mais je ne vois pas ce qui pourrait pousser un adolescent à s'en aller quand il est sur le point de coucher avec une fille (surtout une fille comme Danielle Oliver), à part peut-être une menace de mort, un incendie…

Une idée me traverse aussitôt l'esprit. Une idée si absurde que je manque de m'étrangler avec ma salive.

Je lève la tête, parcours des yeux le beau papier peint en filigrane, les poutres en bois sombre qui se croisent sous le plafond, et aperçois la petite boîte rouge qui se trouve juste au-dessus de ma tête, avec sa poignée blanche et les mots inscrits en noir : TIREZ EN CAS D'URGENCE. *En cas d'urgence.* Ce n'est probablement pas ce à quoi ils pensaient, mais c'est quand même une urgence.

Je tire sur la poignée.

Le temps s'arrête un instant, comme si le monde avait cessé de tourner, et je retiens mon souffle, je n'entends plus que le battement vigoureux de mon cœur ; et puis, comme un dragon endormi qui se réveille, l'immeuble revient à la vie en rugissant. Des sirènes se mettent à hurler, un son aigu et strident. Je cours rejoindre le hall et c'est le chaos complet.

– Tout le monde dehors ! hurle le concierge. Ce n'est pas un exercice !

Tous les professeurs surgissent de la salle de bal et guident les élèves à travers le hall pour les faire sortir. Jarrod Price me dépasse en courant, un plat de poulet dans les mains. M. Harrison est livide et ses traits sont tirés, las. J'ai un pincement de culpabilité en pensant que c'est à cause de moi.

Sophie Piznarski est debout devant le comptoir de la réception, ses chaussures à la main. Elle m'aperçoit et se jette sur moi.

– Keely ? Que se passe-t-il ? Est-ce qu'il y a vraiment le feu ?

– Tu as vu Andrew ? je lui demande en réalisant que ce n'est probablement pas la réponse qu'elle attendait.

– Quoi ? demande-t-elle d'une voix soudain aiguë et chevrotante comme si elle était sur le point de pleurer. Il va bien ?

– Il n'y a pas le feu, dis-je à voix basse en jetant un bref coup d'œil derrière son épaule.

Les escaliers principaux sont noirs de monde. Ryder débarque en glissant le long de la rampe, hilare, et je vois bien qu'il est complètement ivre. Ava est avec lui, elle porte sa veste de smoking à même son soutien-gorge et ses cheveux violets partent dans tous les sens.

– Il faut que j'y aille, dis-je à Sophie. Il n'y a pas le feu, je lui répète pour la calmer en fonçant vers Ava. Ava ! je crie en manquant de la percuter.

– Tout le monde dehors ! hurle M. Harrison en nous poussant vers la porte d'entrée.

La foule n'en finit pas de grandir autour de nous et je suis soudain emportée par un flot humain dans le sens opposé de celui où je veux aller. Dehors, l'air est doux et humide. Tout semble plus calme maintenant qu'on n'entend plus les sirènes que de façon étouffée. Je scrute la foule à la recherche d'Andrew, mais il y a trop de monde et il fait trop sombre.

Nous apercevons Chase et fonçons vers lui.

– Mec ! dit Ryder. Les meufs sont si chaudes ce soir que l'hôtel a pris feu.

– T'as fumé dans ta chambre, avoue ? demande Chase, et Ryder se contente de sourire.

– Est-ce que tout le monde va bien ? crie Ava.

– Tout le monde va bien. C'est moi qui ai déclenché l'alarme.

Ils me regardent tous bouche bée.

– Quoi ? demande Chase. Pourquoi ?

– Collins n'enfreint pas les règles, postillonne Chase en parlant de moi comme si je n'étais pas là.

– Où est Danielle ? dis-je en me tournant vers Ava. Est-ce que tu connais le numéro de sa chambre ?

– Oh mon Dieu, elle est prise au piège, c'est ça ? demande-t-elle en écarquillant les yeux.

– Elle va bien ! Il n'y a aucun feu.

Les gens arrivent par vagues successives et je sais qu'Andrew est probablement quelque part au milieu de la foule, mais impossible de voir plus loin qu'à quelques mètres.

– Dans quelle chambre sont Danielle et Andrew ?

– Je ne m'en souviens pas, répond Ava. Je peux lui envoyer un texto... (Elle fouille dans son sac à main avant de s'arrêter brusquement :) J'ai oublié que nos téléphones ne marchent plus depuis qu'on est tombées dans le lac. Désolée.

– 509, intervient soudain Chase.

– Quoi ? dis-je en me tournant vers lui.

– Chambre 509. Cinquième étage. Elle me l'a dit tout à l'heure quand nous étions en train de danser, dit-il avec un air légèrement coupable. On aurait presque... on aurait presque dit qu'elle avait envie que je retienne le numéro de sa chambre. Elle m'a dit que c'était son numéro préféré.

– 509 n'est pas son numéro préféré, dit Ava.

– 509 n'est le numéro préféré de personne, j'ajoute.

– Bon, vous me fatiguez, tous les deux, s'énerve Ava en posant ses mains sur ses hanches. Si Danielle t'a donné le numéro de sa chambre, c'est parce qu'elle voulait que tu passes la voir. Elle et Andrew n'ont pas plus d'affinités que ça. Vous n'êtes vraiment que des abrutis, tous autant que vous êtes, conclut-elle en balançant sa chevelure violette derrière son épaule.

Nous nous regardons tous pendant un instant, et c'est comme si tout se mettait en place dans nos cerveaux. Pour la première fois, tout est clair. Toutes les pièces du puzzle s'assemblent enfin.

– Il faut que je retourne à l'intérieur, dis-je en agitant la main vers l'hôtel. Il faut que j'aille chercher Andrew.

Je fais demi-tour et cours vers la porte d'entrée.

– Elle fonce droit dans un immeuble en feu pour lui ! hurle Ava derrière moi. C'est ça, le grand amour !

– Il n'y a pas le feu, rappelle Chase.

– Il est où, cet autre mec ? demande Ryder.

Je bouscule les deux adolescents dégingandés qui sont censés surveiller la porte d'entrée.

– Il est interdit de pénétrer dans le bâtiment ! crie l'un d'entre eux quand je le contourne.

Je l'ignore et continue à courir.

Maintenant, je sais où je dois aller. Escaliers. Cinquième étage. Le concierge est au milieu du hall à guider les clients vers la sortie. Quand il me voit courir dans l'autre sens, nos regards se croisent et je comprends qu'il *comprend* que c'est moi qui ai déclenché l'alarme. Il ne sait pas que je suis Keely Collins, que déclencher des fausses alertes, ce n'est pas mon genre. Lui, il pense que je suis quelqu'un d'autre, une fille un peu dingue et libre, bien plus en vie que toutes les autres. L'idée ne me déplaît pas.

Je cours à toutes jambes vers l'escalier de service et j'ai déjà un point de côté. J'entends des pas me rattraper. Je me retourne en m'attendant à apercevoir le concierge, mais suis surprise de constater qu'il s'agit de Chase.

– Il n'y a pas que toi qui aies le droit de jouer les héros, dit-il avec un grand sourire. Peut-être que ça aidera à ce qu'elle me pardonne enfin.

Nous poussons en même temps la porte battante de la cage d'escalier.

– Attends, dis-je. On devrait se séparer. Je prends ces escaliers et toi, ceux de l'autre côté.

Il me fait un petit salut militaire et vire à gauche avant de disparaître derrière une autre porte battante.

– Fonce chercher ta bien-aimée ! je lui crie.

Puis je monte les marches quatre à quatre. Je ne vais pas aussi vite que j'aimerais, parce que l'escalier est vieux et sinueux. J'arrive enfin au cinquième et pousse la porte du couloir. Il est désert – juste des lumières qui clignotent et des sirènes qui hurlent. Je m'adosse une seconde au mur pour reprendre mon souffle. Si Andrew n'est pas là, je suppose qu'il est dehors. Je vais bien finir par le trouver, ce sera plus simple une fois que les sirènes auront cessé et que tout ne sera plus aussi chaotique. Je me redresse et rejoins encore une fois la cage d'escalier.

Et puis je l'aperçois tout au bout du couloir.

– Collins ! crie-t-il par-dessus les hurlements de l'alarme. Il faut qu'on sorte d'ici !

– Où est Danielle ? je demande en m'attendant à la voir courir derrière lui.

– Elle est déjà dehors, dit-il. Je suis revenu te chercher. Ava m'a dit que tu étais au cinquième. Il y a le feu !

Il tend la main le plus qu'il peut, comme s'il voulait m'attraper par-dessus un fossé et me ramener du bon côté.

– Tout va bien ! je crie à mon tour en saisissant tout de même sa main et en emmêlant mes doigts aux siens. Il n'y a aucun incendie !

– Hein ? demande-t-il, et je ne suis pas sûre de savoir s'il n'arrive pas à m'entendre ou si ce que je viens de lui dire le laisse juste perplexe.

– Il n'y a pas le feu, je répète. C'est moi qui ai déclenché l'alarme.

Il continue de courir le long du couloir pour rejoindre l'escalier de service en me tirant derrière lui. Puis il s'arrête brusquement et je m'écrase contre son dos.

– Tu as déclenché l'alarme ? Mais bon sang, pourquoi est-ce que tu as…

– Tu es revenu me chercher, je l'interromps.

– Bien sûr que je suis revenu te chercher…

Et avant qu'il ne puisse finir sa phrase, avant que je ne puisse trop réfléchir, je l'embrasse. Je crois que je le prends par surprise parce qu'il lui faut au moins trois secondes pour réagir, mais il finit par m'embrasser à son tour, en me serrant fort contre son torse. Les sirènes continuent de hurler mais je ne les entends plus. Tout ce que j'entends, ce sont les battements fous de mon cœur. Je fais quelques pas en avant pour le plaquer contre le mur puis colle mon corps contre le sien. Il passe sa main dans mes cheveux et m'attire contre lui. J'ai l'impression que notre baiser dure une éternité. Je crois que je pourrais probablement passer le restant de mes jours à l'embrasser. Quand nous nous écartons pour reprendre notre souffle, je le regarde ouvrir les yeux.

– Qu'est-ce que tu fais ? demande-t-il. Nos visages sont si proches l'un de l'autre que nous n'avons plus besoin de crier. Je l'entends malgré l'alarme, je peux sentir ses lèvres effleurer les miennes quand il parle. Pourquoi tu as déclenché l'alarme ?

– Il fallait que je te voie, dis-je en m'agrippant un peu plus fort à sa taille comme si, maintenant que je l'avais, je ne voulais plus jamais le laisser partir. Je te cherchais.

Je le sens sourire contre ma bouche.

– Eh, c'est ma réplique, ça !

– Je sais. Mais c'est la vérité. J'étais avec Dean, et…

En entendant ce prénom, Andrew se redresse brusquement et fouille le couloir des yeux.

– Est-ce qu'il t'a fait du mal ? Où est-il ?

– Ça va, dis-je. Tout va bien. Mais j'étais avec lui et j'ai juste… J'avais envie que ce soit toi. J'avais vraiment envie d'être avec toi et pas avec lui. Je crois… je veux dire, le truc, c'est que…

Bon sang, même en cet instant j'ai du mal à prononcer les mots !

– Dis-le, dit Andrew avant de déposer un baiser furtif sur mes lèvres. (L'espoir qu'il y a dans ses yeux me donne du courage.) S'il te plaît, Keely, dis-le.

– *Jetaimeplusquelapizza*, dis-je à une telle vitesse que les mots se confondent. Je t'aime plus que la pizza, je répète plus lentement. J'ai trouvé ta carte. Est-ce que tu le penses vraiment ?

J'ai l'impression de ne pas pouvoir respirer.

– Keely, je suis tellement amoureux de toi que c'en est absurde. (Il se penche un peu plus et nos nez se frôlent.) Je suis amoureux de toi depuis la sixième.

Et pour la première fois de mon existence, je me sens réellement et complètement en vie. Je l'embrasse de nouveau et il n'y a plus que nous deux sur cette planète, plus rien d'autre n'existe. Mais au bout d'une minute, je me souviens que ce n'est pas tout à fait vrai et je m'écarte.

– Mais tu es amoureux de Danielle, dis-je. Tu me l'as dit. Tu lui as offert une carte pour la Saint-Valentin.

– As-tu la moindre idée de combien de fois tu m'as repoussé ? demande-t-il en secouant la tête. Combien de fois j'ai commencé à t'avouer la vérité et où tu as aussitôt fait une vanne pour dire que sortir avec moi serait le truc le plus ridicule du monde ?

J'ai envie de lui dire qu'il a tort, mais je sais qu'il a raison.

– J'ai commencé à me le répéter moi aussi, continue-t-il. Si j'arrivais à me convaincre que c'était vrai, que tout ça était ridicule, eh bien, peut-être que je réussirais à passer à autre chose.

– Je suis contente que tu ne l'aies pas fait.

– Cette carte de Saint-Valentin, je l'ai écrite pour toi, tu sais. En sixième. Je comptais te dévoiler mes sentiments. Et puis tu as fait un autre commentaire stupide, du genre que tu ne m'aimais pas de cette façon-là, et je me suis dégonflé. J'ai donné la carte à Danielle parce que c'est ce que tout le monde faisait.

– Je suis vraiment désolée, dis-je. Je me suis comportée comme une idiote.

– Oui, c'est vrai, dit-il en souriant, et je lui donne une petite tape sur l'épaule. Mais moi aussi, ajoute-t-il en replaçant une mèche de mes cheveux derrière mon oreille. Quand tu m'as demandé de qui j'étais amoureux, je pensais que tu savais que c'était toi. Je pensais que tu essayais de me dire que tu m'aimais, toi aussi. Et puis tu m'as repoussé, encore une fois, et je n'ai pas eu la force. Je t'ai dit que c'était Danielle parce que c'était plus simple et parce que je savais que ça t'énerverait. Je me suis vite senti idiot, sauf que je ne savais pas comment rattraper la situation. Et puis je t'avais écrit cette carte pour ton anniversaire et tu n'en avais jamais parlé.

– Je ne l'avais pas vue !

– J'aurais dû te dire les choses en face. On n'aurait pas perdu autant de temps.

– Tu as raison. Nous sommes vraiment débiles.

Je l'embrasse encore une fois.

– Tu es sûre qu'il n'y a pas d'incendie ? demande-t-il.

– Il n'y a aucun incendie.

– Tant mieux.

Il me prend la taille et fait pivoter nos deux corps pour que cette fois-ci je me retrouve moi plaquée au mur. Puis il se serre contre moi.

– Hé ! crie une voix depuis le bout du couloir.

Andrew se redresse. La sensation de ses lèvres collées aux miennes me manque aussitôt et je me demande si ce sera le cas chaque fois qu'on arrêtera de s'embrasser, pour le restant de mes jours.

– Hé ! La voilà !

Le concierge fonce vers nous à toutes jambes. Il est accompagné d'Oncle Leroy, l'oncle d'Andrew, qui porte son uniforme de pompier.

Sans réfléchir, j'attrape la main d'Andrew et me mets à courir. Je pousse la porte de l'escalier de service et nous dévalons les marches à toute vitesse en faisant de notre mieux pour ne pas tomber et nous rompre le cou. Une fois au rez-de-chaussée, nous continuons de courir, en prenant des virages au hasard et en changeant de couloirs pour les semer. Il y a tellement de portes que je me demande si le concierge lui-même connaît vraiment l'hôtel dans ses moindres recoins. Les sirènes hurlent encore et les lumières clignotent toujours.

– Ici ! dit Andrew en poussant la porte d'un débarras qui se trouve sous les escaliers.

Je le suis à l'intérieur et il s'empresse de refermer la porte derrière nous. La sirène se coupe quelques secondes après. Il fait très sombre, nous sommes presque dans le noir complet. Je devrais sans doute m'inquiéter des araignées et des rats, mais ce n'est pas le cas. Parce que je suis dans les bras d'Andrew, que nous nous embrassons de nouveau, qu'il m'aime et que c'est tout ce qui compte.

– Je suis à peu près sûr que je vais perdre mon job à la caserne avec cette histoire, dit Andrew en souriant contre mes lèvres.

– Mais ça en vaut la peine, je murmure.

– Oh, ça en vaut tellement la peine !

Il m'embrasse et j'attrape son nœud de cravate pour le desserrer, juste ce qu'il faut pour pouvoir défaire les boutons de sa chemise. Il glisse les mains derrière mon dos et je le sens qui bataille avec la fermeture Éclair de ma robe. Je viens le guider, la fermeture glisse le long de mon dos et il me retire ma robe. Je défais sa ceinture et il baisse sa braguette. Le bruit du métal résonne dans le débarras silencieux. Je ne peux pas le voir mais je peux le sentir, je peux sentir ses mains qui font glisser ma culotte le long de mes cuisses, ses mains qui me touchent à des endroits où on ne m'avait jamais touchée auparavant. Je manque de suffoquer quand ses doigts s'aventurent là où vous savez. Je plonge mes mains dans son caleçon pour le toucher moi aussi.

Et je comprends enfin que c'est ça qu'on est censé ressentir – ce désir ardent entre mes cuisses, ce besoin irrépressible dans ma poitrine, cette sensation dans mon estomac comme des bulles de champagne. Tout ce que je n'ai jamais ressenti avec Dean, là-haut dans cette magnifique chambre, sur ce lit à baldaquin, alors que tout était censé être parfait.

Je fouille dans mon sac et en sors le préservatif – celui que j'avais prévu d'utiliser un peu plus tôt. Je le tends à Andrew à tâtons dans l'obscurité et l'entends déchirer l'emballage puis l'enfiler.

– Tu es sûre ? me demande-t-il, et le souffle de son murmure me caresse l'oreille.

– Oui, dis-je.

Parce que je le suis. Je suis sûre que je vais mourir s'il s'arrête maintenant.

– Je t'aime tellement, murmure-t-il contre ma bouche.

– Je t'aime aussi.

Et je perds ma virginité le soir du bal de promo, et ce n'est pas parfait parce que la vie ne l'est jamais. Voilà ce que j'ai compris à propos des grands moments de notre existence : on ne peut jamais les prévoir. Les meilleurs sont toujours ceux qui vous prennent par surprise.

34

Ce que je ne savais pas, c'est que déclencher une alarme est un délit, ce qui signifie que je devrais avoir un casier judiciaire et aller en prison.

Par chance, rien de tout ça n'arrive.

Voilà ce qui arrive : Andrew et moi finissons par sortir du débarras, et Oncle Leroy nous conduit au poste de police avant d'appeler les parents d'Andrew qui ensuite appellent les miens, et en moins de deux ils débarquent tous au commissariat en pyjamas et robes de chambre, et ils ont tous un truc à dire. Mes parents n'ont jamais été aussi en colère (il ne s'agit pas seulement de l'alarme, mais aussi de la chambre d'hôtel, du whisky, et que j'aie résisté à mon arrestation). Quand ils finissent par se fatiguer de crier, les parents d'Andrew prennent le relais. Au bout du compte, j'ai droit à une amende de 700 dollars, que je vais devoir rembourser en travaillant un nombre incalculable de semaines au vidéoclub. On pourrait croire que passer tout l'été avec Dean est probablement la pire chose qui puisse m'arriver, mais c'est quand même mieux que la prison. Enfin, je crois.

Andrew est ravi que je sois officiellement une criminelle. Quand je me réveille le lendemain du bal de promo, sa camionnette m'attend dans l'allée devant chez moi. Je suis censée être punie jusqu'à notre cérémonie de remise de diplômes, mais mes parents m'autorisent à sortir lui parler cinq minutes. Secrètement, je crois qu'ils font une exception parce qu'ils sont ultraexcités que nous soyons enfin ensemble – je dois constamment rappeler à ma mère que nous sommes trop jeunes pour qu'elle fasse des sous-entendus sur les bébés.

En ouvrant la portière de sa camionnette, je suis aussitôt accueillie par une délicieuse odeur de pizza. Il porte ses lunettes – ce que *j'adore* – et je me sens soudainement un peu timide en repensant à tout ce qui s'est passé entre nous. Ce qu'il y a de drôle, c'est que je ne me sens pas vraiment différente après avoir couché avec Andrew. En fait, perdre sa virginité, c'est un peu comme fêter son anniversaire. Personne ne peut dire rien qu'en vous regardant si vous avez dix-sept ou dix-huit ans, si vous avez couché avec une personne ou bien avec dix ou zéro. Je pensais que coucher me transformerait comme par magie, mais Andrew n'a pas fait de moi la fille que je suis aujourd'hui. J'ai fait ça toute seule comme une grande.

– Je t'ai apporté le petit déjeuner, dit Andrew en me tendant un grand carton à pizza.

– Mais on est le matin, je lui réponds en grimpant sur le siège à côté de lui.

J'ouvre tout de même la boîte, puis nous trinquons chacun avec notre part de pizza aux pepperonis.

– J'aurais dû demander des champignons ? demande-t-il. À ce qu'il paraît, tu aimes ça maintenant.

– La ferme, dis-je en lui donnant un petit coup d'épaule.

Il me lance ce sourire coquin qui le rend encore plus craquant.

– Tu sais, de nous deux, je n'aurais jamais cru que ce serait toi la délinquante.

– Oh mais tu as encore le temps, dis-je avec un sourire espiègle à mon tour. Ne t'avoue pas vaincu.

– Tu as raison. Vu que j'ai perdu mon job, je vais avoir plein de temps libre cet été, je vais pouvoir m'attirer tout un tas d'ennuis.

– Mais ce n'est pas toi qui as déclenché l'alarme ! Ton oncle ne peut pas te faire payer quelque chose que j'ai fait, moi.

– Ah ! mais je suis complice du délit, je te rappelle.

– Puisqu'on n'en est plus à un délit près, dis-je avec un sourire coquin, tu crois que tu pourrais te procurer un uniforme de pompier ?

– Si tu voulais que je te fasse une danse de pompier sexy, tu aurais dû y penser avant de mettre en rogne tous les membres de la caserne de Prescott.

Il attrape un pepperoni et le balance dans sa bouche.

– Je crois que je vais dire à mes parents que je ne suis pas végan. Ça me semble être le bon moment, vu que la colère de tout le monde est dirigée contre toi.

Je ris et me penche pour l'embrasser.

– Je suppose que l'amour te pousse à faire des choses un peu dingues.

En entendant le mot « amour », son sourire devient encore plus grand et il se met à rougir. J'ai toujours l'impression que tout ça n'est pas réel. Nous nous aimons. Il est à moi et je suis à lui. Bon sang, ça vaut bien 700 dollars.

Et une semaine plus tard, c'est la cérémonie de remise des diplômes. Elle a lieu sur le terrain de foot de l'école, sous un immense chapiteau blanc. Hannah,

Andrew et moi y allons ensemble, entassés dans la Jeep jonchée de détritus comme d'habitude. J'avais peur que les choses soient un peu bizarres entre nous trois, maintenant que deux d'entre nous sortons ensemble, mais comme le dit Hannah, rien n'a vraiment changé.

– Andrew et toi, vous sortez ensemble depuis la sixième, m'a-t-elle dit en balayant toutes mes inquiétudes d'un geste de la main quand je lui ai posé la question.

Hannah sort de nouveau officiellement avec Charlie, ce qui ne me plaît pas du tout, mais je sais que mon boulot en tant que meilleure amie, c'est de la soutenir dans toutes les situations. Il va probablement lui briser le cœur encore une fois. Et quand il le fera, je serai là, c'est tout ce que je peux faire.

Nous rejoignons le chapiteau et nous mélangeons à nos parents quelques minutes, le temps de prendre des photos. Nous en prenons encore plus qu'au bal de promo. Sauf que ça me dérange moins cette fois-ci, parce que j'ai vraiment envie de me souvenir de cet instant. Parce qu'à cette seconde je suis plus heureuse que je ne l'ai jamais été.

Je décide d'aller faire pipi avant le début de la cérémonie et rejoins donc le bâtiment principal, où je traverse la salle polyvalente jusqu'aux toilettes des filles. L'école est vide et silencieuse – plus silencieuse que je ne l'ai jamais vue. Je réalise que je suis sans doute ici pour la dernière fois de ma vie, que je ne verrai plus jamais ce lino délabré et ces carreaux bleus et blancs qui recouvrent les murs.

Je ne remettrai *a priori* jamais les pieds ici. Et c'est quand même triste.

J'ouvre la porte battante des toilettes et me fige brusquement. Danielle est assise sur le rebord de l'évier, son mascara a coulé partout autour de ses yeux. Elle s'empresse d'essuyer ses larmes quand elle me voit.

– Désolée, dis-je en laissant le battant de la porte me cogner les fesses.

J'hésite l'espace d'une seconde, je ne sais pas s'il vaut mieux la laisser seule ou continuer d'avancer dans la pièce.

– Tu rentres ou tu sors, Collins ? me demande-t-elle d'un ton sec.

Je fais quelques pas hésitants en avant.

– Est-ce que ça va ?

– De toute évidence, non…

– Écoute, si tu ne veux pas me parler, je te laisse seule, dis-je en faisant demi-tour avant de pousser la porte.

– Non, répond-elle d'une petite voix. Attends.

C'est déroutant de la voir aussi vulnérable, on dirait une petite fille, on dirait quelqu'un qui n'a pas le contrôle absolu de la situation. Je referme la porte.

– Cet endroit va me manquer, dit-elle.

– Moi, j'ai tellement hâte de partir ! dis-je, mais je comprends ce qu'elle veut dire.

Nos années de lycée m'ont toujours semblé être un peu plus tendres avec Danielle qu'avec n'importe qui d'autre. Tout le monde l'a toujours soutenue, tout le monde a toujours été à ses côtés. Mais peut-être qu'au fond ces années n'ont pas été simples pour elle non plus, peut-être qu'elle les a juste mieux encaissées.

– Tu savais que c'était Ava ? demande-t-elle en réajustant sa toque de diplômé. Qui avait écrit les mots, je veux dire.

J'avance et grimpe à côté d'elle sur l'évier. Je sens aussitôt l'eau imprégner le bas de ma toge. Je suis surprise de voir qu'elle est toujours aussi contrariée à propos de cette histoire – non pas que ce ne soit pas justifié, mais Danielle m'a toujours semblé si forte.

– Je te l'aurais dit.

– Tu ne me l'aurais pas dit, répond-elle d'un ton neutre.

Je réalise qu'elle a raison. Je n'aurais pas voulu m'en mêler. Je l'aurais probablement dit à Hannah en espérant qu'elle gère la situation.

– Est-ce que tu m'aurais crue, de toute façon ?

– Probablement pas, rétorque-t-elle. Tu ne m'as jamais vraiment aimée.

– Ce n'est pas vrai, dis-je, un peu sur la défensive.

Elle me lance un regard appuyé.

– Ce n'est pas grave. Je ne t'ai jamais vraiment aimée moi non plus.

Ses mots devraient me vexer mais, étrangement, je me sens plus soulagée qu'insultée. C'est agréable de pouvoir dire tout ça à haute voix, de pouvoir arrêter de faire semblant.

– Ça n'a rien de personnel, continue-t-elle. C'est juste que tu n'aimes aucune des choses que j'aime, moi. Je te vois bien lever les yeux au ciel chaque fois que j'ouvre la bouche. Tu es convaincue que comme j'aime me coiffer, me maquiller, être jolie et flirter avec les garçons, je suis stupide.

Elle n'est ni en colère ni agressive, elle se contente d'énoncer des faits.

– Je ne pense pas que tu sois stupide, dis-je. Je pense que tu es… intimidante.

J'ai marqué une pause avant le dernier mot, par peur qu'elle se mette à rire ou en colère.

– C'est tellement typique du lycée, dit-elle.

– Quoi donc ?

– Faire semblant d'aimer les gens avec qui on traîne. Traîner avec des gens qu'on n'aime pas parce qu'on est censé le faire.

– Le choix n'était pas non plus immense dans ce lycée.

– Mais j'apprécie Sophie bien plus que je ne t'apprécie toi, par exemple. Ne le prends pas mal. Pourtant je traîne beaucoup plus avec toi. Parce que nous sommes un groupe de quatre. C'est comme ça. Je ne sais même pas comment ça a commencé. Hannah, je suppose. Et Andrew. Il t'aimait bien donc je devais bien t'aimer moi aussi. Mais tu t'es toujours comportée comme si tu étais bien plus cool que moi, parce que tu savais faire du skate, que tu aimais les vieux films et que tu étais copine avec les mecs. Et puis du jour au lendemain, cet étudiant super sexy te court après et tu deviens encore plus cool. Mais au fond, qu'est-ce qui te rend si spéciale ?

– Mais... je proteste en ayant du mal à en croire mes oreilles. Mais tu es Danielle Oliver, putain ! Tu es la fille la plus cool de la planète !

Elle rit en laissant échapper un petit hoquet. Même dans cet état, même en larmes et abattue, elle est toujours aussi incroyablement belle.

– Je sais, dit-elle en frottant les marques de mascara qu'elle a sous les yeux. Tu sais, continue-t-elle en étudiant les traces noires sur son pouce, je crois que c'est la première fois qu'on a une vraie conversation, toi et moi.

– Tu parles de copines ! dis-je en riant.

– À un moment, je me suis dit que ça pouvait être toi. Celle qui écrivait les mots.

– Quoi ? Je n'aurais jamais fait un truc pareil !

– Ouais. J'ai réalisé ensuite que tu étais une très mauvaise menteuse. Tu ne t'en serais jamais sortie.

Je ris et l'éclabousse avec un peu d'eau.

– Hé ! Je porte une toge très chic, là !

Mais elle rit elle aussi et l'humeur redevient légère entre nous. C'est comme si nous avions passé tout le lycée enfermées dans une bulle qui venait enfin d'exploser. Je me dis que je n'aurais jamais de meilleure occasion pour poser les questions dont j'aimerais avoir les réponses.

– Andrew ne te plaisait pas vraiment, n'est-ce pas ?

Même s'il est à moi désormais, même si j'en suis absolument certaine, ma poitrine se contracte. Je réalise que c'est ça, l'amour – cette douleur constante que j'éprouverai pour le restant de mes jours chaque fois que j'imaginerai que quelqu'un ou quelque chose peut me l'arracher.

– Bien sûr que non, dit-elle. Je suis amoureuse de Chase depuis dix ans, Collins. Je pensais que c'était évident.

Elle enlève sa toque et se regarde dans le miroir pour recoiffer quelques mèches égarées.

– Andrew était si jaloux de ton petit ami étudiant qu'il était sur le point d'exploser. J'ai compris qu'on pouvait se rendre mutuellement service. Je suis une garce manipulatrice, tu te souviens ?

– Tu n'es pas une garce, dis-je en le pensant sincèrement.

Nos regards se croisent dans le reflet du miroir et elle me sourit.

– Est-ce que tu crois qu'on sera toujours copines après le lycée ?

– Non – c'est libérateur de dire enfin la vérité. Et ce n'est pas grave.

Elle soupire. Je sais qu'elle pense à Ava.

– Vous vous réconcilierez toutes les deux.

– Je sais qu'il faut que je sois plus gentille avec elle, dit-elle en regardant son vernis noir toujours aussi impeccable. Je crois que parfois on est encore plus méchant avec les gens qu'on aime, parce qu'on a envie de s'assurer qu'ils nous aimeront même si on les pousse à bout.

Sans y réfléchir, je lui prends la main et la serre.

– Ava t'aime toujours. Donne-lui juste un peu de temps.

– Merci.

Elle me sourit et c'est un vrai sourire – de ceux qui se reflètent aussi dans les yeux.

– On devrait y retourner, dis-je. Accueillir notre avenir à bras ouverts, tout ça, tout ça.

Nous descendons de l'évier et quittons les toilettes ensemble, toujours main dans la main. Quand nous arrivons sous le grand chapiteau blanc, elle me serre une dernière fois la main puis la lâche et va rejoindre Chase et Ava. Chase passe son bras autour de ses épaules et l'attire contre lui. Ava laisse échapper une brève grimace de tristesse avant de se reprendre et d'afficher un sourire résigné. J'espère qu'elles finiront par se réconcilier, mais ce ne sera peut-être pas le cas. Peut-être que certaines amitiés ne sont pas censées durer au-delà du lycée. Peut-être que Danielle et Ava ne vont plus ensemble, qu'elles ne parlent plus la même langue.

Je les salue de la main puis rejoins Andrew et Hannah et les serre tous les deux dans mes bras.

– C’est ça qui va me manquer, dis-je tandis que la musique démarre.

Je sais que ce n’est pas la fin, pas tout à fait. Nous avons encore tout l’été avant de devoir nous séparer. Andrew et moi avons deux mois devant nous avant de vivre loin l’un de l’autre. Mais nous ne serons plus jamais exactement ceux que nous sommes à cet instant précis. Nous n’aurons plus jamais dix-huit ans, ce ne sera plus jamais notre dernier été avant la fac, nous ne serons plus jamais à ce point libres et pleins d’espoir, amoureux pour la première fois, avec le monde qui nous attend et notre vie qui commence, intacte et remplie de promesses.

Je ne sais pas ce qui m’attend. Je ne sais pas si Andrew et moi resterons ensemble toute notre vie, s’il sera toujours mon meilleur ami, ma personne préférée, mon quelqu’un le plus important. Je l’espère. J’espère que je mangerai de la pizza avec lui jusqu’à ce que nous soyons trop vieux pour mâcher. Mais je sais que je n’ai aucun moyen de le savoir pour l’instant. La réponse ne se trouve dans aucun livre, je ne peux pas prédire l’avenir.

La vie n’est pas toujours parfaite. Ce n’est pas un film que je peux réaliser et dont je peux virer les scènes qui ne me plaisent pas au montage. La vie, c’est bordélique et compliqué et plein de quiproquos. Et ce n’est pas grave. Quel que soit ce qu’elle me réserve, j’ai vraiment hâte.

Parce que je suis carrément prête.

Remerciements

Enfant, quand j'imaginais à quoi ressemblerait mon quotidien idéal d'écrivaine, voici ce que je voyais : moi, seule dans une cabine, sur une île ou une plage, ou au sommet d'une montagne, au milieu d'une forêt. Si une partie de ce fantasme s'est réalisé (j'ai écrit sur plusieurs îles), la vérité, c'est qu'écrire n'est pas quelque chose que l'on fait seul : il y a énormément de gens qui m'ont aidée et soutenue tout au long du chemin.

Tout d'abord, je dois remercier mes parents, qui ont toujours encouragé mon amour pour l'art (que ce soit en me conduisant aux répétitions, en m'offrant des piles de livres à chaque Noël, ou en me poussant à passer mes matinées de week-end à écrire plutôt qu'à regarder des dessins animés). Je suis reconnaissante pour ce que chaque fois que la phrase « Je m'ennuie » sortait de ma bouche, on me suggérait d'occuper mon temps avec des activités artistiques et musicales. Merci à eux d'avoir compris que je n'emprunterais jamais un chemin ordinaire et d'avoir cultivé mon esprit créatif. Merci à mon père de m'avoir transmis l'amour des histoires en m'en lisant une chaque soir avant d'aller au lit. Merci à ma mère qui, quand je me suis mise à douter de ma musique, m'a dit « Je pense que tu devrais devenir écrivaine » et a ainsi changé le cours de ma vie.

Un grand merci à Shirin Yim Bridges. Quand je suis arrivée dans ta classe, j'avais une idée d'histoire en tête, et j'ai aujourd'hui l'opportunité de la partager avec le monde entier.

À mon premier groupe d'écriture et au reste du gang de Richmond : Amanda, Jessica, Sara, Joey, Irene, Remi et Erich. Merci pour votre brillante maîtrise de l'écriture, mais aussi de m'avoir laissée vous envoyer des tas de messages pour vous faire part de mes craintes, et de façon générale, merci pour votre amitié de licornes magiques.

Aux autres écrivaines qui ont lu mes premiers brouillons et m'ont aidée à donner forme à cette histoire : Cassia, Cady, Jenn, Julie et Marjorie. Vous avez été avec Keely et Andrew depuis le début. Et au reste de l'Armée de Shirin, merci pour votre compagnie, votre soutien et les verres de cognac tard le soir.

Merci à Jody Gehrman, Sabrina Lotfi et Renée Price pour vos bêta-lectures et votre engagement si enthousiaste. Vous avez été les bonnes fées de ce livre et l'avez apprêté pour le bal.

Je suis incroyablement chanceuse d'avoir tant d'amis fantastiques. Doobs – avec un ami comme toi, je tiens le bon rôle. À mon club de lecture magique, merci d'être les reines hilarantes, intelligentes et féministes que vous êtes, toujours à l'affût d'une référence Harry Potter. Tout mon amour au quatrième étage sud, aux Gauchos et à toute l'équipe de Bae Area ! Vous faites tous partie de ma famille, et je suis tellement reconnaissante que le rire occupe autant de place dans ma vie. Si celle que j'étais au lycée – qui était seule, peu sûre d'elle et effrayée de ce que lui réservait l'avenir – vous avait tous vus venir, elle aurait été si fière. Je sais que nous resterons tous amis pour toujours, et je me réjouis de manger des pizzas avec vous jusqu'à ce que nous soyons trop vieux pour mâcher. Si ce livre se vend bien, je promets d'acheter la commune.

Et bien entendu, merci à mon super agent, Taylor Haggerty, et au reste de l'équipe Root Literary (dédicace spéciale à Mélanie Figueroa pour m'avoir choisie parmi tant d'autres).

Merci à mon éditrice incroyable Julie Rosenberg et à toutes les personnes de Razorbill d'avoir cru en ce livre et d'avoir réalisé mes rêves. Merci à Heather Baror-Shapiro d'avoir amené ce livre au-delà des océans et à Mary Pender-Coplan d'avoir cru en son potentiel cinématographique. Merci à ma designer Maggie Edkins et mon illustratrice Carolina Melis pour cette belle couverture. Merci aux équipes marketing et presse de Penguin pour tout ce que vous faites pour partager mon histoire.

Le dernier remerciement, et pas le moindre, va aux lecteurs. Sans vous, tout ça n'aurait aucun sens.

Composition et mise en pages
Nord Compo à Villeneuve-d'Ascq

Imprimé en Espagne
Dépôt légal : juin 2021
ISBN : 979-10-224-0496-9
POC 328